大河盡頭

【下卷】

山

李永平 著

目次

序論　婆羅洲的「魔山」　王德威　5
下卷序　問朱鴒：緣是何物？　李永平　15

七月初八凌晨　逃出紅色城市　45
伊班八月天　泛舟的日子　63
七月初八　新桃花源記　95
七月初八黃昏　記一樁緣　129
七月初八／初九　月半圓　159
七月初九　普勞・普勞村　173
七月七日七夕　新唐遺事　199
七月初九正午　變天　221
八月八日斷腸時　少年永迷亂的一天　237

七月初十晨　大雨後，重新啟航　295
七月初十夜　浪・巴望達哈（血湖）　309
七月十一　動物與垃圾　335
七月十一／十二子夜　寄泊陰山下　369
七月十二　航向世界中心　387
七月十二夜　寧靜河　421
七月十三　激流　445
月圓前夕　登由・拉鹿祕境　469
月圓　峇都帝坂　499
附錄一　李永平小說寫作年表　523
附錄二　李永平小說評論／訪談索引　525

序論／

婆羅洲的「魔山」

王德威

《大河盡頭》上下兩卷《溯流》和《山》合璧出版，是新世紀華語文學第一個十年的大事。我們很久沒有看到像《大河盡頭》這樣好看又耐看的小說了。好看，因為李永平沿襲傳統說故事的技藝，讓讀者忍不住想知道下回如何分解，而他筆下的大河冒險如此繪影形聲，更饒有古典寫實主義的風格。耐看，因為李永平不甘於講述一個傳統的少年啟蒙故事而已。他對文字意象的刻意雕琢，對記憶和欲望的上下求索，又顛覆了寫實主義的反映論，讓寫作本身成為一場最華麗的探險。

《大河盡頭》的故事發生在一九六二年盛夏的婆羅洲。上卷《溯流》裏，十五歲的少年永被父親送到西婆羅洲克莉絲汀娜・房龍小姐的橡膠園農莊作客；房龍小姐是荷蘭殖民者的後裔，和永的父親關係曖昧。在房龍「姑媽」的安排下，永加入了一群白人組成的大河探險團。他們打算溯婆羅洲第一大河卡布雅斯河而上，闖入峇都帝坂聖山。

探險隊選在中國農曆鬼月出發。沉鬱神祕的雨林，黃流滾滾的河水，頹靡詭異的城鎮，如魅如魎的邂逅，誘惑也拒斥著他們。小說高潮，探險隊來到大河最後一個城鎮——新唐。克莉絲汀娜陪著永追蹤一個神祕姑娘，鬼使神差，繞到二次大戰期間她被迫成為慰安婦的所在。她頓時崩潰。姑姪兩人連夜逃出新唐，這天恰好是農曆的七月初七。

《大河盡頭》的下卷《山》就由此開始。永和克莉絲汀娜甩開了探險隊其他成員，展開了另一段旅程。他們來到世外桃源般的肯雅族村莊，浪・阿爾卡迪亞，之後又在普勞・普勞村歇腳。在航向聖山的過程中，他們有不可思議的奇遇，也見識到自然狂暴的力量。他們到達山腳的「血湖」，傳說中幽冥交界的地方，進入登由・拉鹿祕境，那裏的奇觀才真讓人瞠目結舌。七月十五月圓之夜，永和克莉絲汀娜登上了聖山，然後……。

細心的讀者不難發現《大河盡頭》上下卷在格局上的對應。《溯流》寫船上與岸上的接觸，充滿人與事的喧嘩。卡布雅斯河中下游的三座城鎮——坤甸、桑高、新唐——各自散發豔異墮落的風情，極盡挑逗眩惑之能事。探險隊員還沒有深入雨林，已經陷入其中而不能自拔。這些喧嘩到了《山》陡然散去，大河成了真正主角。

幽黯的河，敞開的河。卡布雅斯大河承諾了蓬勃狂野的生機，也蘊積了摧枯拉朽的能量。沿河而上，永看到燦爛的草木鳥獸，奇特的族群聚落，甚至記起當年巧遇的扛著粉紅色梳妝台回鄉的獵人。暴雨之後，河水沖刷下種種東西：野獸的屍體，成串的髑髏，墳場的棺材，祭奠的神豬，家族相簿，席夢思床，甚至一座可疑的「水上後宮」。而在夜半時分，千百艘無人乘坐的長舟幽幽溯流而上，那是生靈和幽魂回家的隊伍。與此同時，這對異國姑姪間的情愫愈加曖昧。

每當永和克莉絲汀娜靠岸的時候，往事如影隨形般的攪擾他們。永在浪‧阿爾卡迪亞村落中遇到十二歲的女孩馬利亞‧安孃。馬利亞懷抱著芭比娃娃，看來清秀可掬，她卻告訴永一個駭人聽聞的祕密：她已經懷孕，播種的不是別人，就是雨林中最受敬愛的老神父峇爸‧皮德羅。馬利亞的遭遇讓我們想起《溯流》中的小可憐伊曼，還有那個從民答那娥漂流而來的女孩，她們都是（殖民的？男性的？）肉慾洪流中的犧牲。另一方面，在暴雨中，普勞‧普勞村的日式旅店裏，永像是魔咒附身，幾乎強暴了中年的日本女侍。這一色慾場面充滿政治隱喻，最終驅使永面對克莉絲汀娜。當後者裸裎以對，展露下腹子宮被切除的疤痕時，兩人糾纏的關係到了攤牌階段。

只有回到河上，才能洗滌這些傷痛和羞辱吧。或又不然？滔滔的河水激起欲望更熾烈的漩渦，將一切帶向不可言說的高潮——或深淵。時間逐漸逼進七月十五月圓之夜，這是克莉絲汀娜承諾永的朝山之日。大河盡頭，就是他們倆的前世與今生，欲望與禁忌，緣與孽交會點。

李永平的欲望敘事莫此為甚。四十多年來他的寫作創造出許多令人難忘的女性人物，像是《拉子婦》的土著母親、《圍城的母親》的母親、《吉陵春秋》裏的少婦長笙、《海東青》裏的小女孩朱鴒，還有《望鄉》裏的妓女等。從女孩到婦人、從母親到妓女，李永平的女性輻射出複雜的情欲形象，也是他創作最重要的動力。《大河盡頭》裏的克莉絲汀娜將這些形象又作了逆轉。她是個殖民者的女兒，也是被殖民者的情婦；是風情萬種的尤物，也是生不出孩子的母親；是被侮辱和損害的女性，也是「觀音菩薩、媽祖娘娘、或聖母馬利亞」。是在和這樣一個女人的周旋過程裏，永從一個少年變成一個男子——更重要的，一個作家。

李永平耽溺在相互糾纏的文字和欲望中，只能以色授魂與來形容。曲折深邃的河道充滿女性陰翳的隱喻；航入大河深處的達雅克人獨木舟甚至毫不避諱的以陽具為名。克莉絲汀娜和永一路眉目傳情，難以自持。但最難的一關是倫理的防線。儘管克莉絲汀娜對情夫的兒子無所顧忌，永卻在夜半溯河的船隊中彷彿看到母親的身影。然而李永平的筆鋒一轉，又告訴我們永是個生不逢時的早產兒，以致情到濃處的荷蘭姑媽聲言他是她「前世的兒子」，要把他再「生出來」。永也似乎樂得重新回到生命的源頭再來一次。這樣的迴旋曲折的關係固然干犯世俗禮法，但我們的主角既然已經來到莽林深處，大河盡頭，一切的顧忌似乎都有了解放的可能。

「生命的源頭，永，不就是一堆石頭，交媾和死亡。」探險家安德魯・辛蒲森爵士對永的忠告似乎言猶在耳。但永和他的克莉絲汀娜姑媽卻要以他們豐饒的愛欲來證明，生命的源頭除了礦物質般的冥頑，或生物性的交媾和死亡的輪迴外，還有一些別的。

這些「別的」無以名之，只能說是精誠所至的創造力。或從李永平書寫的角度看，就是創作力。起死回生，化不可能為可能，古老的創始神話離我們遠矣，只有文字創作差堪比擬。書寫是遲來的、銘刻生命記憶的儀式，也是肇生想像世界一次又一次的嘗試。讓無從捉摸的一切有了「著墨」的可能吧，讓頑石點頭，展開它的「石頭記」吧。永因為大河之旅而情竇初開，也滋生了不能自已的敘事欲望。這纔是克莉絲汀娜姑媽，那流徙婆羅洲的荷蘭女孩／女人／母親／聖母，對永最珍貴也最危險的饋贈。

在這個層次上，《大河盡頭》不再是傳統寫實主義小說。它是李永平個人創作的終極寓言。他所泅泳的大河是一條想像奔流的長河，是「月光河」，是「銀河」；浮沉在河裏的可以是千萬物種，也可能是千萬繁星，更可能是千萬方塊字。

我們於是來到《山》的高潮。峇都帝坂雖然是聖山，其實卻是頑石遍地的不毛之地，然而在永的眼中——和李永平的筆下——卻投射出完全不同的景象。七月十三日月圓前夕，永和克莉絲汀娜來到卡布雅斯河的源頭，大河盡頭矗立的「山巔反射出的最後一道霞光——那沿著巉巖嶙峋的山壁，花雨般淅瀝而下的蕊蕊落紅——靜悄悄灑在少年頭頂上，化成一條巨大的、瀰漫著濃濃橄欖油香的粉紅沙籠，將他整個人，密密匝匝地、有如母親懷抱般地，從頭到腳包裹起來。」

這只是開始。隨行的老嚮導在告別前，又講述了山腳五個供往生者居住的大湖：善終的在阿波拉甘湖，征戰陣亡的、死於難產的漂向巴望達哈或血水之湖，溺水而亡的進入巴里瑪迭伊湖，自殺者的幽靈被禁錮在巴望‧瑪迭伊木翁湖，而夭折的嬰靈聚居在登由‧拉鹿湖。這些湖泊神祕莫測，卻讓永悠然神往。他期望到血水之湖尋找民答那娥來的孤女，但他更被登由‧拉鹿湖畔的小兒國吸引。那裏一汪湖水清碧，成千上百的孩童，三、四歲到八、九歲，全都光著屁股：

精赤條條，嘯聚在這午夜時分一穹窿墨藍天空下，好似滿湖嬉戲的小水妖，蹦蹦濺濺喊喊喳喳，鼓譟著，互相追逐打鬧潑水，以各種各樣天真浪漫的方式和動作，率性地，無拘無束地，戲耍在婆羅洲心臟深山裏，一座天池也似，盪漾在明月下，夢境般，閃爍著蕊蕊星光和波光的原始礁湖中。（月圓前夕，登由‧拉鹿祕境）

經過了十天驚心動魄的航行，看過了那麼多人慾橫流的場面，我們隨著永到了仙境也似的小兒國，霎那間時間歸零，童真瀰漫，說不盡的天然風景。這，我以為是李永平全書抒情想像的核心。

然而我們知道登由・拉鹿湖是嬰靈的故鄉，那些天真爛漫的兒童都是因為種種原因而早夭的亡魂。接引永的正是那個十二歲就被神父強暴，懷孕投水的馬利亞・安孃。月光下的登由・拉鹿祕境如此歡樂，卻有一股說不出的傷慟縈繞其間。李永平這樣的生命基調我們是熟悉的。他九十年代的兩部大書《海東青》、《朱鴒漫遊仙境》寫的都是小女孩長大前墮落的必然，摧折的必然。

由此我們看到李永平敘事美學的二律悖反。如前所論，書寫或——再創造——是一種彌補缺憾，救贖創傷的象徵行動。但書寫既然總是已經遲來的「詩學正義」，是始原（生命、愛情、想像）被傷害以後的救濟措施，我們是不是能說，書寫總是只寫出書寫的不得已，重新開始的不可能？李永平敘事的長河一方面指向意義的源頭，也同時指向意義的盡頭。如此《山》的結尾就更充滿曖昧的歧義。我們要問，當少年永走向他的姑媽的那一刻，這是他生命故事的緣起，還是潰散的開始？

我以為多年來李永平的寫作就在這二律悖反的敘事美學間展開，而以《大河盡頭》為最。寫作原來只是因文設事，但寫作所形成的文字誘惑竟使作家魂牽夢縈，不能自已。《吉陵春秋》的吉陵、《海東青》的海東、或是《大河盡頭》的卡布雅斯河其實都只權充他的背景，與文字妖精打架纔是他心嚮往之的目標。李永平風格上的纏綿繁複因此有了欲念上不得不然的因素。

我們也不能忽略《大河盡頭》敘事結構上的安排。這本小說是自謂老浪子的作者（敘事者）李永平說給朱鴒聽的故事。朱鴒何許人也？《海東青》、《朱鴒漫遊仙境》裏那個七、八歲就懂得離家在海東市紅燈區迌迌的小妖精。在李永平的呵護下，朱鴒漫遊她的仙境／陷阱以後，總也不長大了；她是日後李永平所有作品的繆斯，或是「寧芙」（Nymph）。

誠如李永平在序言所述，他祈求朱鴒再聽一次他的故事，「用你那小母姊般的寬容體恤和冰雪聰明，再替我清滌一場孽業。」因為朱鴒，老浪子的童年往事有了著落。這恰好和《大河盡頭》裏的人物關係形成微妙對應，因為故事裏的少年是在中年的荷蘭姑媽的啟蒙下，展開了他的生命成長之旅。

朱鴒和克莉絲汀娜，海東和婆羅洲，淡水河和卡布雅斯河，敘事結構的循環對應再一次提醒我們李永平來往欲望空間，編織記憶的方法。誠如李永平的夫子自道，「丫頭，台灣，婆羅洲」是他創作的三大執念。《大河盡頭》也許是李永平的原（僑）鄉之作，但是台灣——海東——的光影從來沒有遠離。在從台北經過宜蘭到花蓮的火車旅行中，卡布雅斯河的航程一點一滴的浮現；在朱鴒的一顰一笑中，那些南洋小「寧芙」的身世變得無比親切。登由・拉鹿湖的小兒國如果出現了小朱鴒的身影，我們不會覺得驚訝。李永平不已經暗示，有朝一日，他想寫出一本《朱鴒在婆羅洲》麼？

一九六二年的那個夏天，英屬婆羅洲仍然是殖民地，東南亞的局勢混亂，戰火一觸即發。一個來自古晉的華裔少年穿著一套不合身的白西裝，來到了婆羅洲西部坤甸。燠熱的夏天，沒有名目的欲望，奄奄一息的殖民地風情，一切如此懵懂混沌。哪裏想到，一場大河之旅竟開啟了這個少年生命的知識。而大河歸來，恍若隔世，少年後半生的漂流由此開始——他一切的故事也由此開始。沈從文的話：

> 我老不安定，因為我常常需記起那些過去的事情……有些過去的事情永遠咬著我的心，我說出來，你們卻以為是個故事。沒有人能夠了解一個人生活裏被這種上百個故事壓住時，他用的是一種如何心情過日子。[1]

多少年後，漂泊在台灣的「南洋老浪子」切切要為少年寫出一個故事，因為故事裏有他自己——還有所有文學的浪子——的心路歷程。也只有在敘述的過程裏，浪子驀然回首，為他的迫迓找到意義的座標，並且因此「離去了猥褻轉成神奇」。[2]

---

1 沈從文，《三個男人和一個女人》，《沈從文文集》（廣州：花城出版社，一九八二—八四）卷四，頁四九。

2 同上。

下卷序／

問朱鴒：緣是何物？

——大河之旅，中途寄語

李永平

我們在赤道大日頭下的漫長航程，如今進行到了中間階段。丫頭，妳一直耐著性子靜靜聽我講故事，聽到這裡，世故如妳，終於也不得不承認，這可真是一趟妳前所未聞，既奇詭美妙，委實有點荒誕不經，但不知怎的卻又令人無限緬懷神往的回憶之旅。

這二年多來，我這個兩鬢飛白、滿面風塵兀自飄流在海東一嶼的南洋浪子，喁喁絮絮，夢囈般一逕向妳——朱鴒，我在台北街頭結識，好似離群的一隻紅雀，啾啾唧唧獨自快活地浪遊在紅塵都會中的謎樣小姑娘——訴說我少年時期，混沌初開之年的暑假，因緣湊合，伴隨一群來自「北海西土」的紅毛男女，從事一趟熱帶叢林冒險旅程。好日子！陽曆八月陰曆七月，開鬼門的時節，婆羅洲天空水紅紅一瓢弦月下，一夥人泛舟卡布雅斯河，沿著赤道線，朝向這條千里大江的盡頭，天際，一座光禿禿拔地而起的石頭山，峇都帝坂，與匆匆喜孜孜進發嘍。我們這群懵懂無知，硬闖伊班人世代禁地，試圖攀登達雅克人神聖冥山的外邦人，頂著河上一顆火日頭，一路渾渾噩噩忐忐忑忑，身不由己，彷彿受到那令伊班婦女聞風喪膽、奔相走避的黑魔王峇里沙冷的召喚，趁著鬼月鬼門大開，爭相趕赴鬼門關似地，沒命價一站又一站只顧溯流而上……

這趟大河追憶之旅——這本書——緣起之時，我剛來到台灣東部一所新興大學教書，住在簇新的教員宿舍。某夜，子時夢醒，枯坐山谷中偌大一座荒涼校園白慘慘一盞枱燈下，心情蕭索，只好想想往事。滿園野狗此起彼落輪番嗥月聲中，心中忽一動，趕忙找出幾張稿紙，拿枝筆，對著那悄沒聲陡然聳立窗外的阿美族人的聖山，黑色奇萊一弧月，放悲聲，內心開始吶喊呼喚妳的名字，招妳的靈：朱鴒歸來！請再聽我講一樁我少小時在南洋發生的事。懇求妳信守妳的承諾，用妳那小母姊般的寬容體恤和冰雪聰明，再替我清滌一場孽業。請幫助我，袚除那潛伏在我心中極深處的另一個更龐大頑強、更幽闇、更詭譎多變，但也更讓我迷惑和眷戀，以至整個人沉溺其中樂陶陶，既不能也不願自拔的魔——峇都帝坂。

好朱鴒，妳這丫頭果然是信人。妳在新店溪上的黑水潭聽到我午夜的召喚，二話不說，一甩滿頭滴答的水珠，回來啦。一如三年前妳隨我漫遊台北，邊走，邊聽我講述婆羅洲童年往事的那一夜，這晚妳風塵僕僕，依舊晃蕩妳脖子上刀削似的一蓬子齊耳短髮，倏地顯現在我眼前。妳，機靈靈，睜著妳那雙永遠閃爍著慧黠好奇光芒的眼瞳，只打量我兩眼，沒工夫同我寒暄，也不忙著互道別來如何，一屁股就在我書桌前的窗台上落坐，沐浴著滿窗霜樣的月光，定定瞅著我，一瞬不瞬，半聲也不吭，就開始聆聽我講述我十五歲那年暑假在南大荒，那條黃色大河上經歷的一場孽緣，它的源起、過程和寂滅。

我的一位授業老師說了：回憶和書寫是洗滌心靈的不二法門。這是學究語，妳這靈慧的小女生當然說不出口（想來，也不屑說），但妳確實以妳獨有的方式和效率，幫助我做這門特別的功課。

於是，著魔似地，我守著台灣花東縱谷一盞枱燈和一疊稿紙，握著筆，終宵矻矻，努力追索這樁往事，試圖重溫赤道雨林中這段離奇的行腳。就在妳這個十歲的小丫頭（是十歲了吧？妳的年齡總是讓我捉摸不住）那刀也似冷森森、令人不敢正視的一雙眼神監督下，一古腦兒，我將冰封心底、幾十年不見天日的少年航程，鉅細靡遺，從內心旮旯角落摳挖出來，大剌剌，攤在光天化日底下。

我哪敢有所隱瞞。因為，早在三年前，咱倆結伴夜遊台北邊逛邊講說童年往事時，我就領教過妳的脾氣：「你要講，就乾脆全部講真的。半真半假裝神弄鬼的故事，我沒興趣聽。若讓我聽出你在唬弄我，我就掉頭而去，馬上打道回新店溪黑水潭老家！」所以台北夜遊之旅結束後，我們就有了《雨雪霏霏》這本以「真誠」取勝的書……這是題外話。

反正，我心中的記憶之門一旦被妳拉開，往事便有如決堤之水，嘩喇喇洶湧而出。接連四十九夜（我算得很清楚）通宵不睡，我坐在窗前枱燈下，對著抱住膝頭蹲坐在窗台上的妳，邊喃喃訴說邊發狂似地書寫。就這樣，故事一路講，直講到了七月初三日大河之旅正式啟航那一章節，形勢大好，故事的發展澎澎湃湃，水到渠成，眼看一年之內便可以完成整部小說。就在這當口，好像幫我慶祝似的，我書房窗外的庭院霜正濃，木槿花卻紅潑潑一片開得醉人。忽然，無緣無故，我心頭那根門又給悄悄拉上，水閘門砰地闔起來，水源登時枯竭，大河的故事再也講不下去了。

丫頭妳那倏來倏往、來去無蹤的老毛病又犯啦。這次，妳又是不聲不響，只格格一笑就憑空消失在我眼前，任我怎麼憑窗呼喚，妳就是不理睬。我的繆思中途捨棄我了。

我因此停筆。他們說那是瓶頸喔，寫作之路必經的一道關卡或試煉喔，不急，時機一到便會豁然開通，但我自己曉得，我心中的那一股滋養這部小說、推動這趟大河回憶之旅的神祕活水源頭，早不早，晚不晚，偏偏就在我們的船升火待發的那一霎，突然地、離奇地乾涸了，涓滴不存，留下我乾瞪著一疊空白的稿紙只顧發愣。我不解。我束手無策。好幾次我把心一橫，收拾起已經寫好的九十多張五百格原稿紙，捧到庭院中準備放一把火燒掉，但是終究硬不起心腸來。為此，我踟躕趑趄，足足半年之久。後來在一樁最奇妙的機緣促成下，我在台北縣淡水鎮半山腰買了一間房子——南洋老浪子，生平首次購屋置產哩！搬進那晚睡不著，深更獨坐窗前，望著那黑魆魆山鬼般橫臥在對岸水湄一團白霧中的觀音山，正自發怔，忽然霧散天開，窗外一派清光迸射。揉揉眼皮定睛望去，寂悄悄，只見一枚半圓月斜斜掛在河畔紅樹林上空。望著望著，心頭倏地一抖。丫頭哇，三年前那晚咱兩個浪遊台北，在新店溪上跋涉一夜，溯流而上尋尋覓覓，天將破曉，終於找到那傳說中絕滅已久的台灣野生純種原生魚——庵仔魚。記得嗎？那當口狂喜之餘，猛回頭一望，曙光熹微中我們看見河口的月亮，待沉不沉的，披著一條白紗，倚靠在觀音山巔，靜靜俯瞰水源頭那一窟黑潭中爭相飛蹦起舞的魚群。觀音山頭的月娘！三年沒見，這晚她依舊想她的心事，笑吟吟，一逕低垂著素淨的面龐，半闔著眼瞼，守望這條曾經孕育台灣原生命而今已變得濁臭不堪的河流，慈愛一如母姊。她，活生生，就是一位滿臉笑容、祥光普照的南海觀世音菩薩——我從小就提著香燭跟隨我媽到古晉大廟參拜的母神。

月娘，她別來無恙呢。

彷彿給悄悄上了潤滑劑似的，颼地，我心內那一根門又被拉開，啟閘嘍，活水又嘩喇喇湧流。丫頭妳笑咪咪若無其事，好像剛從哪裡玩水回來，甩著一頭一臉滴答的水珠，不聲不響，又遁回我身旁，依然圓睜著妳那雙小潑皮般狡黠烏溜的眼瞳，捋起濕漉漉的裙襬子，往窗台上只一坐，定定瞅住我，雙手托腮子，擺出一副準備繼續聆聽我講故事的態勢。

於是，就在我搬到淡水鎮的第一個夜晚，我重拾紙筆，我們的大河回憶之旅又再度——這次可是正式地、無可回頭地——啟航嘍。

陰曆鬼月，一路哼嗨操舟溯流，在觀音山頭的月娘笑吟吟觀照下，我們這群來自天南地北、有緣一聚作夥旅行的外鄉人，終於航向南海叢林大河盡頭那座神祕縹緲的石頭山。

* * *

話說東勝神州海外有一國土名曰傲來國，國近大海，海中有一座名山，名喚花果山。那座山，正當頂上有一塊仙石，自開天闢地以來，每受天真地秀日精月華，感之既久，遂有靈通之意，內育仙胎，一日迸裂，產一石卵似圓毬般大，因見風，化作一個石猴……

* * *

搬到淡水河畔觀音山下，又見月娘。我心安了。此後我就來往於北台灣的淡水鎮和東台灣的花蓮市之間，搭火車「通學」。這是我歷年寫作生涯中最特別——不不，最神奇和奧妙的經驗。周日在花蓮教書，周末回淡水寫作。行囊中裝著一部撰寫中越聚越厚的文稿，兩年期間，風雨無阻，經由一條古舊的鐵路（台北↕花蓮）和一條簇新的都會捷運線（淡水↕台北）不斷往復來回穿梭。這是一趟豐饒之旅。每次踏上這段山好、水好、風光明媚得令人不能不讓心情好起來的路程，我進入車廂，才把自己安頓好，只憑窗一望，整個人果然就快活了起來。就像一個盛裝出門的花東鄉下孩子，瞞著父母偷跑到台北迢迢（多美麗別致的兩個台灣字！音「踢跎」，意思「遊玩」，一個人在日頭下、月光中一逕踢躂遊逛好不逍遙）。妳看這孩子，頭一次坐火車，兩手緊緊攀著車窗口，邊觀看火車穿過青青山谷中那一條又一條幽深深，滴答滴答不住掉落水珠的隧道，邊扯著小嗓門，夢幻般只顧哼唱歌兒——那首，丫頭，在妳心目中最活潑、嘹喨、帶著妳最喜愛的濃濃東台灣味道，描寫火車過山洞的情景和聲響的宜蘭民謠〈丟丟銅仔〉：

火車行到伊都
阿末伊都丟
唉唷山洞內
山洞的水伊都
丟丟銅仔伊都
阿末伊都
丟仔伊都滴落來
丟丟銅……

朱鴒，這回且讓我帶路，引領妳走一趟這段有如歌謠般美妙的路程。

叮玲叮玲，捷運班車打早從老河口淡水站出發，依傍著觀音山，山光雲影下，沿著古淡水河道一路呼嘯著奔馳向老艋舺城。約莫二十五分鐘，抵達台北中央車站。嗚嗚嗚阿末伊都丟。我們搭火車出台北市嘍。列車穿行在北台灣阡陌交錯煙囪林立的谿谷之間。嗚嗚火車行到伊都，丟丟銅仔伊都，唉唷福隆港……豁地一亮，火車迎著大海上麗日下一碧如洗的天空，調頭駛上東海道，沿著太平洋濱直直朝南行進。海風習習檳榔搖曳，嗚嗚嗚阿末伊都丟啊唉唷對兜去——晃晃悠悠，火車穿過了沃野百里雞犬相聞的蘭陽平原上一個又一個玲瓏如畫的鎮甸，頭城、四城、二結、五結、蘇澳、南方澳。滿耳波濤砰碰砰碰不住價拍岸聲中，車頭驀地扯起嗓門拉長汽笛，開始往上攀爬，噗哧噗哧嗚嗚——眼前忽地一黯，天地驟然沉寂，列車駛入了台灣中央山脈的嵯峨群山，好久好久，騰雲駕霧也似，只管奔馳在海拔千尺的斷崖和深不可測的海溝之間，依傍著太平洋，行駛在那一縷細如鞋帶的棧橋上，鑽過一條又一條隧道……阿末伊都丟唉唷山洞內，山洞的水，丟丟銅仔伊都滴落來……正當妳哼唱唱搖搖盪盪神遊太虛之際，眼睛忽又一亮，天地霍地開朗，火車駛出了大山，落日餘暉照射下滿城華燈乍亮中抵達了終點站，花蓮。

雙腳踏到伊都

阿末伊都丟

唉唷花蓮港
看見電燈伊都
丟丟銅仔伊都
阿末伊都
丟仔伊都寫紅字……

丫頭，這是不是咱們台灣島上最美、最有風情、最具歌謠味道的一段風景呢？〈丟丟銅仔〉。第一次聽到這首宜蘭民謠，是剛到台灣讀大學時。有天下午我蹺課到學校附近的羅斯福路三段閒逛，走過古亭國小（朱鴒的學校！但那時妳還沒入學），忽然，就在鬧市街頭，聽到一大群好幾百隻黌擁出谷的黃鶯，不知打哪飛來，聚集在台北市這座小學校園中，輪番扯起嗓門，興高采烈地來個即興的四部混聲大合唱：啾啾啾，丟丟銅仔，阿末伊都丟唉唷磅空內，磅空的水，伊都丟丟銅仔伊都，阿末伊都丟丟丟阿末伊都丟，丟仔伊都滴落來……滴落來……啾啾啾丟丟銅仔阿末伊都丟……我駐足圍牆外人行道上豎耳凝聽。原來是好幾個班級的小學生在上唱遊課，集合在禮堂練唱民謠。幾百條幼嫩的嗓子，清亮地、激昂地反覆唱著。那疊句式的一聲聲阿末伊都丟，漣漪般一圈盪漾開一圈，不住洄漩在校門口那條八線通衢大道羅斯福路上，嘩喇嘩喇，融入滿城向晚驟起的車潮中。那時我還聽不懂歌詞的意思，但在娃兒們那嘹喨活潑、無比喜悅的濤濤歌聲中，我看見一列火車——那種老式的、渾身黑黝黝地沾滿煤煙、卻像童話般古錐迷人的蒸氣火車，搖搖盪盪噗哧噗哧，行駛在青山翠谷碧海藍天之間，穿過一條又一條幽深深，叮咚叮咚價響，好似撒落一堆銅錢，不住滴答著水珠兒的隧道……

往後那些年，這首歌謠時時洄盪在我心海。我心中一直在尋思：這個武陵洞天似的所在、這列阿末伊都的火車奔馳過的青山碧水，究竟在哪？若台灣真有這樣的風景，它隱藏在哪個旮旯的角落？

後來我到東部教書，無意中，竟找到了我思慕已久的丟丟銅仔國度。原來呢它就坐落在台灣東海道上，中央山脈巍巍陰影下的太平洋之濱，福隆港↓蘇澳港↓花蓮港，這條東部縱貫鐵路經過的地方，而我，來自南洋的垂老浪子，這會兒就坐在行進中的列車上，汲汲忙忙在幹我的活兒——寫作一本名叫《大河盡頭》的書。

兩年期間，我隨身攜帶一疊稿紙，每週在淡水和花蓮之間通勤，利用車上時光，每趟總可以寫個千把字。於是我們的婆羅洲大河之旅——這段回憶和這部書稿——便在這條路線上有如紡錘般來回穿梭，一連百來週，不斷接受瀛島風光的陶冶和東海雨露的滋潤。瞧，好似花果山傳奇，在台灣中央山脈的日精月華洗禮之下，我們的故事開始受胎，著床，日漸孕育成形，久之「化作一個石猴」出世啦。那就是讀者們現在看到的這本獨樹一格、有點荒誕不經、有點悖德叛道、可絕對是真心誠意的小說（其實目前還只是半部小說，咱們仍有一半旅程要走、一半前緣待續）。書中部分篇章，便是人在旅途中顛簸搖盪，把身子蝸蜷在窄小的座椅裡頭抖抖簌簌，乩童起乩也似，鬼畫符般握筆在稿紙上書寫的。其中包括我自己最鍾意的若干章節，譬如破曉時分白骨墩上、紅毛城下、木瓜園中群鬼交歡那一幕，譬如卡布雅斯河的領航鳥（我寫的其實是妳喔，朱鴒），譬如澳西叔叔在長屋夜宴上玩魔術唬弄伊班孩童，譬如血色黎明、雨林雨林，譬如一群紅毛男女參拜日本科馬子神，譬如（最讓妳、我以及每位稍有慈悲心的讀者痛心疾首、義憤難平的一段情節）陰曆七月七日七夕，在紅色城市，舊地重遊的克絲婷誤闖失落的伊甸園……

朱鴒，這究竟是怎樣的一種緣法？

——我不曉得。我說不上來。我只知道這個緣是很好的。

* * *

我十分珍惜這段奇特的寫作時光：我、南洋浪子，棲身在東台灣童謠般的丟丟銅仔國度，像隻疲倦的候鳥，眷戀這片青碧的山水，樂不知返，只顧往復來回兩城之間，終年穿梭在這條東海道上。這會兒，人在路途，坐在那阿末伊都丟伊都丟——不住流動顛盪的火車車廂中準備書寫。我拿起公事包，平放於膝頭，隨即攤開一本旅途中從不離身的原稿紙，握筆，悄悄做個深呼吸，屏氣凝神，開始追憶半個多甲子前，我十五歲那年暑假發生在婆羅洲雨林祕境的一樁往事。這不是一件輕鬆的差事。在滿車廂小孩奔逐戲耍、大人呼喚吆喝聲中，我得苦苦思索、篩選，試圖從我小時在南洋讀書識得的萬把個方塊字中，找出容貌最「靚」、聲音最「正」，最對我胃口的字，把那「大河盡頭，叢林天際，水紅紅一鉤月下，鬼氣森森聳立的一座魄礧石頭山」以及山下人間，在那陰曆七月，所進行的悲歡離合宿怨新仇……種種情節，一古腦兒，從記憶深處最幽闇陰濕的角落給打撈上來，曝曬在這東海道上，太平洋濱白燦燦天光下，然後，以朝山客那般虔敬的心，一筆一劃，鄭而重之地，將我努力捕捉到的景象——或幻影——刻寫在我眼前這張三百格原稿紙上。而貯在我心裡供我挑選，用以描繪南海雨林世界的，可是萬把個十分古老的、燕趙的、圖騰式的方塊字哪！記得嗎？我在古晉聖保祿小學讀書時，小男生們最愛慕的一位老師，來自愛爾蘭、容貌神似好來塢玉女奧德莉・赫本的艾莉雅修女，曾斷言：中國象形文字乃是撒旦創造的神祕符碼，用以對抗上帝的語文（指的當然是拼音的、蟹行的文字嘍）；而那位國籍不明，行蹤詭祕的羅神父，則一逕眨巴著他那雙終年水汪汪的綠眼瞳，指著唐人街上，橫七豎八姹紫嫣紅，乍看恰似一窩花蛇交尾的滿街支那方塊字招牌，賊忒嘻嘻，悄聲告訴孩子們說：那是東方祕戲圖嘢……如今，我卻得藉由這些符碼或圖譜，呈現與「神州中土」迥異的南海景觀和熱帶風情。這不是什麼宿命，丫頭，是選擇。出身南洋殖民地、在大英帝國語言霸權下長大的支那少年，終究捨棄了英文，桀驁地，選擇以中文記錄他的成長歷程，書寫他十五歲時，混沌初開之年，發生在婆羅洲內陸，促使他在一個月期間變成大人的奇特經驗。故事發生在叢林——再次提醒妳，這可不是妳在毛姆或吉卜林小說中看到的那種羅曼蒂克化的、被歐洲男女當成性遊樂場（噢！失而復得的伊甸園）的印度和馬來半島叢林，而是最真實、最殘酷的婆羅洲叢林，全球碩果僅存的三大雨林之一。這是台灣人（包括妳，朱鴒）感到陌生的世界。叢林，在我們的小說《大河盡頭》中不只是故事背景，同時也是全書的中心象徵、具體而微的小宇宙，甚至，在我心目中，它才是小說的真正主人翁呢。作為這個故事的講述者，我有責任以鮮明、具象的方式，將這座叢林呈現在妳以及所有中文讀者的眼前。有個很好的英文小說家，叫康拉德。他說：小說家的首要任務是「讓讀者看到」。那我要怎樣讓中文讀者「看到」赤道雨林，甚至讓他在閱讀過程中感覺身歷其境，彷彿親身到婆羅洲走一趟？這，就得倚靠文字的力量嘍！所幸，中文歷史夠悠久、字彙夠充足、意涵夠豐富，而且是舉世獨一無二的形音俱美的語文，用它來描繪同樣多彩多姿、別有洞天的婆羅洲雨林，簡直是魚幫水，水幫魚，彼此頗為相得。《大河盡頭》這部小說提供我這個「以文字為志業的作家」（台灣有位批評家，曾經這樣講我唄）發掘中文的潛能、展現方塊字魅力的大好機會。但願——朱鴒請妳祝福我——南洋浪子不會辜負伊班大神辛格朗．布龍賜予的機緣⋯⋯

無論如何，這兩年來，每週往返學校和住所之間，搭乘台北↕花蓮自強號或莒光號列車，一把自己安頓好，便迫不及待掏出筆來，攤開稿紙正襟危坐，利用車上三、四個鐘頭時間繼續追索「少年永」和他的荷蘭姑媽克莉絲汀娜・馬利亞・房龍小姐的故事：那年夏天在峇都帝坂山下那條黃蟒般的巨河中一艘逆水行駛的船上，兩人如何結緣，如何歷經磨難和各種轇轕，如何相知相惜，最終如何分離、至死沒再相見的整個經緯。對我來說，追憶和書寫這段往事的過程，就是使用方塊字鍛冶、焠煉一樁刻骨銘心的經驗的過程。這是件苦工。好比劍師打鐵造劍，得為材料的篩選、調配、火候的拿捏等等傷透腦筋。往往在追憶過程中，剛捕捉到一個關鍵的意象，或從內心深處的泥沼裡，挖掘、打撈出一樁多年不見天日的旮旯事時，正要落筆將它記錄在稿紙上的當兒，瞧，丫頭，那千百個支那象形字，果真像艾修女和羅神父所言，就如同一群鬼怪妖精，搽脂抹粉張牙舞爪，嘩喇嘩喇從我腦子裡洶湧而出，一窩兒撲向我來，羅列我眼前，個個搔首弄姿極盡媚態，好似——這個比喻不妥，但我忍不住採用——坤甸蘇丹後宮那群阿拉伯舞孃，爭相扭動肚皮哄誘我，央求我，這回定要召幸她們。我常被弄得好生為難，六神無主。可說來也奇，每每就在我字斟句酌舉棋不定，侷促在車廂座椅中，握筆踟躕，正自苦惱之際，猛抬頭往車窗外一眺望。好丫頭朱鴒！幽幽然，東海道上太平洋天空一輪白皎皎麗日下，妳瞇笑瞇笑，不聲不響，出現在火車窗那塊四呎見方的玻璃鏡中，只管睨睇我，悄悄使個眼色，隨即舉起手裡拈著的一支粉筆，朝我臉上揚了揚……那副神態，就如同當初兩人第一次結緣時。

* * *

第一次看見丫頭，她正弓著身子低著頭，手裡捏住一支粉筆，蹲在學校門口水泥台階上獨個兒在寫字。

「老師教的字？」他走過來湊上眼睛一瞧。她沒答腔，只搖搖頭。他又問道：「書本上看到的字囉？」她甩起脖子上一蓬短髮絲，使勁搖頭。不瞅不睬，她一逕低著頭，睜著兩隻幽黑眼瞳子，迎著校門口潑灑進來的晚霞，一橫一豎一撇一捺，用粉筆使勁刻畫八個方塊字，那股專注勁兒，就如同一位正在操刀創作的雕刻家。他悄悄在她身旁蹲下來，瞅著水泥地上那八個氣象萬千卻又充滿稚氣的大字，反覆吟哦兩遍：「雨雪霏霏，四牡騑騑。這是《詩經・小雅》的兩句詩！妳懂得它的意思嗎？」

「我可以猜呀。」

「哦？雨——雪——霏——霏。霏霏是什麼意思？」

「一看就看得出來啊。」猛一睜眼睛，小姑娘揚起她那張風塵僕僕的小瓜子臉龐，伸出一隻手臂，直直指著台北的天空，兀自蹲在地上鄙夷地瞅住他：「瞧！滿天雨雪紛紛揚揚下個不停。聽！大雪中一群馬兒踢躂踢躂奔跑不停，風蕭蕭馬嘶嘶。你問我怎樣看出來的？騑字旁邊不是有個馬字嗎？霏霏，大雪下個不住；騑騑，馬兒跑個不停。雨雪霏霏四牡騑騑。可是，四牡——」眼瞳一轉，她歪起臉兒絞起眉心，望著校門口夕陽下台北市縱貫南北的通衢大道，羅斯福路上，那一街行色匆匆的歸人，只顧苦苦思索起來：「可是奇怪啊，為什麼有四頭土牛，像馬兒那樣奔跑在雪地上呢？」

「哦，那是牡字，雄的動物。四牡——」

「猜到了！」她倏地伸出一根手指頭，制止他說下去。「聽到沒？」她豎起耳朵，傾聽那向晚時分嘩喇嘩喇滿城心洶湧起的車潮聲：「踢躂——踢躂——四匹駿馬並肩奔跑在紛紛揚揚的雨雪中。」眼一柔，她瞇起瞳子眺望城西淡水河口暮靄中一灘瘀血似的彩霞，好半天不作聲，彷彿神遊物外，忽然回過頭來幽幽嘆息一聲：「騑騑四牡霏霏雨雪，唉。」

「多蒼茫、多燕趙的意象！」沒來由地，他也跟著這小女孩兒感嘆起來。「那是《詩經》的中國世界啊，丫頭。」

「丫頭？」肩膀子猛一顫，她慢吞吞抬起頭來眼睜睜地打量他，滿瞳子狐疑：「你叫我丫頭？我爸也叫我丫頭。」

「妳爸一定很疼妳囉？妳住哪？放學了天黑了，同學們和老師都回家了，整個校園空盪盪黑魆魆，丫頭，妳怎麼一個人揹著書包蹲在校門口寫字？」

「嗯。」

「妳有心事不想說嗎？」

眼神一黯，她摔掉手裡拈著的粉筆，伸出手來，狠狠抹掉那滿頭臉沾著的煙塵。深秋，落日蕭瑟。丫頭身上只穿一件土黃色卡其長袖上衣和一條黑布裙，獨自個蹲坐在校門口水泥台階上，攏起裙襬，雙手抱住兩隻膝頭，凝起眼睛眺望暮色蒼茫炊煙四起的大街，癡癡呆呆，好像在想著什麼心事。滿城霞光篩下來，潑照她那一張髮絲飛撩的小臉龐。神情說不出的孤寂。他怔怔望著她。好久，丫頭才舉起手來狠狠擦掉腮幫上的淚痕，忽然伸出胳臂，指著校門外，華燈初上的羅斯福路上，那滿街一蕾蕾春花般爭相綻放的霓虹：「你看，招牌上那些字！一個個方塊字可不就像一幅幅圖畫？春神酒店、樂馬賓館、湘咖啡、敘心園玉女池三溫暖娜嬛書屋吉本料理店迦南會所（全擠在一棟大樓裡）、曼珠沙華精品、夢十七髮廊……」猛回頭，落日下她那兩隻幽黑眼瞳子清靈靈只一轉，瞅住他：「你知道中國字一共有幾個嗎？萬把個？告訴你吧，我家那部國語字典收的單字總共是一二六四九個。」

「妳數過了？丫頭。」

「早就數過啦。」

「沒事妳數字典的字做什麼？」

「好奇。」

「哦，好奇！天哪。」

「我喜歡看字典上排列的一個個四四方方的中國字！老師說，《辭海》收的單字有兩萬個，改天我找一部辭海翻翻看。」丫頭瞪著他，一臉嚴肅：「雨雪霏霏四牡騑騑，一個中國字是一幅小小的圖畫，兩萬個中國字就是兩萬幅小圖畫，合起來不就是一幅大圖畫嗎？全世界最大、最美、最古老的畫呢。」

「這幅巨畫的名字就叫做『中國』，對不對？」

「我不知道。」丫頭抿起嘴唇吃吃笑。「可我告訴你，每天黃昏天一黑，台北市滿城燈火點亮，千盞萬盞霓虹招牌，閃閃爍爍看起來就像一個特大的萬花筒，不，一個特大的盤絲洞！洞裡隱藏著幾千幾萬幅神秘圖畫。所以——」夕陽下臉一揚，丫頭甩了甩她那一蓬子刀切般齊耳的短髮絲：「所以，放學後我不想回家！我喜歡一個人上街去迌迌……」

＊　＊　＊

迌迌！多古怪的字。

這兩個不知何時、何人創造，一般中文辭書不屑收入，但卻在台灣奇妙地流傳開來的方塊字，便是妳，朱鴒——傍晚放學後喜歡蹲在校門口寫字的小學女生——那年秋天，夕照滿台北城，我們初次見面時，介紹給我這個南洋浪子認識的。妳叮囑我：這兩個字切莫唸成「日月」，要讀成「剃頭」喔。妳撿起粉筆一咬牙就在水泥地上大剌剌地寫下「迌迌」，邊寫邊說：意思就是一個人飄泊流浪，四處遛達遊逛，白天頂著大日頭，晚上踏著月光，多麼逍遙自在可又是那樣的淒涼孤獨……說著，妳扔掉粉筆，晚風中一甩妳那滿頭蓬飛的枯黃髮絲，絞起眉心，裝出一臉淒苦的表情，撅起臀子蹲在校門口台階上，仰望著城頭滾滾彤雲，猛一跺腳，拔尖嗓門自顧自厲聲唱起來：

冷暖人生若眠夢
不免怨嘆
迌迌人
不好擱再心茫茫
漂漂迌迌人
漂漂迌迌人

丫頭，這是我聽過的最淒涼孤獨、可卻十分美麗動聽的一首歌。〈漂泊的迌迌人〉，浪子之歌。從此，我就迷上了這兩個身世飄零，好似一對流浪賣唱的孿生孤女，姊妹倆，相依為命，總是一起出現在台灣歌謠中的卑微方塊字：迌迌。而妳，這隻漂飛在紅塵都市中的小紅雀——那時我管妳叫「迌迌小鳥」——便成了我的義務嚮導。二話不說，妳就揹起書包，踢躂著一雙破球鞋，甩啊晃的聳著妳頸脖上一蓬野草般四下怒張的髮絲，睜圓兩隻烏亮眼瞳，東張西望尋尋覓覓，穿梭在黃昏街頭燈火叢中，一步一回首，笑吟吟招著手。如同卡布雅斯河上的領航鳥，妳引導我這個素昧平生的外邦人，一路迢迢遊逛，結伴兒，進入那滙集萬種風情千樣繁華，撲朔迷離，有如一個碩大無倫的盤絲洞的台北城……

迢迢＋朱鴒＋南洋浪子。

多奇特可也多美妙有趣的組合和際遇。所以就有了《雨雪霏霏——婆羅洲童年記事》這本書。借用妳的話，這是很好的緣。

＊　　＊　　＊

如今我又一頭栽入另一趟旅途和另一個婆羅洲回憶中。

這會兒，獨自個，坐在太平洋濱台灣東海道上一列奔馳的莒光號客車中，晃晃盪盪，倚著車窗握著筆，面對一疊泛黃的稿紙，苦苦追索「少年永」十五歲那年暑假在赤道叢林大河的離奇航程。記憶之門，一旦被拉開，霎時間成群婆羅洲雨林意象紛至沓來：

黃濤滾滾孤城危立的大河口；潑血也似的赤道落日；尨尨然盤踞河畔山坡，夕照裡，好似一條渾身著火的叢林大蟲的長屋；荒城一瓠月；月下鬼哭啾啾的大河；幽靈樣，黑髮披肩的伊班小美人（妳看，她總是光著咖啡色的小身子，腰繫一條粉紅小紗籠，露出小肚臍眼，雙手摟著個金髮綠眼芭比娃娃新娘，獨個兒站在長屋門口月影裡，永遠地、徹夜地倚門盼望良人歸來）；小不點兒奔跑在河中沙洲上，蹦蹬蹦蹬一步一回首招引河上舟旅的領路鳥：小蒼鷺、小魚鷹、磯鷸、黑冠翡翠鳥；孤零零以王者之姿盤旋天頂，晝夜不懈，逡巡大河的婆羅門鳶；叢林盡頭，天際，麗日下光禿禿一座鬼氣森森石頭山：峇都帝坂……喔！還有那陰曆七月夜，滿山燐火睒睒，四處飄竄出沒的山魈樹妖和日軍亡魂——

成堆成捆的鬼月叢林意象，決堤般，衝著我洶湧而來，有如婆羅洲深山中眾鳥唼喋群獸喧嘩，登時充塞我一腦子，競相鼓譟，央求我發慈悲心，用我的筆超度它們，將它們蛻化成一個個永恆、晶亮的方塊字，讓它們投生在我膝頭鋪著的原稿紙上，那棋盤樣的三百個格子中，從此一了百了，擺脫黑魔王峇里沙冷的緊箍咒——和澳西叔叔的白魔法——追隨那破石而出的孫猴子，逍遙迌迌，遨遊在無比博大深邃、寬容如母親的中國文學天空。

小說家哪有這門法力。

每每，在它們的糾纏和驅迫下，我一次又一次墮入文字障中，不能自拔，莫知所措，面對這團團簇簇蠭擁而至、宛如熱帶花卉驟然盛開的雨林意象，目眩神迷之餘，久久，只能握筆發愣。有時枯坐車廂裡只顧抓耳搔腮，眼睜睜，看著乘坐的列車呼嘯穿過東海道上一個又一個驛站：頭城、礁溪、六結、四結、宜蘭……我眼前那張稿紙冰冷冷地，兀自一片空白。可是說也挺奇詭，每次正當我長嘆一聲，廢然擲筆，闔上眼睛準備一覺睡到終點站花蓮之際，不經意轉頭一瞧。看哪！好丫頭笑吟吟，不知什麼時候就倏然現身在我身畔車窗，沐浴在那一方白花花陽光中，瞇著眼，手裡拈著一支粉筆，朝我鼻尖只管揮啊揮，臉上洋溢著揶揄的笑意，那副神色彷彿在提醒我：喂，你忘了你曾在古亭國小校門口看我寫字嗎？

喔！雨雪霏霏四牡騑騑。

我心中靈光乍現，又打開行囊拿出稿紙，忙不迭地，收拾起迷亂的心情，重新把自己安頓好，整個人就投入眼前這三百格的小宇宙中，一格一格，逐字逐筆，學那小女生朱鴒的專心致志，只管寫我的字，天塌下來也莫去煩惱它。

這丫頭！妳又再度發揮領航鳥的功能，扮演最稱職的嚮導。

這回妳牽著我，走入文字世界——就像在我少年大河之旅中，陰曆七月七日七夕那晚，我的荷蘭姑媽克莉絲汀娜・房龍牽著我，一路穿梭行走過卡布雅斯河上那座紅色迷城，尋找一個幽靈樣的普南姑娘。這回妳引領我，一步探索著一步，躡手躡腳，穿梭過那座由兩萬個婀娜多姿、形貌無一雷同、各有各的來歷和性格的方塊字建構而成，曲折幽深，刁斗森嚴，一如九重天闕的娜嬛宮殿。邊走，我們倆邊遊逛尋覓，拾穗般挑挑撿撿，擷取那一顆顆好似夜明珠四下綴掛在殿中的「字」，抱得滿懷，出得迷宮來，用它們打造一幢規模小得多，比起娜嬛宮，氣派也沒那麼瑰麗堂皇，但整體看來，應該還不致於太寒傖小氣的雨林文字宮殿：《大河盡頭》。

這部小說便是這樣寫成的。

人在逆旅，身在台灣東海道上，坐在那嗚嗚嗚阿末伊都丟——伊都丟——呼嘯奔馳過太平洋濱的城鎮，宜蘭、羅東、冬山、蘇澳南方澳東澳……的莒光號列車中，邊回憶邊書寫，在眼前那棋盤樣的三百格雪白紙張上，不停用筆刻劃，敲打，鍾鍊，試圖在厚厚一疊原稿紙中，以兩年工期，構築一座充滿赤道風情和雨林魔力的方塊字宮殿。

這樣的文字因緣和創作過程，丫頭，妳說，不就是一趟坐火車，拿著一支筆和一疊紙，來回穿梭浩渺時空中，頂有意思的奇幻之旅嗎？

* * *

蝸蜷在火車廂小小的座椅中書寫，每每寫得累了，停筆舒伸腰背，一扭頭，便驀然看見朱鴒妳的形影，滿臉笑，顧盼睥睨，映漾著東海道上的山光水色城鎮村墟，海市蜃樓般，浮現在太平洋豔陽下，隨著那拍岸的簇簇浪花，潑剌剌潑剌剌，不住激盪著我筆下的叢林長屋落日大河。霎忽間，我寫作生涯中三個重要元素，我鍾愛的三個意象——朱鴒丫頭、台灣、婆羅洲——重疊在一起了，漸漸融成一團，在火車窗那塊四呎見方的透明玻璃中，凝聚成一幅似幻還真，光影流動變化不停，既扞格唐突，可卻又無比地、莫名地和諧美麗動人的圖景。

有時我只顧怔怔凝視車窗，不知不覺，看癡了，渾忘了眼下正在撰寫的這部小說。愣瞅著，玄想著，我就讓我心中那匹時時竄逃的野馬（姑且稱之「創造力」或「想像力」吧）脫韁而出，奔騰在太平洋上空那一穹窿浩瀚的藍天白雲中。

喂，妳看！車窗中這一幅圖畫，這個極簡單純淨但也十分繁複多變、別有洞天、蔚蔚然自成一個瑰麗世界的鏡子意象，不正是另一部小說的上乘素材嗎？說不定，咱兩個再度聯手，可以設法把妳弄進這鏡中的天地，讓妳變成愛麗絲——不，朱鴒，以妳的性格和行徑，更像花果山那個石頭所化，承受山川雨露、日月精氣的潑猴——讓妳遨遊在一個迷離國度中，四處闖蕩搗亂，滋生一些事端，從而引發出一則令人拍案的故事，鋪陳出一趟嶄新的、以丫頭妳為主人翁、保證精彩好看、讓愛麗絲好生羨慕的超時空奇幻旅程來……慢點你慢點，這下可扯得太遠了。《朱鴒在婆羅洲》？點子雖好但這是後話。這當口我們人還在大河之旅的中途哩。當務之急是利用火車上的時光，摒除心頭雜念，好好定下心來，在朱鴒妳這隻小紅雀一路守護、引航下，讓我繼續追憶、記述「少年永」和他的洋姑媽「克絲婷」那年夏天在西婆羅洲卡布雅斯河上的未了旅程。

嗚——赤道大日頭下汽笛驟響，我們這艘逆水行駛的客船，經歷五百公里航程後，在中途站「紅色城市」停歇一宵，這會兒又升火待發，朝向大河盡頭蒼莽天際的一座魂礌石頭山，搖搖盪盪怦碰怦碰，準備再度啟航嘍。

火車行到伊都
阿末伊都丟
唉唷山洞內
山洞的水伊都
丟丟銅仔伊都
阿末伊都
丟仔伊都滴落來
丟丟銅——

紀念

克莉絲汀娜・馬利亞・房龍（Christina Maria Van Loon, 1924-?）

下卷　山

七月初八凌晨　逃出紅色城市

天河抄

七月七日七夕，牛郎和織女，苦命的夫妻倆，一年一度鵲橋相會的大日子哪。我姑媽克絲婷盛妝打扮，帶領我，穿梭在婆羅洲內陸叢林一座紅色迷宮城市，四處尋找一個陌生、不知名、驚鴻一瞥、我只在坤甸碼頭匆匆打過照面的普南族長辮子姑娘。一瓢迷濛水月下，姑姪倆半夜走出旅館，冒著漫城猩紅飛沙，好似一雙夜遊情侶，手牽手，躡手躡腳探頭探腦，行走在新唐鎮小紅町上一窟窟燈火妖媚、人頭飄忽的盤絲洞間。就這樣一整晚尋尋覓覓只顧逛蕩著，不知怎的神差鬼使，姑媽就回到了她三十八年生命中最害怕、最最不想回去的那個地方。命啊。丫頭，妳也看見了，一來到這個所在（那只是二戰皇軍營區旁邊一排低矮的東洋黑漆木板樓），我那平日飛颺佻達，慣常駕駛一輛天藍路寶吉普車，狂飆在卡布雅斯河口，縱橫於三角洲平野，赤道一輪大日頭下只見滿肩火紅髮毬子，潑剌潑剌，迎著大河的風不住飛撩的姑媽——坤甸城中人人識得的「房龍農莊的普安・克莉絲汀娜」——就彷彿受了魔咒似的，霎時變了個人：幽魂樣一個孤獨無助蝦腰駝背的老婦人，半夜凌晨，蹭蹬在空盪盪的城心，聳著一頭蓬鬆紅髮，滿臉風塵，但身上卻依舊穿著她那件專為陪伴姪兒逛街，喜孜孜，從行李箱底挖出，特地換上的天藍地小黃花過膝長裙。這流落異鄉、舉目無親的洋婆子，趿著一雙簇新銀白兩吋半高跟鞋，從荒廢的軍營中走出來，獨自躑躅街上，抬頭看見我慌慌急急跑來尋她，眼一紅，如見親人，當街就蹲了下來放悲聲只顧掩面痛哭。

她是出身荷蘭法蘭德斯地方世家大族的克莉絲汀娜・馬利亞・房龍。受她的老相識、我父親之託，帶我進入婆羅洲叢林從事一趟她所稱的成長之旅。

我膝頭一軟，也在街心蹲下，雙手攬住姑媽的肩膀，將她的臉龐悄悄藏放在我的胸窩裡。我，來自古晉的「少年永」，她那七、八天前在坤甸碼頭和她勉強相認的支那姪子，就在這一夕之間，變成她的至親、她在異國唯一的倚靠——變成，噯，此後五百公里航程中她生死與共的旅伴。所以我就當機立斷，片刻也不稽留，決定趕在天色大亮之前，把姑媽帶出她心目中的鬼地方，那人鬼雜處、飛沙走石、成群科馬子怪獸日夜咆哮出沒、鬼門關似地，聳立在卡布雅斯河中游的紅色城市，新唐。

丫頭，如今就算我想逃避也逃避不了啦！十五歲，猶未成年的我，神差鬼使地成了房龍小姐身邊唯一的男人，她精神上的支柱。

我那晚的處置，準會讓我父親以我為榮。首先，我把姑媽——我還是叫她的暱名「克絲婷」吧，終究比較習慣和順口——從馬路上攙扶起來，半誘哄半威嚇之下終於讓她停止哭泣，接著我幫她拂拂身上衣裳，用我兩隻手，將她那一頭亂蓬蓬番鬼婆似的四下箕張的赤紅髮絲，耐心地、一綹一綹地梳攏好，順手抹掉她腮上兩條淚痕，然後撿起她丟棄在街心的銀色小皮包，掛回她肘彎上。整理停當，我才挽起她的臂膀攬住她的腰肢，牽扶著她走出黑衕衕，頭也不回，迎著黎明前最深、最深的夜裡滿城呼颼颼，漩渦也似捲起的一濤濤風沙，穿過空洞洞的城心，奔跑過四條闃無人蹤，凌晨只見鬼眼樣一蕾蕾紅霓兀自閃爍兜轉，不住招徠過路客的花街，蹬蹬蹬，逃命似地快步走向老城區舊碼頭。棧橋下，泊著一排獨木舟。我敲開棧橋頭一間鐵皮棚屋，叫醒一個伊班老舟子，邊苦苦懇求，邊從克絲婷的皮包裡掏出幾張嶄新的印尼盾，這才獲得他的首肯，親自駕駛長舟，載我們姑姪倆離開新唐，日出之前，將我們送到上游最近的一座甘榜或長屋。

只聽得潑刺刺一聲響，伊班老舟子剛發動船尾那具二十匹馬力強生引擎，我們都還沒坐定呢，那長舟，咻地，便像一尾飛魚凌空而起，水花迸濺中，一溜風破浪溯流而上。

丫頭哇，我們終於逃出生天，離開克絲婷心中最懼怕的地方了。

此去，距離航程的終點——我們這次大河之旅的終極目標，矗立在水源頭的峇都帝坂——仍有五百公里水路，但在七夕這晚，天上水紅紅一瓠鬼月照耀下，我們已經通過了卡布雅斯河上的地獄之門，安然無恙，往後若蒙大神辛格朗・布龍／耶和華眷顧，一旦進入上游深山，便是一趟暢行無阻，與世隔絕，宛如穿行在武陵洞天中的伊班長舟之旅了。

這會兒我和克絲婷兩人，面對面，膝頭抵著膝頭，坐在長舟中央兩條橫板上，久久默不作聲，只是仰著臉，怔怔望著頂頭那片——哇！豁然開朗、滿眼星靨靨的婆羅洲夏夜天空，各想各的心事。

天黑黑，欲曉未曉。

——天快亮了吧？永，這一夜好長。

——五點。太陽就要露臉了。

——看，天上的星星亮晶晶地一個勁還在眨眼呢，不肯歇息。

——赤道的星星特別活潑、頑皮、愛玩。

——永，你聽！那是什麼聲音？

大河上驚天動地，陡然迸響起一記焦雷。

鬨窿——

我慌忙回頭，揉揉眼睛，望向船尾那隨著潑剌潑剌長舟引擎聲，一簇紅色魅影般，燐光點點，逐漸在我們的視界中消逝、隱沒的新唐鎮。

港口，一座簇新水泥河堤下，正在趕工興建亞洲最大木材集散場的遼闊工地上，飛沙驟起，漫天紅潑潑，正在颳起清晨的沙塵暴。嗚飀嗚飀的風沙聲好似一陣陣起床號，淒厲地喚醒了那成排蹲伏河畔，垂著血漬漬的鋼爪，闔上白森森的鋼牙，熄燈滅火，正在齁齁沉睡中的黃色鐵殼大怪獸。嘎——嗤！科馬子們紛紛睜開牠們那水晶球似的血絲眼珠，齊齊仰天打個大哈欠。天方五更，大清早那一個個聖經巨人般，魁梧奇偉齜牙咧嘴，四下棲息在婆羅洲原野中的小松、三菱、日野、五十鈴黃鐵甲武士，就全都甦醒了。漫天紅霧裡一瓢殘月下，只見牠們紛紛昂起頭顱，笑齤齤張開嘴巴猇叫三聲，倏地，舉起牠們那血亮血亮映照著曙光的各式奇門兵器——鏟刀、挖斗、奇形怪狀的鋼爪——朝著卡布雅斯河盡頭的磈碣石頭山，鏘鏘，抖兩下，隨即凝眸注目，迎向山巔正待破空而出的一輪旭日，行最敬禮。接著，我就聽到震天價響銑鐺一聲，眼睛驀一花，看見河畔工地上，舉行閱兵大典似地，科馬子們高高舉起長長一排好幾百隻巨靈怪手，直挺挺停留在半空中，文風不動寂然無聲，好像在宣誓效忠，又彷彿在等候主子的命令。牠們的主子乃是「科馬子神」：史前縱橫地球而今早已絕滅，陰魂不散，突然又在婆羅洲復活的暴龍／科幻世界最新、最炫、最酷，體型最龐大，面目最猙獰的金屬怪獸／婆羅洲叢林的新神魔——小松五七五型超級推土機。科馬子神起床嘍。烏鰍鰍㹷㹷然，妳看祂舉起祂那支雪白白、足有一層樓高、一次就可以鏟掉整座網球場的大鏟刀，從蹲踞的紅土坑裡，霍地立起身，睜著斗大的兩粒火眼金睛，鐺鎯鐺，抖了抖身上披著的重重烏黑鎧甲，繃著臉悶聲不響，就帶頭鑽出巢穴，砰磅砰磅鼓著祂那一千匹馬力的強大心臟，噗噗，噴吐出蓬蓬黑煙，牽領祂那群工蟻般聲勢浩大的徒子徒孫——小科馬子們——開始出勤，執行「西渤泥拓植（株）」今天指派的任務：鏟平另一座山頭。

霎時，整座新唐鎮陷入了一漩渦遮天蔽地的紅色飛沙中。從舟中遙望，只看得見鎮心小紅町東一簇西一蕊霓虹，晨霧裡一窩戲水的群蛇般，在這曙光初現時刻，兀自睞啊睞、眨啊眨地，還只顧兜轉閃爍著一盞盞姹紫嫣紅、水汪汪媚眼似的花燈，不知在招徠什麼客人。城外原野上的宿鳥，滿林子喊喳驚飛。萬里無雲，看來今天又是個八月太陽高照的大晴天，正是趕工幹活的好日子。月沉落，天將破曉。卡布雅斯河灣那片早已被鏟平的赤紅土地上，空窿窿，驟然綻響起一連串焦雷，好似晴天霹靂。隨即眼一花，我便看見成百輛挖土機、鏟土機、刨土機、壓土機和成隊五十鈴十輪大卡車，以及各種型號、張牙舞爪四處流竄的怪手，在科馬子神統領之下，全員出動，沿著河堤溯流而上。

丫頭，看！這一窩巨大的黃色工蟻簇擁著一位尊貴、魁梧、烏鰍鰍其醜無比的蟻后，嘶吼著奔馳在婆羅洲的處女林中，鏗鏘，鬩窿，一路刨起滾滾鮮紅土壤，挖起千年老樹根，浩浩蕩蕩衝破重重曙色，以狂飆之勢，掃蕩開滿山遍野飛沙大霧。這幅場景，端的十分瑰麗血腥，陰森壯闊，簡直就像好來塢科幻神怪電影中，精心打造的一群超級摩登金屬怪獸，傾巢而出，在那漫天血雨飛灑之下，仰天嘎嘎怪笑，朝向我們姑姪兩人撲殺過來……

——啊，永，他們追來了！

——克絲婷坐好！不可以回頭看。

我從舟中坐板上霍地起立，一個箭步躥到克絲婷跟前，大喝一聲，伸出雙臂抱住她的頭，用手掌蒙住她的雙眼，回頭努努嘴，朝向蹲坐在船尾掌舵的伊班老艄公，一抬下巴，示意他加足馬力，全速前進。

我們的船——長十二米，中央寬一米二，用一整株婆羅洲圓木刨空鑿成，精工打磨拋光，線條十分流暢優美，有如一枚完好象牙的傳統伊班長舟——在老舟子吆喝催促下，登時便像一尾凌空的飛魚，哦不，像一隻童心大發、在大河上獨自戲水的神鳥婆羅門鳶，剮剮呼嘯兩聲，先在河中央滴溜溜打個圈兒，旋即穿梭河道中蛇行五六十碼，猛然發勁：咻！船尾馬達攪起的水星一路飛濺追逐，長舟破空而起，騰雲駕霧也似，直直逆水而上，倏忽，就把水湄那群仰天嘶吼、陰魂般緊跟不捨的黃鐵甲怪獸，一古腦兒甩脫了，遙遙拋在後頭。我鬆開環抱住克絲婷肩膀的雙手，扶住膝頭從舟中立起身，昂首眺望。巍巍新唐——無邊翠綠中的一座紅色城鎮，我們大河之旅的中繼站，卡江流域最後一個大聚落，新興的河港，建設中的亞洲最大木材集散中心——曙光熹微裡，海市蜃樓似的，早就在我們視界中消散掉，轉眼間完全隱沒入婆羅洲心臟浩瀚樹海裡，悄沒聲，只剩下一團紅霧，燐火點點兀自飄忽閃爍，久久，籠罩住大河畔那山青水美，在這清早時分，天籟般，彷彿聽得見成群伊班孩童戲水聲的卡布雅斯河新月灣。

逃出生天，驚魂稍定，姑姪倆終於可以安頓下來，歇口氣，好好審視對方。

克絲婷的心情早已平復。在紅色城市浪遊一晚，這會兒，她滿頭滿臉沾著紅塵土，挺直腰桿子坐在長舟中央那條橫板上。破曉前，河風又起，馬達咆哮聲中只見她兩肩赤髮鬈，風潑潑汗湫湫，迎風芒草般飛撩狂舞，但她神情安素，似笑非笑地揚起嘴角，把一雙手交疊著放在膝上，凝起兩隻冰藍眼眸靜靜瞅住我——這才是我在房龍農莊初識的克絲婷！我被她這樣一瞬不瞬地望著，臉就飛紅了，低頭看看自己：一個十五歲中國少年，瘦楞楞地穿著他父親那寬大老氣的漂白夏季西裝，足登一雙圓頭大皮鞋，蓬頭垢面，兩眼惺忪，大清早出現在婆羅洲內陸一條大河上，搭乘一艘伊班長舟，伴隨他的紅髮碧眼荷蘭姑媽，急慌慌逃避一群招揚著旭日旗、高舉著大鐽刀的科馬子怪獸的追殺……妳告訴我，ㄚ頭，這樣的際遇究竟是怎樣的一樁緣法？

我那姑媽只是端坐著，雙手依舊交疊膝上，好久不聲不響，眼勾勾瞅著那忸忸怩怩坐在她對面的我，少年永。

——克絲婷，我們沒衣服換了。

——永，我知道。

——行李都留在旅館，來不及帶走。

——不打緊。

——旅伴們都以為我們失蹤了。

——不理他們。

——這下，我們變成兩個流落在婆羅洲叢林、無家可歸的流浪姑娌了。

——這也很好啊，永。

這也很好啊。渾沌中一道閃電倏地劃過，我心中驀一亮：此去，直到旅途終點峇都帝坂山，仍有五百公里水程，我們這對結緣鬼月坤甸、結伴從事一趟奇異旅程的異國姑娌，如今落得一身孑然，只得相依為命——這種機遇和這份感覺豈不是挺難得、挺好的麼？

我吩咐那伊班艄公將速度放緩，讓長舟悄悄滑行在河中央航道上。

馬達聲平息，天地一下子沉寂了。

百米寬的河面靜盪盪，只聽得水聲磷磷，忽然，潑剌一陣響，兩條水蛇婀婀娜娜扭擺牠們那丈把長、通體雪白的身子，纏鬥著，雙雙鑽出河畔老樹根窟窿，只顧互相追逐、嘶咬，癲癲狂狂劈啵劈啵一路迸濺起蕊蕊水星。克絲婷笑吟吟，睜眼看著。伊班老舟子索性關掉引擎，把船停在河心。好久，這雙白蛇才從搏命似的交歡中掙脫，兩下分開，一前一後悠悠穿越過河道。克絲婷嘆息兩聲，伸手拍拍心口，轉頭望著牠倆一路追戲著，雙雙遁入河對岸水草窩裡。一抬眼，她看見大河下游，天際，出海口，破曉時分一枚殘月低低懸吊在蒼茫煙波中，待沉不沉。白皎皎一弧俏麗的倒影，只管靜靜盪漾河心上。

克絲婷回過頭來睨住我，瞅著瞅著，月光下只見她眼瞳中兩蓬子光芒，火燄樣閃爍著奇異的神彩。

——永，你看那月亮！記得嗎？你剛抵達坤甸那晚，我帶你站在卡布雅斯河大橋上看月亮。那時她還只是一彎月牙兒，像個小女娃。

——克絲婷，那時妳對著月亮起誓：「今年暑假，我將引領你進入婆羅洲內陸，穿過層層叢林一路溯流而上，把你帶到卡布雅斯河源頭，親眼看著你，永，一個十五歲、生平第一次獨自離家出遠門的少年，正式展開你的人生之旅。在伊班大神辛格朗・布龍眷顧下，若能平安、順利地完成這趟艱險的蠻荒航程，我，克莉絲汀娜・馬利亞・房龍，就算盡到了我對永的父親的責任，償還他當初對我的一份恩情。」

——我不會違背我以我的家族「房龍」之名立下的誓。

——再過七天，陰曆七月十五月圓之夜，我們會抵達峇都帝坂嗎？

——永，我會很努力。相信你的姑媽。

——我相信克絲婷。

——你看，這個月亮跟我們在坤甸時看到的可不是一樣嗎？她沒改變呀。

——只是月弧悄悄擴大了，像女孩長大了偷偷懷了胎兒。

——嘿，這是哪門子的比喻？不好笑。

——我以為這個譬喻滿有創意的。

——你也知道，永，經歷過太平洋戰爭，我這輩子不能再懷胎兒了……

我閉嘴不再吭聲，任由克絲婷絮叨，自管歪著頭豎起耳朵，傾聽引擎聲，看著船尾的螺旋槳白花花捲起泡沫似的一渦渦浪濤，劈啪劈啪，攪碎月亮的倒影，載送我們姑姪倆，一路乘風溯流而上，航向一個我們不知道的所在。

天欲曉，日將出。

眼前陡地開朗，長舟駛進了莽莽樹林中一片寬闊的河灘。頓時，大河沉靜了，變成一條涓涓流水，悄悄穿行過那隱匿在婆羅洲內陸深處，這凌晨時分，驀然顯現在我們眼前，武陵洞天般無比深邃、寥廓、寧謐的一個天地。霎時間，我們感覺彷彿置身於全世界的中心，宇宙的心臟。我們知道，我們漫長的卡布雅斯河溯流之旅經歷了五天航程，搭乘鐵殼船，渡過中游層層關卡，熬過人世間各種悲歡離合，在月亮半圓的時節，終於來到大河上游。天盡頭處，水源頭。謎底便是在前方那座黑禿禿聳立高原上的石頭山下。我十五歲的暑假旅程，終點在望——儘管，距離月圓只剩七夜，此去仍有五百公里水路要趕，而且只能搭乘伊班人的長舟，天天與山魈水妖為伍，頂著毒日頭，航行在婆羅洲最險惡的水域中。

這會兒坐在舟上，環視這片大河灘，我不禁想起了學校華文老師教過的兩句唐詩來：

星垂平野闊，月湧大江流。

一字一頓，我讀出杜甫這首〈旅夜書懷〉。克絲婷只是微笑，不作聲，一逕眨巴著她那兩蓬子火紅睫毛，抬頭怔怔眺望天頂，好像沉陷在自己的心事裡。船漂行河上，盪著那一條鑽過一畦畦鵝卵石、不住叮咚價響的流水，悄悄駛進空曠的河灘中央。天空下猛一燦，閃電劃過似地，克絲婷的臉龐一下子變得明亮起來。妳看她鼻翼兩旁，那花蕊樣兩團子被赤道長年大日頭曝曬成銅棕色的小雀斑，在曉星潑照下，映著天光和水光，顯得好不俏麗好看。我真的就看呆啦。克絲婷低頭瞪我兩眼，笑開了，手臂一伸便直直指住我背後的那片天空：

——銀河！永，看。

我扭頭，仰起臉。

嘩喇喇滿天星斗噪鬧，一大桶雪水似的，沒頭沒腦直往我腦門上傾瀉下來。

丫頭，妳看過夏夜黑漆漆的天空中，那呈大弧形，從東北方朝向南方，橫跨過半個天空，由一千多億顆恆星和三十個星座組成的銀河，驀一看，好似一條水花燦爛、澎澎湃湃一瀉千里的急流嗎？妳當然看過銀河，但那是在台北陽明山上。山下滿坑滿谷霓虹燈火，一灘污血般，把東海上的星河潑染得紅糊糊地，變成一團混沌的星雲，叫人看了心酸。我在台灣倒也見過真正的銀河。那是剛來台灣讀大學時，有年暑假，獨自搭乘客運環遊全島。我記得那晚九點多，人在東海道，搭上從台東市經南迴公路開往高雄的省公路局班車。巴士空盪盪，只散坐著兩、三家聒聒聒聒的原住民老小。車過大武鄉，掉頭轉西，進入中央山脈南端陡然拔起的雄偉大武山。我睜開惺忪睡眼，朝車窗外望去。一碧如洗的夜空中只見一條星河，湍湍濺濺地，打崇山峻嶺中湧出來，宛如一尾巨大的、線條無比流暢優美、渾身鱗片閃閃發光的飛魚，從太空深處躥出，颼地劃過天際，拖著長長一條尾鰭，牽引無數子魚，浩浩蕩蕩熱熱鬧鬧巡行天界一周，來到台灣東南海岸，砰然，猛一頭墜入太平洋中，隱沒不見，只留下億萬朵月下粼粼閃爍的漣漪，兀自盪漾在海面上。就這麼驚鴻一瞥，三分鐘不到的光景，丫頭，我看到了台灣夏夜天空中的銀河。旋即，巴士就駛進幽闇的峽谷中，抬頭只望得見小小一甕天，待得巴士鑽出峽谷，滿眼就是西海岸炫爛的紅塵煙火了。此後混跡台灣多年，我無緣再與這條天河相遇。

台灣的天河！原也是這般奔騰璀璨，活蹦亂跳的。

但那壯闊、那深邃清澄、那密集度——我必須坦白跟妳講——遠遠比不上我十五歲那年暑假，急急慌慌帶領我姑媽逃出紅色城市後，在婆羅洲內陸大河中，一艘獨木舟上，猛一抬頭乍然看見滔滔流淌在頭頂上的那條銀河。

妳看，天都快亮了啦，天空的顏色已經從漆黑轉為靛青，但那些星星，大大小小密密匝匝，從北往南架起一座巨大拱橋，橫跨卡布雅斯河上游整個東方天空，好像一雙雙、億萬隻眼眸子，在這破曉時分，天際即將出現魚肚白時刻，還只顧嬉鬧著，眨巴著，比起在那幽黯的叢林子夜裡，顯得更加明亮活潑。

我伸長脖子昂頭呆呆眺望。眼睛驀一花，只聽得嘩喇喇一聲響，天河驟然傾瀉下來，滿天星辰剎那幻變成漫空飛迸的雨點子，淅瀝瀝，一篷篷，不住濺潑到我頭臉上，亮晶晶灑滿克絲婷一身子。

克絲婷只管靜靜坐在船中央的橫板上，聚攏起裙襬，把兩隻手交疊放在膝頭，凝住一雙冰藍眼瞳，定定瞅著我。丫頭，我從沒見過我這個飛颺佻㒓，坤甸城紅日頭下駕駛吉普車，一蓬野火樣，滿肩赤髮鬃迎風燎燒的洋姑媽——普安•克莉絲汀娜小姐——如此嫻靜，如此清麗，端坐叢林中一艘彩繪獨木舟上，襯著滿天星星，自在雍容如同印度教的神女。

不知什麼時候，老艄公悄悄關掉了船尾那具二十匹馬力強生引擎，熄滅馬達，讓這艘古伊班長舟，無聲無息，穿渡過冥河似地，漂行在婆羅洲這條渾黃的千里大河上，那洞天般豁地一亮，乍然出現的一段無比澄靜、空寂、灑滿蕊蕊星光的遼闊水域中。

婆羅洲盛夏時節的天河，好低、好近——低得讓妳聽得見群星潑刺潑刺的戲水聲，近得，喔！讓妳看到克絲婷的臉龐，她那一渦子笑靨，水亮水亮，倒映在她頭頂上一泓皎潔似雪的星辰中，那光景，彷彿一個女人坐在梳妝台前左顧右盼，正在攬鏡自照呢。

忽然，鏡中的克絲婷眼圈一紅。

——永，今天是陰曆七月第七日，對嗎？

——昨天才是七月初七，今天初八了。

——天還沒亮，太陽還沒升起，所以這會兒還是七夕。

——就算是七夕吧。

——七夕，你們中國人傳說中牛郎和織女，一年一度，踏上喜鵲們為他們搭起的天橋，在銀河中央相會的日子。

——還剩下幾分鐘時間，夫妻倆就必須分手，等明年再相聚。

克絲婷雙手扶住船舷，撐起身子，瞇起眼睛伸長頸脖，往她頭頂上一窩兀自喧鬧不休的星星中，四下瞭望搜索。晨風習習，人在大河中央，只見克絲婷滿頭滿臉髮絲撩舞，一身裙裾風潑潑。那一瞬間我還真擔心，找著找著，悲從中來，克絲婷會一時想不開，拎起裙襬從獨木舟中縱身躍起，讓銀河將她那受過不人道的折磨、殘破疲憊的身子，吸入它那無底的深邃中，隨風而逝。

——我找到這對苦命夫妻了！永，你看天空的東北角，銀河的頂端，天琴座中有一顆淡青色的亮星，就是中國人所稱的織女星。你再往下看天空東南角，銀河末端，有一顆銀白色的亮星，便是牛郎星嘍。兩夫妻隔著銀河遙遙相對。永，你知道他們相距有多遠嗎？十六光年！那也就是說，就算牛郎和織女能以真空中的光速旅行，在銀河中線相見，也必須花八年時間。可憐的牛郎！你看他身旁，左右各有一顆較小、較暗的星，看起來好像一個男人用扁擔挑著兩個竹簍。你知道簍子裡裝著什麼嗎？一雙娃兒——這對夫妻被拆散前所生的孩子。

那牛郎挑著兩個娃娃，夜夜佇立天河一端，癡癡望著站在另一端只能翹首回望的妻子……

——所以，克絲婷，今晚七夕大日子，這對夫妻依舊隔著一條河相望，並沒相聚？

——永世分居天河的兩岸。

——直到末日，宇宙大毀滅，夫妻倆只能夜夜隔河相望？

——是。請你告訴我，永，你們中國人怎會想出這麼殘酷、這麼絕望的故事？這究竟是哪門子的懲罰呢？

姑姪倆面對面坐在船上眺望天空，不知東方之既白。

嗚——噗！嗚嗚嗚噗！兩岸山中母猿們此落彼起競相啼喚聲中，長舟漂盪，迎著大河流水，一逕航行在婆羅洲心臟那嘩喇嘩喇，滿天裡眨啊眨，大五更，星星兀自閃爍喧鬧的一條浩瀚天河下。

航向水源頭，星星的故鄉。

這時，世界彷彿只剩下我們兩人。

——克絲婷，妳知道我心中最想做的一件事情是什麼嗎？

——哦？現在嗎？

——現在。或許等到旅程結束後，我們倆平安回到坤甸房龍農莊。

——你想做什麼事情，永？

——娶妳為妻。

——胡說！我可是你的姑媽喔。

克絲婷乜著眼深深看我兩眼，眼圈驀一紅，淚光中放聲大笑。

——今生沒指望，永，你若惦記我，來世再到這條大河中尋找我吧。

我心裡一痛，抬頭望著天頂穹窿兩端，那癡癡地隔著天河遙遙相守的牛郎和織女，眼一花，只見這日出時分，宇宙發生大爆炸似地，滿天星斗驟然迸亮起來，漫空四下飛灑，蔚成一片遮天蔽地的光海，白茫茫，籠罩住我們這艘迎著一輪旭日，溯流而上，搭載著一對異國姑姪，航向大河盡頭一個神祕地點的獨木舟。

伸手猛一揉眼皮，只覺滿眼淚花，和天上的星海交相輝映。這時我才發現，自己的眼睛不知什麼時候也湧出了淚水來。

伊班八月天　泛舟的日子

長舟頌

長舟，和駕駛長舟的伊班老舟子，是我十九歲起自我放逐以來，身在異鄉，心中念茲在茲的婆羅洲風景與人物：那造型忒優美、線條流暢、狀似一尾凌空飛魚，忽獵獵穿越叢林水域的獨木舟，和那瘦骨如柴、兩腮刺青斑斑、佝僂著身子孤蹲在船尾掌舵的老人。

丫頭，我早就跟妳說過了——這一路追憶和講述我十五歲那年暑假之旅，我已經提過好多次——我們的航程，從大河口的坤甸城出發，搭乘八百噸級摩多鐵殼船逆流而上，航行五百公里；滾滾紅濤中，一旦通過了大河灣的新唐鎮，卡江流域最後一座文明堡壘，我們就像走過奈何橋，踏上不歸路，跨入了幽冥的長舟世界。此去，直到大河盡頭的冥山，航行在五百公里連綿不絕的峭壁、險灘、峽谷、瀑布和坑殺人的急流漩渦所組成的一條水路上，我們別無選擇，只能把命交給伊班老艄公，搭乘婆羅洲最原始、最簡單的交通工具——用一株十二米長、直徑一米二的原木刳空鑿成的獨木舟。

我不怕妳嫌我絮叨，一再提醒妳這點，只因為搭乘鐵殼船一路溯河而上時，我心裡便盼望著、等待著這段憧憬已久的神祕長舟旅程。

兒時住在叢林邊緣的濱海城市古晉，每逢暑假來臨，赤道八月豔陽天，大早，南中國海的天空碧熒熒，極目不見一片雲，下得床來，我就會爬上自家屋頂，挺直著小小身子伸長頸脖，觀看城外那綠油油，火亮火亮，海潮大起般一路洶湧到島中央分水嶺石頭群山下的原始森林，久久、久久，眨也不眨地，只是凝住眼瞳子呆呆眺望，直望到兩眼發痠了，碧空裡終於出現一群黑點子，四下振翅飛翔。婆羅門鳶！（丫頭，沒忘記牠們吧？那伸張著幽黑的雙翼，孤獨地巡弋天空，炯炯俯視，無時無刻不在守護長屋子民的伊班神鳥。）我的眼睛只顧追隨牠們的身影，心中狂喜，望著念著，心神一放縱，就把自己幻變成一隻王者般的婆羅門鳶。我，童子永，獨自個棲停天頂，每隔十分鐘便抖動一下翅膀，嘷叫三聲，咻地，繞著天空滑翔一周，開始巡視婆羅洲夏日大地，在那莽莽叢林中千百條蚯蚓樣的黃色河流上，凝神屏氣，搜尋長舟的蹤影。

* * *

婆羅洲——故事講到這個階段，妳應該曉得了，但我不妨再提點妳一次——是個地形完整、自成一個生態世界的大陸島。島正中心有一塊凸隆起的台地，名叫加拉畢高原。島上六大河系，拉讓江、巴蘭河、加央河、瑪哈干河、巴里托河、卡布雅斯河，有如一胎所生的六個兄弟，全都發源自這座水草豐美的中央分水嶺。從天頂，赤道上空，透過神鳥一雙眼俯瞰，六大河好似一隻龐大的章魚伸張牠的爪子，順著山勢蠕蠕而下，四下輻射開來，進入內陸叢林，倏地蛻變成千百條黃花蛇，競相在雨林中鑽進鑽出，穿梭過一窪又一窪連綿千里的沼澤，挾著滾滾黃濤，來到海岸沖積平原，匯成六條大川，變成六隻淫黃的巨蟒，甩尾扭腰一路翻騰嘶吼著分頭闖入爪哇海、西里伯斯海、蘇祿海、南中國海。

喏，每年一到夏季來臨的時節，赤道麗日當空，婆羅洲陽光普照，六條大河上游的水勢格外湍急活躍，嘩喇空窿，震天價響水聲中，正是伊班人行舟的好時光。

島上各家長屋的船棚裡，憩息了一整個雨季的長舟，這當口，全都出動了。

我，童子永，化身為婆羅洲神鳥，悠悠盤旋夏日穹窿頂，看見島中央分水嶺上曙光才現，那千百艘經過整修、上漆、煥然一新的長舟，哼嗨哼嗨地便給扛出了山腰的長屋，到得河邊來，一入水，登時變成一尾尾剛從冬眠中蘇醒的蛟龍，馱載著一群群打赤膊、光著腳丫、只在胯間繫著纏腰布的伊班漢子，沿著分水嶺條條溪谷，乘著激流，颼、颼、颼分頭下山，迎著旭日來到平原上，進入婆羅洲六大河系中，轉眼間宛如魅影般，紛紛遁跡在全島各處叢林沼澤裡，只管忙各自的、隱密的不知什麼營生去了。

每年夏至傾巢而出的伊班長舟，那聲勢，丫頭啊，彷彿水上萬馬奔騰——如同當年我們的天猛公‧朱雀‧彭布海，西婆地區長屋之王兼眾酋之酋，率十四座長屋的勇士，組成一支戰鬥舟隊，揮舞獵頭刀一路嘶喊著順卡布雅斯河而下，圍困桑高鎮白骨墩，血洗紅毛城，斬下數十顆上好荷蘭人頭時。

童子永，夏日婆羅洲天空的遐想者，自天頂滑翔而下，棲停分水嶺之巔，眺望卡江源頭，將視焦鎖定那聲名遠播、他打懂事起就景仰的伊班海盜老頭目。

水聲嘩喇，人聲喧騰。

他看見一支長舟隊出現山腰，浩浩蕩蕩順流而下，魚貫行進，航向山勢陡降處一段瀑布式的急流頂端。船隊驟然減速。船上舟子們一齊噤聲，霍地全員起立，舉起手中的槳子，向那端坐不動，只管笑瞇瞇聳著一顆花白小頭顱，叉開兩條刺青大腿，箕踞「旗艦」中央座板上的天猛公，振臂致敬，隨即垂下槳子，把槳尖直直插入流水中。足足三分鐘之久，長長兩排操舟手只顧挺立船上，中蠱也似一動不動。一縱隊，長舟持續滑水前進，逐漸逼近瀑布頂端。渾身精赤條條，大夥齊齊伸出脖子，凝眸注視前方水域，忽然，彷彿聽到天猛公的號令，倏地，全員一屁股坐回舟中橫板上，拔出水裡的槳子。那成百張濕湫湫、鬼卒般黑黧黧的臉孔，陡地一沉。舟子們鼓起膀子上一條條刺著花鳥蟲魚，白花花太陽下，圖騰樣斑斕燦爛的筋腱，齊齊張開嘴巴，朝天吆喝三聲。簇簇水花四下迸濺。成百隻槳子競相飛划。哼嗨哼嗨哼嗨，長舟隊一頭闖入急流裡，沒命地，衝進那兩座光禿禿峭壁夾峙下的一波波驚濤駭浪中，霎忽，隱沒不見。嶺上只聽得群鴉驚慌叫噪，嘎呱嘎呱滿山亂飛。約莫過了三分鐘，但見一篷水霧迷濛，溪谷裡浪花中，長舟一艘接一艘冒出來，依序滑下那條宛如百級階梯的層層瀑布，平安地渡到寧靜的水面上。水鬼樣，濕漉漉披頭散髮，舟子們又紛紛舉起槳子，向那一臉安泰兀自笑吟吟坐鎮「旗艦」不動如山的白頭老者歡呼：峇固斯，天猛公！特你馬加色，都漢！但是只歇息半晌，坐在橫板上才喘得兩三口氣，這群伊班漢子又得起身幹活了。全員再度肅立，跂起他們那一雙雙有如猛禽蹼爪般強韌的光腳丫子，牢牢踩住長舟艙板，身子直條條地伸出，凝神，注目，朝向那氣勢洶洶撲面而來的下一道急流，齊齊舉起手中槳子，準備再次冒險搶灘……

童子永，孤蹲分水嶺之巔，俯瞰婆羅洲夏日壯闊無比的山河。水聲震耳欲聾，空窿空窿，他只管伸長脖子凝住眼睛，癡癡地，目送天猛公的長舟隊，乘坐滑梯似地溜盪下一道又一道瀑布激流，安然無恙，搶過十幾座險灘，沿著分水嶺的溪谷一路順流而下，形影逐漸遠去，終於完全消失在嶺下那六條大河滔滔奔流的大平原上，日頭下只剩得——丫頭，瞧！亮閃閃的一撮光影，燐火似的乍現乍隱倏東倏西，好久，哼嗨哼嗨，不住蜿蜒飄忽流竄在蒼莽無邊的熱帶雨林中。

* * *

驀然回頭，眼一花，童子永看見分水嶺另一邊水光乍亮，影影簇簇一縱隊幽靈般，豔陽下又出現一支長舟隊。小小的隊伍，只有三艘簇新、光鮮但卻早已風塵斑斑的船隻，首尾相啣地穿梭巉巖峭壁之間，迎著旭日悄悄溯流而上。隊伍中間那艘十六米長舟，打造得特別精巧、耀眼，流線型的船身，兩頭翹尖，有如中國廟宇的飛簷，但偌大的一艘船卻孤零零、大剌剌地只坐著一個瘦長白人男子：一頭焦黃鬈髮，梳理得十分燙貼；過度白皙的一張狹長臉皮，顆顆粒粒，出水痘似地，四下冒出豆大的鮮紅疹子。他身穿一整套米黃卡其獵裝——就是丫頭妳在妳最愛看的好來塢冒險電影中，常看到的那些個閒來無事、結夥前往東非洲草原從事一趟「殺伐旅」的歐美人士，不管男女，身上準會穿著的那種時尚的、制式的行頭。帶著這副裝扮，加上一副天父式的悲憫神情，隻身出現在婆羅洲內陸的白人男子，肯定是一位探險家。妳看，他身後那艘長舟上滿滿堆著行囊和各式奇門裝備。領頭的船載著七、八個馬來人和加央人，顯然是探險家的嚮導、伴當和挑夫。一行人（加上三十個伊班操舟手）從英屬沙勞越邦詩巫市出發，趁夏日水大流急，沿北婆羅洲第一大河拉讓江溯流而上，跨過赤道線，穿越中央分水嶺，進入印尼國境，沿瑪哈干河順流而下，直抵馬卡薩海峽之濱三馬林達港。這是一條長達兩千公里，瘴癘瀰漫骸骨散布，直直貫穿婆羅洲心臟的長舟航程。童子永，九歲那年暑假的一個早晨，佇立自家屋頂，覽望婆羅洲山河，意興遄飛，不知不覺將自己幻變成一隻棲停在山巔的婆羅門鳶。玄想中，他感到雀躍萬分，因為他在分水嶺上不期而遇，邂逅了這位出身牛津的學者、詩人兼探險家，沙勞越邦的抗日英雄，我們小學課本中的活傳奇：安德魯·

辛蒲森爵士。

妳看他不戴帽子，頂著赤道的斗大日頭，凝然端坐，直挺著腰桿子，置身在那逆水而行一路顛簸搖盪的船隊正中央，不動如山，雙手捧住一本大書，正聚精會神地閱讀。

趴在領航舟的最前端，緊盯著前方水路的嚮導，噘起嘴唇發出一聲呼哨：

——來了來了！阿瓦士！

白雪雪一道急流，有如一條階梯瀑布從頭頂上轟然而下，朝向長舟隊直撲過來。

——嘀、噠、嘟嗚！大夥向前衝哇！

弓著身子蹲在船尾掌舵的老艄公，憋著嘴，使勁一鼓腮幫，發出一聲悽厲的指令。舟子們倏地坐直，撅拱起屁股，紛紛掄起手中的槳子，發狂似地一條聲吶喊，卯足全力朝向那浪花滾滾水星飛濺的瀑面，直直划過去。霎忽，爵士的坐船隱沒不見。約莫過了五分鐘，長舟濕漉漉冒出頭來，一舉攻上了瀑流的第一道階梯。大夥立刻丟下槳子，翻身跳入水中。

——梭啊圖！

——度哇！

——提嘎——巴嗒！

——一、二、三——推啊！

妳看那烏鰍鰍幾十條短小精瘦的腿，好似一群落水的羚羊，蹦蹬在急流中，濺濺潑潑地，硬是將一艘十六米長舟推上那七、八級瀑布的頂端。

童子永，來自海濱的城市，頭一遭見識到這項伊班絕活，一時就看呆了啦，但妳瞧辛蒲森先生，他依舊老神在在，始終端坐舟中自管看他的書。直到坐船抵達瀑布下端，船首驟然昂起，當場就要來個後空翻似的，他才停止閱讀，慢條斯理從河中撿起一根小樹枝，往衣襟上擦兩下，夾在正讀著的那一頁上，闔起書本，塞進坐板下的防水背包裡，隨手一摘，拿下他那隻細尖鼻梁上架著的一副銀框小圓眼鏡，抬起下巴，悠悠閉上眼睛，迎向那驟雨般飄潑而下的流水，自管想他的心事。直等到船隊搶灘成功，渡過整段急流，爵士才炯炯地睜開雙眼，不慌不忙，把眼鏡擦乾淨了，戴上，順手擰了擰頭上那亮金金綴滿水珠的髮鬈子，目不斜視，拿出書本繼續閱讀。

丫頭妳說：

——讚！

果然是大探險家的風範。安德魯．威廉．辛蒲森，牛津學者兼詩人、二戰英國傘兵上尉、婆羅洲民俗專家、葩榔權威、沙勞越博物館的創立者、我們小學課本中記載的活生生的傳奇英雄人物、伊班人嘴裡的大爵士。六年後，「童子永」長大成「少年永」，跟隨一群紅毛男女從事卡布雅斯河之旅，兒時夢想成真，親眼見到了爵士本人，還跟他結下一段奇妙的緣呢！就是他，在探險隊啟程，準備航向大河盡頭的那座山尋訪生命源泉之際，在船上對少年永說了：「生命的源頭，永，不就是一堆石頭、交媾和死亡。」這話差點粉碎了少年永對「聖山」的浪漫憧憬……但那是後來的事。

妳剛看到爵士乘舟讀書溯流上山，面不改色，忍不住豎起拇指說聲：「讚！」但我要告訴妳喔，更讚的場面還在後頭。辛蒲森探險隊涉水推舟，上得山來，妳準以為他們會棄船，徒步穿越分水嶺，進入另一國的疆界，再雇三艘長舟和三十名伊班操舟手，沿另一條河順流而下，繼續未了的探險行程。對嗎？錯！血統源自伊莉莎白時代撒克遜航海世家的安德魯·辛蒲森，決不會棄船，因為這攸關水手的榮譽。他的作法有夠氣魄：叫他手下那群舟子和挑夫，連人（爵士本人嘍）帶船，把探險隊扛過分水嶺去！正午，日頭炎炎似火燒。嶺上鳥獸絕跡一片荒涼，巔頂光禿禿。大爵士兀自一身獵裝，只在頭上加一頂大草帽，不動如山，王者般，高坐在十六米長舟中央的橫板上，頂著赤道大太陽，捧讀他那本大書——漆面燙金典藏本《華滋華茨詩集》或是《吉姆王爺》之類厚重英國經典小說——只見他忽爾蹙眉，忽爾展顏微笑，彷彿讀得正入迷哩。對於嶺上風光，以及他坐船底下那群打赤膊，光著腳丫踩著滿地火燙砂礫，扛著他，哼嗨唉喲，邊吶喊邊顛跳行進的伊班舟子和挑夫們，爵士一律視若無睹，不瞅不睬。太陽下只見一條幽黑身影子，瘦楞楞孤零零，悄沒聲拖曳在石頭地上。童子永幻變成了一隻婆羅門鳶，棲蹲在分水嶺巔頂一顆孤石上，凝眸，俯瞰良久，覺得這支陰森森、麗日下穿越婆羅洲中央高地的隊伍，說不出的詭異、邪門，遠遠望去好似一隻扛著獵物，邁著百足，蹭蹭蹬蹬疾走在白熱鐵皮上的肥大蜈蚣。

丫頭妳說：

——喔，這才叫「讚」！爵士騎船過大山，嚇壞嶺上一隻婆羅門鳶。

但我還要再告訴妳，日後，我親眼看見過一個更離奇、更精采、更令人匪夷所思的長舟過山大場面。這回他們裝在船上，扛在肩頭，浩浩蕩蕩翻山越嶺的東西，並不是人（像辛蒲森那樣的大探險家、童子永心目中的叢林遊俠），而是一件家具——粉紅梳妝台。

*　*　*

莫急，莫急！向妳講述這則故事之前，我必須花點篇幅，說明婆羅洲原住民的一個頂令人嚮往的習俗。

先認識「帕兮喇咿」這個名詞。它是肯雅族語，意思是「遠行」。這可不是指一般人的出門遊歷或到外地做買賣。它是一種精神修練——婆羅洲部落男子一生之中至少一次，必須獨自出門，到大河上游中央高地的荒野行腳一周，拎回幾顆人頭。妳說：這種旅行不就是咱台灣人所說的「𨑨迌」嗎？丫頭聰明。但西方人管它叫「成長儀式」，就像澳洲土著的小夥子，成年之前所必須經歷的徒步曠野漫遊，但又有一點不同，而這個差異，對童子永和若干年後的少年永來說，恰恰是「帕兮喇咿」儀式最美妙、最引人入勝的部分：婆羅洲土著的遠行者擁有一種獨特的、神賜的、他的澳洲遠房表兄弟所沒有的交通工具——長舟。朱鴒丫頭，妳且閉上妳那雙烏亮烏亮、充滿好奇、老是睜得圓滾滾四下亂瞟亂瞄的眼睛，用妳那顆靈慧的、生得七八個竅的心（別人的心都只有一個竅喔），想像一下這幅情景：婆羅洲大地中央，莽莽雨林中，一個渾身精赤，只在腰間繫著紅兜襠布，插著一把阿納克山刀的肯雅族（或達雅克族、伊班族、加央族）小夥子，年紀約莫十六、七，駕駛他自己打造的一艘八米長，直徑零點八米，把整棵圓木刳空，花兩年光陰琢磨得雪亮雪亮的長舟，獨自個，漂流在叢林水泊中，風餐露宿，披星戴月，走過母親大地的四個角落，航行過她的每一條河川，漫遊一年才回得長屋來，臉上早已滿布風霜，唇上也已滋生出一撮青嫩的鬍髭，而他腰上晃啊盪的，卻掛著一兩顆甚或三、四顆用籐簍盛裝的猙獰人頭……

丫頭，妳忍不住說了：

——難怪，婆羅洲土著男子個個都是一等一的舟子手，駕馭長舟，就如蒙古人操控馬匹。從小練就的身手嘛。難怪，當年天猛公·朱雀·彭布海率領一支長舟隊和十四座長屋的小夥子，一夜之間，血洗紅毛城，砍下幾十顆上好荷蘭頭顱！說不定，那其中一顆紅髮藍眼黃鬚頭顱，是屬於你姑媽克莉絲汀娜·馬利亞·房龍小姐的祖父或曾祖父，克里斯朵夫·房龍上校的呢。可是，獵人頭時代已經過去了，婆羅洲的「帕兮喇咿」傳統還能保存嗎？

能！只不過換個方式而已。如今他們不幹獵人頭的勾當啦，改行當起行腳商。每年一到夏季，他們便踏著祖先的足跡，展開一千公里的行腳，或跑單幫，或組成一支商旅隊，將山產用長舟運到四條大河上游，然後翻山越嶺，把一簍筐一簍筐貨物揹在身上，馱過邊界，進入英屬北婆羅洲，沿著另一條河，順流而下前往海岸城市販售，換回一船船洋貨。二戰結束後，英國大力開發北婆三邦──沙勞越、沙巴和汶萊──各項基礎建設如火如荼進行，需要大量砂石，於是，如雨後春筍般，沙勞越境內各處河灣峭壁下冒出了一座座採石場。我們的伊班族、加央族、陸達雅克族和肯雅族青年，叢林的遊方獵頭勇士、傳統的帕兮喇咿遠行者，搖身一變，轉化成了採石工人啦。每年一到夏季，南婆羅洲境內各長屋的小夥子便呼朋引伴，蠭擁而出，駕長舟搖長槳，哼嗨唷喲直上大河源頭的分水嶺，摸黑偷渡邊界，藏身在各大採石場，奴工般幹兩三年苦力，攢夠了錢，成群結伴榮歸故里嘍。一如來時，大夥翻山越嶺，跨過南北邊界的天塹，只是身上的行頭改變了：個個身穿簇新愛迪達休閒服，足登烏亮巴達皮鞋，手戴精工石英錶，瘦嶙嶙的背脊上──嚇！五花八門琳瑯滿目──馱著各式各樣文明世界最新科技產品：電鍋、電冰箱、挪威製電動鏈鋸、電唱機（但家鄉的水電站猶在籌設階段呢）、縫紉機、製冰淇淋機、碾米機、四十匹馬力超級山葉船尾馬達……還有，還有，那用竹竿挑著迎風招飆的長長一串（約莫五十隻）會唱「生日快樂頌」和「天佑女王」的仙力時電子手錶。

說也奇妙，在這一群接一群跋山涉水、歸心似箭的還鄉客背梁上，我看到過的最別致、最突兀（在我心目中卻是最佳、最動人）的禮品，竟是一件挺平凡、城裡人簡直不屑一顧的家具：梳妝台。

這場離奇的邂逅，地點是在邊界的北方，沙勞越境內，成邦江上游的分水嶺。

那時，童子永已長成到十二歲啦，在古晉聖保祿小學讀六年級了。那年有個週末，恰逢英女生華誕，學校放長假，校長龐征鴻神父率領應屆畢業生到鄰省（第二省，古晉屬沙勞越五省中的第一省）成邦江上游叢林健行。對！丫頭記性好。我曾跟妳提過，就在這次旅行，我在山中小徑上遇到一個揹著籐簍，只顧甩盪著耳脖下兩根小花辮，瞇著眼睛好奇地東張西望，打赤腳行走在隊伍末端，隨同家人到鎮上採購日用品歸來的普南族小姑娘。兩下裡迎面相逢，打個照面互望一眼，錯身而過。噗哧！她發出一聲清笑。我整個人杵在山徑中央發了半天愣，回頭望去時，那群普南人早就走遠了。那雙小辮子兀自晃啊晃，一轉彎，鑽入一條岔路，倏忽，消失在血似的赤道夕陽下，那彷彿熊熊燃燒的無邊叢林裡。好久，我跂腳佇立山徑中，只顧癡癡眺望，回到古晉後竟還害起相思病來，茶飯不思，達兩三個月之久。但這場純純的邂逅——刻骨銘心哪——是發生在那次遠足的回程，旅行即將終了之際，而我現在要講的事，一則關於「梳妝台」的更感人、更真摯深沉的故事，卻是發生在旅程的第一天，正當我們這支小學生健行隊沿著成邦江上游河畔，饑腸轆轆，奮力跋涉，朝向南、北婆羅洲邊界分水嶺挺進時。向晚，平林漠漠鴉噪濤濤，水岸人家刀鐽聲四下響起，屋頂炊煙紛紛升起之際，滿村狗吠聲中，我們在河邊小路遇見一支風塵僕僕結伴還鄉的肯雅隊伍。

只見一縱隊十五、六個男子，弓著腰身拱起肩膀，沉甸甸釘鈴鐺鎯馱負著各式各樣新奇禮品，夕陽下無聲無息，只顧垂著頭，蹭蹬著步子扭著腰肢，拖著好長好長的一條一條幽黑的身影，沿著河蜿蜒而行。

河畔的小路極窄、極陡。在龐征鴻神父一聲令下，我們放慢步伐，耐心地尾隨在肯雅人的隊伍後頭。

彩霞滿天，一簇金光閃爍。前方隊伍中有一面碩大的圓鏡子，反射著斗大的一輪落日，顫顫巍巍聳立在返鄉客帶回的各色物品中。

我們揉揉眼睛伸長脖子定睛一看。喔！原來是一只梳妝台。通體漆成粉紅色，雕花描金鑲邊，做工十分精巧，洋溢著炫麗的巴洛克歐洲風情，看來，好像是古晉市唐人大老闆家的小姐在閨房裡擺設的家具。

顯然，這支由少年打工仔組成的返鄉團裡，有個年長的男子，身為人父，出外行腳數年，在採石場幹苦力，掙夠了錢，購得這件在內地長屋可是稀奇之物的大禮，千里迢迢關山重重，親自揹回家，要給女兒當嫁妝，好讓她風風光光體體面面地出嫁。好一位慈父！

那晚我們小學健行隊在河畔紮營。

機緣湊巧，肯雅人也選擇在這塊河灘地歇腳。猛一聲吆喝，小夥子們紛紛卸下背負的物品，蹲在地上喝口水喘口氣，也不打話，便撿集起一堆枯樹枝和五六根曬乾的漂流木，就地生火炊飯。飯後，三五成群聚攏成一圈圈，圍著火堆，掏出撲克牌、骰子和支那三色牌，嗟嗟呼呼分頭賭起錢來。

只他一個人，沒吭半聲，自管坐在河畔一株石榴樹下靜靜守著他的梳妝台。

妳看這位老人家——當真是個老頭喔！年約六十，對男子平均壽命只得四、五十歲的婆羅洲原住民來說，稱得上古稀老人了，如今混跡在一群頂多二十出頭的打工仔中，模樣格外突兀、孤獨——妳看他，光著兩隻泥腿子，身穿一條不知搓洗過幾百回、早已看不出是啥顏色的無牌牛仔褲，外加一件簇新、鮮豔夏威夷花恤，襯托得他那張猴兒臉，更加古怪滑稽，活像一隻老獼猴，而相形之下，他週遭那些小夥子卻是一身新購的整套行頭：愛迪達休閒服、巴達皮鞋、龜卵般大的仙力時夜光錶。一整晚，獨自個，他老人家蹲坐在梳妝台旁，弓著瘦小身子，雙手抱住膝頭，仰起他那張滿布風霜、皺巴巴、兩腮猩紅刺青依舊燦爛奪目的戰士臉膛，大口大口抽菸，邊想心事，邊眺望頭頂那滿天星斗。妳看，東南方那片漆黑天空中那條銀帶也似的，迸亮迸亮，颼地橫跨婆羅洲中央山脈的天河，嘩喇嘩喇，在這月色迷濛、河畔村莊更深人靜的時分，越發喧鬧不休，直欲往老人家頭頂上，雪崩般一古腦兒傾瀉下來。天河底下，蒼莽叢林中，叮叮咚咚一條流水自山中蜿蜒而下，穿梭在巉岩磊石間，一路蹦蹦濺濺綻放出蕊蕊水星子。天際，河源頭，天塹似的難以飛渡，一座分水嶺黑魆魆森森然矗立在群山之巔。

半夜醒來，我尿急，鑽出帳篷跑到河邊，回頭望望，只見石榴樹下一星火光閃爍，無聲無息，那肯雅老漢睜著兩粒猴兒眼，骨碌碌血絲斑斑，兀自守著梳妝台，獨個，坐在星空下那隨著夜深愈加嘹喨淒涼的流水聲中，抽菸想心事。他的旅伴們，那群心無掛礙、一心只想趕路早日回到家的打工仔，這會兒早已東歪西倒，圍著火堆，鼾聲四起睡成一窩子了。心念一動，我在河畔一株傾倒的老樹幹上坐下來，悄悄打量他老人家。

一個小夥子從人堆中爬起，呼嚕呼嚕還邊打著鼾呢，趕不及撐開眼皮，便剝開褲襠，衝到河邊，拱起臀子朝向河心潑剌剌迸射出好一大泡黃尿，回頭看見了童子永，愣了愣，使勁搓搓眼塘子，笑嘻嘻走到他身旁挨著他坐下來。

——史拉末馬蘭姆！

——嗨，晚上好。

——小兄弟，第一次參加「帕兮喇咿」？

——第一次離家出門遠行。

——睡不著覺？想家？

——不。我在看他。

——他是彭古魯．伊波．安達嗨，我們部落中最老、最堅忍的帕兮喇咿遠行者。

——彭古魯？那不是肯雅戰士的最高頭銜、部落長老的無上尊稱嗎？

我心中凜然一驚，趕忙坐直身子，凝起眼睛就著滿天星光，細細打量這位身高五呎、乾癟癟瘦巴巴、外貌毫不起眼的老頭。泥塑木雕似的，半天一動不動，他蹲坐在他那張粉紅色簇新梳妝台旁，窩蜷著身子，黑裡驀一看，好像一隻悄沒聲趴伏在樹下，兩眼炯炯，伺機而起，隨時飛身而出，張起一雙爪子齜起兩枚獠牙撲向獵物的山妖樹怪。扛著女兒的嫁妝，跋涉了一整天，他身上那條泛白牛仔褲濕答答，褲腳沾滿泥巴。兩隻腳打赤，十只黑趾頭箕張，有如一雙鷹爪緊箍箍勾住地面——典型的一雙婆羅洲腳！扁平、寬闊、終年與婆羅洲的紅土壤和粗石頭摩挲接觸的大腳，吸盤般堅韌、倔強，黏性十足，使得肯雅人和伊班人逆水行舟，哼嗨哼嗨，大夥合力推舟上山時，雙足能一齊發勁，牢牢踩住那散布河床、長滿青苔滑不溜丟的圓石頭。伊班腳！肯雅腳！萬千年來在婆羅洲粗礪的台地上、狂野的河川中，留下無數印記，為「帕兮喇咿」遠行傳統作了最好的永恆的見證。

那晚，我坐在婆羅洲內陸一條河邊，中了蠱似地睨瞅著彭古魯．伊波．安達嗨的那雙大腳丫，看得呆啦。他老人家依傍著梳妝台，只顧一根接一根抽著辛辣的羅各土菸，樹影裡，目光熒熒，仰起他那張黥紋斑斑、猴兒樣皺縮成椰子殼般大的銅棕色臉膛，怔怔地，一瞬不瞬地，望著頭頂上那條深更半夜喧鬧得越發浩瀚燦爛的天河，自管想心事。

肯雅小夥子悄悄扯兩下我的衣袖：

——他想家！出門三年了。

——這些日子他都在沙勞越採石場工作嗎？

——是的。一年三百六十五天，三年一千零九十五天，天天工作，沒放過半天假，因為即便是公定假日，譬如女王誕辰和復活節，他也向頭家自請加班。

——這樣能賺多少錢呢？

——身為非法勞工，加上年紀偏高，他月薪只有沙幣一百二十五元，自用五十五元，在公司儲蓄部存七十元……

——每月五十五元怎樣過日子呢？

——五十五元，購買一個人日常所需的米、鹽、砂糖、加啡粉和肥皂，足夠了。住在公司提供的鐵皮屋宿舍，不要租金。

——休閒呢？公司有提供娛樂活動嗎？

——有喔。我們的唐人大頭家，拿督黃耀昌爵士，旗下有十六家採石場，分布在沙勞越各主要河川。為了成邦江採石場五百名工人的身心健康，拿督黃——英屬北婆三邦有名的慈善家——從新加坡租來十個姑娘，每個月換一班，以常保新鮮。服務一次只收沙幣八元，時間限三十分鐘。生意好得咧！每天一到下工時間，姑娘樓的大門口就冒出長長一條人龍。小夥子嘛，難免有生理需求，可一嫖上癮，就會將賣氣力換來的鈔票，毫不吝惜地一把一把全花在姑娘身上。小兄弟，你看睡在地上的這群返鄉的肯雅工人。看起來年紀輕輕，不過二十郎當，可有些已經在採石場待上六、七年啦，好不容易脫身溜回家鄉，但身上沒錢啊，只好向夥伴們商借五、六十塊沙幣，買些塑膠玩具、太陽眼鏡和廉價化妝品，厚著臉皮帶回長屋當禮品。但我們這位彭古魯·伊波·安達嗨，他不嫖不賭不喝威士忌，靜靜打了三年工，積了一筆錢，這才頭一遭走出採石場，到成邦江鎮上參觀，逛遍全城的商店，最後在一家專營英國進口貨的高級賣場，看到他一心想望的東西。

肯雅小夥子停下話頭，抬起下巴努一努嘴，朝向河畔石榴樹下停放著的梳妝台一指。滿天星光照射下，紅灩灩地好似水晶般光潔，果然是一件挺貴氣精緻的歐洲風進口家具！怕有八十公斤重呢。老頭兒孤蹲梳妝台旁，雙手摟住膝頭，十根腳趾牢牢箍住地面，半天文風不動，一逕抽著菸，邊眺望天河邊想心事。天河劃過東方天際，這更深時分，兀自像一大群半夜偷溜出長屋、結伴到河裡戲水的伊班頑童，興高采烈，四下蹦跳著潑著水，只顧互相追逐，一路滔滔奔流向南方漆黑的叢林。那兒，天河的盡頭，婆羅洲中央分水嶺的另一邊，星星紛紛墜落處，便是他老人家的家鄉。

心頭倏地一抖，我看見他那老樹根似的瘤瘤瘤瘤一株頸脖上，五彩斑斕，刺著一顆兇猛的犀鳥頭。肯雅小夥子吃吃笑。

——小兄弟，你知道這個圖形代表什麼？

——知道。那是酋長的標誌。

——彭古魯・伊波，肯雅族赫赫有名的老戰士、傳奇的「帕兮喇咿」遠行者！如果有緣，他會讓你看他右手中指上刺著的十二個藍色星號。十二顆星星表示……

——他這一生殺過十二個敵人，親手砍下十二顆上好人頭。

——十五歲，他第一次從事「帕兮喇咿」，離開長屋出門遠行，在荒涼的加里曼丹中央高地獨個兒遊歷八個月，帶回他生平的第一顆人頭。如今彭古魯・伊波六十歲了。這一趟可是他此生從事的最後一次、也是為時最長的「帕兮喇咿」，因為他年紀大了，必須趕在告別人間、魂歸峇都帝坂山之前，實現一樁心願。

——帶回一個梳妝台，送給女兒當嫁妝。彭古魯・伊波一定很疼他這個女兒。

——女兒？小兄弟你可想錯了啦。

那肯雅小夥子猛一愣怔，回頭睞我一眼，憋著嘴噗哧笑出聲來。

——這個梳妝台是送給他妻子的禮物。

——他的妻子？她今年幾歲？

——六十二。大他兩歲。

——送老妻一個粉紅色的、女孩子專用的梳妝台？千里迢迢揹回家鄉？

——小兄弟，你覺得奇怪嗎？說起來這是一個很有趣的故事喔。五十五歲那年，彭古魯・伊波結束生平第八次「帕兮喇咿」，平安回得長屋來，向大神辛格朗・布龍呈獻最後一顆人頭，並殺雞祭告：此生不再出門遠行，自此歸隱家園，陪伴老妻和孫兒們過幾年安樂日子。但是，往後三年，他內心感到很不安，老覺得有一樁未了的心願，如同一根魚骨鯁在心頭，日日夜夜刺戳他衰老的靈魂。一天傍晚他獨坐河邊沉思，忽然聽見布龍神在他耳畔厲聲責罵他：你的妻子安孃十七歲嫁給你，四十年來，她哪一年不是獨自守著家園，天天倚門盼望你遠行歸來？這些年，她給你生下四個兒子和兩個女兒，一手將他們餵養長大成人。你八次遠行，給她帶回過什麼禮物？十二顆人頭，吊掛在正屋橫梁上誇示你的武勇……彭古魯・伊波猛然驚醒，渾身冒出冷汗來。他揉揉眼皮，抬頭一瞧，只見河畔一株龍眼樹上聚集五、六十隻黃耳捕蛛鳥，只顧朝他喊喳叫；河心上驀地出現一隻巨大的白頭鷗，呱呱呱朝向他啼叫三聲，啪噠啪噠，振翅飛向西北方大河上游。他知道這是辛格朗・布龍向他顯示的一道神諭。隔天早晨，不聲不響，這位肯雅族的最後一個獵頭戰士和最偉大的遠行者，便收拾行囊，默默揮別安孃，跟隨村子裡一群年輕人出遠門，乘長舟溯流而上，翻越中央分水嶺，進入沙勞越，在五十八歲那年從事他此生最後一次「帕兮喇咿」去了。

——臨別時，他有告訴他的妻子安孃，他要到採石場打工嗎？

——沒。

——他有告訴她，要給她帶回一件禮物嗎？

——也沒。

放映幻燈片般，我腦子裡浮現出一個老婆婆的身影：安孃，典型的肯雅歐巴桑，胸前兩隻奶子皺巴巴，乍看像一雙畸形的鐘擺，鬆垮垮，吊掛在她腰間黑洞洞的一顆肚臍眼兒上方，在這午後悶熱的天氣裡，沒精打彩地只管晃啊晃，不住滴答著汗珠。閒來無事，她聳著一頭蓬鬆花髮，坐在長屋門口階梯下日影裡，箕張雙腿，敞開胸脯納涼，嘴上叼著一根用玉米軸雕製成的小菸斗，閒閒吞吐黃煙，瞇著眼，邊觀看膝下一群孫輩們玩耍，邊想心事。遠方，依稀響起狗吠聲。不知哪一座長屋的狗兒帶頭，叫聲方歇，接棒似地，隔鄰一座甘榜的狗群就伸長脖子扯起嗓門，厲聲呼嚎起來，於是，宛如古代邊疆烽火台傳遞訊息，連綿不絕，一村傳一村，不多久工夫，方圓數十哩之內的叢林四下綻起了狗螺聲，嗚呦嗚呦——恍恍惚惚半夢半醒之際，心念一動，安孃倏地睜開眼睛，看見她那出門三年音訊全無的丈夫，白頭蒼蒼，兩腮子汗濤濤，弓著腰，肩上揹著一只紅豔豔亮晶晶簇新歐式梳妝台，漫天耀眼陽光下，一條魅影似的，沒聲沒息，光著兩隻腳丫子蹭蹬走回家來……

——小兄弟，彭古魯·伊波扛著梳妝台，從採石場出發，已經走了兩天的山路嘍。

——喔！從這裡徒步走到南、北婆羅洲邊界的分水嶺，還有多遠的路程？

——整整十五哩。

——他就這樣一路揹回家嗎？

我愣住了。心裡一想到這個身高五呎、乾癟癟瘦巴巴的老頭兒，馱著一件百斤重的禮物，光著兩隻大腳丫，翻山越嶺，穿過層層叢林一路走回家，不知怎的，我內心就感到恐慌起來。他老人家的旅伴——見過世面，在古晉市念過書，就讀於聖保祿小學的兄弟校，聖約瑟中學，自稱我的「學長」的肯雅打工仔——半夜深更陪伴我坐在河邊，望著他那位兀自坐在梳妝台旁抽菸想心事的老鄉親，指指點點，談論了半個鐘頭，但是，對我最關切的問題（「他就這樣一路揹回家嗎？」）他卻笑而不答，只是神祕兮兮地擠個眼，隨即站起身來伸個懶腰，打兩個哈欠，向我道一聲晚安，又走到河邊撒泡尿，連褲襠也懶得扣起，就回到他那群東歪西倒圍著營火睡成一堆的夥伴當中，繼續睏他的覺去了。

隔天一早，天方亮，我就被一團雜遝奔逐的腳步聲吵醒了。爬出帳篷睜眼望去，曉色迷濛中，只見篝火旁那群肯雅打工仔早已起身，個個精神抖擻，四下跑動伸腰踏腿，忽然，彷彿聽到不知誰下達的一道指令，紛紛跑回河灘中央，一齊脫掉身上那套光鮮愛迪達休閒服，渾身精赤，烏不錙鰍，只在胯間繫一塊紅色伊班纏腰布，光著腳集合成一縱隊，沿著水湄蹦蹦濺濺奔跑起來，走了約莫八十碼，陡地轉彎，鑽入一條幽闇的小港汊中。全隊隱沒在那高與人齊的蘆葦叢裡。過了一刻鐘時間，大夥又鑽出來，哼哼嗨嗨地，十幾個人肩上扛著一艘爬滿水草、綠油油地長滿青苔的獨木舟，一口氣抬回營地上，啊——嘿！齊聲吆喝，小心翼翼將船安放在河灘中央旭日下一裊裊兀自冒煙的篝火旁。

昨夜那個小夥子換了裝，變了個人似的，一身伊班勇士打扮，兩腮抹上紅泥巴，模樣有點猙獰，好像硬生生用小刀在臉頰上刻劃出兩道血痕似的。這會兒，他鼓著胸脯，扠腰昂首矗立船頭旁，綳著兩膀子雄赳赳花溜溜的刺青，斜眼睨著我。

——早哇，小兄弟。

——這是你們來時乘的船？

——是。三年前。當初扛著它越過了分水嶺，我們就將它藏在一個隱密的所在，現在又把它挖掘出來。瞧，完好如初！只需稍稍整修一下，我們就可以駕長舟一路返鄉嘍。

——啊，他們放火燒船了。

不知什麼時候，他們給船翻了個身，左舷朝天，鋪上厚厚一層枯乾的芭蕉葉。有人拿來火炬往船身一點。篷！熊熊火光騰起，整艘長舟登時消失在濃濃煙霧中。大夥拍手叫好。過了十五分鐘，煙消火滅，長舟烏七抹黑的又顯現在我們眼前。大夥發一聲喊，拔出巴冷刀蠭擁上前，也不打話，七手八腳就刮起了船舷的青苔和那密匝匝、蔓籐樣纏繞住船身的水草來。經過一番細心整修和上妝，瞧！營地上出現一艘漂亮的、標準的伊班長舟——那身長十二米，腰寬一米二，用一整株上等龍腦香古樹，刳空雕琢而成，體型修長線條流暢的叢林飛魚——旭日照射下光亮如新，豔麗地，棲停在河灘那片鵝卵石上，準備出航嘍。

我還在呆呆看著，小夥子們早就把彭古魯・伊波・安達嗨的梳妝台和各自的財貨搬上了船，安放停當，隨即推舟入水，潑剌剌一齊操起槳來，頭也不回，朝向天際那滿山嵐煙繚繞下海上仙山般，乍現乍隱，不住載浮載沉漂盪在曙光中的大分水嶺，一路引吭吆喝，催送長舟，迎著山中傾瀉而下的一條大水，直直逆流而上。這群離鄉遠行三年，今朝意氣風發，滿載戰利品榮歸故里的肯雅勇士，旭日下雙臂齊飛，槳花翻舞，不多久，便把長舟駛進了深山中轟隆轟隆價響的水聲裡。整支隊伍，籠罩在水霧中，轉眼就溶入了叢林深處，早晨八點鐘，那一把野火似的，畢畢剝剝滿天燎燒起的赤道朝霞中，倏忽隱沒，十分鐘後就全都望不見了。偌大的原野，只剩下一蓬子鏡光，亮晶晶，螢火樣依舊飄蕩閃爍在豔陽下白茫茫一河水光中，久久、久久不滅。

我們這支聖保祿小學健行隊，吃過早餐，自管繼續我們的行程。在龐神父率領下，我們打算溯河而上，再走兩天，抵達河源，在分水嶺下回頭，隔日順流而下再步行一天半，折返成邦江上游大鎮，英吉里里，搭乘輪船回古晉，結束我們這學期挺漫長的大英帝國女皇華誕假期，也結束——平安地、滿足地，感謝宇宙大神辛格朗・布龍／耶和華的招拂和指引——我生平第一次粗具規模的「帕兮喇咿」。

溯流上山這條路，越走越是荒涼陰森。天頂赤裸裸白烔烔一顆大日頭下，鬼影樣，滿山樹木婆娑，跫，跫，山谷中只聽得我們自己的足音。我們腳旁山崖下這條大河，一尾黃龍翻騰，從南中國海躥出，穿過沙勞越海岸平野，闖入婆羅洲內陸叢林，陡然拔地而起，一路蜿蜒上山。大河變成了十哩長的一條階梯瀑布式的激流，澎，澎，捲起千堆雪，滿江水霧瀰漫，遮蓋住那散布河面的無數暗礁，鬼氣森森，隱藏起那一漩渦又一漩渦坑殺人的潛流。一整天，我們悶頭行走，沒遇見那群駕駛長舟冒險搶灘、逆水航行趕路返鄉的肯雅人。偶爾，非常偶爾，海市蜃樓般，我們看見或聽到腳下河中一群人影赤條條烏鰍鰍，一窩水鬼也似打赤腳跳跳躥躥，哼嗨唉喲，嘴裡不住悽厲地、瘖瘂地吆喝吶喊，發狂似地冒著激流涉水推舟——但是，才一轉眼，這乍然迸現在空寂寂深山中的一簇人聲和人影，砰地，就被迎面撲來的一渦大水，硬生生給吞沒了，再度消失在那漫谷水花和水聲中。

直到第二天晌午，我們才在分水嶺下的河源頭，長舟航程終點處，再度與他們重逢。喔，又見粉紅梳妝台！我只覺得自己一顆心撲撲跳起來。

可是，當健行隊抵達營地時，映入我眼簾的卻是一堆胡亂放置在嶺下，溪谷盡頭，山坳子裡，體面地用朱紅綵帶繫著的禮品：各式塑膠玩具、桶裝英國餅乾、整箱整箱的廉價澳洲鴕鳥牌威士忌（純度四十五巴仙）、五花八門成套鋁鍋、鳳凰牌腳踏車、勝家縫紉機、幾匹五彩斑斕泰國絲緞、一只簇新二十五匹馬力叢林專用的山葉舷外引擎。

兩個穿上休閒服，戴副墨鏡，一頭天生烏黑鬈髮梳得油亮亮的少年郎，叼根三五菸，扠腰東張西望，看來好像是負責留守。我念茲在茲、一路苦苦追蹤尋覓的粉紅梳妝台，和它的主人彭古魯・伊波，還有那群跟他一塊結伴返鄉的肯雅打工仔，以及那艘長舟，卻如同憑空蒸發一般，早已不知去向。

我心一急，劈頭就抓住其中一個少年郎的衣袖：

——梳妝台！彭古魯・伊波送給妻子的禮物！

那油頭小子只管瞪住我，半天才會過意來，哈哈一笑，伸手朝向正前方山坡上那條陡峭的黃泥路一指。

向晚，日頭火亮。我看見半山腰灌木叢中一團銀紅光芒，燐火般不住蹦跳閃爍，好似正在招引我呢。我拔起腿來，揹著行囊沒頭沒腦就拚命追跟上去。山路上一群肯雅青年，行軍似地，排列成一縱隊，光著膀子弓隆起他們那曝曬在夕陽下，刺青絢爛，金亮亮不住滴答著豆大汗珠的銅棕色身子，哼嗨唉唷，合力扛著一艘長舟，正一步一步跋涉上山呢。扛著船首行走在隊伍最前端，伸出下頦，圓睜著雙眼凝視前方路面，引導隊伍前進的瘦小老頭，可不就是我們的傳奇獵頭勇士、偉大的「帕兮喇咿」遠行家、粉紅梳妝台的守護者和安孃的丈夫。

——梭阿都、都丫、打魯！一、二、三！

白頭蒼蒼，彭古魯・伊波佝僂著赤條條小身子，癟著兩片嘴皮，從喉嚨深處發出低沉的吼聲。

鬨然，他老人家身後的那群小夥子扯起嗓門，齊聲應答：

——嗒巴忒！四！

十二米長、一噸重的伊班長舟，有如一尾剛出水的巨型鮪魚，渾身滑溜溜，騎乘在十六條漢子光裸的肩膊上，就這樣，在一個老頭引領、指揮下，沿著山徑旁那條怪石滾滾水聲隆隆，深不見底，幽闇如鬼窟的山澗，朝山拜廟似地，一步一步被扛上婆羅洲中央分水嶺。

彭古魯・伊波獨力扛起那宛如飛簷般尖翹的船首，低頭，弓腰，行走在隊伍前頭，一逕繃著臉孔沉住氣，悶聲發號施令：

——轂哇，轂哇！大夥加把勁加把勁！

他身後那起小夥子，齜嘻嘻，咧開一整排白牙，猛一發力，齊齊邁出右腿光腳丫子，跨出小半步，合力頂住搖搖欲墜的長舟，隨即從牙縫裡迸出應答聲：

——捫啊——忒！往上——抬！

肯雅人幹活時發出的這一陣陣口號，乍聽，好像大英帝國主子所豢養、訓練，威鎮婆羅洲，以伊班勇士為主力的沙勞越野戰部隊，行軍時喊出的答數聲，粗糲嘹喨，殺氣騰騰，在這荒山野嶺不住迴響在夕陽下空谷中。

丫頭，妳看，那十六雙三十二條粗短刺青腿子，映著夕照，閃爍著晶瑩的汗珠，在山腰排列成十二米長的一個縱隊，宛如一組巨型的蜈蚣腳，矯健、靈敏，鷹爪般箕張起一根根如鐵鉤似的腳趾頭，牢牢地，踩著地面上一灘灘爛泥巴，緊緊地，攫住懸崖旁凸隆起的一垛垛岩石，步步為營，緩緩行進。

日暮，滿山歸鳥啼鳴聲中，只見赤道天空綻放出一片落紅，蕊蕊如血，羊腸小徑上十六條人影細細長長，哼嗨、唉喲，長舟一步一步被扛上分水嶺。我心裡最牽掛的禮物——那聲名赫赫、一生獵過十二顆人頭的彭古魯·伊波·安達嗨，五十八歲那年發願，從事生平最後一次「帕兮喇咿」，在外鄉的採石場做三年苦工，掙夠了錢，到鎮上細心選購，千里迢迢跋山涉水親手攜回家鄉，準備奉獻給老妻的粉紅梳妝台（結婚四十年，他贈送她的唯一禮物喔）——丫頭瞧，這會兒可不就穩穩當當地，安放在長舟上，用十根拇指粗的籐條，牢牢捆綁在船中央，安然無恙哪。

長舟上的梳妝台！這下我可安心啦，好久，只管揹著行囊佇立山腰，兀自伸長脖子，目送這群在我十二歲那年的小學畢業旅行途中，與我萍水相逢、有緣相聚兩天，好樣的肯雅人，扛著他們的長舟和禮物，哼哼嗨嗨翻越過婆羅洲中央分水嶺，一縱隊，行走入蒼茫暮靄裡，消失在山的另一邊。

* * *

就在這趟健行中，「童子永」蛻變成了「少年永」。

他經歷過了平生第一次「帕兮喇咿」：離開父母出門遠行，因緣湊巧，在路途上獲得某種令人心酸、惘然，卻也讓人十分喜悅的經驗和成長，平安地回到家。

三年後，十五歲的他初中畢業了。那年的暑假，因著一樁奇異的、難以言喻的緣，少年永進行他生平第二次、比起前次規模宏大得多、空間更加遼闊的「帕兮喇咿」。這回，他伴隨他的洋姑媽房龍小姐，和她那夥紅毛朋友，趁著陰曆鬼月開鬼門時節，從位於赤道線上、與古晉相隔一山的坤甸城出發，展開一趟島上最大河——卡布雅斯河——探險旅行。搭乘鐵殼船，耗時五天航行了五百公里，溯流而上，闖過層層關卡，這支隊伍終於來到婆羅洲中央分水嶺的「另一邊」：他十二歲那年，揹著行囊，一路追隨著長舟上的粉紅色梳妝台，走到健行路線盡頭，踮著腳尖，伸長脖子，好久好久只顧癡癡仰望的那山外的「另一個」幽深、遼闊、對童子永而言神祕不可知的世界。

那兒是南婆羅洲，印度尼西亞共和國的加里曼丹省，肯雅人的家園，長舟的故鄉。

長舟——少年永從七、八歲起就迷戀上的婆羅洲風物，大神辛格朗·布龍賜予伊班人、陸達雅克人和肯雅人的一種最原始、最簡單，但也最具效率，且造型優美迷人，宛如一尾尾叢林飛魚，颼颼，自由穿梭出沒於六大河系廣袤水域的交通工具——從大河之旅中途站「紅色城色」新唐開始，就取代那渾身黑燻燻，嗚噗嗚噗，一路噴吐毒煙的鐵殼船，承擔起載送探險隊到航程終點「峇都帝坂」的職責。

而自從那個恐怖的夜晚，陰曆七月初七，七夕，少年永和房龍小姐在一個伊班老舟子帶領下，慌慌急急，躲避鐵甲獸科馬子們的追殺，逃出紅色城市，冒著漫天飛灑的流星雨，雙雙遁入天際那條隨著月落，顯得越發浩瀚璀璨的天河之後，長舟——十二米長、一米二寬的一根刀削木頭——便成為姑姪倆在婆羅洲心臟蠻荒地帶的唯一倚靠了。此去，直到他們抵達大河盡頭的石頭山，航程告終，這剩下的五百公里水路上，長舟總是伴隨而行，不但是他們的主要交通工具，而且是唯一的、頂頂忠實的伴侶。

丫頭，往後我們會常常看到它、認識它，並且和它親近。莫忘了，還有那操持長舟的好心的伊班老舟子。

七月初八　新桃花源記

我的名字叫馬利亞・安嬢・安達嗨

出得紅色城市，我們落腳的第一個地點，便是這位陌生、仁慈，半夜凌晨被我們硬生生拖出船屋後，二話不說就解開船纜，啟動船尾那具二十五匹馬力引擎，旋風也似地，放舟上路的伊班老舟子——我們大河之旅永誌不忘的貴人——向我們姑姪熱心推介的。

破曉時分倉皇逃出新唐鎮，頭也不回，大開油門全速衝浪，終於甩脫了科馬子們一路的糾纏。馬達聲逐漸平息。我和克絲婷可以安心啦。兩個人拍著心口，面對面坐在老人船上，久久，漫無目標，任由洄漩的水流把長舟帶到卡江上游一處大河灘，盪啊盪，只管追隨著滿河星光，晃晃悠悠，一時間，彷彿漂失在婆羅洲夏夜那無比壯闊的天河中，雙雙乘風而去，再也回不來了——就我和克絲婷兩人，加上一個沉默寡言的伊班艄公。

但是，天就快亮了。

伊班人管這種天色濛濛、欲曉未曉的時分叫「長臂猿啼鳴的時刻」。果然，不多時我們就聽到嗚噗！嗚噗！大河兩岸祕林裡眾猿大放悲聲，鬼吹螺似地，扯起嗓門競相啼叫，那股子聲勢排山倒海，直要把全婆羅洲長屋的居民都從睡夢中喚醒一般。老猴樣一臉皺皮，赤癬斑斑，那伊班艄公早已關掉引擎，熄滅馬達，放長舟，任它漂流在赤道叢林大河上這一段罕見的空寂寧靜、湖樣廣袤的水域中，自管傴僂著身子，把雙手環抱住膝頭，叼著菸，托著腮，孤蹲在船尾那一鉤懸吊在大河口、蒼冷冷待沉不沉的殘月下，靜靜諦聽我和克絲婷之間的對話，只是頻頻頷首，也不知聽懂沒？忽然，他老人家乾咳兩聲清清喉嚨，撐開昏沉沉的一對眼皮子，抬頭眺望東方天際眾山巔頂一蓬熊熊燄火似的，驀地迸射出的玫瑰曙色，悠悠吐出兩口黃煙，喃喃自語道：浪．阿爾卡迪亞是一座寧靜優雅的長屋，就坐落在前方栗樹林中那條小港汊內……「阿爾卡迪亞」，人間仙境、世上樂園……峇爸皮德羅，新唐天主堂的西班牙神父，給這座肯雅人的隱密村莊所取的美麗、古老的名字……我認識長屋的長老，他是我多年的交彎……這位支那少年，你可以帶你的荷蘭姑媽到那兒，以我的名義借住兩天。我——在陽世度過六十三個支那鬼月，六十三次看到月圓之夜，空舟成群溯流而上，航向峇都帝坂山的伊班老頭——為紀念我們三人在七月七，支那人的好日子，奇異的相逢，願意為你們姑姪倆引介這座除了皮德羅神父之外，據我所知，自辛格朗．布龍開天闢地以來，從未有一個外邦人進入過的村莊……

就這樣，一如晉朝的武陵漁人，無意中，我們姑姪倆遁入了婆羅洲內陸中心點，那母體子宮般，水草最豐美幽深之處，一座隱密如洞天的肯雅村莊：浪．阿爾卡迪亞。

晉太元中，武陵人捕魚為業。緣溪行，忘路之遠近，忽逢桃花林，夾岸數百步，中無雜樹，芳草鮮美，落英繽紛。漁人甚異之，復前行，欲窮其林。林盡水源便得一山，山有小口，髣髴若有光，便捨船，從口入……

陶淵明的〈桃花源記〉。丫頭，妳身為小學生，當然還沒有機會拜讀，但總也聽老師講過——像說故事般提過——這篇頂有名、全世界讀過中國書的人都知曉的文章吧？初中三年級，我在華文課本中讀到它，一下子就喜歡上，覺得文字雖簡單，卻很俏麗，字裡行間似乎隱藏著一些我不知道是什麼，但肯定值得細細玩味、琢磨的東西（那時我還沒開竅，不知道這個東西在文學批評上叫「意境」）。在課堂上聽老師講解，覺得他在哄小孩，把這篇大文章當作傳奇故事講，於是自己在家裡捧讀，吟哦再三，終於慢慢讀出了一點味道來。妳先看文章開頭那個「緣」字。緣溪行。意思當然是沿著、順著溪流一路走來。但這裡的「緣」，那挺圓潤、完滿的一個方塊字，卻老是觸動我的心弦，自然而然地總讓我想到東方人最喜歡講的「緣分」：探訪桃花源，是否需要緣分？而緣分從何而來？我把〈桃花源記〉捧讀咀嚼十遍，才恍然大悟，原來關鍵就在下面那個「忘」字：漁人獨自個倘佯在大自然的明媚風光裡，一如朱鴒妳，放學不回家，喜歡一個人走進華燈初上的台北街頭，揹著書囊，踢躂著破球鞋，甩著妳那一頭蓬草般根根怒張的齊耳短髮絲，四下迢迢遊逛，「忘路之遠近」，忘卻心中所有牽掛和平日從事的營生。就在「渾然忘我」的狀態中，漁人「忽」逢桃花林，從而開啟了一段曠古未有的奇遇：林盡水源便得一山，山有小口髣髴若有光，便捨船（捨棄平日營生必備的工具，這可需要一點勇氣哦），從口入……

緣、忘、忽。妳看這三個絕妙的方塊字——緣者，亡心也，勿用心也——不是構成一幅完美的圓滿的理想的人生圖景麼？

緣溪行，忘路之遠近，忽逢桃花林。

進得桃花村來，漁人盤桓數日，體驗過那種山高皇帝遠、「不知有漢遑論魏晉」的田園生活後，辭歸。臨行，儘管村人殷殷叮囑：此間事「不足為外人道也！」但我們這位一離開桃花村便回歸平素習性，心機又起的漁人大哥，出得山洞，貪念頓生，竟然算計起這群熱情款待他的主人來。且看：

既出，得其船，便扶向路，處處誌之。及郡下，詣太守，說如此。太守即遣人隨其往，尋向所誌，遂迷，不復得路。

好個「處處誌之」！沿路到處留下記號，以便日後尋訪喔。心機之深，有如此者。

原來桃花源這樣的好地方，無心得之，有心失之。

無心，便是緣嘍。

漁人的故事前後的對比和反差，可大得咧。〈桃花源記〉。挺優美、挺耐人尋思的一則寓言。冰雪聰明如丫頭朱鴒，妳，自己應當能夠細細琢磨箇中的意味和旨趣吧。

好了，不管怎樣，當初我和克絲婷姑媽進入「浪．阿爾卡迪亞」，這座隱匿在卡布雅斯河中游叢林深處的村莊，西班牙老神父心目中，失而復得的樂園，原本也是出於無心，隨緣隨意。那當口，我們姑姪倆夤夜逃出紅色城市，惶惶如喪家之犬不知何去何從，索性把一切都交給上天，心中無所牽掛，任由坐舟漂流在浩瀚星河底下放眼一片空寂的大河灘，直到日出，天色大亮，才經由那陌生的、好心腸的伊班老舟子有意無意的提點，猛然醒悟：奔波了一整夜，得找個地方歇腳了。所以，心中雖然無可無不可，但還是在他老人家引導下，駕長舟，緣小河而行，穿梭在那蜿蜒曲折如歧路花園的無數小港汊中，鑽過重重栗樹林，進入這座窩藏在新唐鎮郊外，神祕兮兮，有如洞天般，只存活在爪哇歌謠和傳聞裡，外人不得其門而入的古老肯雅聚落。

這條溪，流經赤道的熱帶叢林，當然沒有夾岸的桃花林，一路行來，也不見落英繽紛的燦爛春光，但是，我們確實是航行在全婆羅洲最寧謐、最優雅、最好看的一條河川中。

它是大河卡布雅斯的一條小支流，最寬處不過三、四十米，在婆羅洲只能算小渠，但是水質上好──那份清澄純淨，讓妳忍不住時時從船舷上伸出頭來，探它一探，照照妳那張髒兮兮風塵滿布的小臉蛋。妳才把頭探出船來，一照面，眼睛猛一燦亮，便發現自己置身在一間奇幻水族館中，透過巨大的水族箱，悄悄地，觀看那童畫似的成群色彩鮮豔活潑的熱帶魚，婀婀娜娜泅游在水中，乍看還真有幾分像成千瓣落英，繽紛地隨波逐流呢。妳看魚兒們浩浩蕩蕩依傍著長舟，亦步亦趨，追逐那盤繞在船頭的成百隻大紅蜻蜓，一路唼啄戲耍。蜻蜓飛，魚兒游。牠們的華美身影映漾水中。晨早時分，在那穿透過河上一篷子濃蔭，有如水壩洩洪般，滔滔潑灑到河中的朝陽照射之下，這幅景象看起來，好像有個頑童（丫頭，這是妳最喜歡的一種比喻了！因為它夠豪邁潑辣、有膽識，很對妳的脾味），哈，就像有個頑童提著五六桶不同顏色的油漆，躡手躡腳走到河邊，趁四下無人，一古腦兒將油漆倒入河中。霎時，好似有人在水裡放煙火般，河中綻放出一朵又一朵橘紅色、翠藍色、銀白色、炭黑色的漩渦和一圈圈五彩斑爛的漣漪，陽光裡迸亮迸亮，好看極了。

真正的熱帶魚，那手掌般長、梭子般尖峭、生長在婆羅洲內陸森林野溪中的原生魚，比起妳，丫頭，每天放學後走過台北街頭水族館時，總會駐足觀賞一番的那種小不點、病美人似的「熱帶魚」，可要有元氣多啦。當牠們成群出現在叢林溪中時，那壯麗的場面，會讓妳趴在船舷看得發癡，直想哭喔。

我們的長舟熄滅引擎，盪著槳，就在這一大群素昧平生、好樣的森林小精靈伴隨下，私闖禁地般，輕悄悄，穿梭在卡布雅斯河這條幽謐的綠色甬道中，不時轉彎拐角，渡過一處處水草叢生、水鳥紛紛振翅驚起的小港汊。閱兵似地，我們巡行過那成排站崗的巨人般佇立兩岸的高聳栗樹，繞過一株——丫頭快看！孤單單矗立水湄岬角的不知名花樹。太陽下，驀然迸綻的一蓬燄火般，滿樹盛開穗狀繁花，彷彿在向方圓十哩內的所有鳥兒和蜜蜂，發出一張豔紅的請帖：來！來參加大自然舉行的一場免錢的、自由進出的蜜汁盛宴……

我和克絲婷，姑姪倆逃出紅色城市那天早晨，在伊班艄公引領下，在這樣的一條水道上航行三刻鐘，終於，喔喔喔，我們聽到前方林木開曠處傳出陣陣雞啼，跟著，心頭一熱，眼淚差點奪眶而出，因為我們看到椰樹梢頭升起了兩三縷暖烘烘、香噴噴的炊煙。

欸乃一聲，長舟盪出了五哩長的一條綠色甬道，驟然間，曝露在漫天燦爛的陽光下。我們知道我們抵達了「浪・阿爾卡迪亞」。

妳記得魯馬加央吧——那坐落在桑高鎮和新唐鎮之間，黃濤滾滾大河畔，尨尨然的一座伊班大屋，從河上望去就像一隻肥碩的千足長蟲，蠕蠕盤踞山腰。三百碼長的一整條屋簷下，聚居著由天猛公・朱雀・彭布海統領的百戶人家和上千頭的牲畜。七月初五那晚，它曾舉行一場伊班盛宴（「姑娘拿起巴冷刀，走進森林砍西米樹，做糕餅請客人品嘗／姑娘拿起木杵，舂磨小米和糯米，釀美酒勸客人開懷暢飲……」伊班迎賓歌，好不婉轉動聽，記得吧？）向偉大的白魔法師、來自南極澳洲的聖誕公公澳西叔叔致敬，感謝他老人家，這些日子來對長屋孩子們的照拂和關愛，乘便招待我們這群有緣路過的朝山客。魯馬加央——卡江流域規模最大、人丁最旺、最尚武、廳堂橫梁上懸掛的人頭最多（總共六十顆喔）的超巨型長屋。相比之下，我們這座浪．阿爾卡迪亞長屋可就顯得渺小、不起眼多嘍。長度不足百碼、寬約四十米的一幢草頂竹牆高腳屋，矮簷底下挨挨擠擠，上層住著三、四十戶人家，下層圈養著百來頭瘦瘠瘠的土雞、雜交豬、水鹿和黃土狗。可是，儘管外表寒磣，整個莊子卻因著那三兩縷悄沒聲、嫋嫋地繚繞在樹梢的炊煙，飄逸起一股莫名的、奇妙的、女子修道院般寧謐的氣氛，說不出的詳和，讓我和克絲婷這兩個在大河上奔波了五天，身心俱疲的外邦人，一眼見到它就如同見到家園。尤其是我那個荷蘭姑媽，三十八歲、隻身寓居新興印尼共和國的克莉絲汀娜．馬利亞．房龍，昨晚慘遭一群日本科馬子怪獸圍剿，陷身紅色城市，飽受一夜驚嚇。這會兒，兩眼滿布血絲，她前腳才跨出長舟登上岸來，膝頭陡地一軟，整個人險些兒就在水邊落跪。

克絲婷，蓬頭垢面一身臭汗，高眺的身子微微傴僂，依舊穿著那件從行李箱底挖出，昨晚七夕，為陪我上街尋找一位普南姑娘，特地穿上的天藍底小黃花過膝連身裙。

她兩隻皎白的腳丫上，十趾鮮紅，塗著濃濃的蔻丹，依舊蹬著那雙專為赴宴（譬如魯馬加央夜宴）準備的兩吋半銀色高跟鞋。

光天化日下，她整個人就像一條遊魂，汗蓬蓬披散一肩赤紅髮綜，出現在婆羅洲叢林一座長屋門口。好久好久，她只管交叉著雙手，緊抱在胸前，木頭人兒似的一動不動杵在河灘上，高高仰起臉龐，怔怔眺望浪・阿爾卡迪亞村莊，臉上的神情充滿遊子的孺慕，待笑不笑，泫然欲淚，好像剎那間她又回到了她少女時代的那座夢幻莊園：大河畔，新月灣，犀鼻崖下的魯馬平澎長屋。丫頭記得那個壯麗的夏季嗎？豔陽下一中隊又一中隊零式飛機，好似一群群巨型蚊子，四處嚶嗡流竄出沒在卡江流域，森林熊熊焚燒，大地一片死寂——克絲婷生命中那個奇異的、無鳥的、夢魘般浪漫美麗的夏天！

日上椰林梢，早晨八、九點鐘，長屋的男人全都出了門，迎著朝陽進入叢林，分頭幹各自的不知什麼營生，挺安心的留下一群婦孺在家。伊班老艄公繫舟上岸，領著兩位不速之客——籍屬比蘭達（荷蘭）、目前寓居坤甸的普安・克莉絲汀娜・房龍和來自分水嶺北邊、住在沙勞越邦古晉市的支那少年，永——直闖長屋正堂，找到屋長圖埃・魯馬的正妻，只三言兩語就說明了來意。這位年約四十、左腮有顆紅痣、長相和裝扮一如普通肯雅婦女的屋長夫人，一逕笑盈盈，只睐起兩隻水亮吊梢眼睛，閃電也似，打眼角裡略一掃瞄我們姑姪倆，二話不說，便把客人領到長屋的客房，隨即端來一盤早點和——天上的父！感謝您的恩賞——兩杯熱騰騰香氣撲鼻的印尼咖啡蘇蘇，轉身拉上門簾，頷首告退，盈盈一笑，扭腰回到正屋自管忙剛才歇下的活兒去了。

——永，我好累。我要好好睡一覺。

送走了好心腸的伊班艄公，再三謝過了他老人家，克絲婷沉沉嘆口氣，狠狠將肩上髮梢一甩，撅起臀子便一跤撲倒在蘆蓆上，把臉埋在頭髮裡，和衣睡著了。不多時，髮堆中就傳出了鼾聲。屋裡靜蕩蕩，只聽得篷！篷！篷篷——屋外遠處不知什麼地方，隨著一溪流水，傳來陣陣擂鼓似的挺規律、清亮的舂米聲。克絲婷的鼾聲深沉醇厚，彷彿發自一場安穩無夢的好睡眠，晨早，九點多鐘，在這寧謐的長屋裡聽來，竟像深山尼庵綻響起的聲聲木魚，箜箜，久久悠揚深遠地，不住迴盪在那清澄如流水般的空氣中。我直直豎起耳朵，凝神諦聽。克絲婷拱起臀子一逕趴著睡。相處九天，我幾時見過她睡得如此沉熟、如此無夢，心頭一酸就在她身旁跪下來，輕輕翻轉過她的身子，脫掉她的高跟鞋，將裙襬拉直，覆蓋住她的臀股，然後將她兩隻手挪移到她肚腹上，交叉著握在胸口。我把克絲婷安頓好了，嘆口氣，悄悄伸出一根指尖，撥了撥她那滿頭臉亂蓏樣交纏成一窩的赤髮絲，勾起小指頭，只一挑，舀起她鼻尖上一顆晶瑩的汗珠，送到自己嘴裡吮了吮，深深吸兩口氣，迎著窗口照射進來的一簇朝陽，呆呆觀看起她的臉龐來：在赤道日頭終年曝曬下，雖然憔悴了，開始枯萎了（終究是三十八歲的洋婆子），但細細端詳，仍舊是一張健康好看、兩腮雀斑蕊蕊、俏皮地閃漾著銅色光彩的臉孔。克莉絲汀娜・馬利亞・房龍。她依然是九天前那個跂著腳尖，高高聳起胸脯，嘛著一蕾猩紅的嘴唇，裙襬飄飄，獨自個佇立坤甸碼頭棧橋上，瞇著眼，眺望暮色迷濛的江面，焦急地等候我搭乘的大海船「山口洋號」進港的荷蘭女子——我父親瞞著我母親，硬生生指派給我、鬼鬼祟祟要我去跟她共度一個夏季的洋姑媽！在大河上結伴航行了五日，如今神差鬼使似地，姑姪倆陷身在婆羅洲內陸一座荒村，前路茫茫，不知何去何從。可我姑媽她大剌剌，躺在長屋客房裡卻睡得好不安穩，十分自在，彷彿天塌下來也有最親最可靠的人，在旁幫她扛著似的。我，她的支那姪兒，十五歲的少年永、她在印尼加里曼丹省唯一的親人，守護著她，忠狗一樣蹲坐在她身畔，端詳她的臉龐，怔怔地傾聽她那微張的嘴洞中齁——齁——齁——不住發出的一聲聲低沉神祕的鼾息，如夢如癡，恍惚間只覺得丹田一股血氣驀地上湧，熱烘烘地。身不由己，我把雙手撐住地板，悄悄弓下腰身來，將自己的臉湊到她臉上，抖簌簌伸出鼻尖，吸嗅她的鼾息。克絲婷打喉嚨深處發出一聲嘆息。我噘著嘴，往她那兩瓣蚌殼樣一翕一張、不住開闔呵氣的殷紅嘴唇上，偷偷啄兩下，隨即撩起她的裙襬，一頭鑽進去……

　克絲婷姑媽，妳的子宮才是我心目中真正的桃花源。

英瑪．伊薩——嗳——伊薩

曼巴喲．瓦喀兮．帕蓋矣

外頭長廊上好像有人在唱歌。

一股冷汗涼颼颼，沿著我的脊椎骨直竄上我的頸背。我打個哆嗦，慌忙從克絲婷股溝裡抬起臉來，猛一甩腦袋瓜，深深吸口氣，清醒一下自己的腦子，然後慢慢扭轉脖子把臉伸向房門口，豎起耳朵，諦聽長廊上的聲音。沒錯，有個女人在唱〈民答那峨舂米歌〉。這首咒語般呢呢喃喃、哀哀婉婉反覆吟咏的搖籃曲，陰魂不散，如影隨行，在我們這趟鬼月大河之旅中，打一開始就一路追躡、尾隨我們的蹤跡。迄今為止，我已經聽過三回（坤甸房龍農莊上、桑高鎮白骨墩紅毛城一枚新月下——還有還有，魯馬加央長屋那場驚心動魄，鬧鬨鬨，醉醺醺，屋梁上六十顆人頭炯炯俯視下的夜宴），可我做夢也沒料到，如今竟會在這座號稱卡江桃源村的肯雅村莊，一大早就在光天化日下聽到它。

我胡亂整理好克絲婷的衣裳，心念一動，伸出一隻耳朵，把耳孔對準她的嘴洞，聆聽她從心肺深處發出的一波波鼾息——依舊那麼的溫潤、沉厚、均勻，只是她的左眼眶內，不知什麼時候迸出了一顆紅豆般大的淚珠，陽光下眨亮眨亮，搖搖欲墜，只管懸吊在她眼角一塘血絲裡。我勾起一根食指頭，伸到她眉眼間，輕悄悄將克絲婷的眼淚撥掉了，順手撮起她臉頰上兩綹散亂的髮絲，濕答答地，一把掖到她耳脖後，隨即從她身畔那張蘆蓆上爬起身來，伸手撢撢自己身上的衣服，稍微整理儀容，這才躡手躡腳走到房門口，猛一掀，挑開了門簾，讓自己現身在客房外的長廊上。

長長的一條公共走廊（肯雅語和伊班語都管它叫「登步安」），百碼長，如同在婆羅洲每棟長屋看到的廊子，好似一根大腸，從屋頭延伸到屋尾，形成一條交通大動脈，貫穿這座在單一屋頂下住著幾十戶人家——甚至上百戶，譬如在魯馬加央長屋——的古老傳統公社式聚落。這晨早時分，一廊子瀰漫著山洞似的幽深、陰涼氣氛，甬道上只見一枚枚人影，朵朵飄萍般四下窸窣晃動。長廊外頭那被稱為「丹柱」的廣闊露台上，陽光大好，白皪皪的一片，潑雪似地大把大把，紛紛撒落在那鋪滿一整座曬場、日頭下金光閃閃的新割稻穀上。驀一瞧，這大片穀子就像成堆金沙，被神散棄在大河灘。

好陽光。好穀子。

今年應該是個大豐年。

我踮起腳尖，踩著那一段段嘎吱嘎吱作響的竹編地板，沿著悄沒聲的長廊，只管晃晃悠悠一路走下去。

廊上，家家婦女三三兩兩從各自屋裡鑽出來，開始聚集在自家門口，準備舂米。篷！篷！篷篷篷——好像田徑場上的接力賽，擣穀聲從長屋頭率先綻起，沿著長廊一棒接一棒，一家傳一家，篷篷篷直傳到長屋尾，倏地轉個彎，又從長屋尾順著原路傳回到長屋頭來。不消半刻鐘工夫，妳聽！整條百碼廊子此落彼起，浩浩瀚瀚迴盪起一片擣穀聲，在這座有個好名字叫「浪・阿爾卡迪亞」的肯雅村莊，迸發出一首最原始、最單調，可也最澎湃有力，一聲聲春雷乍響也似，直搗人們心窩的婆羅洲長屋交響樂。妳看這群肯雅婦女，有的白髮皤皤，有的一肩青絲如瀑，兩人一組面對面，將臼子夾在她們兩雙腿之間，手裡舉著高與人齊的杵子，妳一杵我一杵，交叉地、不停地擣著臼裡的米穀。嘩喇喇一廊子髮絲翩躚飛舞，隨著杵子的起落和那一條條蛇樣腰身的扭擺，波浪也似地不住翻湧起來。一汪烏黑髮海中，只見十幾顆蒼蒼白頭四下顛簸搖盪，好似一粒粒枯癟、風乾的椰子殼，在驚濤駭浪中隨波逐流。這些老婆婆春起米來，手舞足蹈搖頭晃腦，比起年輕姑娘們還帶勁呢。篷！篷！篷篷篷——我沿著長廊邊觀看邊一路溜達下去。我走過時，婦女們並沒停歇手上的活兒，只乜斜起眼眸，甩甩滿肩汗湫湫的髮梢，打眼角裡睨了睨我。廊外曬場上的燦爛天光，透過竹牆縫照射進廊裡來。那一瞬間，我看到了一幅絕美的圖畫——我看見她們那一聳一晃、飽滿如柚子的咖啡色乳房上，朝露般，亮晶晶顫巍巍，綴掛著一粒粒豌豆般大的汗珠。

英瑪·伊薩——嗳——伊薩
坎嫩坎達特·巴巴喀喃兮
巴巴喀喃·帕蓋矣……

聽！驀地裡，光天化日之下我又聽到那招魂似的、咒語般的舂米歌／搖籃曲。它就在長廊另一頭，幽幽忽忽地響起來。我駐足諦聽。莫非，阿依曼她還沒轉世投生，這些日子兀自漂泊在大河上下各座長屋之間？難道她陰魂不散，形銷骨立，一副骷髏身架子依舊披著滿肩蓬髮，穿著一條濕答答水紅紗籠，睜著兩粒血絲眼眸，將她的孩子——死了八天啦——包裹在黃色小被褥中，抱在心口，又一路追蹤我們這支探險隊，直跟隨到卡江中游這座隱蔽的、武陵洞天般的小村莊，混跡在舂米婦人堆裡，大白天，毫無預警地顯現在我眼前，試圖向我——與她素昧平生、只跟她在坤甸房龍農莊上打個照面的支那少年——傳達某種訊息？

趔趔趄趄，我徘徊逡巡在長廊中央人煙最稠密處，磨蹭著腳，觀看這群健康快樂的肯雅婦女做活，輾轉又走過八、九家門口，一路悄悄循聲覓去，終於在靠近長廊盡頭那戶人家門口的舂米隊中，看見了歌者。挺青春、明豔的一個肯雅女郎呀！十六、七歲年紀，梳著一條烏油油長及腰際的麻花大辮子。那辮梢，俏皮地，繫著兩隻用緞帶編成的大黃蝴蝶，隨著她手中的杵子，一盪一盪地，不住翩躚追逐飛耍在長廊中。妳看這姑娘，大剌剌地張著一雙臂膀子，挺豎起她胸前兩粒汗溱溱、緊繃繃花苞也似的小乳頭，操弄著木杵，扭著細腰肢，撅著兩隻包裹在一條朱紅紗籠裡的圓臀子，邊舂米，邊拔尖嗓子曼聲唱歌，舂一下唱兩句：

——篷！
英瑪．伊薩——噯——伊薩

曼巴喲．卡德兮．安丹

——篷篷！

古瑪士．蘇．葛蘇喂．丹

沙貢喀德．笛的曼巴喲

——篷篷篷！

英瑪．伊薩——噯——伊薩……

好久，我杵在她家門口，只顧勾起眼睛偷偷地打量她。這首來自民答那峨島，渡過蘇祿海，跟隨一個苦命的民答那峨女子，輾轉流徙，循著大河溯流而上，一路傳唱到婆羅洲內陸蠻荒世界的歌謠，如今，從這個花信年華、青春正好的肯雅少女口中唱出來，變成了一首輕快、佻撻的情歌。英瑪．阿依曼這會兒肯定還抱著死嬰，隻身逡巡在屋外樹林裡。我呆呆聆聽歌聲，不知怎的一時間悲從中來，臉頰上撲簌簌地就流下了兩行熱淚。肯雅姑娘停歇手中的杵子，歪過臉來，狐疑地睨睇我兩眼。我慌忙收回視線，挪動腳步慢吞吞朝長廊盡頭踱去。噗哧！身後傳來一聲輕笑。我悄悄回頭，看見那滿廊子灑水般，白花花，透過竹牆縫從廊外曬穀場上篩進的燦爛天光裡，小妮子一臉笑，手握杵子，胸前聳著一雙傲然挺立的小乳房，兩眼勾勾，瞅定我。早晨的太陽照射下，只見她那張銅棕色小瓜子臉龐，妖媚地綻露出兩排好皎潔、好明亮的門牙兒。

我跑下長廊盡頭的梯子，拔起腿來，朝向河畔林中直奔過去，三兩下就剝光身上的衣服，撲通跳入水中。河水雪似沁涼。我趴在河床上死憋住氣潛伏了好久，才竄回到水面，翻個身，朝天躺臥在河中一塊大石頭上，仰起臉，眺望中天一朵一毬悠悠飄渡過河上一篷枝椏的白雲，只管愣愣發起呆來。

盛夏的陽光大把大把，悄沒聲，穿透層層樹冠，朝我那赤條條的身子直直澆灌下來。

篷！篷篷——舂米聲一杵子一杵子綻響自家家門口，戰鼓般浩浩蕩蕩穿過長廊，洶湧出長屋來，飄掠過大露台上金光閃閃的曬穀場，穿越過收割後寂靜無聲的田野，一聲聲篷篷篷，搭乘那叮叮咚咚蜿蜒穿梭過浪・阿爾卡迪亞村的一條流水，不住傳送到我耳鼓，鼕！鼕鼕鼕——久久只顧擂打我的耳膜。

眼皮一沉，我睡著了。

無夢的睡眠：好沉、好香。

剨剮——天頂一隻婆羅門鳶忽地厲聲嗥叫。

我甩甩手臂伸個大大的懶腰，醒啦。不知何時，擣米聲停歇了，整座村莊四下靜悄悄地。我躺在河中央大石頭上，怔怔凝聽好一會，忽然聽到上游某處春雷乍響般，迸綻起兒童的戲水聲。

我跳起身，抹乾身子穿上衣服，踮著腳，豎起耳朵，沿著河岸朝向聲音的來源一路尋覓過去，徜徉行走了一程，眼前嘩然一亮。

一泓綠水飛濺在一篷濃蔭下。河中橫臥著一棵大栗樹。看它那模樣，想必是被百年前一場大洪水沖倒的，連根拔起，如今擱淺在河岸，可兀自生機勃勃，樹頂一簇枝葉依舊亭亭如蓋，每年七八月之交，雨季剛過，一夜之間就冒出一樹花蕊似的嫩白新芽來。彷彿天工造物一般，它那癤癤瘤瘤、粗糙如崖石、兩人差可合抱的高大軀幹，從河岸突起，恰恰伸向河心，攔腰一把截斷河水，構成一道天然攔水壩，年深月久，就在壩上方蓄出了一座深可及肩的游泳池來。對天生愛水、打學會爬行起就與水為伍的肯雅兒童來說，樹腰上生長出的那幾十根光溜溜四下怒張的枝椏，不啻是全世界最好的、天然的、彈力和蹦性十足的跳水板。夏日炎炎，正午時分，這整株水中大樹上上下下爬滿光著屁股一身精赤的頑童，一個個兜啊晃，招搖獻寶似地，抖盪著肚腩下一隻隻棕色小雞雞，從河岸望去，猛一瞧，有如幾十頭被剝光渾身毛髮的潑猴，四下蹦蹬跳躍追逐打鬧，盪鞦韆翻觔斗鬧天宮，亂鬨鬨。那水性特好的娃兒（其中大半是女生！）聚成一組，準備進行一場別開生面的跳水比賽。十位男女選手裸著身子，集合在河岸上大樹根下，抖擻著精神蓄勢待發。驀地裡，只聽得一聲清亮的唿哨，不知誰一聲令下，娃兒們齊齊拔起腿來，躥上樹身，沿著筆直的樹幹一路奔向河心，嘩然一哄四散，爭相攀登那幾十根手臂般粗、朝向河面伸展的枝椏，駐足，挺腰，昂聳起他

（她）們那日頭下烏鰍鰍亮晶晶十分結棍好看的小身子，陡地縱身，以最自然、最優雅的海豚躍水姿勢，飛騰上天，在空中劃出一道一道完美的弧形，撲通撲通紛紛墜入水中，霎時全都隱沒不見了。好久，才一顆接一顆四下冒出濕答答小頭顱來。十名跳水選手挺起腰桿，鼓起肚腩上紅噗噗一粒小肚臍，搖頭晃腦，甩出一蓬蓬燦亮的水星，瞇眼格格笑。娃兒們玩瘋了。他們的母親，那群二、三十歲的肯雅少婦，袒著胸脯站在水裡，把下身浸泡在水中，對孩子的胡鬧卻不瞅不理，自管忙各自的活兒：有的在沐浴，手裡揸著一把細沙，往胯下腋間和身上各隱密處，窸窸窣窣不住摩挲擦拭，邊洗，邊昂聳起脖子，眺望頭頂上樹冠間一絮絮飛渡的雲朵，怔怔想自己的心事；有的泡了一回澡，索性脫掉腰間繫的紗籠，就蹲在河裡邊哼小曲邊搓洗起來；有幾個婦人潛入水底，閉住氣，箕張四肢，把整隻身子趴伏在河床一攤鵝卵石上，讓那琤瑽流淌的河水，一把一把淘洗她們那漂漫水面上，水草般大片大片，隨波逐流的漆黑長髮絲；三三兩兩，四處有婦人聚在一塊，耳鬢廝磨，邊噘起嘴唇互咬耳朵，打打鬧鬧閒話家常，邊伸出手來用細沙幫助對方搓洗身子，促狹似地，時不時使勁擰兩下對方的臀峰，抿嘴吃吃笑不住；有的婦人泡過了澡，洗完了頭髮，嫋嫋娜娜從水中站起身，濕湫湫，款擺著腰肢，搖曳起她們那光滑如橄欖油脂的一條烏亮胴體，猛一甩髮梢，昂揚起兩隻圓鼓鼓、皮球樣緊繃的咖啡色奶子，邁出腳步，潑剌潑剌，獨個涉水往上游走去，直來到山泉注入塘中的地方，弓下腰身，撅起兩只臀丘，用一節粗大的毛竹管汲水，準備攜回長屋炊煮午餐……遠方，河下游，一輪麗日當空，鬱鬱蔥蔥兩岸林木豁然開闊處，洞天般一簇燦亮的天光裡，依稀可見一群婆羅門鳶，一窩子十來隻，撲打著翅膀悠悠盤繞河面，卻不時扯起嗓門梟叫兩聲，剮——剮——倏地收斂起牠們那峭尖尖、日頭下熠亮熠亮的棕褐色長翼，以俯衝的姿勢，對準河心，猛一頭竄入水中央，叼起一尾銀光閃閃活蹦亂跳的河魚，一旋身，又抖動起濕漉漉的翅膀，飛回天上。

浪·阿爾卡迪亞村。

河中沐浴洗髮的肯雅少婦。天籟般四下綻響起的兒童戲水聲。陽光明媚流水琤瑽。難怪，據伊班老舟子所言，新唐鎮聖家堂那位牧守婆羅洲三十餘年的西班牙老神父，肯雅孩兒們口中的「峇爸·皮德羅」，當年獨自漫遊曠野，無意中進入卡布雅斯河中游這處祕境，驚詫、感動之餘，當即給她取個既浪漫又古典的希臘名字：阿爾卡迪亞。

浪·阿爾卡迪亞——隱藏在阿爾卡迪亞村的一座美麗肯雅長屋。

我看呆啦，只顧把雙手抱住膝頭，蹲在河岸上石堤下一籬日影裡，睜大眼睛望著綠蔭中這一口天然的、原始的、熱鬧無比的水塘子，久久一瞬不瞬。

黑魆魆一條纖細人影，悄沒聲，降落在我面前那片河灘地上。

——嗨，我的名字叫馬利亞·安孃·安達嗨。你好！

我回頭望去，晌午燦爛天光下，看見一個女孩背著太陽，瘦骨伶仃，獨自矗立在光溜溜的河堤上方。眼一花，我趕忙把右手舉到眉眼上，遮擋住陽光，凝起眼珠，仔細瞧瞧這個打赤腳行走河堤，無聲無息，有如幽靈般，光天化日下顯現在我身後的肯雅少女：挺清麗、削瘦的一張小瓜子臉，披搭著一頭及腰的黑髮絲；兩隻杏仁眼眸，點漆般烏晶晶，不住閃爍在滿村莊潑雪也似普照的陽光中。

——嗨！馬利亞・安孃，妳好。我是來自古晉的永。

——古晉？分水嶺另一邊的英國城市嗎？

——它是個可愛的城市，意思是貓。

——貓的城市。很美麗的名字。

——妳的名字也很美麗呀！馬利亞・安孃。妳知道「馬利亞」是誰嗎？

——伊布・納比・依薩。

——對！她是耶穌基督的母親。

我蹦地跳起身，從堤下日影裡走出來，轉身面對堤岸，仰起臉，好奇地打量這位抱著一個娃娃，俏生生佇立堤上的肯雅姑娘。晌午兩點的太陽，車輪大的一顆，高掛在長屋頂，明燦燦地往她後腦勺子直潑過來。她的臉龐，幻影樣，浮現在一圈雪似的光暈中，黑幽幽白花花，五官模糊成一團，只看得清楚兩隻漆黑眼瞳，不住眨啊眨，還有，她那一頭黑色小瀑布般直往腰肢上流瀉下來的長髮絲。她穿著一件小紅衫，袒露肚臍眼兒，腰下繫一條花色小紗籠，隨著河風飄飄颼颼，掩映著她那兩隻打赤的、瘦巴巴的腳丫子。我再次凝起眼睛，湊前一看，發現她的紗籠褦子污垢斑斑，彷彿沾著爛泥巴，仔細端詳，又好像曾在沼澤中或長屋底層下的畜欄裡拖曳過似的，讓日頭一曝曬，鬱鬱蒸蒸地，散發出一股子嗆人的穢氣來。

兩個人，一個堤上一個堤下，就這樣站著靜靜對看好一會。

日頭下喧嘩聲驟起。

我回頭望。

河裡，婦女們洗完了澡，忙完各自的活兒，將一把水亮黑髮絲高高盤蜷在頭頂上，擦乾身子，穿上紗籠，揹起那沉甸甸裝著五、六隻盛水竹筒和一堆衣物的簸簍，呼叫著，連哄帶罵，率領一群還沒完夠水，兀自光著屁股，渾身濕漉漉滴答著水珠的男女娃兒，一縱隊，從河塘中爬出來，沿著一道石砌階梯走上堤岸。

大白晝如逢鬼魅，娃兒們硬生生煞住步伐，一排站在堤頂，齊齊伸出手臂來，直直指住馬利亞·安嬢·安達嗨。

幾十條清嫩小嗓子驀地裡同時發聲，啐一口，罵一句：

——龐蒂亞娜克！

——咄，女吸血鬼！

有個五歲女娃腆著小肚腩，搖甩著肩上一蓬子濕髮絲，猛一個箭步，倏地從隊伍中躥出來，蹦蹬蹦蹬跑到馬利亞面前，彎腰，跺腳，撿起一顆鵝卵石，磔磔一咬牙沒頭沒腦就往她身上扔過去：

——曼噗嘶啦，恩犒！妳快去死吧！

母親們慌忙把這女娃子喚回來，罵兩句，隨即臉容一端，齊齊舉起右手掌，按在額頭上，轉身面對著馬利亞，一躬身，竟向這位十來歲的肯雅少女，行起印度宮庭式大禮來：

——伊布．納比．依薩，莎蘭姆！

姿態雖然有點造作、滑稽，卻也顯得無比虔誠隆重，甚至帶著一股莫名的敬畏、崇仰和膜拜，實在讓人不忍心噗哧一聲笑出來。我站在河堤上怔怔看著，目送這群洗完澡的母子們一家子笑笑鬧鬧走回長屋，一回頭，看見馬利亞．安孃．安達嗨兀自抱著她的娃娃，獨自個，披頭散髮，幽幽睜著兩隻滿布血絲的漆黑眼眸，一動不動，一聲不吭，佇立在天頂一輪雪白大日頭下。

喧鬧了一上午的河塘戲水聲，頓時停歇。我抬頭看看天色，大約午後兩點鐘。這時，克絲婷想必還待在長屋客房裡，渾身汗，敞開衣襟口，披散一肩濕湫湫的赤髮鬃，撅著兩隻豐圓臀子，箕張著四肢，成個大字形，趴臥在客房中央那張黃漬漬汗腥腥，不知多少年沒曝曬過的蘆蓆上，正睡得挺沉熟呢。克莉絲汀娜．馬利亞．房龍。九天前與我猶不相識，天隔一方，居住在婆羅洲中央分水嶺另一邊的三十八歲荷蘭女子。造化播弄，她成了我十五歲那年的孽，暑假大河之旅相濡以沫、患難與共的一對奇異的姑姪、母子和情侶。這會兒，孩子似的她俯臥在一座陌生的長屋中，拱起屁股流著口水，正做著一個甜美、安寧、無夢的夢。我偷偷離開她身邊，獨自在長屋外頭遊蕩了一上午，現在得趕回去陪伴她，挨著她，重新在她身畔躺下來，聆聽她那均勻低沉的鼾聲，聞吸那一縷一縷泌泌地從她腋下、乳窩和髮際滲溢出的氣味……打定主意，我正要邁步走回長屋，回頭卻看見馬利亞・安孃・安達嗨——這個同樣素昧平生，初次見面不知怎的就扯動我的心弦，讓我牽牽掛掛的肯雅少女——她忽然睜大眼睛，定定瞅住我，骨碌骨碌地緊盯著我的每一個舉動，生怕我隨時會拔腿開溜，不告而別，將她母女兩個，孤零零，拋棄在一座不友善的、把她當痲瘋病人看待的長屋，任由那群惡娃對她吐口水、扔石頭。果然，我才邁步走出十來碼，豎耳一聽，就聽到窸窸窣窣，身後響起一雙光腳丫子輕悄悄行走在沙土路上的聲音。

她跟定了我。

亦步亦趨如影隨形，馬利亞摟抱著她的娃娃，踢躂踢躂，拖曳著紗籠下襬，默默陪伴我沿著河岸走了一程，忽然開腔。

——你來自古晉，是嗎？

——是。我剛不跟妳說過了嗎？

——古晉，貓的城市，住著很多貓嗎？

——不特別多，跟別的城市一樣，有些人家養貓，但也有些人家不喜歡貓。我媽就很怕貓。馬利亞，妳喜歡貓吧？

——很喜歡。

——妳以前養過貓嗎？

——養過一隻黑貓，名字叫「比達達麗」。

——意思是「仙女」。好名字！比達達麗現在到哪裡去了？怎沒看見她？

——死了。

——比達達麗病死了？

——不。我把她丟進河裡淹死。

——為什麼呢？她不乖嗎？

——哦，不。她很乖。

——那為什麼妳要殺死她？

——這個祕密，我偷偷告訴你吧。因為峇爸．皮德羅說了：黑貓是撒旦的化身，比達達麗是撒旦和伊班姑娘交歡所生下的女兒。我成天抱著她，在長屋晃來晃去，會招引來更多黑公貓，生下一大群魔鬼女兒。我們的長屋，美麗的浪．阿爾卡迪亞，結果就會被魔鬼占領，變成被上帝拋棄的陰森可怖的浪．撒旦。上帝的僕人峇爸．皮德羅說，像我這樣一個十二歲的小處女，生得又好看，應該抱一個洋娃娃。

——所以，皮德羅神父就送妳這個芭比娃娃嘍？

我停下腳步，就著陽光，回頭打量這位肯雅美少女。果然，五官生得十分娟秀，尤其是那一雙點漆般的黑眼睛，掩映在一篷子黑髮中，眨亮眨亮，雖然布滿血絲，仔細一看卻好似幽闇叢林中兩塘泉水，清澄深邃，迎著漫天燦爛的陽光，靜靜凝視著我這個來自分水嶺另一邊的支那少年客人。但她那一身衣裳——緊身小紅衫、花色小紗籠——卻顯得十分邋遢，四處沾著不知打哪弄來的泥巴和不知名的污垢，隨著她的步伐，妖冶地散發出一股腥溲、腐敗的氣味。可她懷裡抱著的芭比娃娃——金絲髮、翡翠眼、櫻桃唇，耶穌畫中的小天使般爛漫可人——卻梳洗得十分整潔。娃娃美人昂挺著胸前兩顆渾圓、飽滿的小乳房，穿著一襲粉色蕾絲連身蓬裙，披著一方雪白綢紗，整套衣裳，纖塵不染，如同新娘般一身明豔照人。

——這個可愛的美國娃娃，有名字嗎？

——有。莎樂美。

——很美麗但也很邪惡的名字。誰給取的？

——峇爸·皮德羅。

——妳的教名，馬利亞，也是這位西班牙老神父取的嘍？

——是。我受洗那天給取的。

——聖潔美麗的名字。我姑媽的教名也是馬利亞。克莉絲汀娜．馬利亞．房龍。

——我的名字叫馬利亞．安孃．安達嗨。

——馬利亞．安孃，我姑媽會很喜歡妳的。她是個善良、美麗的女人。

——你愛你姑媽？

——很愛。她是我現在唯一最親的人。

我抬起腳步又繼續朝向長屋走去。如影隨形，馬利亞．安孃抱著她的莎樂美娃娃，亦步亦趨又跟住我。於是兩人一前一後沿著晌午空寂無人的河堤，又默默行走了一程。三不五時，河岸上茅草叢中躥出成群孩童，男娃子女娃子七、八個人光裸著身子，想是瞞著各自的母親相約到河裡玩水，可一看到馬利亞，就如同撞見痲瘋病人，紛紛煞住腳，蹬蹬蹬往後退三步，齊齊縮起頭顱，咬著牙猛打個哆嗦，隨即噘嘟起嘴巴狠狠啐出一泡口水：「龐蒂亞娜克，曼噗嘶啦！」滴溜溜一轉身，娃兒們換條路徑飛快奔跑下崖岸，撲通撲通爭相躍入河塘中自顧自玩水去了。母親們隨後追來，手中揮舞著擣米的杵子，嘴裡呼喝叫罵，一看見馬利亞，便立刻停下腳步，臉上湧出一股畏懼中帶著虔敬膜拜的神色，紛紛將右手舉到眉心，打一躬，又行起那隆重而滑稽的印度額手禮：「莎蘭姆！伊布．納比．依薩。」馬利亞沉著臉孔不瞅也不睬，只顧拖曳著紗籠下襬，尾隨我，邁著光腳丫綷綷綷行走在沙土路上，忽然嘆口氣，使勁咳嗽兩聲，清了清喉嚨才開腔：

——馬利亞真的是耶穌的母親嗎？

——聖經的馬利亞？是。書上這麼說的。

——耶和華是耶穌的父親，對嗎？

——沒錯。書上也是這麼說的。

——那耶穌是怎樣出生的呢？

——聖經上說，上帝借用馬利亞的肚子懷胎，生下耶穌。

——噯。峇爸沒騙我。

馬利亞又嘆口氣。兩人又默默行走了一程。我心裡思量，如何想個法子擺脫這個蓬頭垢面，一身衣裳邋遢，懷裡卻抱個纖塵不染的芭比娃娃新娘，午後大日頭下，幽魂樣，只管緊緊追躡在我身後的肯雅少女。我必須趕回長屋的客房，看我姑媽，免得她一覺醒來發現我不在屋裡，難保不會抓狂。可是這個素昧平生的馬利亞·安孃卻像牛軋糖般，牢牢黏住了我。我走在前頭，耳畔只聽得縩綷縩綷縩綷，魔咒般，不住綻響起紗籠襬子摩挲著一雙光腳丫子，輕悄悄曳行在路上的聲音。聽她的腳步，似乎比先前沉重、遲疑。馬利亞陷入沉思中，顯然正在考量一樁重大的事情。果然過了約十分鐘，她幽幽嘆息兩聲，開口了。

——我問你，古晉來的客人，耶穌被釘在各各他的十字架上，靈魂升天後，過一千年祂又會回到人間來，對嗎？但是頭一個千年降臨時，祂有事沒回來。現在第二個千年快到了。峇爸·皮德羅告訴我，這次耶穌一定會履約回來，並且選定在婆羅洲一座長屋出生。這座長屋就叫「浪·阿爾卡迪亞」。峇爸說的可是真的嗎？

——我不是基督徒。我不知道。

——哦。不打緊。

馬利亞呆了呆，忽然又嘆口氣，那聲調沉沉瘂瘂的，彷彿午夜睡夢中的小女孩從喉嚨深處發出的一聲哀婉、無奈的嘆息。

——古晉來的客人，我偷偷告訴你哦：我肚子裡懷了耶穌。

——什麼？妳懷孕了？馬利亞·安孃，妳今年才幾歲？十二歲！妳說妳肚子裡懷的胎兒是誰？耶穌基督？你們肯雅人口中的「納比·依薩」？而妳就是耶穌基督的母親，伊布·納比·依薩？

——我肚子裡懷了拿撒勒的耶穌。

——多久了？

——第二十五週。

石破天驚，我愣在當場，足足有三分鐘之久，才從雷殛似的驚駭中悠悠醒轉過來，猛一甩腦袋瓜，伸出手臂，一爪子攫住馬利亞那瘦骨嶙嶙的肩胛，硬生生地將她拖出河堤上的樹蔭，一把推到堤外，大日頭底下，就著晌午明亮的天光，仔細端詳她的身子。細長條的一個銅棕色身子，挺醒目的豎立著兩粒緋紅色、花苞樣欲綻未綻的小乳頭兒，就像一般十二三歲的肯雅少女，健康、乾淨，渾身上下看不出絲毫異狀。臉泛紅，馬利亞垂下頭來，瞟我一眼，伸手攏起她上身那件脫落了兩顆釦子的小紅衫，遮起胸脯，隨即把芭比娃娃抱緊了，摟在胸口。忽然，她昂起頭來，挑釁似地反手猛一撩她肩後那把及腰的髮絲，睜大一雙眼睛，定定瞅住我，眼瞳子清靈靈一轉，倏地回手，抓住她肚臍眼上繫著的那條花色小紗籠，狠狠往下只一扯，天光下，將她的腹部一轂轆暴露在我面前。我揉揉眼皮，定睛一看。她的肚腩果然腫起了一坨，圓鼓鼓、光溜溜地，就像裡頭長出了一顆饅頭般大的肉瘤。

——馬利亞，妳真的相信，妳肚子裡懷的是第二次降臨人間的先知耶穌，納比．依薩？

——相信！因為那是峇爸告訴我的。

——是誰讓妳懷了耶穌？

——峇爸呀。

——峇爸．澳西？

——誰是峇爸．澳西？

——妳真的不認識大名鼎鼎的澳西叔叔？這倒奇了！大河上下，每一座長屋的孩子們都認識他，都看過他表演的魔術，都收過他的禮物——漂亮而貞潔的伊班小女孩、達雅克小女孩和肯雅小女孩，都收到澳西叔叔贈送的芭比娃娃呢！長屋的孩子們都愛他，崇拜他，管他叫「來自南極澳洲的聖誕公公」。馬利亞，妳怎會不認識峇爸．澳西？

——不認識。你說的這個老白人，從沒到過我們長屋。

——哦，是了。你們村子地點十分隱密，倘若沒人指點，外人還真不得其門而入呢。昨晚，我和我姑媽逃出紅色城市，被困在大河上，不知要往哪裡走，正在茫然無措的當兒，便是靠一位仁慈的伊班老人帶路，才得以進入「浪．阿爾卡迪亞」……可是，如果不是那個峇爸．澳西，還有哪一位峇爸會讓妳這個十二歲女孩懷孕呢？

——這個祕密，我只告訴你一個人，但你必須先發誓決不告訴第三人，包括你最愛的姑媽。那個和我同名的克莉絲汀娜・馬利亞。

——好，我就發個毒誓：如果我洩露馬利亞．安孃．安達嗨的祕密，我，來自古晉的支那少年，永，兩隻眼睛就會被肯雅族的神鳥啄瞎，從此看不到太陽和我姑媽，克莉絲汀娜．馬利亞．房龍。我對著天上的太陽和盤旋河上的那群婆羅門鳶，發了這個誓。現在妳可以講妳的祕密啦。馬利亞．安孃，究竟是誰讓妳懷了耶穌？

——峇爸．皮德羅。

——觀世音菩薩，我的媽！讓妳懷孕的人就是給妳施行洗禮、賜予妳教名「馬利亞」的那位西班牙老神父？

——古晉來的客人啊，我再偷偷告訴你一個祕密吧！你把你的耳朵湊過來。我講嘍：姆祿特・峇爸皮德羅・伯爾巴烏・布蘇克。你聽得懂加里曼丹馬來語嗎？

——懂。妳說：皮德羅神父的嘴巴很臭。

——克拉那・蘇卡・馬干・巴旺菩提。

——因為他喜歡吃大蒜。

——所以，每次跟他在一起，我都緊緊閉上我的嘴巴和鼻子，好久都不敢呼吸喔。

馬利亞猛一甩頭髮，瞇起她那雙黑珍珠般烏亮烏亮的眼瞳，仰起小瓜子臉，抱著她的洋娃娃，笑得花枝亂顫起來，格格格，直笑到，在那白燦燦滿村普照的晌午陽光下，哦，我看見她眼眶中，晶瑩晶瑩，驀地裡迸出了兩顆豌豆般大的淚珠。

七月初八黃昏　記一樁緣

又見粉紅梳妝台

如今追憶起來，丫頭，人生的機遇——或稱之為因緣吧——可真是一件神奇奧妙、難以言說的事情，卻又讓人忍不住想說一說，一窺箇中所隱藏的祕密。

比如，七月初八日清晨，我和克絲婷姑媽趁著迷濛的曙色，倉皇逃出新唐鎮後，流落在大河心，茫然不知何去何從之際，怎能料到，在一位好心的伊班老舟子導引下，有如晉朝的漁人，我們姑姪倆得以進入卡江中游的祕境，浪・阿爾卡迪亞。當時又怎能預知，在這座足以媲美武陵洞天的和樂村莊，我們將遇見肯雅婦女們口中的「小聖母」，馬利亞・安孃・安達嗨，從而給我們的大河朝山之旅投下一個詭譎、禍福難料的變數。

又比如，七夕那晚，姑媽帶我漫遊紅色城市新唐，在迷宮似的一條條黑衚衕中，尋找一個不知名的、我只在坤甸碼頭巴剎匆匆一瞥，打個照面，此後，卻日夜叫我牽腸掛肚的普南少女。尋尋覓覓，偌大的城繞了一圈，渾不見她的蹤跡。直到城頭的月亮沉落，和姑媽暫時失散後，巧而又巧，就在城心紅霧深處大清早一漩渦被河風捲起的飛沙中，我邂逅一個逡巡街頭，幽魂樣，飄甩著一蓬漆黑髮絲，深夜一臉彩妝，獨自出門攬客的小娼妓。以後的事情，我都跟妳講了。奇的是，我十五歲那年暑假的婆羅洲大河之旅結束後——丫頭妳仔細聽好——過了三年，我在古晉讀完高中，來台升學，一晚，秋夜下著綿綿霪雨，我心情蕭索，獨自出門冒雨夜遊台北城。走進逛著便來到了市中心。就在那平日燈火高燒遊人如織而今一片淒清的西門町，我又遇見她。（我確定是她！因為我在她身上聞到一股特殊的、屬於赤道婆羅洲的、帶著叢林芳香的汗酸味。）長髮飄飆的小女郎。十四、五歲。同樣一襲水紫色小長裙。同樣蹭蹬著一雙峭尖小高跟鞋，兜盪著一只小黑皮包，蹬、蹬、蹬，獨自躑躅在凌晨空洞洞的街町心。霎時間，恍若墜入時光隧道，我又回到少年時代那座隱藏在赤道叢林心臟，魅影幢幢，四下人頭飄忽，終年籠罩在一團紅霧般沙塵裡的城市，新唐。就連街景和路人都似曾相識。（台北與新唐，天南地北，八竿子也打不在一起的兩座城市哪！）町心各有一棟名為「雲月」的充滿東洋狐媚風情的十四層簇新賓館，還有還有，妳看，那子夜遊魂似的一縱隊又一縱隊西裝畢挺，醉醺醺競相扯起破鑼嗓門，鬼哭神號似地厲聲唱著浪人歌——君為代呢／千代呢／八千代呢——趕屍般挺著腰桿，跂著腳上兩隻尖頭義大利花皮鞋，蹦蹬蹦蹬，踢踢躂躂，四處遊走在深夜台北城中的日本中老年觀光客。而她，十五歲彩妝小女郎，踽踽獨行，終夜徘徊在台北秋雨街頭。我躡腳一路跟蹤她，心中乍然靈光一現：莫非，她在婆羅洲遭逢某種不測，甚至早已死於非命，她的靈，搭乘鬼月時節坤甸港中施放的蓮花水燈，一路漂洋過海，追隨我，來到東海一隅的台灣島上，一身豔裝，試圖向我傳達某種訊息，或是陳訴心中的冤苦。但那個秋夜，冒著台北滿城大起的雨霧，我一路尾隨她，兜遍西門町縱橫交錯幾十條巷弄衚衕，直到天矇矇亮，來到城西淡水河畔，艋舺老城。曉風中，我佇立在荒冷的貴陽街口，眼睜睜望著她身上那一把細腰肢，斷線風箏般，猛一折，滿肩濕漉漉漆黑長髮梢，隨即一飄搖，她的整個身影就隱沒在貴陽街尾，倏忽，消失在高聳的水泥河堤下，一窟紅霧中。後來我才知道，那兒就是豔名遠播，在這雨夜凌晨兀自閃爍著一蓄蓄妖媚燈火，睞啊睞，不斷開闔著兩扉子紅門，咿呀咿呀，只顧迎來送往的寶斗里……丫頭啊，我終究沒趕得及向她探問緣由。

連她的名字，我都不知曉。

那是我十五歲大河之旅結束後三年，在台灣發生的事。

人生中的「緣」，或許就該這樣。

而今，多年後一個秋夜，皓月當空，獨坐台灣東部大學城一盞枱燈下，攤開一疊原稿紙，握著筆，望著書房窗外阿美族人的聖山——雄偉、神祕的黑色奇萊——重溫少年時代這趟奇異航程，向妳，我偶然結識於紅塵都會鬧市街頭的台北小姑娘，朱鴒，絮絮訴說因由，浪跡大半生、終於找到歇腳處的我，心中越發感受到上天的悲憫，和神機的不可測。

妳問：在講大河故事的過程中，挺突兀的，我為何插入一節有關「緣」的議論？

在婆羅洲第一大河卡布雅斯河上航行六天，我們的鬼月朝山旅程，感謝伊班大神辛格朗·布龍／耶和華庇佑，總算平安地、人員無傷地進入了中段。這當口明月半圓，我們正朝向大河盡頭的冥山峇都帝坂，一步一步邁進。在這節骨眼上，我只顧喋喋講說因緣，因為經由上天的安排，陰曆七月初八晌午，在桃源村邂逅小聖母（伊布·納比·依薩）之後，當晚在長屋中我又遇到一樁更加神祕奇異——不，這回可是極美好、極圓滿的——緣。

*　*　*

那天晌午在浪·阿爾卡迪亞村綠水塘，觀看完了肯雅兒童戲水圖（還有，那無意中被我撞見的、至真、至美、宛如希臘古瓶彩畫的肯雅婦女沐浴圖），渾渾噩噩走下河堤，跑回長屋，我掀開客房門簾便發現克絲婷兀自朝天躺在蘆蓆上，大剌剌，仰面八叉，流著口水還在齁齁大睡呢。四下悄沒聲，只不知哪家門口，在這赤道午後兩點鐘，日頭炎炎似火燒，全長屋的人都躲在屋裡午睡的時刻，猶自綻響起擣米聲，篷、篷——英瑪伊薩噯伊薩，巴巴喀喃兮曼巴喲——聲聲如咒語，沿著空洞洞的一條長廊不斷傳送到我們房中來。每隔三、五分鐘，門簾外面人影一閃，小聖母拖著肩後長長一把黑髮絲，款擺著紗籠，打赤腳，抱著她的洋娃娃無聲無息走過門口。一整個晌午，不住來回逡巡。我轉身背對房門口，躡手躡腳在克絲婷身畔跪坐下來，雙手扶住膝頭，湊上眼睛細看她的面龐。挺香甜、挺安詳的一張睡臉。俏尖的鼻翼上綴掛著好幾顆汗珠，綠豆般大，眨亮、眨亮地，隨著她那一聲聲均勻深沉的鼾息，好久只管顫動不停。我瞧個老半天，忍不住偷偷豎起食指頭，伸到她鼻梁上，噗的一聲，戳破其中最大最晶瑩的一顆汗珠。眉頭猛一蹙，克絲婷咧開嘴，齜起兩排皎白門牙，往我食指尖狠狠咬上一口，但兩隻眼睛依舊緊閉著。

——姑媽，妳醒了？

——你第一次叫我姑媽，永。

——是，姑媽。

——你今天怎麼啦？怪怪的。

——我想念妳。

克絲婷呆了半晌，嘆口氣，伸出一隻手來握住我的一隻腕子。

——好姪兒，來吧，躺下來陪伴姑媽再睡一會。這趟大河之旅，一路上，鬼趕似的慌慌張張，我還沒有機會好好睡上一覺呢。

陰曆七月正逢陽曆八月，婆羅洲旱季，午後，內陸叢林暑氣大盛，氤氤氳氳，整座長屋猶如一具曝曬在大日頭下的巨型蒸籠。我忍不住吐出舌頭，猲猲猲，狗樣喘起了氣來。克絲婷乾脆叫我脫下黏搭搭的外衣，抹乾身上的汗，赤條條地只穿條小內褲，和她並排仰躺在長屋客房一張清涼的蘆蓆上，肩挨著肩，闔上眼睛，聆聽長廊那頭鼕——鼕——鼕——擂鼓般連綿不絕傳來的杵聲，好久好久好久，誰都沒吭出一聲。

日西斜。暑氣稍降。熟黃的陽光靜蕩蕩一片，不知何時，就從長廊外頭曬穀場上潑進來，一鏃鏃穿透竹簾，照射入我們屋裡。噠噠，有人在門口輕輕跺兩下腳。我從姑媽身旁霍地跳起身，慌忙披上外衣，跑去掀開門簾，看見屋長夫人捧著一個竹筒子佇立門旁，笑盈盈探頭往房內悄悄張望。我趕緊伸手接過水筒，道聲謝，拿進房裡，小心翼翼放置在克絲婷那兩顆裸白白，青筋畢露，燦亮地映著夕陽，汗津津從裙襬中伸出來的腳踝旁。

——水送來了，該起床洗臉嘍！姑媽。

孩兒樣，克絲婷噘嘟著嘴唇，趴在枕頭上又睡了三分鐘，這才張開嘴巴，慵慵懶懶地打喉嚨深處發出蕩人心魄的一聲哈欠，嘆口氣，蹦的坐起身來，揉開眼皮四下睃望。一臉子的迷惑。瞧！四米見方一個蔑竹板房間，光溜溜地只在中央鋪一張蘆蓆，蓆頭擺放兩個竹枕。一屋子不知名的飛蟲，無聲無息魅影般，漂盪在那一濤從竹牆縫篩進的金黃霞光裡。我們兩個，克莉絲汀娜・馬利亞・房龍和「永」，這對流落異鄉相處九天，不知怎的就結為姑姪的異族男女，如今除了彼此，真的一無所有了，往後在漫長險惡的旅途上只能相依為命。昨晚七月七，姑姪倆倉皇逃出新唐鎮，行囊留在旅館，這會兒想好好洗把臉，身邊連一條毛巾也張羅不著，可又不好意思向主人家索取。靈機一動，我拿下掛在牆上的西裝外套。（ㄚ頭還記得吧？我父親當年拎著一口皮箱，頭戴一頂黃草帽，浪遊婆羅洲那段歲月，終年穿在身上的那套漂白夏季西裝。昨晚在新唐，出門夜遊，尋訪一位普南姑娘，克絲婷為了讓我這個十五歲，瘦巴巴，黃膚黑髮愣頭愣腦的中國姪兒看起來略為成熟、稱頭些，執意要我穿上這件行頭，那時我還嫌它太寬大、老氣呢。）我拿下西裝，往口袋掏摸，從內袋挖出一條我老爸藏放多年的紅絲手帕，送到鼻端聞了聞，隨即就在克絲婷膝前跪下，從竹筒裡倒出一掬水，用帕子蘸著，不聲不響就在她臉龐上擦起來。克絲婷怔怔盯著紅絲帕，不知怎的忽然悲從中來，眼眶一紅，迸出一顆雪亮的淚珠。我不理不睬，只顧悶頭擦拭。直到我把她的鼻翼、腮幫、耳根髮際……臉上各處沾著的紅塵土，全都清除了，恢復她的一張潔淨無瑕的臉，我才嘆口氣，隨手撥了撥她那在紅色城市浪遊了一夜，變得野草般蓬亂、洋鬼婆樣鬈鬈的一頭髮鬈子。凝視半晌，我又嘆口氣，叉開五根手指頭，權充梳子，幫她扒梳她那糾成一團的髮絲，直到她的滿肩亂髮在我耐心調理下，又變回一匹奔馬也似、火紅紅飛飀在赤道夕陽下的赤髮鬃，就像九天前，六月二十九日鬼月前夕，我在坤甸碼頭初見她時那樣，我才滿意地點點頭，笑了，雙手捧起她的臉龐，左看右看端詳了好一會。

——好了，克絲婷姑媽，嗽嗽口吧。

我笑嘻嘻地把裝水的竹筒端送到她眼前。

噠。噠。房門口又響起兩下跺腳聲。這回是姑媽出去應門。妳看克絲婷，剎那變了個人。她坐在地板上漱完口，抹掉眼角的淚痕，把一隻手肘往蘆蓆上只一撐，抬起臀子，矯健地立起身，唰唰唰三兩下，就把身上那件跟隨她浪蕩一夜的天藍底小黃花過膝長裙，拂理整齊了，胸脯猛一昂挺，眉眼間堆出濃濃的笑意來，接著，她就邁出兩隻皎白的光腳丫子，款步走上前，一把掀開簾子。

兩個婦人就站在門口，操著荷蘭語交談五六句。姑媽回過頭來朝姪兒，永，招招手：

——屋長夫人說，屋長圖埃魯馬・安達晦有事趕不及回來接待賓客，不過，屋長的叔父，部落首席長老彭古魯・安達晦，今早出門訪友，傍晚趕回來了，願意會見我們這一對來自大河下游、落難新唐鎮、有緣一訪浪・阿爾卡迪亞村的姑姪。

於是，在屋長夫人帶領下，我們姑姪倆順著長廊朝向正屋行去。擣米聲，早就停息。家家屋裡畢剝畢剝，競相響起柴火聲。炊煙熱騰騰香噴噴，從幾十戶門口飄出來，嬝嬝地，溶入那漫天濺血也似的從大河口直潑過來，穿透整排竹牆，照射進長屋的赤道晚霞中，匯合成一條猩紅的、霧氣瀰漫的河，濤濤流淌在這條百碼長廊上。小聖母——肯雅婦女們頂禮膜拜的伊布・納比・依薩——抱著洋娃娃一晌午踽踽獨行，這時不知走到哪裡去了。廊中空盪盪。長屋的孩子們都安靜下來，想來這會兒都待在自家屋裡，等候開飯呢。可是不知怎的，我伴隨姑媽一路走，卻感到背脊涼涼，老覺得廊中有個孤小身影，飄飄忽忽似有若無，綷綷綷綷，只顧拖曳著紗籠襬子，相隔約莫三十步的距離一路跟蹤我們。回頭一看，廊中卻又空寂無人。

屋長夫人走在前頭，不睬不理，一逕把我們姑姪帶到長屋正堂隔壁的一間大屋，挑起門簾，弓身進入，向長老彭古魯通報客人到了。

簾子揭開的那一霎，丫頭猜，我第一眼看到什麼？

——粉紅梳妝台。

沒錯。丫頭記性真好。就是三年前，我十二歲從事小學畢業旅行，在沙勞越邊界，成邦江上游分水嶺，健行途中遇見的那隻通體漆成粉紅，雕花描金鑲邊，挺俗豔，可不知怎的卻讓我回到古晉後，魂牽夢繫、念茲在茲的簇新歐式梳妝台。如今，三年後，它就佇立在婆羅洲內陸大河中游一座長屋的廳房中。

長舟上的梳妝台！

記得吧？那天傍晚，日頭火亮。趕往健行營地途中，我看見分水嶺半山腰灌木叢裡，野火樣，出現一團銀紅光芒，在我眼前不住蹦跳閃爍，好像正在招引我。中蠱似地，我拔起雙腿揹著行囊沒頭沒腦就追跟上去。山路上只見一群肯雅青年，行軍般一縱隊，個個赤裸著銅棕色的軀幹，渾身刺青斑斑，只在胯間繫條鮮紅丁字帶，那時正弓起身子，嘴裡齊聲吆喝伊班口令，合力扛著一艘十二米伊班長舟上山：梭阿都、都丫、打魯！一二三，大夥往上衝呀——血似殘陽潑照下那滿山歸鴉噪鬧聲中，二十條人影汗潸潸，一步蹭蹬一步，朝向分水嶺巔頂前進。扛著船首，行走在隊伍最前端的是個瘦小老頭兒。妳看他，步步回顧，迎著落日睜起兩隻青光眼，目光睒睒，守望那隻安放在長舟上，用十根粗籐條牢牢捆綁在船中央，不住晃啊盪的簇新粉紅梳妝台。那是他老人家——彭古魯・伊波・安達嗨，偉大的帕兮喇咿遠行家——送給妻子的禮物。這位打十五歲起就離家，一生八次獨自出門遠遊，獵過十二顆上好人頭的肯雅族傳奇獵頭勇士，五十八歲那年發願，從事此生最後一次「帕兮喇咿」——壯遊。他徒步翻越婆羅洲中央分水嶺，隱姓埋名，在外鄉沙勞越的採石場做三年苦力，省吃儉用攢足了錢，到鎮上選購禮物，看中這張梳妝台，千里迢迢跋山涉水，親自馱回到山的另一邊，加里曼丹，他的家鄉。

結縭四十年，他贈送老妻安孃的唯一禮物。

如今它就穩穩地立在彭古魯老家堂屋中，纖塵不染，光潔如新。

——希拉拉・馬素！希拉干・都督！請進，請坐。

夕照溶溶。廳堂裡還沒上燈，一屋昏黃暮靄中只聽得春雷乍響，不知從哪個角落突然冒出一條洪亮的嗓子，操著生硬的爪哇語，招呼我們進屋、入座。我嚇了一跳，只覺耳膜嗡嗡價響。克絲婷悄悄架起肘子，往我腰間只一撞，笑吟吟領著我走入屋內，在一個老者面前立定，彎腰，打一躬，隨即拉著我的手，拎起裙襬子就在地板鋪著的一張大蜥蜴皮上，面對長老端端正正盤足坐下來。

——特你馬加色！彭古魯……

——伊波・安達嗨。

彭古魯・伊波・安達嗨。三年前小學畢業健行途中，我在沙勞越境內的叢林，成邦江上游夕陽西下時分，所邂逅的那位揹著送給老妻的禮物，跋涉了一整天的山路，傍晚，在河邊紮營，準備隔天一早跨過分水嶺返鄉的肯雅老漢（那時，我多無知啊，以為那張梳妝台是一位慈父，不辭勞苦，翻山越嶺到城裡選購，親自扛回家給女兒當嫁妝的呢）。老戰士別來無恙。這會兒在自家屋裡，守著老妻，過安逸日子，但他依然以蹲踞的姿勢，猴兒樣拱坐在梳妝台旁一張雲豹皮上，雙眼炯炯，彷彿戒備什麼似的，可一臉安詳寧靜，帶著一股莫名的滿足——和些許的得意吧——與我在分水嶺下初遇他時，簡直判若兩人。頂記得那天晚上半夜醒來，我鑽出帳蓬跑到河邊撒尿，回頭望望，看見石榴樹下一星火光閃爍。無聲無息，半天一動不動，一個肯雅老人抱著膝頭，蹲坐在一張簇新粉紅歐式梳妝台下，目露精光，邊抽羅各土菸，邊昂聳起他那癤癤瘤瘤老樹根似的一株刺青頸脖，好久，怔怔地，一瞬不瞬地，仰望婆羅洲夏夜萬里無雲晴空中，那條橫跨東南天際，浩浩瀚瀚，搭載億萬顆星星，直往分水嶺另一邊傾瀉的天河，自管思念他的家鄉，想他的心事……

——桑桑・曼揚桑！普安・克莉絲汀娜。

我又嚇一跳。耳鼓嗡嗡。

姑姪倆才剛坐定，猝不及防，那條雄渾的嗓子又再發聲。浪・阿爾卡迪亞村的長老彭古魯・伊波・安達嗨，從雲豹皮坐席上抬起臀子，代表出外的屋長，一哈腰，向「克莉絲汀娜夫人」致意，歡迎她帶著姪兒到訪。

我依傍著姑媽，兩人肩並肩坐在客席上，隔著那七、八坪大的一間鋪著竹編地板，空盪盪，只在當門處放置一張梳妝台的堂屋，和主人遙遙相對。這個身高只五呎，老孩兒樣皺縮著一張猴子臉的肯雅老戰士，三年前的那晚，獨自蹲踞在河邊，默默守著他贈送老妻的禮物，整夜沒聽他吭出一聲，整趟行腳中也從未見過他和隊伍中的小夥子們（結伴出外打工，熬過三年，而今衣錦榮歸的鄉里青年）交談過半句。如今坐在自家屋裡，石破天驚，他那張單薄乾癟的胸膛竟發出如此雄渾、沉厚的聲音，擂鼓般，空窿空窿地，在一屋蒼茫的暮靄中激起陣陣回響。我豎耳聆聽。

——普安・克莉絲汀娜，妳和妳的姪兒，永，造訪我們這座與世隔絕、外人中只有西班牙老神父，峇爸・皮德羅，曾經進入，給我們肯雅族帶來天主福音的村莊。容我動問，高貴的普安：一個荷蘭女子帶著一個中國少年，在酷熱的支那鬼月，雙雙出現於荒涼的婆羅洲大河上，意欲何為？

——回答尊貴的彭古魯：我帶領我十五歲的姪兒，永，從事他的初中畢業旅行。

——唔。你們打算往哪裡去？你們的航程有一個明確的目標嗎？

——大河盡頭的聖山。

——峇都帝坂？

——是。彭古魯・伊波・安達嗨，大河上下威名顯著的肯雅族長老，懇請您，給我們這對迷路的姑姪，指引前方的路途。

彭古魯不吭聲了。他一逕以蹲踞的姿勢，坐在主位那張雲豹皮上，雙手抱住膝頭，沉吟許久才回過神，慢吞吞伸出一隻猴爪子，從菸盒中撿出一張羅各菸葉，捲上黃菸絲，點火，大口大口吞吐起來。晌晚六點，太陽早已墜落入大河口。滿天焰火似的彩霞，挾著大河沿岸各處長屋、甘榜和支那客家莊紛紛升起的炊煙，一濤濤，悄沒聲，洶湧進了我們這座隱匿在武陵洞天中的浪・阿爾卡迪亞長屋，穿透竹牆縫，直潑入堂屋中來。屋裡還沒上燈。偌大的一間廳堂，空寂寂闇沉沉，只在當門處放置一張簇新梳妝台，給屋子增添一團紅色的清冷的喜氣。彭古魯蹲在梳妝台下，自顧自抽菸，夕照裡，一逕仰起他那張滿布風霜、鯨紋斑斕、猴兒似的皺縮成椰殼般大的銅棕色臉膛，骨碌骨碌轉動兩粒眼珠，怔怔地，望著頭頂屋梁上懸吊的一簇金亮骷髏頭，好像在思索什麼，可他老人家臉上的表情——丫頭，妳仔細瞧——依舊是十分的平靜，無比的安詳與滿足。

姑媽攏起裙襬，盤起雙腿，挺起腰桿子昂聳著一對豐圓的乳房，端坐客席上，握住我的一隻手，滿臉堆笑，靜靜等候長老彭古魯・伊波的答覆。

如醉如癡，我卻只顧睜著眼睛，呆呆審視老人家身旁的梳妝台。三年了，晶瑩簇新依舊，纖塵不沾。台面光溜溜地只擺著幾把梳子和幾支髮釵，還有（丫頭，趕緊擦亮妳那雙烏騮烏騮，兩匹小黑駒般，四下奔竄張望，不停探索搜尋各種新奇事的眼眸子，給我瞧清楚了）一瓶正港的來自台灣的花露水。明星花露水。那個年代台灣婦女——包括丫頭妳媽媽，我猜——最愛用的化妝品，竟然漂洋過海，出現在婆羅洲內陸一座荒僻的長屋中，寶貝似地被供奉在梳妝台上。這可不又是一樁奇妙、難解的因緣？不管怎樣，我必須說，這整張梳妝台上最吸引我的目光、最能牽動我的心弦，勾起三年前那段溫馨美好記憶的是（妳又猜著了！）那面鵝卵形的大圓鏡。那天黃昏，赤道一輪猩紅落日下，一團火焰出現在沙加邊界分水嶺下一條荒涼山徑上，好似白晝顯現的鬼火，放射出一蕊蕊銀紅光芒，不住蹦跳、閃爍、飄忽，招引那十二歲從事小學畢業旅行的童子永，使他神魂顛倒，中蠱似地，揹著行囊一路苦苦追跟，直來到分水嶺上。他佇立巔頂，呆呆望著它隨著落日餘暉，逐漸遠去，不多久就隱沒在分水嶺另一邊的莽莽叢林中——對童子永而言，那兒是「另一個」遼闊幽深、神祕不可知的世界。別來無恙，燦亮如昔。這面梳妝台大圓鏡，如今豎立在婆羅洲心臟的浪・阿爾卡迪亞村一間廳堂中，嫻靜地、笑盈盈地，映照著屋梁上懸吊的一堆髑髏。

梳妝台的女主人，彭古魯・伊波的老妻安孃，這會兒正在廚房裡張羅招待客人的晚餐。透過竹簾縫，暮靄中我看見她聳著一頭半白的花髮，汗涔涔，佝僂著細小身子，拖沓著腰下繫的寬大紗籠，在狹窄的灶間操著菜刀，切切剁剁忙得團團轉。她胸口兩隻皺巴巴乾癟癟的棕色奶子，隨著她的刀工，一盪一盪，乍看真像兩支裝置在一個老舊掛鐘裡的畸形鐘擺。

彭古魯・伊波終於悠悠地吐出最後一口煙，緩緩開言道：

——普安・克莉絲汀娜・馬利亞・房龍，容我動問，你們姑姪兩人為何選擇陽曆八月，陰曆七月支那鬼月，攀登聖山峇都帝坂？

——純屬巧合。我姪兒永，今年八月初中畢業。他父親給他安排一趟大河之旅，讓他認識他出生、長大的這座島。

——永，這是你第一次進入婆羅洲叢林？

——第二次。頭一回是三年前，我小學畢業那年，校長帶領我們到成邦江上游健行。兩眼霍地一睜，彭古魯・伊波扭轉過脖子，眼上眼下將我全身打量三遍，忽然，眼色一柔，他那老猴子樣皺縮成一團的小臉膛，憨憨地，綻放出了一朵天真爛漫的笑靨。

——啊，三年前在沙勞越成邦江上游，大分水嶺下。

——你們兩人見過嗎？

——普安・克莉絲汀娜，這是我和永之間的祕密。

老頭兒咯咯笑，勾過一隻眼睛來朝我睞兩下，悄悄回首，深情無限地，向身旁的粉紅梳妝台投射一眼。

鏡中，人影一閃。一條花色小紗籠，漂盪在一團夕照晚風炊煙中。

我轉頭望向堂屋門口。竹簾搖曳。外面長廊上煙霧瀰漫，不住迴響起各家廚房傳出的刀鏟聲。馬利亞・安孃・安達嗨消失了兩三個鐘頭，悄然又再出現，只見她抱著她的洋娃娃，踮起她那雙光腳丫子，一步蹬著一步，小心翼翼踩著廊上竹編地板，一陣輕風也似走過堂屋門口。腳步聲似有若無。槖躂槖躂來回逡巡五六次。我凝神傾聽。腳步聲忽然停歇。馬利亞在堂屋門口駐足。踟躕半晌。她終於把頭伸進竹簾縫，朝堂屋裡張了張，瞅住我，凝睜起兩隻漆黑眼瞳。滿眼睛的話語。馬利亞好像有事要跟我說，又好像有什麼重要的訊息要偷偷向我傳達，可是我這個呆頭鵝啊，卻一時沒會過意來，只管依傍著我姑媽怔怔坐在屋裡。馬利亞站在門口等了五分鐘，眼神沉黯下來，幽幽嘆息出兩聲，抱著她的洋娃娃轉身離去。晚風吹拂下，她腰後那把小黑瀑也似烏亮長髮絲，猛一飛颺。槖，槖，馬利亞赤足踩著竹地板，沿著走廊獨自一路躑躅下去了。

——噯。

空洞洞的一條百碼長廊，夢囈般傳來她的嘆息。

長老彭古魯・伊波・安達嗨不瞅不睬，蹲踞在堂中一張雲豹皮上，只顧叼著菸，瞇覷起兩隻青光眼，望著那屋梁上的髑髏堆獰笑獰笑地投落在地板上的一簇鬼影，良久沉吟著。

——大河盡頭，峇都帝坂……

——是。彭古魯，我們姑姪兩個計畫在陰曆七月十五，月圓之日登山。

——鬼月，月圓之夜？

——是。我要讓我心愛的姪兒，永，觀看一輪明月照射下的婆羅洲聖山。

克絲婷霍然挺直起腰桿，端正起坐姿，一臉笑靨，瞅著我們的主人。她伸出手臂，遙遙指著堂屋後窗一洞暮靄炊煙中，白蒼蒼一枚魅影般，悄沒聲浮現在叢林梢頭的初升月。月亮半圓。

——今天是七月八日。

——是的，彭古魯。我們剩下七天旅程，可還有四百多公里水路要趕呢。懇請仁慈的彭古魯，經驗豐富的帕兮喇咿遠行家，指點前途。

——七月十五，房龍小姐，是登聖山最壞的日子。

——請長老開釋。

——這天，四方生魂男女老幼一家子一家子，團聚在卡布雅斯河上，搭乘長舟，在圓月指引下，返回大河盡頭石頭山上的故鄉。

——彭古魯，容我冒昧動問，你登過那座石頭山嗎？

——我這一生還未曾有過這樣的機緣，普安．克莉絲汀娜。

——村裡有人上去過嗎？

——沒有。

——這麼說來，從來沒有活人登上峇都帝坂山嘍？

——有。一個名叫「關」的支那人曾登上峇都帝坂，而且活著回到人間。他原本在卡江中游甘榜伊丹附近的山坳子栽種胡椒。關氏椒園，占地三百英畝，大河流域頂頂有名的客家大族。那年，十四年前，太平洋戰爭結束不久，他偶然從一個逃亡叢林、感染上赤痢、痢血痢得快死掉的日本兵背囊裡，找到一張古怪的地圖。人說，那是日本大將、馬來亞之虎雅馬西打的藏寶圖。「關」帶領十個族中子弟，夥同一群伊班浪人，趕在月圓之前登山。在山上待十天。沒有人知道發生什麼事。只有「關」一人逃下山來。他原本打算一路順流而下回到關氏莊園，但不知為了什麼緣故，他駕舟進入浪•阿爾卡迪亞村，忽然不想回家，就在我們長屋附近一條小河汊，找個荒僻的地方落腳，在河畔胡亂搭一間亞答草屋，獨個兒，一住便是十四年……

——這個「關」從此就不曾回家？

——不曾。

——他今年幾歲？

——七十嘍。比我還老。

——「關」獨自居住在婆羅洲內陸，靠什麼過日子呢？

——種大白菜，跟我們交換米。也種罌粟。

——罌粟？很美麗的花，果實可以提煉鴉片。

——「關」自己煉製鴉片煙膏，自己享用，一抽就是十四年。每回我駕舟經過小河汊的亞答屋，總是看見「關」獨自躺在門口一張竹榻上，打赤膊，只穿條短褲頭，手裡握著一支長長的煙桿，翻起兩隻白眼，瞪著天頂的太陽，就著一盞小燈呼嚕呼嚕抽著自製的鴉片。烈日照射下，胸膛薄得像一張透明的紙，兩排肋骨根根可見。人瘦得像一隻餓鬼，可他種的白菜，又肥又大又甘甜……

我呆呆坐在姑媽身旁，就著夕陽餘暉，望著那猴兒似的蹲踞在梳妝台下的彭古魯・伊波・安達嗨，傳奇的肯雅獵頭勇士、偉大的帕兮喇咿遠行家，用他極獨特的嗓音，緩緩地一字一頓地訴說「關」的故事。那一長串伊班語，夾雜著英文單字和馬來詞彙，從老人家乾癟的胸腔中發出，洪亮、蒼涼、悠遠，不知怎的就讓我想起叢林長屋祭典上，迎著大河口一輪落日敲響的人皮戰鼓聲。妳聽那一聲聲鼕——鼕——鼕——從婆羅洲心臟綻響起，隨著晝夜不息的大河流水，傳送到浪・阿爾卡迪亞桃源村來，一漩渦又一漩渦，不住迴盪在堂屋中那越落越紅、越聚越濃的暮色裡……

一直待在廚房張羅晚餐的老安孃，這時才停下活兒，掌燈走入堂屋，將手上那盞豆油燈安放在梳妝台上。

頭一回，近距離，我仔細端詳彭古魯・伊波的妻子——為了這個女人，他，畢生壯遊的威名赫赫的獵頭者，臨老出門再度遠行，在異鄉那煉獄般的採石場打工三年。記得嗎？一天晌午日頭炎炎，安孃聳著一頭蓬鬆花髮，坐在長屋門口階梯下日影裡納涼。正當她瞇著眼，半睡半醒，邊監看膝下一群孫兒玩耍，邊想自己的心事，悠悠然神遊物外之際，他，結縭四十年的丈夫，汗濟濟弓著腰，馱著一只紅灩灩簇新的歐式梳妝台，滿村耀眼陽光下，一條魅影似的，踽踽出現河堤上，光著兩隻長滿老繭的腳丫子，蹭蹬走回家來。

安孃・安達嗨——自從在分水嶺下與她丈夫一見，就令我好奇、思慕了三年的粉紅梳妝台女主人——細看不過就是個平凡、樸實的肯雅老婦。妳看她胸口那雙奶子，皺巴巴顫巍巍，豎立著兩顆乾葡萄似的黑乳頭，隨著她身子的移動一晃一盪，只管懸吊在她腰間黑洞洞一口肚臍眼上，乍看真的就像（不知什麼緣故，我老想到這個意象）兩隻畸形的鐘擺。大熱天，她只在腰際繫一條家常印花土布紗籠。可妳仔細看她那一頭濃密的花白髮絲，卻調理得油光水亮，梳攏得十分齊整，甚且，輕佻地，在頸脖後綰上一個香馥馥的大圓髻呢。我看傻啦，忍不住伸出鼻尖悄悄聞兩下。明星花露水！挺熟悉、挺親暱的氣味。我母親每天傍晚沐浴後總愛在額間、髮際、耳後搽幾滴的明星花露水……母親啊，我已有十天沒叫妳一聲媽，聞聞妳身上的味道了。這會兒，身在離古晉數百里、位於分水嶺另一邊的南婆羅洲，伴隨在我身畔，猶如一對母子，和我兩相依偎著並肩坐在長屋客席上的，卻是一個三十八歲，今年暑假前還不相識，而今我竟大方地叫她「姑媽」的荷蘭女子。克莉絲汀娜・馬利亞・房龍。她鬢邊髮梢、乳窩腋下也不時飄漾出一縷縷氣味，八爪魚般不住纏繞我鼻端，可那是來自另一個截然不同的世界，屬於另一種文化，挾帶著濃稠的、窒人欲息的、成熟白種女子身上特有的一股香皂味香水味、各種神祕的精油味和蓊鬱的體味。在婆羅洲原始叢林中一條蠻荒大河上，邂逅才七、八天，這股氣味就已經變得比我親生媽媽的氣味，對我而言，還要熟悉自然——變得更加親暱，以至令我這個十五歲中國少年，心裡惴惴不安。

老安孃把油燈安置好了，順手拿過一張小毯子鋪在廳堂中央，悄然退去。

這一停頓，約三分鐘。彭古魯靜靜蹲坐梳妝台下，自管抽他的羅各菸。燈火搖曳中，只見他昂起他那株老樹根也似的粗短脖子，仰首眺望窗外一瓢月，蹙起眉心，好像在思索什麼。妻子告退後，他才霍然回過神來，伸出猴掌樣一隻手爪，搔了搔那五彩斑斕、兇猛地刺在他頸項上的婆羅洲犀牛頭圖騰，斜眼瞅客人一眼，悠悠吐兩口煙。

——普安・克莉絲汀娜和阿弟・永，你們姑姪兩人打定主意，要在七月十五日登山嗎？

——嗳。如果時程趕得及。

——我兩位新交的朋友聽著：我，彭古魯・伊波・安達嗨，擁有四十年資歷、足跡遍及婆羅洲每個角落的帕兮喇咿遠行者，現在要給你們一個忠告：避開月圓之夜。倘若你們執意登山，不妨等到月缺之後，七月十九或二十日。

——尊敬的彭古魯，我們能問為什麼嗎？

——普安‧克莉絲汀娜，因為七月十五那晚，圓月照耀下，你們會在峇都帝坂山腳看到奇異的現象。

——譬如說……

——你們的家人或親戚的身影，一群一群出現在河上。

——家人？親戚？這個時候他們來婆羅洲內陸，做什麼呢？

——乘長舟，溯流而上，朝聖山。

——我們家人的靈。

——是。

——死去的家人的靈？

——不是。活著的家人的靈。

——對不起，彭古魯，我不明白。

——十七歲那年，我生平第二度出門遠行，七月十五那一夜，就曾在峇都帝坂山下，大河上，一艘空盪盪無人駕駛的長舟中，看見我的新婚妻子、十九歲的安孃，挺著八個月的身孕，迎向一輪初升的圓月，佇立在船頭。

——那年你遠行歸來後，有告訴安孃你的這樁奇異經歷嗎？

——沒有。

——為什麼？

——因為我怕嚇著她。那時，她剛產下我們的第一個嬰兒，在坐月子。普安・克莉絲汀娜，聽完我講我親眼目擊的奇異現象，妳依舊堅持登上峇都帝坂？好，我再給你們姑姪倆說一件事。峇爸・皮德羅，新唐鎮天主堂的老神父，年輕時壯遊婆羅洲，向內陸最原始野蠻的加拉畢人傳播福音。他也曾在七月十五這一晚，圓月下大河中，看見居住在西班牙的雙親，肩並肩手牽手，坐在一艘長舟上。直到十多年後，這兩位老人家才相繼在西班牙老家逝世。峇爸・皮德羅，終身保持貞潔，一生奉獻婆羅洲，備受我們肯雅人尊敬和信賴的神父，你們白人的先知「納比・依薩」的使者，他親口告訴我的這樁發生在一輪圓月下、峇都帝坂山腳的經歷，普安・克莉絲汀娜，妳總可以相信吧？妳不改變心意？

——不改變。這是我向永的父親所作的承諾。

——好！祝你們姑姪一路平安。我有一件小禮物送給阿弟・永，讓這位來自山外的古晉城，三年前，在大神辛格朗・布龍充滿深意的安排下，與我相遇於婆羅洲中央分水嶺下的中國少年，帶在身上，作為護身符或辟邪物吧。

說罷，彭古魯霍地起立，轉身進入內室。

堂中只剩下我和姑媽兩人。夕照餘暉中一屋子燈影閃忽搖盪。不知怎的，我老是覺得梁上諸君子——我們的主人彭古魯・伊波・安達嗨一生壯遊中先後割取的十二顆首級——窸窸窣窣乘機騷動起來。妳瞧，那黑魑魑一窩子。他們高高懸吊在我頭頂上，晃啊晃，邋鞦韆似的好不快樂。妳瞧，夜叉樣，他們豎起一頭亂髮，睜著臉上兩口空洞洞的眼塘子，咧開嘴巴，齜著白森森兩排大門牙，低頭俯瞰我，看著看著忽然就抿住嘴，紛紛甩起頭髮來，噗哧噗哧噗哧笑個不住。背脊一涼，我縮起肩膀，往克絲婷身旁挨靠過去。克絲婷伸出右手小指頭，悄悄勾了勾我的左手小指頭，隨即用指甲尖在我掌心上使勁摳兩下。我的手吃痛。我心安啦。於是，我們姑姪倆就這樣肩並肩手勾手，盤足坐在長屋廳堂中，靜靜等主人回來。

晚炊時分。百碼長的一座長屋住著的四十戶人家，家家廚房剁、剁、鏗鏘鏗鏘，競相響起刀聲和鍋鏟聲。一廊子炊煙飄漫。

——喂！古晉來的小客人，請你出來，讓我跟你講句話。

幽幽忽忽游絲般一條嬌細小嗓子，驀地在門口響起，好像在向我招喚。

我慌忙扭頭望去。

影一閃。晚風自管吹動竹簾，喀喇喀喇價響。門外空無一人。

我豎耳凝聽。

約莫過了三分鐘之久。

——從分水嶺另一邊來的支那小客人，永，請你出來一會兒，讓我跟你講句悄悄話。

橐。橐。橐。門外長廊竹編的地板上，回音般，又綻起那似有若無飄飄蕩蕩的腳步聲。門簾悄悄挑開。馬利亞・安孃・安達嗨抱著她的芭比娃娃新娘，幽靈樣倏然又出現在堂屋門口。細條條一把腰，繫著花色小紗籠，鼓鼓地揣著一顆柚子似的，挺著個突兀隆起的小肚腹。二十五週的身孕。天父的兒子。古晉來的小客人請你出來，我有個祕密要偷偷告訴你一個人……她駐足門外，踟躕一會，終於把頸脖伸進竹簾縫，張開一隻皎白手爪子，叉開五根手指尖，挑開臉頰上那一綹濕湫湫不住滴答著水珠的黑髮絲，凝起兩顆黑瞳子，定定瞅住我，依舊滿眼睛的話，兩片蒼冷的嘴唇顫抖著，想告訴我什麼卻始終沒說出來。

克絲婷只是靜靜坐著，伸出一隻手，牢牢摳住我的手腕。她一逕瞇著眼睛，中了蠱似地，呆呆望著對面油燈下那張簇新粉紅梳妝台，好像在想自己的心事。廊上，幾個長屋媽媽驅趕著孩子，走過堂屋門口，從馬利亞身旁擦肩而過，可頭也不回，蹬蹬蹬自管朝自家門口跑去。一位媽媽，年約四十許的胖婦，晃啊晃，抖盪著她胸口兩毬子婆羅洲野生黃木瓜似的大乳房，手裡擀著一支木鏟，邊罵，邊拍打兒子兩隻光溜溜的髒屁股，催他回家吃晚飯。忽然，她硬生生煞住腳步，如逢鬼魅般縮起肩膀，身子猛一顫，倏地打個冷哆嗦，整個人就直挺挺地杵在走道中，望著長廊盡頭發愣。呆了好半晌，她才伸手揉揉眼皮，猛地回過了頭來，端整起臉容，舉起右手掌按在額頭上，一躬身，朝向那抱著娃娃一逕佇立在堂屋門口、伸長脖子往屋裡張望的馬利亞・安孃・安達嗨，抖簌簌，搖晃著胸口兩隻油亮大奶子，又一躬身，滿臉嚴肅，帶著些許滑稽意味地，行起印度式大禮來：

——莎蘭姆，小聖母！伊布·納比·依薩。史拉末馬蘭，晚安。

請安完畢，這位胖媽媽隨即轉身，又掄起手中的鏟子，厲聲吆喝著，自管驅趕她那個呆若木雞的兒子回家吃晚飯去了。

好久，偌大的堂屋靜盪盪，只聽得畢剝一聲，梳妝台上那盞油燈驀地閃爍了兩下，火舌陡然竄起，一簇燈花爆了開來，霎時照亮了穿著花色小紗籠兀自站在門口的馬利亞。鏡中，燈火搖曳，只見這個十二歲肯雅族少女，髮梢濕答答，小瓜子臉皎白白，腮幫上珍珠樣綴著十幾顆晶瑩欲滴的水珠。她懷裡緊緊摟著個金髮碧眼、渾身濕漉漉的娃娃。娘兒兩個好像剛在浪·阿爾卡迪亞村那武陵洞天般幽謐美麗的綠水塘裡，泡過水，洗過澡來。

躂。躂。長屋地板上終於又響起了沉穩的、厚重的、充滿生命元氣的腳步聲。我們的主人彭古魯·伊波手裡捧著一件東西，邁著大步走進廳堂來，坐回主位上。

廊中又是幽幽一嘆。

——古晉來的小客人，永，請你出來呀，我有個祕密要偷偷告訴你一個人……

晚風中，竹簾子喀喇喀喇不住搖盪下，馬利亞·安孃佇立門外，凝著兩隻漆黑眼眸，瞅住端坐屋中的我，永，又嘆口氣，猛一甩她身後那把長長的及腰的濕髮絲，抱著她的芭比新娘，挺著五個多月的肚子，悄悄轉身橐橐橐飄然離去。

鄭而重之，彭古魯將手中那一把帶鞘的短刀放置在廳堂中央毯子上，合十頂禮，拜了兩拜，弓身倒退歸座。

——永，三年前我有緣邂逅於分水嶺下的支那阿弟，這把古刀是二戰結束時，我在一位日本軍官身上取得之物。大河上下，千里流域，各村的頭人都知曉這是我的戰利品。今日贈與你。此去，直到聖山峇都帝坂，五百公里水路，途中倘若遇到困難或任何不可預知的險阻，你就出示此刀——彭古魯・伊波・安達嗨的信物——向當地的頭人，不論是伊班族的大屋長圖埃・魯馬還是馬來村的賈巴拉・甘榜，或是支那莊的甲必丹，請求協助。

我匍匐上前，撿刀，捧在雙手，高舉到眉心畢恭畢敬向彭古魯俯首致謝，又膝行回客席，坐在姑媽身旁，把刀放在右手掌掂了掂。好沉！隨手抽刀出鞘，但見那呎許長、不怎麼起眼的刀身上刻著一行古樸的銘文，就著燈光仔細一看，認出那是「祕刀信國」四字。

克絲婷把眼睛湊過來。

——永，這四個中國字是什麼意思？

——神祕之刀信國。信國，刀名，也可能是刀匠或刀主人的名字。

心中一凜，我抬頭朝屋梁望去。一屋燈影流竄閃忽中，只見梁上懸吊著的一簇人頭，十二顆，顆顆齜牙咧嘴，笑嘻嘻，只管圓睜著腦殼下兩口幽深空洞的黑眼窩，不聲不響，俯瞰著坐在堂中的主客三人。我眺望許久，直到脖子痠了，還是分辨不出這把日本刀究竟屬於哪一顆骷髏頭，於是，收刀入鞘，隨手插在褲腰帶上，起立再次向彭古魯鞠躬道謝。

老戰士呵呵一笑，轉臉朝向我姑媽。

——普安・克莉絲汀娜・房龍，你們姑姪兩個還得趕路呢。現在應該用晚膳了。餐後，我親自駕舟送你們到大河上游的普勞・普勞村，在那兒留宿一晚。我會交待村中的頭人，隔天一早，用摩多長舟送你們到航程下一站，浪・巴望達哈血湖，好讓你們趕得及——如同你們所願——在陰曆七月十五，月圓之日，平安抵達峇都帝坂山腳，進行你們勇敢的、鮮少有生人從事過的鬼月朝山之旅。

兩手霍地一拍：

——安孃，上菜！

在廚房裡忙碌了整個下午的彭古魯夫人，滿頭汗，笑咪咪，聳著她後腦勺上那顆香噴噴，油光水亮，有如一枚柚子，調弄得十分標致醒目的花白大圓髻，聞聲鑽出灶間，快步走進堂屋。十個大小盤碗盛著各式菜肴和野味，生拌的、醃漬的、燒烤的，鋪滿廳堂中央一張小毯。我們那好客的主人，傳奇的肯雅獵頭勇士、偉大的帕兮喇咿遠行家，喜孜孜親自從內室抱出三甕子老酒來：兩甕阿辣革酒，純度高達三十八巴仙、號稱伊班燒刀子的勇士酒，分別擺在主人和我（年方十五的支那少年永）面前；一甕吐瓦克酒，精釀的入口溫潤的小米酒，又名肯雅女兒紅，猶未開封，就安放在我的荷蘭姑媽房龍小姐的席上。

克絲婷笑了。臉飛紅，燈下嬌豔如花，好似新娘子一般。

七月初八／初九　月半圓

母與子

再會！浪・阿爾卡迪亞——機緣湊巧，我初中畢業那年暑假大河之旅，有幸一訪的桃源村，那坐落於卡江中上游，隱匿在婆羅洲心臟，據說百年來，除了西班牙老神父峇爸・皮德羅和我們姑姪倆之外，從無外邦人闖入過的武陵洞天、人間淨土。

彭古魯・伊波果然是信人。晚餐後，帶著一臉酡紅和滿眼的憐惜，趁著明月初上，他親自操舟載送我們前往普勞・普勞，卡江流域最後一個村莊，長舟航程的真正起點：此去，丫頭，便是綿延四百餘公里的蠻荒、急流、毒日頭、鼕鼕鼕人皮鼓聲、魅影般偶爾從密林中悄悄升起的三兩縷炊煙，還有那行蹤飄忽的精靈，峇里，以及——彭古魯再三提醒我們——鬼月時節各種奇異的不可預知的邂逅。

這會兒，他老人家叉開雙腿蹲踞在船尾，操著槳，滿懷心事似地，緊繃住一張老猴兒臉，對我們姑姪倆只是不瞅不睬，自管划著獨木舟，穿行在茫茫黑夜中一條墨青色腸子似的叢林河道上。妳看他，雙目熒熒。妳看他那兩隻大腳丫（呎許長，五、六吋寬的一雙腳，粗大得跟他那不足五呎高、頂多一百磅重的身軀簡直不成比例）牢牢踩住船身。十顆趾頭箕張，鷹爪般箍住艙板。妳莫看它疙疙瘩瘩的長滿陳年老繭，這可是一雙典型的傳奇的婆羅洲腳！扁平、寬闊、渾厚，終年與婆羅洲的紅土壤和粗石頭相互摩挲，變得有如吸盤般頑強堅韌。這雙腳曾帶領我們這位「帕兮喇咿尊者」，在他長達四十年的遠行生涯中，憑著一把巴冷刀，獨自個，走遍這座世界第三大島的四個角落，獵取十二顆上好人頭。三年前，我在分水嶺下河畔營地上初遇彭古魯・伊波・安達嗨，他老人家就支著這雙大腳丫，以蹲踞的姿勢，文風不動，守著他千里迢迢跋山涉水揹回家鄉獻給老妻的粉紅梳妝台。整夜，一根接一根地，他不停抽著辛辣的羅各土菸，昂起脖子睜著兩隻青光眼，怔怔眺望頭頂那條浩瀚的天河，想自己的心事……

今晚，月色皎皎，赤道上的天河依舊星光燦爛。

妳看叢林梢頭那枚月亮，比起昨夜我和克絲婷逃出紅色城市時，月弧又擴大了一些。

九天前，我初抵坤甸，和克絲婷並肩站在卡布雅斯河大橋上，眺望她。那時她還只是月牙兒，細細的一彎，像個小小姑娘，俏生生羞怯怯地吊掛在開鬼門時節、煙火燎天的坤甸城頭。可曾幾何時，隨著我們溯流航程的進展，日復一日，逼近大河源頭那座石頭山，她也逐漸長大，體態變得日愈豐潤、腴白，今晚看見她出現在叢林上空，竟像個偷偷懷了五、六個月身孕的少女。

此時，姑媽挺著腰桿坐在獨木舟中央橫板上，不聲不響，抬頭望月。月下的克莉絲汀娜·馬利亞·房龍，彷彿變了個人。

今天早晨頂著初升的太陽，一身邋遢，滿臉憔悴，狼狽逃抵浪·阿爾卡迪亞村的房龍小姐，我的洋姑媽，坤甸房龍莊園唯一的繼承人，這會兒傲然昂起胸脯，雙手交疊膝上，坐在我面前，態度如此自若，不但完全恢復了往昔那迷人的飛颺佻㒓的神采，更增添一種（至少對我而言）前所未見的端莊，嫻靜地，散發出一股歷經滄桑的成熟女子獨有的風韻——渾不似昨晚，哭哭啼啼躲避成群日軍陰魂的追纏，逃出新唐鎮時的倉皇、淒涼與無助。

月光白皎皎，灑落到克絲婷身上：她那高眺挺拔的身子；她那滿肩飛捲，在坤甸碼頭初見時就令我深深眷戀，而今在旅途中沾滿風塵的火紅髮綜；她那張原本白皙、潔淨，只在鼻翼兩旁綴著十來顆淡黃雀斑，而今早已被赤道的太陽，那終年白燦燦紅通通的毒日頭，曝曬成銅棕色的臉龐；她身上兀自穿著的那件（記得嗎，丫頭？在紅色城市新唐浪遊了一夜，負載滿滿的記憶、恥辱和仇恨的）天藍底小黃花連身過膝洋裙。

河上明月當空，一桶雪水也似，只顧潑灑著那扶膝端坐舟中的克絲婷。

克絲婷整個人浸浴在月光中，霎時間渾身煥發出雪白的光芒，安詳、端莊，大理石雕像般聖潔，驀一看，就像（恕我褻瀆）我在聖保祿小學讀書時，天天在校門口花龕中看到的聖母馬利亞；就像我平日，一個月兩三回，跟隨母親到大廟裡膜拜的白衣觀音菩薩；就像

（不知怎的，我竟會有這種荒誕的聯想）朱鴒妳最敬仰的媽祖娘娘。三位一體的母神。克莉絲汀娜・馬利亞・房龍。一個隻身流落在赤道的坤甸城，遠離荷蘭那低低低的地，有家歸不得，或不想、不願、不能歸去的三十八歲荷蘭女子。我，少年永，她逢人就介紹的「我的中國姪兒」，這時與她共乘一艘肯雅獨木舟，漂流在明月下一條婆羅洲大河上。面對面，盪啊盪。我們分坐舟中兩條橫板，彼此相隔不過兩呎距離——近得讓我可以諦聽到、聞嗅到她的呼吸。我一逕仰起臉龐，癡癡望著她。

——克絲婷。

——唔。

——我們兩人就這樣一直漂流在大河上，沒有盡頭，沒有終點和目的地，不好嗎？

——旅程，總是有盡頭的，永。

——為什麼一定要匆匆忙忙，趕在陰曆七月十五，月圓之日，抵達大河盡頭呢？晚幾天不可以嗎？不知怎的我心裡總是感到不安。

——因為，永，那晚的月光最明亮、最清澈，我要讓你看到我帶你來看的人生的一切。

——包括死亡？

——唔。

——也包括……性？

——生、死、性，不就是一回事嗎？

——性和死亡……說不定我真的就死在那座石頭山上，克絲婷。

——你若是真的死了，也沒關係，媽媽再一次把你生出來。

——媽媽？妳說哪個媽媽？

——我。克莉絲汀娜・馬利亞・房龍。

我一時沒會過意來，只管乜著眼，愣愣怔怔，打量眼前這個紅髮藍眼、年齡確實足以當我母親的白種女子。我的親生媽媽（孩兒不孝，好幾天沒想念娘親了！這會兒半夜三更，她肯定又睡不著，下床倚門盼望，祈求月娘保佑她初次出遠門的兒子，平安歸來）只不過比這位房龍小姐大兩歲而已。

克絲婷抿起嘴唇，把雙手交疊放在膝頭，挺著腰，兀自端坐在舟中橫板上，月下一眨不眨，只是凝著她那一雙深邃的海洋般冰藍的眼瞳，定定瞅住我，嘴角勾起一抹笑，像是憐惜又好似嘲弄，可她臉上的神情卻是那麼嚴肅、認真。一陣河風驀地吹過，潑剌剌撩起她肩上的髮毯子。剎那間，一股陳年的、帶著些許腥羶汗酸味的麗仕洗髮精香，濃濃地、窒人欲息地，伴隨著她身上各個幽祕處汩汩滲溢出的氣味，朝著我的鼻端直直撲過來。我感到猛一陣暈眩，咬著牙偷偷打個哆嗦，收縮起鼻尖，悄悄地深深地貪婪地，往那籠罩著克絲婷身子的光圈中，吸了兩口氣。

眼勾勾，似笑非笑，克絲婷只是瞅著我的臉龐。

——你不願意嗎？永，你不喜歡讓我這個紅髮藍眼、滿身羊騷味的洋婆子當你媽媽？你嫌惡我身上的氣味？但我告訴你，那些日本小兵可喜歡的咧！他們輪流騎在我身上，像一隻隻發情的小狗，聳出濕濕的鼻子，往我胯下和腋窩不住地吸啊，嗅啊，吮啊……我知道我不配做你的母親。畢竟，太平洋戰爭期間，我在特種集中營待過……

——不！不！克絲婷。在我心目中妳是最最貞潔、最最清白的女人。

克絲婷笑了。

月下，一雙藍眼瞳子泛起兩團燦爛淚光。

——你相不相信前生？永。

——相信。中國人相信前生來世。

——好。那我告訴你，永，你是我前世的兒子。

——克絲婷妳……怎麼知道？

——我，克莉絲汀娜・馬利亞・房龍，九天前在坤甸碼頭第一眼看到你，心裡就知道這個中國少年，十五歲的永，是我前世的兒子，今世在造物主仁慈的安排下，又回到我身邊，雖然，這回，我們母子兩個只能相聚短短一個月……

如醉如癡，我豎起耳朵只顧呆呆聆聽。深更半夜，漂行在這條婆羅洲蠻荒大河上，克絲婷的訴說，聲調如此急切，如此溫柔慈藹，就像我們在航程中一路聽到兩岸山中的母猿們「嗚噗！嗚——噗！」不住啼喚失散的子兒，那聲聲悽厲婉約，隨風傳送入我的耳鼓，鼕鼕鼕不停敲擊我的心坎。颼地，身子猛一哆嗦，我的背脊冒出一片涼汗來。

——那麼，如果今世我又早死——死在圓月下大河盡頭的石頭山上，克絲婷，妳又怎樣把我再生出來呢？

——永，你是個早產兒，對不？

——我媽說她懷我八個月，那時我們家很窮，住在山坳裡，她營養不良，就提早一個月把我生下來了。

——好，不打緊，我這個前世母親就幫你今世的媽媽，懷你一個月，再把你生下來，讓你成為一個足月的、健健康康的男孩子。

——這怎麼可能呢，克絲婷！我已經是十五歲的少年了。

克絲婷兩隻眼瞳水藍藍直勾著我，意味深長地看了好幾眼。一扭頭，她挺起腰桿，舉目眺望大河上游天際一枚半圓月，但笑而不答。

欸乃一聲，獨木舟盪進了一條林木蓊鬱的水道中。

月亮驀地隱沒。

*　　*　　*

——古晉來的小客人，永，請你下船來，讓我悄悄告訴你一件事。

幽幽忽忽，那條細嫩清亮的嗓子又開始召喚起來，針一般，不知打哪鑽出，好久飄盪在星空下，穿透叢林河道上那濃稠有如黑糖漿的夜，一聲聲不住地刺螫著我的耳膜。

我慌忙抬起頭來，用力搓揉眼睛，伸長脖子循聲望去。岸上只見樹木幢幢，這深更時分連一隻貓頭鷹也看不見。

我們的主人，彭古魯・伊波，為了趕在拂曉前把兩位趕路的客人送到普勞・普勞村，決定抄近路，避開大河的航道，駕舟穿行在那港汊密布、暗渠交錯的大沼澤中，摸黑，捉迷藏似地，鑽過一條又一條蛇穴般蜿蜒曲折、倏東倏西的深青色甬道。

三更天時，樹梢頭葉縫間，只見滿天星靨靨，月娘無聲無息不知躲藏到哪裡去了。

叢林中乘舟夜航，丫頭，是一段詭譎奇特、值得向妳這個天生好奇，一心探索新鮮經驗的台北小姑娘描述的旅程。沼澤極其幽暗，真的伸手不見五指。妳使勁睜大妳那雙圓滾滾、烏溜溜不住東張西望的眼瞳，凝神細瞧，視線頂多也只能及兩米之內的景物。獨木舟一駛入沼澤，天地倏地一闇，我們就完全喪失了方向，只依憑感覺，正襟危坐在舟中，任由我們的肯雅老舟子，不動聲色，以他那一聲咯喇一聲的槳聲，剮破濃濃黑夜，時而順著、時而逆著一漩渦又一漩渦漆黑的水流，鬼打牆般兜圈子，繞行過一簇又一簇悄沒聲，山妖魅影也似嵬嵬聳立在水湄的巨木，試圖找出一條生路，鑽出水澤迷宮，把兩位客人平平安安地載送到大河上游那個神祕、陌生、我們姑姪倆不得不趕赴的地點。就這樣，我和克絲婷——有如一對亡命天涯相依為命的母子——廝守在舟中，面對面促膝而坐，一起漂盪在婆羅洲星空下，叢林沼澤中混沌一團的黑夜裡，航行整整兩個鐘頭。可這段時間裡，陰魂不散，那條清嫩嗓子依舊不斷穿透重重樹影，游絲般一縷縈繞一縷，洄漩在水道上，只顧刮搔著我的耳膜，聲聲哀怨溫婉不住向我召喚：永，古晉來的小客人，請你下船到馬利亞・安孃身邊來，讓我跟你講句悄悄話……我伸長脖子倉皇四顧，岸上渾不見人影，回頭看看克絲婷。她一手托住下巴，一手只顧拂著鬢邊的髮絲，仰起臉龐，凝住眸子，瞅著頭頂一篷樹梢間躥跳出的兩三顆星星，怔怔想自己的心事，臉上的神情似笑非笑，好像並沒聽到小聖母的呼喚。操舟的彭古魯，老猴兒樣蹲在船尾，雙目熒熒，只顧凝視前方水道中那黑幢幢，時現時隱，倏地一窩子妖怪般，張牙舞爪，豁然浮現在獨木舟旁的一棵棵巨大的沉木和倒樹。木無表情，對小馬利亞的召喚聲，他老人家一逕充耳不聞。

——分水嶺那邊來的支那小客人，永，請你下船來，到岸上一會兒，馬利亞・安孃有個大祕密得偷偷告訴你一個人……

小聖母招魂般的呼喚，飄飄忽忽時斷時續，一路伴隨著我們的叢林夜航。

好久，好久，忽聽得潑刺刺一聲響，獨木舟調頭鑽出了沼澤暗渠，又悠悠盪回大河航道上。

——再走兩公里水路，就抵達你們的下一個驛站普勞・普勞村了。

彭古魯終於噓出了一口氣，沉聲說。

又見明月當空！依舊白皎皎，一桶雪水倒吊天頂般，朝向我們姑姪倆當頭濺潑下來。

那一霎，我活生生地、真真切切地看到了小聖母馬利亞・安孃・安達嗨。

她就站在河崖上，俏生生，抱著她那個金髮綠眼一身蕾絲妝扮的芭比娃娃。大河的月光和水光，嘩喇嘩喇流灑在她們娘兒倆身上。剎那間，她那纖細的身子和她那張秀麗的小臉兒，水白白，風潑潑，浸溶在一團渾白光芒中，端莊、孤獨，驀一看好似一尊幼小的、令人心疼的抱子觀音娘娘。可她身上十分邋遢，濕漉漉地依舊穿著那件我初抵浪・阿爾卡迪亞村時，在綠水塘畔，豔陽下，看見的花色小紗籠。襬子上依舊沾滿爛泥巴，散發出一股嗆人的穢氣，彷彿曾在沼澤中拖曳過，又好像（想想令人毛骨悚然）曾在長屋底層的畜欄裡，同豬雞羊們廝混過似的。十二歲的肯雅少女，長屋婦女們口中的「伊布・納比・依薩」——小聖母。妳看她那細條條的一把腰肢，花苞也似袒露出小肚臍眼兒，肚腹上鼓鼓地，長出一顆大肉瘤似的挺著五個月大的身孕。天父的兒子。西班牙老神父峇爸・皮德羅，許諾的即將第二度降臨人間的救世主。

我坐在舟中，只管愣愣望著她。

她凝起兩隻瞳子——那烏亮亮、潔淨無瑕，宛如婆羅洲萬里無雲的夜空中兩顆孤星般，靜靜閃爍的眼瞳——定定瞅住我。兩片蒼冷的嘴唇戰抖著，急切地、猶豫地，好像想告訴我什麼事情，卻終究沒能說出口。

滿眼睛的話語。

我和她，支那少年永和肯雅小聖母，一個河中一個岸上，就這樣互望了二三十秒鐘。槳聲驟響。潑剌潑剌，獨木舟逆著晨早滔滔大起的河水，急匆匆朝向我們朝山的第一站普勞・普勞村進發。月落大河口。上游石頭山巔紅通通，早已迸現出一簇曙光。

崖上的少女目送我們離開。錯身而過的一霎，馬利亞・安孃揚起蒼白的臉兒，深深看我一眼，隨即沉沉嘆了口氣，猛一甩腰後那把濕湫湫的長髮絲，抱著芭比娃娃，帶著肚子裡五個月大的子兒，掉頭走了。晨曦中一抹魅影般，轉眼，她整個身子隱沒入卡布雅斯河上游蒼莽無邊的叢林沼澤中。可不知怎的，我心裡冒出一個預感：往後的航程中，馬利亞的身影會再出現，依舊穿著那條小花紗籠，挺著她那日漸隆腫的肚子，獨自飄蕩遊走在大河畔，靜悄悄一路跟隨我們姑姪倆，直到陰曆七月十五，圓月照耀下，我們終於抵達峇都帝坂山腳。

＊　＊　＊

一路上只管把一隻手托住腮幫，挺著胸脯，坐在舟中央橫板上，仰臉眺望天，癡癡想自己心事的克絲婷，這時，如夢初醒，才猛一甩頭，伸手拂拂她那一臉被河風吹亂的赤紅髮鬃，揉揉兩隻眼皮，聳出脖子，望一眼曙色中那濛濛浮現在前方河灣上的普勞・普勞村，回頭睞住我，半瓢殘月下麗然一笑，柔聲說：

——永，我前世的兒子，你今世死了，不打緊，媽媽再一次用她的子宮把你生出來。

我悄悄打個哆嗦，恍惚間，只覺得背脊上冒出一片涼汗。我開始感到害怕了，只希望在往後五百公里旅程中，我的小觀音菩薩，與我有一份特殊神祕情緣的馬利亞・安孃，能夠聞聲救苦，及時現身拯救我。

七月初九　普勞・普勞村

思我故人

彭古魯・伊波信守承諾，七月初九日拂曉之前，平平安安把我們姑姪倆送到普勞・普勞驛站。一登岸，他便帶領我們到他的老友——村中頭人、統轄卡江上游數萬華人墾戶的甲必丹，梅縣秀才武家驊——那雄踞河畔山崖、俯瞰壯麗河灣的莊宅，吃一頓豐盛的廣式早餐，補個覺，以便當天中午重新出發，搭乘武頭人麾下的一艘高馬力摩多長舟，一口氣趕個百來公里水路，日落前抵達浪・巴望達哈（血湖），準備進入無人煙的帝坂山區。如此，倘若一切順利，我們姑姪應可趕得及在月圓之夜朝山。但人算終歸不如天算。在普勞・普勞村發生的兩件事，攪亂了彭古魯苦心為我們安排的行程。一樁事跟人有關，另一樁只能歸諸天意。先說人事吧。好巧不巧，就在這入山的第一站，我們姑姪遇到了一個我們（至少我，永）不想再看見、可是冥冥中有預感將會在普勞・普勞村驀然重逢的故人。

在這節骨眼上頭，容我賣個關子。

朱鴒丫頭，冰雪聰明的妳，最愛猜謎，而且十之八九次每猜必中，現在我就給妳機會，猜個謎，讓妳這個無辜的旁觀者，偶爾也參與這趟大河之旅的回憶、追索以及講述的過程，免得妳一逕呆坐一旁聆聽，覺得煩悶。

此人是誰？

——這還用猜嗎？不就是那個日夜逡巡大河上、陰魂樣飄蕩不散的澳西叔叔？

一、澳西叔叔的末日

喔，澳西叔叔！

那慈眉善目，笑瞇瞇一團和氣，挾著祖傳的獨門魔術絕技浪跡婆羅洲，遊走大河上下，手裡提著一隻鋁皮箱，身旁帶著一個幽靈樣爪哇隨從，闖過一座長屋又一座長屋，三兩盞油燈閃爍中，滿屋梁骷髏頭注視下，直把大夥兒弄得神魂顛倒如醉如癡的英女皇御用大律師。

澳西叔叔——伊班兒童嘴裡成天叨唸的「峇爸・澳西」，來自南極澳洲的聖誕公公；長屋長老們心目中的「達勇・普帕」，偉大的令人敬畏的白人魔法師。

不，丫頭這回誤中副車嘍。我們在普勞・普勞村遇見的故人不是這位老先生。事實上，自從七月七日七夕，驚鴻一瞥，在新唐鎮雲月別館門口看見他，往後五百公里航程中，直到聖山峇都帝坂山腳下，我們再也不曾和他相遇。但說也詭譎，我還挺思念他老人家呢。他的魅力（或魔力）終究感染到了我這個自詡不信教、不信邪的孤僻中國少年。離開新唐後，轉乘伊班長舟繼續溯流而上，有時枯坐船首，頂著中天一輪火日頭，望著那滿江迷茫的水光和天頂三兩隻盤旋啼叫的婆羅門鳶，不知怎的，我就會渴望看到他的身影，宛如不散的陰魂般——如同妳所形容的——驀地浮現大河上，一如往常，以印尼政府司法顧問身分，搭乘簇新官船，那南韓打造的、驃悍的五百匹馬力鋁殼快艇，在成群頭戴黑色宋谷帽、身穿白色雪紡長衫的印尼官員簇擁下，風塵僕僕，沿河奔波，巡察兩岸的甘榜和長屋，為各族人民排解法律糾紛，協助締造一個嶄新的、和諧的、興盛的亞洲共和國。我渴望看見他老人家，一身乳白西裝筆挺，滿頭銀髮燦爛，彌勒佛似的腆著個皮鼓樣大肚膛，高坐船頭，四下睥睨，笑看熱帶大河風光和兩岸椰林人家，太陽底下呼嘯而過。峇爸・澳西！偉大的白魔法師！他總不忘隨興耍個小小戲法，或從嘴洞中吐出兩隻白鴿，喝令牠們比翼雙飛追逐大河上，或伸手從頭頂那片碧藍天空，倏地，電光石火，抓下好一大把各式各樣的西洋糖果，五彩繽紛嘩喇嘩喇，天女散花般，朝向河岸上那成群成排腆著光溜溜的小肚腩，張開嘴巴伸長脖子，癡癡翹首等待「峇爸」的長屋孩子們，一古腦兒撒了過去……

可是，自從紅色城市一別，我們竟無緣再一睹澳西叔叔高坐印尼官船，馳騁河上，遊目四顧，怡然笑看聖山腳下人間眾生的風采了。

——唉，可憐的伊班小美人！

——妳想起了伊曼？丫頭。

——是呀。可憐她抱著芭比娃娃新娘，天天站在長屋門口，等待峇爸・澳西前來魯馬加央長屋接她，帶她去澳洲，從此過著公主般幸福、快樂的日子呢。

——何止伊曼！沿著婆羅洲一條千里大河，望穿秋水，多少被澳西叔叔寵幸過的伊班小美人、肯雅小美人、普南小美人、陸達雅克族小美人、加拉畢小美人……腰間繫著一條小小花紗籠，懷裡抱著一個芭比娃娃，心中癡癡地回想著峇爸對她們許下的諾言，鎮日倚門盼望，容顏日漸憔悴……

——這個白人老頭，從此沒再出現嗎？

——自從那晚新唐別後，至少，直到大河之旅結束，我回到古晉，我們就沒再看見他的身影出現大河上。

——一個活生生的人，怎麼就突然消失了？他究竟去了哪裡？

——不知道。整個人好像被沼澤中赤道的大日頭蒸發掉一樣，颼地，就從婆羅洲叢林消失，轉眼無影無蹤。

——這個澳洲老律師，搞不好偷偷溜回老家去了嘍。你知道他晚年在哪裡度過，日子過得怎樣嗎？

——這一段故事，我原本也是不知道的，但是，丫頭，人生的機緣就是這麼奇妙……

——好！你給我詳細講一講吧，因為我好想知道這個人物的下場。

——我要開始講嘍。朱鴒，妳仔細聽。

一九七六年秋季，我去紐約州立大學攻讀碩士學位，意外地，在一場研討會上遇到一個故人，當年大河航程的旅伴。朱鴒妳猜是哪一個？不猜？那我告訴妳，她是梅根・麥考密克。記得這個揹著帆布囊，獨自旅行婆羅洲，中途加入我們的隊伍，在擱淺的摩多祥順號鐵殼船上，憑窗高歌一曲〈男孩所在的地方〉的紐西蘭女大學生嗎？丫頭，如果妳問我，那次大河之旅我的三十名旅伴中，除了克絲婷，最讓我終生記掛、午夜夢迴念茲在茲的人是誰？我毫不遲疑地回答妳：梅根・麥考密克。初見她時我就感到納悶，旅程結束後心中還一直思索：這樣一個天真善良、不通世故，總是以美好的眼光看待世界（包括魯馬加央那場怪誕、熱鬧、鬼影幢幢的長屋夜宴），因而覺得世間萬物都很美好，值得好好欣賞、珍惜的二十歲女生，除非神差鬼使，否則怎會出現在我們這支奇特的探險隊中，與一群爛痞子為伍，進入世界上最原始、最瘴癘的蠻荒，從事一趟放浪形骸，甚至帶點淫佚意味的旅程呢？暑假結束，經歷過婆羅洲叢林的恐怖洗禮，回到紐西蘭南島的基督城，梅根・麥考密克將會蛻變成怎樣的一種女人呢？心靈和身體的烙痕，是否會讓她變得沉潛世故，從此不再用美好無塵的眼光看待人間的事物呢？我好想、好想知道答案。十四年後的一九七六年，終於在另一個異國他鄉，楓紅片片秋風起兮的紐約州雪城，我與她重逢。梅根！雖然身子豐潤了些，她依舊穿著一條泛白牛仔褲和一件紅格子長袖襯衫，依舊留著一頭麥黃色、學生樣齊耳的短髮，依舊——感謝天父！——用她那雙我這輩子見過的最溫柔、最潔淨無瑕的藍灰色眼珠，觀看這個世界（包括我，她年輕時在婆羅洲大河上結識的黃膚杏眼中國少年），儘管這時才三十出頭的她，已是文學博士，在雪城大學英文系當助理教授了。兩個他鄉重逢的故人，就像一對久別相認的姊弟，面對面，坐在雪大學生活動中心共飲一大杯生啤酒（梅根不喝酒，只偶爾伸過頭來，就著我的杯子啜上幾口），邊聊起十四年前的酷暑天，赤道豔陽下那趟令人刻骨銘心永世難忘的叢林大河航程。聊著笑著，不知誰先提到了他，澳西叔叔。滿窗金色秋陽照射下，梅根那雙清澄得有如新英格蘭十月天空的藍眼瞳，驀地裡一沉黯：

——永，你知道嗎？後來我在澳洲墨爾缽又看見他。

——澳西叔叔告老還鄉。

——退休？不是。他的眼睛瞎掉了。

——好端端怎會瞎掉？當年在婆羅洲內陸看見他，他擁有一雙最藍、最銳利，令人一見不寒而慄，卻總是笑瞇瞇看著孩子們的眼睛。

——聽他自己說，一夜醒來，突然發現兩隻眼睛全瞎了。

——喔！有這種怪事。

——當下他就被印尼政府用專機送回澳洲治療。可是，澳洲的醫生怎麼檢查，就是找不出他眼睛突然瞎掉的原因來。

——反正，梅根，婆羅洲叢林怪病多，還有一種嶄新的、無藥可治的、造成一整座一整座長屋成年男女集體死亡的流行病，叫「西菲利斯豬瘟」。妳記得唐尼・畢夏普，那個來自英格蘭約克郡、自稱是勃朗蒂三姊妹遠親的坤甸聖方濟中學英文教師嗎？那晚，在甘榜伊丹渡口，營火會上，他著了達雅克青年納爾遜・畢嗨的道兒，染上了西菲利斯病毒，隔天大早慌忙逃回坤甸，找教會的醫生檢查，如今還不知生死呢。澳西叔叔算是幸運的，得以全身回到故鄉。在澳洲，他有家人嗎？

——有。他有六個兒女，都已經成家立業了。為了讓遠從婆羅洲歸來的父親，在生活上得到最好的照顧，大家湊一筆錢，加上他個人的積蓄，讓他住進墨爾缽市郊一間俯瞰海港，環境優美，風光極似他的老家，英格蘭樸茨茅斯港的貴族安養院……

——頤養天年。

——什麼？你這句中文是什麼意思？聽起來好像是嘲諷喔，永。

——沒什麼，梅根。我只是說，回到故國的峇爸・澳西，伊班孩子們口中的白人爺爺，從此可以安安心心、舒舒適適的度過他的晚年。

——澳西叔叔住在墨爾缽安養院，日子倒是過得挺安詳、愜意。

根據梅根・麥考密克的說法，在外仕宦多年，為亞非新興國家司法制度的建立做出卓著的貢獻，如今，功成身退，告老還鄉的這位女皇大律師，在墨爾缽上流社會極受尊崇、喜愛，成為社區兒童心目中「來自赤道叢林的聖誕公公」。

每天下午四時，準點，總有一群洋娃娃般漂亮可愛的孩子，守在安養院門口，伸長脖子踮起腳跟，滿眼盡是孺慕和期盼。

幾十雙清亮眼珠眨啊眨，骨碌骨碌轉動不停。

盼著盼著，終於看見剛用過下午茶的澳西叔叔叼著一支牙籤，撫著臌脹的肚腩，頂著一頭銀髮，拄著坤甸船業鉅子何啟東爵士臨別贈與的龍頭手杖——明朝骨董唄——磴磴磴，橐橐橐，邁著腳上那雙乳白大皮鞋一步尋覓一步，兩眼空茫茫，走出安養院來，準備沿著海港旁的坡道散步。眼睛猛一燦亮，孩子們就蹦起腳來，一窩麻雀似的紛紛張開雙臂爭相飛撲上前，團團簇擁住他老人家，嘁嘁喳喳七嘴八舌，央求他講婆羅洲的故事。瞇笑笑一團和氣，澳西叔叔總是不忍心讓孩子們失望。他拍拍肚膛，打個大大的飽嗝，滿足地嘆息了一聲，就在人行道旁一條石凳上落坐，游目四顧，招招手將幾十個男女娃兒聚攏到身邊來。澳西叔叔。峇爸・澳西！墨爾缽海港那一穹窿藍天白雲下，一頭銀髮燦爛，滿面紅光照人，肚腩鼓鼓，果真像一位甫自赤道叢林長屋探訪孩子，分送禮物，風塵僕僕，千里迢迢歸來的聖誕公公。妳看他老人家，端坐樹蔭下，面對一圈子環繞著他、只顧張開嘴巴喁喁仰望的兒童，眼一柔，開始以他那無比慈藹、洪亮、略帶蒼涼意味的聲調，講述一則則婆羅洲神話、傳奇和冒險故事，包括我們的故人，魯馬加央長屋大屋長天猛公・彭布海——卡江流域諸屋長之王、眾酋之酋、統轄宇宙的伊班大神辛格朗・布龍的義子、神鳥婆羅門鳶的飼養者、荷蘭人的芒刺——年輕時率領十四座長屋的勇士，出動五十艘長舟，趁著夜黑風高，順著卡江呼嘯而下直抵桑高鎮，與荷蘭人在紅毛城激戰，格斃四十八名來福槍兵，卡嚓卡嚓卡嚓卡嚓，親手割下五顆上好紅毛頭顱的英雄事蹟。這一則則異國故事，雄奇瑰麗，經由自稱身歷其境的目擊者，白人律師、極具公信力的澳西叔叔口中，娓娓道來，變得格外真實動聽，比《天方夜譚》迷人得多，每每讓這群澳洲兒童聽得如醉如癡，一個個出神地張開嘴巴。瞧，那風光明媚氣候宜人，有如地中海度假勝地的南澳海港旁，山坡上綠蔭中，一株亭亭如蓋的法國梧桐下，幾十個孩子圍繞著一位銀髮老者，骨碌骨碌地圓睜著一雙雙海藍、湖綠、茶褐各色眼眸，邊聽故事邊伸出脖子，怔怔眺望墨爾缽港外那群鷗聒噪翩躚的大海，一時間目眩神馳，意興遄飛，心中對婆羅洲這座雄踞赤道線上，滿布叢林、河流、獵頭勇士和戰鬥長舟的世界第三大海島，如饑似渴，充滿無限的憧憬和嚮往。

就這樣，六十歲返鄉的澳西叔叔，搖身一變，成為白頭蒼蒼滿面風霜，依依不捨告別海洋、回歸陸地的辛巴水手——在孩子們心目中，笑咪咪一臉慈祥、擅長講故事的聖誕公公。

——梅根，妳什麼時候見過澳西叔叔？

——他回澳洲五年後。

——他的人，還是老樣子？

——沒變。依舊一頭濃亮的銀髮。出門時，還是頭戴德比帽，身穿一套乳白夏季西裝，就像那晚在魯馬加央長屋宴會上，我們初遇他時的裝扮。一點沒變。只是安養院生活安逸，食物好，他那六呎四吋的身軀變得更肥壯，下巴多了兩層肉，腰間增加三、四圈脂肪，模樣看來更慈祥，更像一尊挺著個大肚子成天瞇眼傻笑的彌勒佛。

——偉大的白魔法師，伊班長老口中的「達勇・普帖」，回到澳洲後不再表演幻術，耍小戲法，把孩子們逗得神魂顛倒、癡癡迷迷，也不再送芭比娃娃給美麗的小女孩了吧？

——不送了。他的隨從兼助手，那個臉色黝黑兩眼深陷，幽靈樣無聲無息來去無蹤，眾目睽睽之下忽隱忽現的爪哇男子，在主人眼盲之後，就不告而別，悄然離去了。

——所以澳西叔叔現在孤零零一個人住在墨爾缽了？

——是的。不跟孩子們講婆羅洲故事時，他就待在安養院房間裡，獨個兒，坐在陽台一張椅子上，腆著肚子，睜著他那雙冰藍的空洞的眼睛，望著大海，好久好久一動不動，心裡不知在想什麼。

——思念他的伊班小美人伊曼吧？

——我不知道，永。我永遠都不想知道。

二、艾氏兄弟生死之謎

所以，ㄚ頭，七月初九早晨突然出現在普勞・普勞村，攪亂了我們行程的不速之客——我稱彼等為「故人」，只因為我們有緣於人生逆旅中邂逅，相處相伴一段時日，不管那是惡緣還是好緣，總也是一樁緣——並不是大夥最思念、最感好奇、最恐懼甚至最厭惡，可又莫名地受他那股奇特魅力（或媚力）吸引的澳西叔叔。

不，這回妳猜錯了！不是這個自紅色城市新唐一別，倏地，就如同一條消失的肥胖的魅影，從此不再現身大河上的白魔法師，峇爸・澳西，而是——且慢！我再給朱鴒妳這個自詡聰明絕頂的小姑娘一次機會，猜。

艾力克森兄弟？ㄚ頭這次猜得可好哇。

歐拉夫・艾力克森與艾力克・艾力克森賢昆仲。冰島人。自稱維京海盜後裔。荷蘭皇家石油公司探勘員。在婆羅洲活動已十年，堪稱叢林專家、野戰達人。大河之旅初始，在探險隊籌組人克莉絲汀娜・房龍小姐力邀之下，承兄弟倆慨允，擔任我們這支雜牌菜鳥隊伍的領隊兼嚮導，一行人浩浩蕩蕩繽繽紛紛，才得以在陰曆七月初三，壬寅年開鬼門後第三天，吉日，從坤甸港盛大啟航。

丫頭，我們是一支奇特的散漫的隊伍。途中隨時有人退出，不告而別，一天早晨突然走進河畔沼澤中，整個人彷彿被赤道的太陽蒸發掉一般。譬如安德魯·辛蒲森爵士，牛津詩人、二戰英國皇家空軍傘兵、探險家、沙勞越博物館建立者。他原本承諾帶領我們登上峇都帝坂山，但在魯馬加央長屋夜宴後，他就失去蹤影，後來才聽說他偕同妻子安妮博士，趕往尼雅古洞，考察新發現的史前壁畫。但一路上，三不五時也有人插入隊伍，倏忽，叢林精靈般一條身影不知打哪竄冒出來，等妳發現他時，喲，他早已成為探險隊的一員。譬如我們的「好交灣」（好朋友），自稱伊班豬瘟神西菲利斯使者的達雅克族青年，納爾遜·畢嗨，就是其中的佼佼者。他的故事就不必贅述。反正，那晚鬼迷心竅，在甘榜伊丹渡口營地，探險隊中的男隊員都著了畢嗨的道兒，留下一段慘痛的記憶。最詭譎、每每讓旅伴們大吃一驚的是，有人從隊伍中消失幾天，大夥以為他已喪身叢林，他突又現身，從林子裡鑽出來，若無其事地重新歸隊。譬如艾氏兄弟。這對北歐雙胞胎，歐拉夫和艾力克的事蹟——哥倆聯手，合作無間，在成群守護長屋的伊班神鳥，婆羅門鳶炯炯俯視下，在婆羅洲叢林中幹下的那些勾當——儘管情節和意涵不同，本質上，足與澳西叔叔的風流韻史相互輝映，給往後的旅人，那絡繹不絕、三教九流、成群結夥穿著迷彩裝擎著來福槍，進出雨林的各式冒險家，留下一則逸聞，作為酒後的談助……

可是，丫頭，我實在不想講這對哥兒的事情，因為自從大河之旅結束後，每一思及，我就渾身發顫，好像瘧疾發作似的一剎那間打出十幾個連環哆嗦，但是丫頭妳，以及（經由妳）將來有機會聽到這個故事的人，心中不免感到納悶和好奇：艾氏兄弟，後來到底怎麼了呢？那晚魯馬加央長屋夜宴，在奉祀大神辛格朗・布龍的神聖正殿中，梁上目光燐燐六十顆骷髏頭注視下，哥兩個嘻皮笑臉，當面褻瀆主人——莫忘了他可不是等尋之輩！他是卡江流域「酋長之王」天猛公・朱雀・彭布海——公然糟蹋他的熱誠款待，使這位聲名赫赫的獵頭老戰士蒙羞。記得吧，那晚天猛公的兒媳，三十幾歲、皮膚光潤體態豐盈的伊班少婦，親自上場奉酒。羞答答，她用木盤子托著幾十盅阿辣革，宛如一隻母海豹般，匍匐爬行在地板上，穿梭於眾賓客之間，拈起酒盅輪番向座中男士殷殷相勸，邊奉酒，邊扯起嗓門，曼聲唱起那柔腸百轉的伊班迎賓曲：

姑娘拿起巴冷刀
走進森林砍西米樹
做糕餅，請客人品嘗

姑娘舉起木杵
舂磨小米和玉米

釀美酒，勸客人開懷暢飲……

那一整晚，眾目睽睽之下，艾氏兄弟的兩對眼珠子，水藍藍滟瞪瞪，不住睃來睃去，活像兩隻聳出鼻尖的搜山狗，窸窣窸窣吸啊嗅的，只顧釘梢、追逐那伊班婆娘胸口吊掛的一雙碩大無朋，汗溱溱不停晃啊盪，好似兩枚婆羅洲野生木瓜的咖啡色奶子。晚宴才進行到中途呢，這對哥兒就一齊起身，互相使個眼色，藉口如廁，向那一身戎裝高坐堂上的主人天猛公告退，肩並肩，邁步走出宴會廳，沿著長屋中黑漆漆一條長廊，高高豎起兩雙耳朵，捕捉那招魂似的迎賓歌聲——姑娘拿起阿納克刀／溜上蓆床陪伴白郎／割葩槨，祭奉大神辛格朗——哥倆邊聆聽，邊躡手躡腳追蹤那兩隻熟透欲滴的大木瓜去了……從此，杳無音訊。彷彿從人間蒸發一般，歐拉夫／艾力克・艾力克森兄弟，倏忽間，消失在婆羅洲內陸叢林深處一條幽闇長廊的盡頭。

這樁失蹤事件，成了我們大河之旅最大的一個謎團。

往後行程，我們再也沒見著哥倆，直到——丫頭別打岔！我講到節骨眼上頭了。我知道妳要說，直到探險隊抵達普勞・普勞村，艾力克森兄弟才又像兩隻搜山狗那樣，嘴裡血淋淋地啣著獵物，不知從哪個旮旯角落裡鑽出來，光天化日下出現在大夥面前。這回，丫頭妳又矇錯啦。重逢的地點不在普勞・普勞村，而是——直到我們來到了大河的源頭，抬頭望得見峇都帝坂山巔之際，如同幽靈復活，驀地裡，哥倆從河畔山坡箭竹林中浮現出來，意氣風發，依舊挺著他們那牛高馬大、堂堂六呎五吋之軀，穿一身迷彩服，腆著啤酒肚，昂揚著脖子上那顆碩大的金黃色頭顱，依舊笑吟吟，齜著兩枚乳黃板牙，活像一對淘氣的北歐森林精靈，若無其事，佇立在旅伴們面前，準備重新擔當起嚮導的任務，繼續率領我們的隊伍溯河而上，向登山朝聖之路進發。

只是，那時節，整支大河探險隊只剩下兩個隊員——克絲婷和我。

我頂記得，乍見哥倆的那一瞬，克絲婷臉色颼地煞白，直如大日頭下遇見鬼魅：

——天！我還以為那晚在魯馬加央長屋，宴會中途，你們兩兄弟突然離席後，就被……雙手一扠腰，哥倆昂聳起胯下鼓鼓的迷彩褲襠，仰天打個哈哈：

——就被那個伊班婆娘……

——天猛公‧朱雀的兒媳婦……

——晃晃盪盪，兩隻滴答著乳汁的大奶子……

——引誘到長屋底下的豬圈裡……

——偷偷宰殺了。

——卡嚓！一刀割下葩槌……

——祭奉她們的陽具神辛格朗‧布龍。

——天父在上！沒品嘗過白屌的伊班女人，怎捨得割掉……

——十八公分長的兩根維京大屌呢！房龍小姐，這回妳是瞎操心嘍。

這對孿生好兄弟，自稱維京貴族後裔、血統純藍的歐拉夫・艾力克森和艾力克・艾力克森，肩並肩扠著腰站在大河源頭曠野中，只顧涎皮笑臉，一逕逗著克絲婷，哥倆表演雙簧似地一唱一和，渾不把那呆呆站在她身旁的中國少年，永，看在眼裡。

——天上的父！夥伴們都到哪裡去了？

——瞧，三十人的一支探險隊，如今只剩下一個荷蘭女子……

——和一個小支那人。

艾氏兄弟這時才猛然驚覺我的存在。哥倆使勁揉揉眼睛，不約而同，一齊扭轉兩顆金毛毬毬的腦袋瓜，乜斜起四粒同款同色的水藍眼珠子，滿臉狐疑，睨乜住我，眼上眼下細細將我端詳個五六遍。

——我說，房龍小姐，這個男孩子到底是妳的什麼人？

——瞧妳和他怪親近的，一路形影不離。

——天上的父……好像一對母子喔。

——這個瘦巴巴病黃黃、看來營養不足發育不全的小支那人，敢情是克莉絲汀娜・馬利亞・房龍的非婚生兒子？

——尊貴的、擁有純正雅利安血統的、出身荷蘭法蘭德斯省一個高尚家族的房龍小姐，妳與異族男子兼異教徒（一個黃種支那人）通姦，未婚生子，觸犯的可是咱們基督教一條大罪哦。天父在上……

我永遠記得，聽到艾氏兄弟這一席對答，克絲婷當場翻臉了。她一把攫住我的手，將我整個人拖到她臀後，讓我依傍著她那條髒兮兮沾滿汗水和泥巴的裙子，胸脯猛一聳，母雞護小雞似地，張起一雙強勁的膀子，把整個身子遮擋在我面前。河風習習，河上一輪赤日頭直直照射下，只見她兩肩飛鬈的髮鬃紅似火。

——他是我的兒子。他的名字叫「永」。月圓之日，我們母子兩人就要結伴一起登上峇都帝坂山。你們兄弟兩個，請便吧。

一聽這話，歐拉夫和艾力克愣了愣，眼色登時變柔了。哥倆齊聲嘆口氣。

——房龍小姐，玩笑歸玩笑，登那座石頭山可不是鬧著玩的。妳知道多少人試過，從此沒再回來嗎？

——登峇都帝坂是我給「永」許下的諾言。生也好，死也好，我們兩人要一起登山。

——好！我們兄弟帶你們母子上去。

——謝了。我們自己會走。

——你們確定？

——很確定。

——永，你和房龍小姐，一個男孩和一個婦女，在你們中國人的鬼月陰曆七月，一輪圓月下，登上那座連達雅克人都不敢攀登的石頭山。你，十五歲的少年，不害怕？

——不害怕。艾力克森先生。

——天父保佑妳！房龍小姐。

我頂記得，黃昏時分大河口夕陽沉落，晚風起，潑剌潑剌價響，克絲婷挺著腰桿子昂著胸脯，佇立河源水湄那白雪雪一片芒草原上，牢牢掐住我的手，凝起一雙海藍眼瞳，眺望暮靄蒼茫中那映著晚霞，魁梧奇偉，紅通通，好似渾身著火燃燒的巨人般的一座石頭山，好久好久，一動不動一眨不眨。

唉——艾氏兄弟又齊聲嘆出一口氣來，聳聳肩膀，莫可奈何地，瞥了我們這對奇異的母子一眼，互相使個眼色，掉頭準備轉身離開。

就在這當口，我才注意到他們帶來的兩個女人。

說是女人，看得真切時，只不過是兩個未成年的瘦伶伶的少女。一對孿生姊妹花似的，十五六歲，皮膚極細緻白淨，眉目如畫，上身穿一件小黃衫，下身卻邋里邋遢地繫著一條破爛的手工織錦花裙子，滿面風塵，兩眼枯黑，顯然在叢林沼澤中跋涉了好幾天，沒睡過一場好覺。一雙光腳丫子沾滿泥巴，臭烘烘，腫得有如紅蘿蔔頭般大。這會兒，姊妹倆脖子後拖著一根兩英尺長烏亮亮的粗油麻花大辮子，肩並肩手牽手，站在河畔山坡夕照裡，俏生生，大腹便便，看來各自懷了八、九個月的身孕。

艾氏兄弟站在山坡下，扠著腰，敞開雙腿，昂起脖子上兩顆斗大的金黃腦袋瓜，朝山坡上兩姊妹望一眼，眉頭猛一皺：

——天上的父！我們差點把阿思瑪家兩姊妹給忘掉了。

——必須趕快把她們送到浪・巴望達哈村，聖馬利醫院，否則她們倆準會……

——難產而死！天父在上。

哥倆，一左一右，各伸出一條金毛狨狨的壯碩手臂來，叭叭，猛拍兩下自己的腦勺子，互相使個眼色，齊齊開步走，鼓凸起胯間的迷彩褲襠，並肩邁出腳下那雙粗大如鉢子的牛皮靴，喀喇喀喇踢開茅草叢，直直走上山坡，停步，各自攬住一個姑娘的腰肢，使勁猛一撈，把她們的身子牢牢挾在腋下，二話不說，就往山坡頂端的箭竹林裡一頭鑽進去了。我站在坡下豎起耳朵諦聽。四雙腳窸窸窣窣踩著竹葉，行走在林中。霎忽，宛如一縷輕煙般，一行四人的身影就隱沒進滿山暮色裡，剮——剮——漫天婆羅門鳶盤旋啼叫下，終於完全消失在那無邊無際，炊煙漠漠，一路蒼茫綿延到大河源頭石頭山下的原始雨林中。

從此，我們真的再也不曾看見艾力克森兄弟了。

他們倆的下場？妳很想知道，以滿足妳這個小姑娘無可藥救的正義感，對不？丫頭。

好，我就告訴妳吧。從峇都帝坂山上歸來後，我和克絲婷回到坤甸房龍農莊，聽人說艾氏兄弟死了：雙雙慘死於石頭山腳巴望達哈湖中，肩並肩手牽手浮屍水上，頭顱不見，渾身裸裎，下體那支昂然翹起的肥大葩榔被人拴上一枚銀色小十字架。死狀甚慘。關於這兩個歐洲人的死亡，坤甸城裡謠諑很多。傳言一：兄弟倆受雇於荷蘭皇家蜆殼石油公司，擔任探勘員，終年身著迷彩裝，在婆羅洲內陸四處走動，以致於被土人錯當成「普帖・峇里沙冷」（白膚森林妖魔），專門收集孕婦的血，賣給石油公司，以祭祀石油之神峇里明雅克。傳言二（我最喜歡的一則）：兄弟倆體型龐大，皮膚白皙，那晚結伴在巴望達哈湖中裸浴，月光下，嬉笑聲中，被婆羅洲最勇悍、以一支噴箭槍號令大河上游各部族的馬當族獵人，誤認為傳聞中出沒血湖，伺機捕捉沐浴的少女，叼回湖底洞府姦淫的一雙白水怪，遂加以圍捕撲殺，斬首，送往湖岸有姑娘失蹤的各長屋示眾。傳言三：簡言之，艾氏兄弟死於婆羅洲聖戰組織的阿納克山刀下，因為這哥倆浪跡大河流域，專事誘拐少小處女，污染部落血緣，促使嶄新的西方豬瘟病「西菲利斯」蔓延於原始森林，毒害婆羅洲人的大地母親。傳言四：聖戰組織的一名幹部，自稱「豬瘟神使者」的達雅克族青年納爾遜・畢嗨，在那年一群歐美人士組成的大河探險隊中，半路上，曾與艾氏兄弟交手，結下深仇云云……傳言X：兄弟倆都已經結婚，在冰島雷克雅未克老家各有妻室，聽說也是一對姊妹花，虔誠的、守身如玉的路德派女教徒，每個安息日，必著淡雅素服，上教堂做禮拜，祝禱身在萬里之外赤道蠻荒島嶼上的兩位夫君，諸事平安，早日回家團聚。又，這兩對夫妻各育有一子一女，當時都還在學校讀書，品行端正，學業成績優異。

不管傳聞如何，從此婆羅洲島上（乃至於世界上）再也沒有「歐拉夫・艾力克森／艾力克・艾力克森」這號人物。附帶一提：這對孿生兄弟是在月圓之夜雙雙被殺。

三、好樣的達雅克青年

丫頭，我這幾個好旅伴的下場，便是這樣了。咦？瞧妳一副嗒然若失的模樣兒！喪氣了？感到有點難過？妳認為這些人物的末日不夠悲壯浪漫、不夠轟轟烈烈盪氣迴腸，讓妳覺得有點「漏氣」？吉卜林、毛姆、史蒂文森乃至康拉德之輩的赤道叢林冒險小說，朱鴒，妳這個愛聽異國故事的台灣小姑娘，讀得太多、太入迷啦（儘管妳讀的是中譯的簡寫的淨化的少年本）。事實不像他們所寫的那樣。

那年夏天，我們可是一支臨時起意，倉促湊成的雜牌隊伍。大夥來來去去，有人突然搞失蹤，有人半路插隊，有人隱遁幾天後又如幽靈般再度現身，有人（譬如艾氏兄弟）復活後又遭遇橫死，這一行人，時而三十個時而二十個紅毛男女，外帶一個瘦巴巴、臉黃黃、渾不知自己為何溷跡這夥人中間的支那少年仔，永，就這樣迤迤邐邐，追趕著天上那一枚日漸豐潤、成熟、嫵媚，宛如懷胎少婦的月亮，費了一整個星期，走了六百公里水路，終於來到卡布雅斯河上游的普勞・普勞村。石頭山遙遙在望。詎料就在這朝山路的入口，突地冒出一個人來，從而攪亂了我們的整個隊伍和行程。這位「故人」，丫頭妳現在知道了，既不是澳西叔叔也不是那北歐孿生哥兒倆——朱鴒呀，瞧妳，一副意興闌珊的模樣，想必沒興頭再猜這個無趣的啞謎了吧？好，我就直截了當告訴妳：此君是——

——畢嗨。好樣的達雅克青年。

——喲！丫頭復活啦。

——我早就知道是這個人。

——丫頭狡黠！死忍住不說，先誘導我講澳西叔叔和艾氏兄弟的故事，害我費了好多唇舌，繞了老大的一個圈子。

沒錯。我們在普勞・普勞村遇到的故人是納爾遜・大祿士・西菲利斯・畢嗨。自詡為「伊班大神辛格朗之子」卻又自稱「西方豬瘟神西菲利斯使者」的婆羅洲聖戰士。但在大夥心目中，此人可是光天化日下一條神出鬼沒、倏現倏隱飄忽不定的叢林魅影。

這是個謎樣的、身世複雜的人物。（妳看他的名字多冗長混亂：畢嗨，部落姓氏；大祿士，典型的陸達雅克族男子名；納爾遜，他的恩師兼養父本尼多・魯奇安諾神父在他十二歲那年，瞞著他的生身父母，翻越分水嶺，把他從婆羅洲內陸挾帶到古晉的教會中學就讀時，給他取的教名兼學名；西菲利斯，則是自號。）從卡江下游桑高鎮開始，不知為何，他就釘梢上了我們這支紅毛探險隊。一路悄沒聲，如影隨形，曾幾何時不知不覺之間，他就成為我們隊中的一份子——不請自來的隱形、靜默夥伴。有時他突然消失一陣子，我們偶爾想起他來還會思念一番呢。譬如魯馬加央長屋夜宴。那晚，他獨自盤足坐在廳堂一角啜飲阿辣革酒，從頭到尾沒吭一聲。當艾氏兄弟起立，尾隨燈光下那兩枚不停晃啊盪的咖啡色大奶子，中途離開酒席，一路追蹤到漆黑的長廊盡頭時，他也站起身來，悄然從堂屋中消失，一整晚再也沒回到宴席上。隔天中午，大夥登上摩多祥順鐵殼船，繼續溯流航程。嚇！畢嗨君戴著一副水晶圓墨鏡，獨自個，趺坐在駕駛艙門口日影裡，眼觀鼻，鼻觀心，對我們這群旅伴不瞅不睬……可就在當晚，甘榜伊丹渡口露營地，一堆篝火旁，我們喝下他帶來的加料阿辣革酒，著了他的道兒。撲通撲通，十幾條歐美壯漢紛紛癱倒在地上，被剝光衣服，拔掉陰毛，婆羅洲那一穹窿萬里無雲的星空下，一窩子白皮公豬似的纏綣相擁成一團。

這段情節，毋須贅述。丫頭妳都已經知道了啦。

憤怒的達雅克青年大祿士・畢嗨（這才是他真正的、原始純真的名字，他出生時部落長老諮詢祖靈後給取的名），那晚臨去之際，站在大河畔，朝著叢林上空一鉤新月下一匹怪獸般嵬嵬聳起的石頭山，扯起嗓門厲聲呼喊。那無比淒涼嘹喨的召喚，丫頭哇，想來妳這個聽故事的人，也和我們這群當晚身歷其境的大河探險隊員一樣，聲聲句句，永遠鐫刻在心頭，如同永世不滅的、一漩渦又一漩渦不住盪漾在婆羅洲大地上的回音：

——奉大神辛格朗・布龍之名，在秉持正義的豬瘟神西菲利斯指示下，我，大祿士・畢嗨，婆羅洲之子，今晚將使用我尊貴純潔的葩榔，在你們這群白皮豬公罪惡、髒污、沾滿婆羅洲處女之血的白矛頭上，各留下一個鮮紅的烙印，永世不磨滅。「因為我耶和華——你的上帝是忌邪的上帝，恨我的，我必追討他的罪，自父及子直到三四代！阿門。」引自你們的聖經，舊約出埃及記第二十章第五節。哈哈……磔磔磔……嗬嗬嗬……

子夜，婆羅洲叢林深處，馬來甘榜渡口，萬籟俱寂之中只聽見一江流水嗚咽，岸上一堆篝火畢剝響，此外，遼闊的天地就只剩下納爾遜・大祿士・西菲利斯・畢嗨那鴟鳥啼叫般令人渾身寒毛根根倒豎的怪笑。磔磔……哈哈……嗬嗬嗬……。笑聲一陣狂似一陣，空洞洞冰冷冷，卻帶著一股莫名的悲涼、憤怒和嘲謔，在這一彎新月高掛椰林梢頭的夜晚，驟然，自河心綻起，伴著大河兩岸響起的那鬼吹螺似的一家傳一家、一村傳一村、一長屋傳一長屋的狗吠聲，鬧鬨鬨，迴盪在卡布雅斯河上，久久久久，才逐漸隱遁遠去，終至完全消失在河上那一穹窿清朗的星空中。嫋嫋餘音，卻如同一條冤魂，只管纏繞我的兩隻耳朵。隔天早晨，麗日下，畢嗨的笑聲兀自鍥而不捨，一路追躡我們搭乘的鐵殼船，幽幽忽忽，鬼哭般尾隨我們，穿透過大河中游遮天蔽地的層層雨林，循著林中一條幽深、隱密、武陵洞天似的靛青色甬道，進入婆羅洲的心臟……追，追，追，直到我們這支大河探險隊——三十個鳩形鵠面、衣衫不整的外邦男女——倉皇逃抵紅色城市新唐。

七月七日七夕，我瞞著隊友，帶著姑媽克絲婷悄然離開新唐。慌急急，我們得趕在拂曉前，雙雙遁入大河上游的原始森林，和探險隊分離，展開我們倆自己的朝山之行。我心裡盤算著如此一來，我就可以擺脫納爾遜・畢嗨那鬼哭神號般的梟叫聲，同時——我必須老實講——甩開我那群讓我越看越覺得礙眼的旅伴。所以，今天清晨（七月初九）在好心的肯雅族長老彭古魯・伊波幫助下抵達普勞・普勞驛站，住進旅舍後，我馬上洗個澡，倒頭就睡，準備一覺睡到中午，然後和克絲婷搭乘一艘動力長舟，一口氣趕百來公里水路，傍晚抵達浪・巴望達哈（血湖）。那時我們姑姪倆就真正進入了闃無人煙的帝坂山區，必須緊緊廝守在一塊，相依為命了。但人算不如天算。我才闔眼瞇了個把鐘頭，恍惚中心頭忽一跳，猛然睜開眼睛，滿窗白花花陽光中看見有一條人影，弓著身子托著腮子，悄沒聲，獨自坐在床腳那張矮板凳上。我倒抽了兩口涼氣：

——又是你！

——是我，你的朋友畢嗨。交灣永，別來無恙？

他依舊稱呼我「交灣」！態度既親切又自然。那可是婆羅洲各族原住民對「好朋友」最高規格、最真摯誠懇的稱謂啊。他把我視為「自己人」。

七月七日七夕　新唐遺事

卡特琳娜還魂記

畢嗨，這次忽然又悄沒聲，神不知鬼不覺地溜回我們隊伍中，看來似乎並無惡意。為了表明他的「善意」，一看見我醒來，這小子就笑嘻嘻伸手往牆角一指，促狹地朝我眨個眼兒。我揉揉眼睛，滿心狐疑，姑且循他所指的方向望去。丫頭，看哪！克絲婷的皮箱和我的帆布背包——七夕那晚匆忙逃離新唐時，不得已遺留在旅館的行囊——如今，過了兩天，可不好端端地放置在百公里外的普勞・普勞村旅舍房間一角，完整無缺。

我嘆口氣，睡意登時全消，一個鯉魚打挺索性從床上坐起，背靠著籐枕，就著從院子潑灑進來的一簇陽光，仔細端詳起我這位神祕的、意圖不明的「交灣」（好朋友）來——說也離奇，在迄今整整一星期的旅途上，儘管有很多機會相處，我竟不曾在天光下朗朗乾坤中，好好地、清楚地審視過這位不知因何夙怨，與我們探險隊結下不解之緣，一條冤魂般，嫋嫋地一路追纏我們的大河航程，直到（磔磔哈哈嗬嗬嗬！）峇都帝坂山下驛站的達雅克青年，畢嗨君。

納爾遜・大祿士・西菲利斯・畢嗨。

詭譎的名字。謎樣得讓人渾身毛骨悚然的一號人物。

晨早，滿庭院明媚的陽光下，細細看來，他不過就是一個出身內陸長屋，因著某種夙根，少年時代遇見西方貴人，在他提攜之下到過沿海的文明城市，進入教會中學受六年菁英教育，習得一口牛津腔好英語，如今學成榮歸，服務鄉梓的新世代土著青年。丫頭，瞧，他一身從頭到腳，盡是六〇年代婆羅洲最流行、挺「夯」的行頭和扮相：貓王式飛機頭，用凡士林髮乳和丹頂髮蠟調理得油亮亮翹尖尖，直欲凌空而起；全套愛迪達休閒運動服，在二戰結束才十多年的婆羅洲，可是十分稀罕（只是，終年在叢林沼澤中奔波，畢嗨如何有工夫保養他的愛迪達，讓它常保光鮮如新？我一直很納悶）；腳下一雙白球鞋沾滿黃泥巴，看不出是啥品牌；領口胸前，佻㒓地吊掛著一副雷朋水晶圓墨鏡，屋內雖無風，卻自管晃盪不停。這一身與周遭原始雨林極不搭調，但穿戴在畢嗨短小精悍的軀幹上，卻顯得莫名地和諧、自在的服裝和配件，便是七月初九早晨，滿山普照的燦爛天光下，我在朝山半途的客舍中看到的好交灣，納爾遜・畢嗨君。

婆羅洲革命志士。辛格朗・布龍聖戰者。甘榜伊丹渡口紮營那晚，將我們的隊友——來自英格蘭古約克郡，自稱勃朗蒂三姊妹遠親的坤甸聖方濟中學英文教師，唐尼・畢夏普碩士——狎弄得痔瘡當場復發，潰裂出膿，嚇得他一早搭船逃回坤甸，找醫生檢查他的尾椎，以確定有無感染上「西菲利斯病毒」。

這會兒，畢嗨弓著五呎二吋的身軀，撅著臀子蹲坐在我房間牀腳矮板凳上，仰起一張刮得光溜溜的棕黃色三角臉，兩手托住腮幫，一雙漆黑眼珠賊忒忒，定定瞅住我。

一瞬不瞬，我怔怔坐在床上想是看呆啦。

兩道目光颼的一冷，畢嗨霍地挺起腰桿坐直身子，睨著我，陽光下一臉森然。

——永，我的支那小交灣，你心裡並不信任我這個土著朋友。我看得透你的心思哦。

背脊一涼，我趕緊收回視線，挺起上身畢恭畢敬地開腔道：

——納爾遜，我非常尊敬的達雅克族兄長，自從甘榜伊丹渡口一別，三天不見你的身影。今天因著什麼因緣，你像一陣神風突然降臨在普勞・普勞村？

——我率領被你和你的姑媽克莉絲汀娜・房龍小姐中途遺棄的隊友們，離開紅色城市，一路出新唐，越過被成群日本小松推土機（你們口中的科馬子怪獸們）蹂躪的原野，穿過十里大沼澤，渡過卡江上游最危險的水域，鱷魚洲，花了兩天跋涉而來，把探險隊帶到入山的前哨站，與你們姑姪會合，趕在月圓之日一起朝山。

——我的隊友……他們，現在人呢？

——如今就落腳在這間客棧。

畢嗨扭頭朝向窗外，揚起下巴努一努嘴。

客舍青青。陽光普照的庭院對面，樹蔭下一間大客房中影影簇簇，五顏六色，聚集起了一窩子男女頭顱。客棧果然入住了一群西方旅客。

——喔，大河探險隊一路追跟上來了！請問納爾遜兄長，我現在還有幾個隊友？

——除了你和房龍小姐，八個。

——才八個？啟程時三十人的一支探險隊，中途只剩得十人。其他隊友……

——甘榜伊丹渡口恐怖之夜嚇跑十人。小兄弟，你也參與那次事件。順便一提，唐尼・畢夏普先生經教會醫院診斷，證實感染上「西菲利斯病毒」，成為伊班豬瘟神的第一個白人祭品。哈哈，磔磔嗬嗬嗬……接著，新唐事件又嚇跑十名隊員。

——紅色城市新唐，發生了什麼事情？

——怪事，奇事。超自然事件。就在你和你姑媽瞞著隊友們，雙雙離開歐羅拉旅館，手牽手，不告而別那個夜晚……永，你要不要聽這則怪力亂神、褻瀆上帝的故事呢？

——要聽呀。納爾遜大哥請講。

於是，我放鬆身心，早晨九點鐘，面對那滿窗春光般明豔的赤道朝陽，倚著枕頭，半坐半躺在旅舍房間床上，利用中午登船從普勞・普勞村出發，繼續溯流朝山航程之前的這段空檔，約莫三個鐘頭時間，聆聽我們這位行蹤飄忽、動向不明的達雅克族朋友，講述一則荒誕不經的故事，一齣——丫頭妳聽好！因為這是妳最感興趣的東西——公開上演在皎皎月光下的婆羅洲城市街道上，令人匪夷所思、哭笑不得的靈異劇。

* * *

首先，容我在大神辛格朗・布龍的炯炯監看下，面對母親河卡布雅斯，以及我畢嗨家族列祖列宗日夜巡弋大河流域的眾英靈，鄭重起誓：我，大祿士・畢嗨，將以最誠實和最客觀的態度及語言，向我的支那小兄弟，永，講述一則離奇、神祕、充滿超自然色彩的真實故事，而在這整樁事件發生、演變，乃至結束的過程中，我畢嗨只是一個目擊證人，一個清白無辜的旁觀者。我絕未參與或介入其中，遑論製造或以任何方式操縱這一事件。

永，你記得卡特琳娜吧？

——永遠記得。

你有良心和好記性。你不敢忘記。所以我畢嗨才把你當作「交灣」，推心置腹的好朋友和好兄弟，否則，永，那晚在甘榜伊丹渡口，你早就成為伊班豬瘟神西菲利斯的祭品了，就像唐尼・畢夏普和他那群狐朋狗黨，哈哈，磔磔嗬嗬嗬嗬……

沒錯，她就是你們這支大河探險隊出發第二天，在桑高鎮碼頭，清晨，一輪朝日下，被活活打死以祭河神的那條小黃母狗。

卡特琳娜，美麗的義大利女人名字！是誰有這份天才和想像力，給這隻瘦小、營養不良發育不全、孤零零流浪街頭的婆羅洲土生黃母狗，取這樣一個羅曼蒂克、洋溢拉丁風情的名字呢？當然是羅伯多‧托斯卡尼尼閣下嘍。這位聯合國教科文組織駐坤甸專員，是探險隊的諧星、吟遊詩人兼開心果，一路耍寶搞笑逗得大夥嘻哈絕倒，忘卻旅途的勞頓。甫踏上桑高鎮碼頭，初次遇見那如逢親人，歡天喜地搖頭擺尾，朝他身上撲來的小黃母狗，他閣下就一臉嚴肅向旅伴們宣告：西諾爾‧羅伯多和仙諾麗妲‧卡特琳娜，前生乃是佛羅倫斯一對恩愛夫妻，被仇敵活活拆散，今生今世，在天上的父美意的安排之下，這雙苦命情侶又在婆羅洲相逢……

我畢嗨怎麼知曉這些事？我究竟躲藏在哪裡，偷聽羅伯多‧托斯卡尼尼和旅伴們之間的對話？追根究柢，我是在什麼時候、什麼地點，開始釘梢上你們這支探險隊？

好問題！問得正是時候。

永，機靈的敏銳的中國少年，莫非連你也沒覺察到，早在坤甸碼頭上，當你們一行人浩浩蕩蕩準備啟航，大張旗鼓展開大河旅程之際，我，靜靜蹲在一角，就已經看上這支由三十個來路不明、形跡可疑的西方男女，外加一個小支那人，組成的奇異隊伍。於是，我悄悄混入你們隊伍中，緊緊追隨，陪伴你們朝向聖山一路乘船溯流東上，晚上和大夥一起投宿旅館，一起打尖用餐，甚至一起在桑高鎮紅毛城下木瓜園中，舉行酒神戴奧尼索斯祭典，裸裎拜月，徹夜交媾。而這群自詡為人類最優秀、最先進的品種，容貌和智慧直接傳承自耶和華的笨蛋，自始至終竟未察覺，有個身著愛迪達休閒運動服，穿球鞋，戴墨鏡，身高五英尺二英寸，相貌毫不起眼的婆羅洲土著青年，潛伏在他們的隊伍，整趟千里航程中，時時監視他們的一舉一動一言一行……哈哈磔磔嗬嗬嗬……永，你是個糊里糊塗溷入這支齷齪隊伍的純潔少年，往後旅途上，只要緊隨你姑媽身旁，就不會有事……

讓我們回到羅伯多的故事上。

果然，如同你們中國人所講的「七世夫妻」，船到桑高鎮，一靠上碼頭，托斯卡尼尼閣下才整裝登岸呢，卡特琳娜——我們這隻土生土長、生平從未見過義大利男人的婆羅洲小母狗——就像看見久別重逢的情郎，眼一亮，昂起脖子搖起尾巴，悽厲地叫喚三聲，猛一個箭步，倏地從碼頭角落直躥出來，蹦蹬蹦蹬奔跑到羅伯多跟前，依傍著他，咻咻咻只管聞吸他的褲腳，不時仰起臉來，淚盈盈地望著羅伯多那風塵斑斑的臉龐，滿眼的辛酸和思慕，而羅伯多，我們的義大利情種，也恰似乍見自己前世的妻子或女兒，欣喜、驚詫之餘，毫不猶豫地彎腰將她抱起來，摟在他強健的雙臂裡，直喚她的名字，卡特琳娜——米奧阿曼底・卡特琳娜——柔聲軟語同她講了好久的話，才將她放回地面上來，然後讓卡特琳娜跟隨著他，兩相依偎廝磨，雙雙漫步走向投宿的旅館。這個場面多溫馨、多震撼！探險隊中的女隊員們聚在一旁，看在眼裡，感動得幾乎淌下熱淚來啦。那一整個傍晚，羅伯多和卡特琳娜，一人一狗，結伴在鎮上逛唐人街，參觀鬼月廟會豬公大賽，月下漫步徜徉，恩愛得果真像一對被迫離散多年、今夕突然在異地重逢的夫妻。隔天早晨，羅伯多起床，準備和夥伴們會合，搭乘鐵殼船繼續大河溯流航程。他前腳才踏出旅館，賓果！就看見卡特琳娜癡癡守望在大門口。她蹲坐在台階下，豎起耳朵伸長頸脖，一眨不眨只管朝門內窺望，乍然看見羅伯多提著行囊走出，眼一燦，蹦的跳起身來，嗚呦嗚呦地嘶叫著又一路跟住了他，伴隨著他直來到碼頭巴剎的咖啡店。可是，今天早晨的義大利情人羅伯多•托斯卡尼尼閣下，不知吃錯了什麼藥，突然變了個人，對他昨夜的「米奧阿曼底」（我的情人）不瞅不睬。一路走到碼頭，連正眼都沒看過她一眼哪！妳看羅伯多，這會兒只顧陰沉著一張鐵青的尖臉膛，悶聲不響一逕皺著眉頭，獨自坐在一張咖啡桌旁，暴凸起兩顆血絲眼珠，望著初升的一輪旭日，呆呆啜飲手裡那杯咖啡蘇蘇。晨曦中，他那一頭及肩的赤髮絲刺蝟般四下怒張，火紅紅，猛一撞見，你準以為但丁地獄的一個惡鬼，趁著中國人的陰曆七月，鬼月，鬼門大開，跑到婆羅洲來遊歷呢。夥伴們都離他遠遠的不去煩他。但我們楚楚可憐的仙諾麗妲•卡特琳娜，偏不知趣，不懂得看她男人的臉色，兀自親親暱暱地依偎在羅伯多腳跟旁，伸出自己的臉頰，不住摩挲羅伯多的一條毛腿。她仰起小臉蛋，滿眼疑惑和惶恐，怔怔望著她的情郎，呦呦不停呼喚，發現羅伯多一逕板著臉孔望著天空啜著咖啡，不睬她，於是猛一縱身，跳上他的膝頭，張起兩隻前爪，緊緊攀住他的肩膀，張開嘴巴，伸出她那紅涎涎濕答答一根舌尖，咂巴咂巴就往他臉頰上舔去。可憐羅伯多，被弄得一臉狗口水。這下，我們的聯合國教科文組織駐坤甸專員，大河探險隊的諧星、吟遊詩人兼開心果，托斯卡尼尼閣下，再也按捺不住了啦。

——吃屎的小母狗，口臭死了！滾開，別再來煩我。

溫馴的婆羅洲母狗卡特琳娜被激怒，也光火了。嘴一咧，她齜起白森森兩排尖牙，鼓起胸脯瞪著她的男人，猛一聲叱喝：

——唓嘜！

一人一狗就這樣眼瞪眼，對峙在桑高鎮碼頭，晨早時分一穹碧藍如洗的天空下。

接下來的事情，永，當時在場的你親眼看到了，而你那群旅伴——啊！三十個衣冠楚楚端坐在碼頭巴剎遮陽棚下，邊喝咖啡，邊等船的歐美仕女——也都眼睜睜把這一幕看在他們那一雙雙藍、綠、灰色眼睛裡，所以這部分情節我就略過不講嘍。在這普勞．普勞村，朝聖山的第一站，光天化日下鉅細靡遺地講述這等齷齪、卑鄙、血淋淋的勾當，是會褻瀆和激怒伊班大神辛格朗．布龍的。我只須補充一句：那天早晨眾目睽睽之下，羅伯多．托斯卡尼尼突然狂性大發，把跟他無冤無仇的一隻小母狗——懷了足月的身孕，肚腹下兩排奶子早已飽含乳汁，即將臨盆的卡特琳娜——當場活活打死了。

記住：主曆一九六二年八月三日，陰曆壬寅年七月初四，早晨，旭日下，發生在婆羅洲卡布雅斯河桑高鎮碼頭上的這一齣離奇、荒謬、慘無人道的悲劇。

你不可以忘記。

永，將來有一天，不管是以英文書寫，還是使用那圖騰一般神祕、古老、符咒樣繁複的中國方塊字，你必須把這樁事件寫出來——完整、忠實地，任何細節（無論有多悲慘血腥）都不得遺漏地寫出來。這是我在婆羅洲聖山腳下，親手交與你的任務。切莫辜負我的付託！否則，天涯海角，我大祿士・畢嗨必追捕你，活生生將你這個不忠的支那人，獻祭於伊班豬瘟神西菲利斯座前，就像那天早晨，他們殺了仙諾麗妲・卡特琳娜，以祭祀卡布雅斯河的河神和他們天上的父，耶和華。

燔祭。聖經中古老神聖、血淋淋火烈烈的儀式。

在這整個碼頭事件中，永，你既是目擊者，也是某種程度的參與者——由於你的介入，這齣戲才有後來的轉折，雖然為時已晚，沒能挽救卡特琳娜一胎好幾條生命，卻也顯示你是有良心、敬神畏天、講求公理和公義的少年人，所以我才把你當成我的交灣，好朋友好兄弟，否則，天上的父！那晚在甘榜伊丹渡口營火會上……哈哈磔磔嗬嗬嗬……因為我耶和華——你的上帝是忌邪的上帝，恨我的，我必追討他的罪，自父及子直到三四代！阿門。《舊約・出埃及記》第二十章第五節。

永，讓我們把話題轉回到羅伯多身上吧，他的故事才講到一半呢。

故事的下半篇，題目可訂為「又見仙諾麗妲・卡特琳娜」。

羅伯多‧托斯卡尼尼閣下，聯合國駐印尼高級文化官員，經歷過桑高鎮碼頭上的事件，精神開始錯亂。

七月初四早晨，探險隊離開這座傷心城市，搭乘摩多安號鐵殼船，在大夥沉默不語、滿腹心事、各懷鬼胎的詭譎氣氛中，繼續剛開始的溯流朝山航程。途中羅伯多疑神疑鬼，總覺得被他遺棄在桑高鎮的「米奧阿曼底」，卡特琳娜，陰魂不散，跟屁蟲似的一路尾隨他，悄悄盯著他。漫長的旅程，不論是在日正當中時分，大河一輪白燦燦的豔陽下，還是在天黑後荒山月色裡，他，每每一睜眼，便看見兩顆血絲眼瞳子烏亮晶晶，一張嘴紅漬漬，嘴角滴答滴答，不住流淌出兩條蚯蚓似的血涎，嘴洞中血淋淋，伸出一根鮮紅舌芯子，毒蛇吐信般，簌簌簌只管在他眼前不斷竄動閃忽。這張幽靈樣，日夜漂盪出沒在他周遭空氣中的小母狗臉，鍥而不捨，召喚薄倖郎似的，一逕齜著血牙溫婉地、淒涼地對他呼叫不停：呦呦，嗚呦嗚呦呦，喔嗏！

就拿魯馬加央那晚來說吧。

記得嗎？那月兒彎彎高掛木瓜園，滿天星光燦爛，大地沉睡，只聽見深山中母猿們拉長嗓子，噗嗚——噗嗚——召喚她們半夜還流連在外的子兒，大河兩岸，狗吠聲四下群起響應的一個典型的、平安的婆羅洲叢林長屋之夜。

酒宴散席後，探險隊留宿長屋。隊中的女性被安排住在東屋，靠近內堂，男人非請不得跨越；男隊員們則被集中安置於西翼房，遠離內眷婦孺；你和你姑媽兩人單獨住一間房，在東長廊的盡頭。至於宴會的主客澳西叔叔，那晚住哪？你是說那個一身白西裝，繫著紅領結，挺著個大肚膛，打著英女皇御用大律師的旗號，走遍大河上下、誑遍兩岸長屋的澳洲肥佬，峇爸・澳西？我不知道他的落腳處。對這個老頭，你好像特別關心嘛。說也詭譎，就像他在孩子們面前玩的西洋魔術一般神奇，酒宴結束後，一轉眼，澳西叔叔便化作一縷白煙，霎忽，整個人消失在叢林黑夜裡，渾不見蹤影。直到隔天早晨，大家才又看見他出現在碼頭棧橋上，一身衣履光鮮，手提一口鋁質行李箱，神清氣爽，意態昂昂，接受大屋長天猛公、闔族長老和全村婦女的殷殷送別，在長長一排高唱「伊班獵頭戰士出征歌」的長屋兒童嘹喨歌聲中，成群印尼官員簇擁下，登上官船，揮帽，仰天呵呵一笑，迎向卡布雅斯河上游峇都帝坂山巔升起的一輪旭日，駛進清晨那白茫茫的一江陽光中，呼嘯而去……此後，就像魔影破滅一般，我再也沒看到這個肥胖的白人老頭了。哈哈磔磔喃喃喃。

不過，這跟我現在講的羅伯多故事無關。

那晚魯馬加央西屋，男賓客房，可熱鬧的咧。

睡到半夜兩點，羅伯多・托斯卡尼尼閣下突然驚醒，中了降頭似的——不，更像被一條潛進房間的赤練蛇纏住脖子猛齧一口，蹦的，從臥蓆上彈跳起來，光著毛茸茸的身子，只在胯間穿著條紅色子彈褲，就慌慌跑出房間。腳步聲槖槖槖，踩著竹編地板，震得整座長屋搖搖晃晃，有如一艘行駛在波濤中的伊班長舟。夜深人靜，空盪盪一條長廊中，只見他那顆碩大頭顱好似一隻發怒的刺蝟，倒豎起一根根赤紅髮絲。他光著腳丫，以百米衝刺的速度跑過三十戶人家的門口，穿過百碼長廊，奔下階梯，現身在屋外遼闊的曬場上，煞住腳步，月光下四顧茫然。好半天，他只管伸長脖子，暴凸起兩顆噴火似的血絲眼珠，四處搜望，不知在尋找什麼物事，嘴裡嘀嘀咕咕，一逕唸誦只有他自己才理解的經咒。室友們全都醒了，紛紛從臥蓆上跳起身，一路追出，合力擒抱住羅伯多，百般安撫和哄慰，折騰到快天亮才從他口中探問出緣由。原來這整個夜晚，羅伯多睡在客房裡，老是覺得他看到「米奧阿曼底・卡特琳娜」的身影出現在這座長屋，幽靈般飄忽出沒，倏東倏西，不停地徘徊逡巡在走廊中、露台上、地板下、長屋外頭周遭黑漆漆的樹林裡。月下兩隻眼瞳子烏晶烏晶，一眨不眨，只是冷冷的、定定的望著羅伯多。這隻兩天前奄奄一息，抽抽搐搐，蹬著四隻腳，仰天倒臥在桑高鎮碼頭上朝陽下一灘血泊中的小黃母狗，如今，竟跨越偌大的時空，驀然現身在百公里外的一座長屋，魯馬加央，依舊溫馴如昔，依舊鼓著她那日漸凸隆的肚腹，甩啊甩，只顧晃盪著她胸口兩排沉甸甸、紅噗噗、不住滴答著奶汁的乳房，滿眼的哀怨，仰望著羅伯多住宿的房間，一整晚，嗚呦嗚呦呼喚不停。

月下，羅伯多看見卡特琳娜仰著臉龐，嘴角迸裂，汩汩地流淌下兩條鮮紅血絲……

那夜之後，羅伯多・托斯卡尼尼變成一個非常孤僻、沉默的人——他原本是探險隊的諧星和開心果哪——鎮日耽溺在自己的內心世界中，每天一起床，就陰著一張鬍渣臉，只顧想自己的心事，但他不聽隊友們的勸告，仍堅持繼續航程，不肯先行折返坤甸。這份巨大的勇氣和堅忍，讓我——嫉惡如仇的婆羅洲之子納爾遜・西菲利斯・畢嗨——冷眼旁觀全瞧在心裡，對羅伯多這個薄倖郎兼冷血殺手，不禁油然產生同情之心，甚至一股崇敬。於是，我暗下決心，就能力所及幫助他達成航行大河全程、直到盡頭石頭山的宏願。不料，探險隊剛抵達紅色城市，準備展開最後一段航程之際，無端端，卻又生出一件事來（永，那就是我一開始向你提到的「新唐怪事」嘍）徹底打亂了我苦心的布局。

事端的起因，不過是幾個醉漢酒後嬉鬧。

那天，八月六日中午，探險隊搭乘摩多翔鳳號鐵殼船，離開甘榜伊丹渡口傷心地，繼續循著大河溯流而上，穿過重重原始雨林，渡過新月灣，來到中游大鎮新唐，當晚投宿歐羅拉大旅館。順便一提，永，你知道八月六日是什麼日子嗎？你沒特別注意？告訴你吧，對日本人來說這可是個悲慘的日子咧。廣島原爆。吊詭的是，今年陽曆八月六日，碰巧是陰曆七月七日，在你們中國人心目中是個大喜日子。七夕，中國情人節。但這是題外話，和我們現在講述的羅伯多故事無關。重點是，經歷過甘榜伊丹那番折騰，身心俱疲，大夥住進歐羅拉旅館後，都早早上床安歇，養精蓄銳，準備明天一大早展開朝山最後一段航程。晚上十點鐘，你和你姑媽兩個手牽手離開旅館，出門逛街賞月，一去不回。咦？我是怎麼知道的？說了你可莫驚慌。連你假裝羊癲瘋發作，口吐白沫又哭又鬧，哄騙你姑媽半夜帶你上街，尋找一個被賣到娼館、亟待救援的普南姑娘——連這齣鬧劇，我畢晦都冷眼旁觀，鉅細靡遺瞧在眼裡呢。但這也是題外話，無關我們的羅伯多故事。晚上十點三十五分整（你看，我把時間記得多精確詳實），湯米、桑尼和其他五名男隊員結伴溜出了旅館，到兩個街口外的酒吧買醉，直喝到半夜零時十五分，才醉醺醺勾肩搭背一路搖搖晃晃走回來。一夥人空著肚子，灌足了兩打卡士伯啤酒，外加一整瓶兩千西西特大號澳洲鴕鳥牌威士忌，回到旅館，立刻上床睏覺去，也就罷了，就不會發生後來那些事端啦。詎料，一夥人走到羅伯多・托斯卡尼尼閣下當晚所下榻的四樓房間陽台下時，鬼靈精的桑尼，臨時起意，當街就蹲踞在人行道上，昂起頸脖，對著中天一彎緋紅色的月亮，捏尖嗓子，學起小母狗淒涼的啼喚來：

——呦呦，嗚呦嗚呦，嗚嗚嗚——呦！

愛瞎鬧起哄的湯米，立刻跑到街上，弓起身子撅起屁股半蹲半立在大街心，伸出一根食指頭，勾啊勾，只管逗弄桑尼扮演的小母狗：

——仙諾麗妲・卡特琳娜，好幾天沒見了喔！羅伯多想念妳呀。來，讓妳的義大利情郎西諾爾・羅伯多・托斯卡尼尼好好抱抱妳，親一下。過來呀，米奧阿曼底・卡特琳娜⋯⋯

夜深人靜，就在旅館門口大街上，這兩個加大老搭檔湯米和桑尼，月光下串演起美式雙簧來，一個捏著嗓子學小母狗呦呦啼叫，一個柔聲細語只顧殷殷召喚，唬弄了半天，招引得整棟大樓的旅客們，紛紛打開窗子，探出頭來張望。

這雙美國老頑童，兀自玩得渾然忘我，越發帶勁，索性夥同其他五名隊友，肩並肩，排排站，對準羅伯多的陽台一齊解開褲襠，邊學母狗哀叫，邊撒起尿來。

那當口，午夜零時，倘若羅伯多已經睡著了，睡沉了，事情也早就結束啦，但他這些日子來被卡特琳娜的鬼魂戲弄得心緒不寧，寢食難安，老是疑心這條婆羅洲小母狗，他前世的冤家，米奧阿曼底，就躲藏在左近某個旮旯角落，一路釘梢他，每每趁他一個不留神，便倏地躥出來，搖著尾巴，抖盪著她肚腹下那十隻紅噗噗日愈飽滿的奶子，嘴角流血，呦呦呦朝他召喚。這種無比淒涼哀怨、索命式的叫聲，有如遊走在樹叢的一條行蹤詭祕忽現忽隱的青竹絲，穿過重重夜色，潛入他的房間爬上他的床，直鑽進他的耳鼓，讓他徹夜不得安睡。果然，桑尼在歐羅拉旅館樓下學小母狗叫，還不到十分鐘哪，大夥就聽到唰的一聲，四樓落地窗打開了。兩眼惺忪，頭髮箕張，陽台上探出了一張毫無血色的狹長、尖白臉孔。羅伯多走出來憑欄瞭望。旅館前的大街，空落落一條新闢八線柏油大馬路，亮晶晶，鋪灑著一灘灘流水樣的月光，悄沒聲。新唐鎮的月夜，竟是如此寧靜詳和。羅伯多抬頭眺望天空。月一彎，水紅紅笑吟吟高掛大河上。羅伯多幽幽嘆息出一聲來，縮回脖子，返身進入房間上床安歇去了，可過了兩分鐘，陽台下又驀地綻響起小母狗淒涼的叫聲。

——呦——呦呦——嗚呦嗚呦呦——

——羅伯多，你出來吧！你的小情人仙諾麗妲・卡特琳娜想念你呀。啊，米奧阿曼底！

羅伯多揉著他那紅腫得有如櫻桃般大的雙眼，一臉疑惑，慌慌張張，又從落地窗縫中伸出頭來，朝街上搜望。

月下，整條大馬路連個鬼影都沒有。

如此一而再，再而三，鬧了整整一個鐘頭，羅伯多終於按捺不住啦，只見他，咬牙切齒，聳著滿頭刺蝟般根根倒豎的赤紅髮絲，挺著毛狨狨屍樣白的身子，只披著一條寬大的日本式藍條紋浴袍，打赤腳，暴凸起兩顆血絲眼珠，身形一閃，蹦地就從旅館大門口直躥出來，不聲不響，揮著一把雪亮的馬來巴冷刀，直朝向大街撲去。嘎——他煞住腳步，在冷清清的八線大馬路心站住了，舉刀茫然四顧。四下無人。羅伯多沉沉嘆了口氣，正待回身走進旅館，就在這當口卻聽到暗處傳來噗哧、噗哧一陣竊笑。滿心狐疑，羅伯多循聲望去，路燈中看見四樓陽台下樹蔭裡，影影綽綽聚集著一夥人，約莫七八條大漢，相擁成一團，勾肩搭背嘻哈絕倒，快樂得煞似馬克・吐溫小說中一群惡作劇得逞的頑童。樹叢中只見七、八根食指頭齊齊豎起，直直伸出來，朝著他，托斯卡尼尼閣下，指指點點評頭論足呢。這下，羅伯多狂性大發了。他掄起巴冷刀，一個箭步沒頭沒腦就往這夥人當中衝去，咬著牙，悶聲不響一陣亂砍。

事後，警方清點：滋事的一夥人中，帶頭的桑尼和湯米都身受重傷，前者頸項上挨了兩刀，險些割斷咽喉，後者胸腔被利刃刺穿，只差二點五公分正中心臟，至於其餘五人則分別掛彩，但僅屬皮肉傷，無大礙。

月光下的一齣荒誕劇！永——我納爾遜・大祿士・畢嗨有緣在卡江逆旅結識、相交的支那小兄弟——當時你和姑媽夜遊去了，人不在歐羅拉旅館，否則，應當會和我一樣，被那天晚上殺戮進行之際，顯現在血腥現場的一幕靈異景象，深深震駭！

卡特琳娜，三天前的早晨在桑高鎮碼頭上一輪旭日下，被殺的婆羅洲小黃母狗，那當口，靜悄悄地現身在歐羅拉旅館門前。大夥看見她，渾身圓滾滾，鼓著日愈隆大的肚腩，帶著她那已足月、即將臨盆的身孕，獨自佇立在大馬路心一灘月光中，好久，只是睜著兩隻烏亮的眼瞳，一眨不眨，冷冷望著羅伯多——她前世的情郎和今生的冤家。這時他裸著身子，只披著一條染血的浴袍，打赤腳跳跳躥躥奔跑在大街上，有如一個紅毛夜叉，齜牙咧嘴，睜著兩顆櫻桃般的血絲眼珠，發了狂似地四下揮刀殺人。

這場殺戮進行了整整四十分鐘。

嗚哇，嗚哇，新唐鎮僅有的五輛警車和兩輛救護車全體出動，呼嘯而至，四面包抄圍剿，將一干人犯拘捕帶走。

卡特琳娜趁著現場一片混亂，一轉眼，消失無蹤。

馬路心，空蕩蕩只剩下一窪月光和那幾十朵，迎春花般，午夜燦爛地綻開在柏油路面上的血花。

這齣荒誕劇的最後一幕——月光下，卡特琳娜鬼魂的顯現、駐足和倏地消失——把那時趴在旅館各樓窗口，紛紛探出頭來，眼睜睜觀看羅伯多・托斯卡尼尼半夜操刀上街殺人的旅伴們，給嚇呆啦。大夥都責怪說，這隻小母狗的幽靈，是桑尼半夜學狗叫，嗚呦呦嗚呦呦鬼吹螺似的，給招引出來的。不論如何，「新唐事件」讓大河探險隊的成員一下子又縮減十人，如今只剩得八人。這四男四女偏不信邪，依舊不死心，仍然堅持繼續溯流航程，直到陰曆七月十五日，月圓之夜，探險隊按照原訂的計畫抵達大河盡頭，聖山峇都帝坂。在他們百般央求下，我只好出面跟伊班舟子交涉，張羅船隻和挑夫，帶領探險隊出新唐，穿過十里大沼澤，渡過卡江上游最兇險的水域鱷魚洲，一路護送這四對男女到普勞・普勞村，與你和你姑媽克莉絲汀娜・房龍小姐會合，一起朝山。永，你莫怪我！我可是情非得已哪。倘若你需要我幫忙將他們打發走，以免妨礙你和克絲婷的行程，使你們兩人不能一路相依相守，如同一對母子或情侶，我保證會盡力而為，設法讓你從心所願——誰叫你是我大祿士・西菲利斯・畢嗨的好交灣、好兄弟呢。我們達雅克人是講公道的，一眼還一眼，一報還一報，哈哈磔磔嗬嗬嗬嗬……

＊　＊　＊

畢嗨一口氣講完新唐故事，霍地，聳起上半身，挺直起他那猴兒樣一逕弓著的瘦小身子，伸個懶腰，打個大大的響哈欠，從我房間床腳矮板凳上站起來，整整身上那套愛迪達休閒服，戴上墨鏡，轉身跨過門檻，一溜風似地消失在門外。整座客棧登時又回復了早晨的寧謐。但是，畢嗨那鴟鳥啼哭般的怪笑，哈哈磔磔嗬嗬嗬，空洞洞冰冷冷，毫無節奏和韻律，一如午夜殭屍列隊行走過荒山曠野的腳步聲，單調、平板、一成不變，卻依舊不斷從周遭的木瓜園中流瀉出來，乘著大河風濤，傳送入旅舍，一漩渦追逐著一漩渦，久久，久久，盤繞在近午時分那滿庭院燦白燦白的赤道陽光中。

七月初九正午　變天

「古晉來的小客人……」

喔！日正當中。

我，少年永，意氣洋洋穿得一身光鮮米黃卡其獵裝，鼻梁上架著一副水晶墨鏡，四下睥睨顧盼好不神氣喔。我挺拔著瘦長身子，陪侍在我的荷蘭姑媽克莉絲汀娜．馬利亞．房龍小姐身側，佇立在普勞．普勞村碼頭棧橋上，等船，心情好極，只因為經歷了一番磨難，我，因緣際會混跡在一支洋人朝山探險隊中的支那少年，終於得償所願！

對妳這個小姑娘，朱鴒丫頭，我必須坦白據實以告：打從頭——陰曆七月初三日早晨，從坤甸內河航運碼頭啟航開始——我就暗中拿定主意，在往後十多天的航程中，我要用盡心思，使出各種方法，將我那三十名旅伴逐步排除，不分男女悉數驅離，讓這支探險隊最終只剩下兩名隊員，克絲婷和我。打一開始，我心中就認定：這趟神聖的私密的婆羅洲大河朝山之旅，只屬於兩人，永和克莉絲汀娜．馬利亞。任何外人的介入和參與都是粗暴的、不潔的行為——都是不可饒恕的褻瀆。

她是屬於我一個人的。

如今在納爾遜・畢嗨暗中協助下（不論他的動機為何）我的願望終於圓滿達成。七月初九日中午，十二點正，我帶領我那沉睡了一整個早晨，消除了多天來的勞累，洗滌了滿身塵埃，彷彿變了個人，喜孜孜，搖甩著一頭水亮的火紅髮鬃和一身沐浴乳香，迎著爽朗的河風，步出旅店大門的姑媽，來到碼頭上時，果然四下靜蕩蕩不見人影，只三個本地舟子蹲在棧橋上迎接我們倆。探險隊僅剩的八個隊員，四男四女，包括我最心疼和不捨的梅根・麥考密克，這當口，不知被畢嗨用什麼方法給絆住了，大夥乖乖留在客棧裡，癡癡等船哩。

好天氣！婆羅洲心臟一穹窿晴空下，嘩喇喇，渾白白，只見卡布雅斯河挾著萬千堆雪花滾滾西流。陽曆八月酷暑天，大河兩岸蟬聲濤濤，知了知了不絕於耳，那股聲勢，好似赤道叢林中驟然發生一場鋪天蓋地的潮水。肩並肩手牽手，我和克絲婷佇立在棧橋頭，諦聽蟬聲。旅店主人，卡江上游華人頭領甲必丹武家驊，受我們新交的朋友，桃源村長老彭古魯・伊波之託，安排的一艘摩多長舟，即將來到普勞村碼頭，搭載我們姑姪，今天一口氣趕個百來公里水路，日落之前抵達「浪・巴望達哈」（血湖），準備進入河源頭的帝坂山區。此去倘若一切順利，我們應該趕得及在陰曆七月十五，月亮正圓時節，朝山。

——唔，就只我們兩個人。永和克莉絲汀・房龍。

——你咕咕噥噥什麼呀？永。

——奇怪，十二點二十分了，甲必丹安排的船怎還沒到呢？

——也許路上有什麼事，耽擱了。

——克絲婷，妳聽。

——聽什麼呀？

——聽！

克絲婷跂起鞋跟豎起耳朵，凝神傾聽。

麗日中天，大地靜悄悄。

——什麼也沒有呀。

——妳聽那蟬聲，突然停止了。

大白晝大河兩岸偌大的一座熱帶叢林，倏忽，陷入一片死寂。林中的飛禽走獸全都失去了蹤影。我們頭頂，那一座碧藍如洗的穹窿中，空蕩蕩只剩三、五隻婆羅門鳶，兀自伸張著一雙斑斕的尖翼，不住撥打著陽光，一圈盤繞一圈，孤獨地巡弋在大河上空，不時扯起嗓門朝向中天那顆白晃晃大日頭，厲聲啼叫：剞——

打赤膊，渾身烏鰍鰍，頂著日頭蹲在棧橋上抽菸的三個馬當族舟子，霍地扔掉菸頭，站起身，一個箭步躥到了橋邊，舉手遮住眼睛，昂起脖子只顧呆呆眺望河上游。

三張木無表情的黧黑刺青臉孔，眼珠骨碌轉，顯露出焦慮的神色。

猛一回頭，克絲婷伸手揝住我的手腕。

──永，你看河上游的天空！

──變天了，克絲婷。

丫頭，我說變天，可一點都沒誇張。不信？妳跂起腳跟看看大河源頭。天際，中央高原上，那宛如一縱隊魁梧奇偉的駱駝首尾相啣，昂首闊步，魚貫穿梭過婆羅洲心臟的大分水嶺，古儂・帝坂山脈，這會兒，兀自燦亮在赤道線上一輪麗日下。我們此行的目標，峇山峇都帝坂，便是矗立在群嶺中那瘴氣繚繞、碧空下乍現乍隱的一座赤裸石頭山。萬里無雲豔陽天，正是泛長舟，溯流而上直抵大河源頭，一輪明月下朝山的好時光哪。丫頭妳──在台北土生土長，這輩子還沒見識過赤道風雲變色、天地驟然變臉的小姑娘──再揉揉妳那雙烏亮的眼睛，仔細瞧一瞧。在這陽曆八月陰曆七月，婆羅洲旱季，大白晝中午日頭明晃晃，妳才一眨眼，喔！好像伊班人的山林神魔峇里沙冷突然施法，分水嶺背後，不知打哪驀地裡冒出一簇紅雲，火亮火亮的，停駐在峇都帝坂山巔，有如一隻巨大的布滿血絲的鬼眼珠，炯炯，俯視我們這條大河。妳還沒來得及驚訝，天際狂風驟起。飛沙走石挾著燦爛陽光，潑剌剌一陣橫掃過大河。丫頭，妳的眼睛忽地一花，看見分水嶺下那莽莽叢林中，颼颼，放煙火似地，一前一後冒出了兩道閃電。那長長的雪花斑斕的兩條身子，妳看，可不像卡布雅斯河中一對水蛇──記得嗎？這一路溯流航行，三不五時我們便看見兩隻白蛇交纏著，迸迸濺濺，穿越過河道上滾滾洪流——光天化日下竄出水面來，大剌剌，遊嬉在婆羅洲碧藍天空中。妳看這兩條長蟲，一逕扭擺著皎白的腰身，互相追逐，妖妖嬈嬈一路攀爬到天頂。妳昂起脖子瞇起眼睛，看呆啦：一輪麗日下白雪雪凝聚起了兩團電光，久久，駐留在峇都帝坂山巔。滿山蟬鳴，肅然停歇。鳥兒們全都鑽出了林子，汗湫湫抖簌著繽紛的翅膀，靜靜棲停在樹梢頭，一窩子一窩子挨擠著，只顧呆呆睜著眼珠伸長脖子瞪住天頂那簇電光。整座森林的野獸，噤聲，個個拱起肩膀縮住頭顱，躲藏在各自隱密安全的角落，骨碌骨碌乜起眼瞳子，豎起耳朵等待雷聲。天地無聲。麗日下只聽見一江流水潺潺。山巔電光終於消散。大夥焦急地守望一會，才聽得天頂砌碰一聲，打雷了。又過了十秒鐘，雷聲終於漫山遍野綻響了開來，空窿窿空窿窿。丫頭妳趕緊閉上眼睛，齜著牙，伸手緊緊摀住雙耳。雷聲平息，待妳怔得半晌驟然睜開眼睛時，看哪，婆羅洲大地早已風雲變色，先前那天際、大河盡頭分水嶺上湧起的一堆彤雲，不知何時，已經幻變成一隻巨大的怪鳥，黑魆魆，直撲下峇都帝坂山巔，張著數十哩寬的雙翼，迎著太陽，沿著卡布雅斯河順流而下。妳看牠，一路飛翔，一路吭吸大河兩岸沼澤中蒸發出的一汪汪無比肥沃、無比腥臭、無比甘美的水氣，把自己的身子滋養得越發胖大，等到牠——依舊悶不吭聲——飛臨妳站立的普勞．普勞村碼頭棧橋上時，牠的體積已經膨脹到足以遮蓋半個天空，淹沒了正午的太陽。

恐怖的熱帶風雲，形成了。

黑壓壓，牠就停駐在大河上空，俯瞰著那佇立棧橋頭，拎著行囊，呆呆翹首等船的姑姪倆。

整個普勞．普勞村，大河航程的最後一個補給站，朝山之旅的入口，大白晝突然發生全日蝕一般，霎時沉暗了下來。

中午狂風起。

必剝必剝，好似爆炒天津栗子，那櫻桃般大的雨珠一顆顆，迸亮迸亮，灑落到河邊曝曬了一整個月的大石頭上，春花樣，燦綻開一朵朵美麗的水星。大雨終於降臨。今天陰曆七月初九陽曆八月八日，婆羅洲的旱季，正如火如荼展開中。自從六月二十九夜，開鬼門時節，我抵達坤甸房龍農莊，準備跟隨克絲婷和她的一群紅毛夥伴從事大河朝山之旅以來，這十天中，天天豔陽天，沒下過一滴雨，而今人在航程中途，遙遙可見大河盡頭聖山之際，鬼月的第一場雨下了。

世界三大雨林之一的婆羅洲雨林，蓄積了一個月的能量，驟然釋放。

這場雨下得可大！丫頭妳從普勞．普勞村碼頭上眺望出去，瞧，千里長河卡布雅斯河兩岸偌大的一座赤道原始森林，霎忽消失無蹤，天地間只剩下白茫茫一片水氣。風雨中只聽得刳——刳——聲聲啼叫。那平日孜孜不倦，早晚盤旋在豔陽下碧空中，炯炯俯視，無時無刻不在守護長屋子民的婆羅門鳶，伊班大神辛格朗・布龍的御前鳥，這會兒兀自撲打著牠們那濕漉漉峭尖尖的雙翼，遊弋在滃濛一片的大河上空。三兩枚幽黑身形，魅影樣，出沒在風雨中乍現乍隱，好久好久，只顧迎著天頂幾十條交錯飛迸的閃電，搜尋正午突然失蹤的太陽。刹——刹哇——

原本蹲在棧橋上抽菸，等船，受甲必丹之雇，準備帶領我們姑姪倆，搭乘長舟進入河源帝坂山區的三名馬當族舟子，看見山巔第一道閃電綻亮，聽到天頂第一陣雷聲響起，就像見鬼似地，早就拔起雙腿，慌慌急急跳下棧橋，一窩子瑟縮著躲進橋墩底下去了。整座棧橋空蕩蕩，風雨中只剩下癡癡佇立的克絲婷，和我。

——永。

——什麼？

——今天走不成啦！我們回旅店去吧。

——不回去。

——哦。那你要幹什麼？

——站在這裡，等船。

——雨下得這麼大，船不來了。

——會來！我的朋友彭古魯・伊波長老許諾我，無論發生什麼事，都要趕在月圓之夜，把我和我的姑媽送到大河源頭，聖山腳下。

克絲婷只嘆了口氣，就不作聲了。

於是，我們姑姪兩人穿得一身光鮮體面，迎著一場赤道驟雨，留守在普勞・普勞村碼頭上，靜靜站在那一座用毛竹子和木板搭成、長長的直伸入河心的棧橋頭，肩並肩，仰起濕漉漉一雙臉龐，眺望大河。

茫茫河面，哪裡見得著船舶的蹤影。

就連先前那群不懼風雨，固執地巡狩在大河上的婆羅門鳶，牠們那三三兩兩，四下飄零在浩渺天空中的孤傲、黧黑身影，幽靈般無聲無息，這時，也早已隱沒在漫山遍野越下越大的雨勢中，河上那越聚越濃的水氣裡。

河畔山坳中的普勞・普勞村，百來戶人家的聚落，中午時分忽然消失不見了。熱帶原始森林那無比壯闊繽紛的色彩，剎那，全都被一片浩瀚無邊的白霧覆蓋，宛如驟然下起一場大雪。天地迷濛，我們只看得見大河源頭分水嶺之巔，千百條閃電競相飛舞，遠遠望去活像一窩發情的白水蛇，繾綣纏繞癲癲狂狂，只顧放縱地、忘乎其形地在我們頭頂上交歡戲耍。雷聲隆隆大作。我們聽見森林深處，驀地傳出嘎嘰一聲慘叫：一株參天老樹被雷公擊中，渾身著火慢吞吞仆倒在地！電光不住閃爍下，只見天地間影影綽綽，彷彿擠滿了從森林巢穴裡逃出的山妖水怪，一群群默不作聲，只管追逐著天頂的一串串雷鳴，四下跳躥舞踊。午炊時刻，村中人家屋頂上悄悄升起柴煙，一裊一裊盤繞在風雨中。整個村甸聽不到半點人聲。我們站在村口碼頭，久久，只聽得那平日棲息在山林祕境的母猿們，紛紛走出窩巢，拔尖嗓子厲聲啼叫，悽悽惶惶冒著風雨逡巡在大河兩岸，四處尋找、召喚她們失散在大霧中的子兒：嗚噗！嗚嗚嗚——噗！聲聲嘶啞急促，直要叫斷腸子。村中不知哪一家的狗，無緣無故先吠起來。叫聲方歇，接棒似地，鄰家的狗伸長脖子就跟著扯起嗓門哀嚎：嗷——嗷——就像古代邊疆烽火台傳遞訊息般，狗吠聲一聲長似一聲，戶傳戶，村傳村，不多時大河兩岸方圓數十哩之內的幾十座甘榜和長屋，此落彼起，四下吹響起了狗螺，叫魂似地淒淒涼涼，在那漫天風雨下遍野大霧裡，濤濤不絕，久久混響成一片。普勞・普勞村中燈光乍亮，中午時分只見一家接一家悄悄亮起了燈火……

嗚嗷嗚嗷嗚——嗚——嗚。

——聽！鬼吹螺。

——你別嚇我，永！

臉煞白，克絲婷回頭望了望雨中炊煙漫漫寂無人聲的村落，忽然看到了什麼似地，肩膀猛一顫，渾身打個哆嗦。

雨下得大了。村中燈火淒迷，全都被淹沒在煙雨裡。

——古晉來的小客人，永，請你走下碼頭來，我有個祕密要偷偷告訴你一個人，永……

雨聲中，我聽到有個聲音呼叫我的名字。

一把長長的及腰的黑嫩髮絲，風中一朵飛蓬般，飄弋在棧橋下大河邊。馬利亞・安孃・安達嗨。我在桃源村浪・阿爾卡迪亞邂逅一見如故的肯雅少女，幽靈樣沒聲沒息，抱著她的芭比娃娃新娘，出現在離家百公里的普勞・普勞村，冒著大風大雨，打赤腳踽踽行走在河畔小徑上。細條條一只腰肢，濕答答，依舊繫著她那件花色小紗籠，襬子上沾滿黃泥巴。整個人蓬頭垢面，一身邋遢，彷彿在荒野中跋涉了一整夜。

我站在棧橋上俯身呼喚：

——馬利亞。

她沒回頭。

——喂！馬利亞・安孃・安達嗨。

她只管搖甩著腰後一蓬濕髮梢，摟著她的娃娃，一步拖拽著一步，獨個遊走在河畔風雨小徑。瘦伶伶的小身子，圓鼓鼓地，挺著個突兀隆起的小肚腹。那股惹人憐惜、既荒誕又可愛的神態，好似一個十二歲的姑娘隱瞞著人，在紗籠內藏著一顆偷摘來的柚子。二十五週的身孕。峇爸・皮德羅神父的種。天父的兒子、第二度降臨人間的伊班肯雅達雅克族救世主，納比・依薩。

我跑到棧橋邊緣，扯起嗓門厲聲呼叫她：

——小聖母！伊布・納比・依薩。

她駐足。

——小馬利亞，我是妳的朋友，古晉來的小客人，永。

她終於回過頭來了。

風雨中只見她仰起臉龐，凝起兩隻眼眸——那宛如破曉前婆羅洲漆黑的夜空裡，兩顆曉星般，孤零零清亮亮的一雙眼瞳子——定定瞅住我。兩片蒼冷的嘴唇顫抖著，一翕一張，好像想告訴我什麼事情，可一轉頭，看見那淋著雨站在棧橋中央怔怔望著她的荷蘭女人，馬利亞呆了呆，躊躇好半晌，話終究沒說出口。

一雙眼瞳鎖住我，眼裡滿是話。

河上游，群嶺之中冒出一條雄大的閃電，雪花花一隻怪蟒也似，扭腰爬上天空，嘶吼一聲。雷霆剎那大作，打破天地間茫茫水氣，頓時照亮了卡布雅斯河兩岸的漆黑叢林。就在這一瞬，頭一次，我看清楚小聖母馬利亞懷裡的洋娃娃：一襲雪白紡紗蕾絲長裙，一頭蓬鬆邋遢的紅髮，一張蒼白的混血臉孔，笑吟吟只管睜著兩枚茶褐色吊梢眼眸。五官過度立體，嘴唇血樣鮮紅，甜美的笑靨中帶著一股陰森的鬼氣。

我聽見馬利亞・安孃喚她「克莉絲汀妮妮」——基督的女兒，肯雅族的小公主。

閃電過後，整座叢林登時又被籠罩在漫天雨霧裡，悄無聲。

——唉。

馬利亞駐足河畔小徑，舉首眺望大河盡頭的石頭山，嘆口氣，回頭瞅了一眼站在我身旁的荷蘭女子，猛一甩濕湫湫髮梢，轉身朝向我，伸出一隻蒼冷的小手來，柔聲召喚：

——古晉來的支那小客人，永……請你下橋來，到我身邊……我跟你講句悄悄話……

那聲聲呼喚句句懇求，有如一縷遊魂時斷時續，乘著江上風濤不停飄送上棧橋頭來。我身不由主，抬起了腳，夢遊似地一步蹭著一步，循著馬利亞的召喚聲走去。

猛一個箭步，克絲婷躥到我面前，倏地張開雙臂攔腰一把將我抱住。

——不可以下橋！聽姑媽的話，永。

——我為什麼不可以下橋？親愛的姑媽，請妳告訴我原因。

——因為……這個肯雅女孩……

克絲婷一咬牙，雙腿猛一夾，鎖住了我那死命掙扎的身子。隨即，克絲婷把她兩條胳臂環抱住我的頸脖，將我的頭，狠狠地，推進她那濕漉漉暖烘烘的胸脯裡。這時她才嘆出一口氣來，噘起嘴唇直湊到我耳朵上，柔聲說：永，馬利亞・安孃已經死了。

——死了？

——那天中午在浪・阿爾卡迪亞村，綠水塘畔，她遇見古晉來的少年永，說出心事後，就投水自盡啦。

——妳怎麼知道？

——彭古魯・伊波親口告訴我。

——他為什麼不告訴我？

——唉，傻子，他是怕你傷心呀。

我把臉孔埋藏在克絲婷心窩裡，閉著眼，啜泣起來。克絲婷只管張著雙臂摟住我。姑姪倆佇立在風雨棧橋頭，耳邊只聽得橋下那哭墳般的呼喚，一聲聲乘著江上風濤，兀自不斷地、哀婉地飄送到橋上來。

——古晉來的小客人，永，我是你的朋友小聖母伊布・納比・依薩……請你下橋來讓我跟你講幾句話……我有個大祕密要告訴你……

——永！莫聽。

克絲婷伸手摀住我的兩隻耳朵。

我蝸蜷在她懷中，掙扎著，像個撒潑的小孩。

一使勁，克絲婷把她兩條腿摟住我的腰身，不許我動，隨即騰出一隻手，硬生生地將我的臉孔扳過來，一古腦兒，塞進她肩上那一叢子濕湫湫火紅紅的髮窩裡。

小馬利亞頂著風雨，駐足橋下，癡癡等待好久。

——永，我走了。祝你和你姑媽一路平安。

她凝起兩隻烏亮的眼瞳，仰起一張蒼冷的臉龐，深深看了我好幾眼，轉身，一手提起紗籠襬子，一手摟住克莉絲汀妮妮小公主，再不猶豫，邁出兩隻光腳丫，甩甩髮梢，走了。小小的一個身影飄搖在風雨中，沿著河畔小徑，踩著滿地黃泥漿，朝向大河盡頭那白色鬼魅般，忽現忽隱，幽幽漂浮在漫天大霧中的石頭山，自顧自一路跋涉下去。

馬利亞・安孃・安達嗨獨自走了。

一步一回頭。滿眼睛的話。

她那細伶伶的身子、她那飛蓬般飄蕩在風中的一把黑嫩髮絲、她那條髒兮兮小紗籠、她的混血芭比娃娃——轉眼間，消失在黑暗叢林裡，隱沒入晌午時分那遮天蔽地，嘩喇嘩喇越下越大的赤道暴雨中。克絲婷嘆息一聲，噘起嘴唇，在我耳旁暖暖濕濕呵口氣：永，她走嘍！我從克絲婷髮窩裡鑽出頭來，如夢初醒，揉揉眼睛，望著橋下河畔那條空無一人的小徑，只管發起了愣，忽然，心中湧起一股不知是吉利還是不祥的預感：往後的旅途，從今天陰曆七月初九，直到七月十五，我和克絲婷平安抵達峇都帝坂，這一路上，三百公里航程中，馬利亞・安孃準會抱著她的芭比新娘，挺著她那日漸隆腫的肚子，悄沒聲，如影隨形，一路伴著我們進入婆羅洲心臟這塊禁地，圓月下，滿天清光中，一江歸魂返鄉之際，目送我們姑姪倆雙雙登上伊班人的冥山。

八月八日斷腸時　少年永迷亂的一天

我乃斬人平次郎

一、二本松別莊

一場突如其來的赤道暴雨，日正當中，豔陽天，硬生生打斷了我們的大河旅程。

碼頭上兩隻落湯雞——克絲婷與我——提著行囊冒著大雨狼狽地折返普勞・普勞村。克絲婷倒也認命，一回到旅舍，跟坐鎮櫃台內的那個白臉蛋黑髮髻、滿眼笑的「女將」打過招呼，拿了鑰匙，便一頭鑽入她原先住的客房，自管更衣休憩去了，而我則繃著一張臭臉，悶聲不響，回到自己的房間，剝掉渾身濕透的衣服，拿條毛巾胡亂抹兩把身子，便將衣櫥裡掛著的一件東洋風浴袍披上肩，光著腳，一屁股坐到門檻上，怔怔望雨。

晌午的客店寂悄悄。遠處村中，鬼吹螺似地，此起彼落不斷傳來的狗吠聲中，只聽得那豆大的雨珠，鼕鼕鼕擂鼓般，打在這家日式旅館一排排青苔斑斑的黑屋瓦上。

這客店，我們曾聽彭古魯・伊波提起，原本是二戰日本軍官俱樂部，有個風雅的名字叫「二本松別莊」，當年乃是婆羅洲內陸一個豔名遠播，極風流、極羅曼蒂克，夜夜燈紅酒綠笙歌不輟的所在。終戰後，不知怎麼，別莊的產權落入本地華人頭領，甲必丹武家驊手中。這位出身廣東梅縣望族、統轄卡江上游數萬客家墾戶的老秀才，腦筋一動，將閒置的別莊改成旅館，掛上新招牌，交由原皇軍俱樂部的媽媽桑經營——丫頭聰明，一猜便著！這媽媽桑就是我們方才在櫃台見到的「女將」。扶桑女子不知什麼來歷，二十三、四歲上，便獨自前來婆羅洲討生活，輾轉流徙於大河沿岸各城鎮歌場、酒館、喫茶店、高級料亭和低級旅社之間，如今雖早已年過四旬，膚色猶如女娃般白嫩，滿頭青絲依然烏黑，據彭古魯・伊波所言，勝過那些當年曾以她們的及腰黑髮，震懾過荷蘭遠征軍，令他們折腰，甘願老死異鄉，成為叢林遊魂野鬼的伊班少女。（有一說，終戰後，這個風情萬種的媽媽桑，不知因何緣由，成了當時年已七旬、終日纏綿鴉片煙榻仍名震大河的「甲必丹・武」的情婦兼帳房。）不論如何，媽媽桑不負恩公所託，施展出她的經營長才。在她督導下，環繞別莊庭院的四排日式房間經過粗略的整修，榻榻米上，擺著簇新進口席夢思床，房後加蓋一間西式浴廁，嘖，搖身一變，「二本松別莊」登時蛻化成「松園旅館」，為卡江上游戰後絡繹不絕的商旅——那懷抱各種意圖和目的，或成群結夥、或千里獨行，烈日下宛如鬼魅般飄忽進出婆羅洲心臟的東、西方各色人等——在普勞・普勞村這個蠻荒與文明的交界點，聖山禁地的入口，提供一處還挺舒適的打尖、歇腳、甚至逃命的所在。

二本松。

我孤蹲在房間門檻上看雨，百無聊賴之際，抬眼一瞧，隔著屋簷下嘩喇喇一片水簾，果然看見旅舍中央庭院內栽著兩棵日本松。

那松，說不出的古怪。

從小我印象中的松樹莫不高大蒼勁，每每在山中邂逅，驀一抬眼，好似撞見一位飽經風雨，滿面疤痕，兀自挺著腰桿，佇立在茫茫蒼穹下顧盼自得的燕趙男兒。而眼前這兩棵松，猥猥崽崽縮頭縮腦，倒像一對傴僂著枯瘦身子踽躅在市町一隅，瞇眼偷看過路女人的東瀛老翁。仔細審視，妳卻察覺，這股猥瑣勁兒乃是園藝師耗畢生心血，苦心經營、刻意打造出來的藝術美，就像一個極精緻的盆栽。妳瞧這兩株高達三米的松，造型如此對稱、配置如此工整，乍看活像一雙——丫頭聰明！比喻得可真好——孿生老兄弟，分頭佇立庭院的東西兩端，笑咪咪相對打躬作揖。更奇的是，哥倆頭頂上的枝葉經過多年的修剪，鬱鬱蒼蒼，宛如兩支巨大青羅傘，亭亭地、團團地，覆蓋整座庭院，遮擋住了那晌午時分驟然從天頂灌注而下的赤道暴雨。

二本松別莊之名，豈是浪得的。

好久，我獨坐水簷下，支頤沉思，望著旅舍中央這座蒼翠、幽祕，武陵洞天也似的，隱藏在婆羅洲內陸最深處的小小日本庭園。瞧，挺東洋味的，園中豎立著四盞青苔斑爛的古老石燈籠。籠中的燭火（想必是今天中午，媽媽桑看見天色驟暗，以為發生日全食，一時心慌給點上的吧）猶自搖曳明滅，風雨中好似四顆布滿血絲的妖怪眼瞳，眨啊眨，從燈籠窗口悄悄窺望出來。四座石燈籠中間，矗立一尊石雕的日本子寶觀音像——丫頭，妳又猜著啦？祂就是中國的送子觀音娘娘嘍。那白衣菩薩懷裡抱著一個赤身露體，腆著肚腩，肥嘟嘟，只在胯間繫條小兜襠布的男娃娃，站在庭院正中央，淋著雨，低眉垂目，瞅著腳跟前的鯉魚池，一逕笑吟吟不知在想什麼心事。那口池塘早就荒廢了，塘中水草萋萋。

可更值得一記的是：今晨我和姑媽前來住店時，眼尖的我（丫頭，妳莫遮嘴噗哧笑！我跟妳一樣天性好奇，喜歡窺探新鮮事呀，否則，咱們兩個天南地北素昧平生，一大一小怎會結緣於浩瀚台北城呢）就已經發現，松園旅館院子裡有一個挺新奇巧妙——借用妳的措辭——挺炫的裝置。對我這個出身南洋小鎮，活脫脫一個小鄉巴佬，生平初次見識日本庭園藝術的支那少年而言，這個玩意，乍看雖不起眼，卻是全世界只有日本人那種腦筋、那份纖細的心思，才能構想和製造出來的東西。其實，說穿了，那只是一根由幾十節竹筒聯結而成的長長水管子（到台灣後，我才知道日本人管它叫「樋」，忒歐咿），從假山後一叢花木間悄悄探伸出來，往鯉魚池中不斷滴落水珠，嗒、嗒、嗒……聽旅館女將介紹，二十年來從不曾停息過呢，精準得一如精工錶秒針的走動。克絲婷睜著她那雙海藍眸子，端詳「樋」，只顧嘖嘖稱奇。我則繞到假山後，在那一簇簇碩大繽紛的熱帶花卉間，鑽進鑽出，四處尋索，就是找不到竹管另一頭通往的地方。我終究不知道，這座庭園的水到底從何處引來。神奇的樋。二十年如一日，從不枯竭。丫頭妳說日本人的心思奇不奇巧呢？這會兒，晌午下起滂沱大雨，在庭中兩棵孿生松的拱衛下，樋依舊照常運作。嗒。嗒。嗒。樋口兀自滴落一顆顆晶瑩剔透的水珠。那股嫻雅、溫婉、扶桑女子式的韌勁兒，彷彿屋外婆羅洲叢林世界中，閃電交迸、雷聲隆隆，正在如火如荼進行中的一場熱帶風雲驟變，與她毫不相干似的。

嗒、嗒、嗒……

我只披著一件單薄的白底藍花和式浴袍，渾身簌簌抖，蹲在房間門檻上，仰起臉，望著這場赤道八月大雨，耳邊只管聆聽著那幽謐蒼翠的日本庭園中，催魂般一聲聲，清亮地，精準、盡責一如精工錶似地，不停綻響在池塘上的水滴聲。望著聽著，不覺心中一凜，想到了龐征鴻神父說的一件事。（丫頭記得龐神父吧？東北流亡學生出身的魁梧漢子，浪跡南洋，後來不知因何緣由，當了天主教的神父，擔任古晉聖保祿小學校長。那年英女皇誕辰，放長假，他帶領我們畢業生到成邦江上游叢林健行。途中我邂逅一位肯雅族小姑娘。在狹窄的山徑上，迎面相逢，兩下裡擦肩而過。她猛一甩耳脖下那兩根紮著紅絲線的小花辮，回眸對我抿嘴噗哧一笑……對不起，這樁童年羅曼史我跟妳講過好幾遍了，妳早就聽膩了啦。）龐征鴻神父說：八月是日本人最悲慘的季節。八月六日廣島原爆。八月九日長崎原爆。八月十五日裕仁天皇宣布投降。陽曆八月正逢陰曆七月，鬼月，鬼門大開，二戰皇軍亡魂揮舞武士刀蠭擁而出，四處飄蕩叢林，遊走婆羅洲各大河流域，探訪每一個伊班部落，在長屋正堂大梁懸吊的一簍一簍髑髏中，尋找他們失落的頭顱。神父不信鬼。龐神父卻再三叮嚀孩子們，這個月裡，即使大白天，結伴在叢林中走動也千萬要警醒點，心中常念耶穌・基督之名……

我打個寒噤。

回眸，看看旅舍周遭。

晌午時分，四下裡渾不見一隻人影，整幢「松園旅館」安靜得如同一座廢墟。

鬼月不宜出門遠行。難怪我們一路溯流，途中遇見的商旅十分稀少。這家旅館號稱擁有三十個房間，這當口，空寂寂，似乎只住著我和克絲婷兩個客人——我們大河探險隊七月初三日自坤甸出發，航行七天，旅途中風波不斷，成員逐漸凋零，好不容易踉踉蹌蹌跌跌撞撞來到上游普勞・普勞村，聖山在望，碩果僅存的八名隊員（我和克絲婷除外），包括我心裡最不捨的紐西蘭姑娘梅根・麥考密克，如今，說來令人不寒而慄，不知又被行蹤詭祕的達雅克青年，那自稱「伊班豬瘟神」、陰魂般一路糾纏大河探險隊的納爾遜・西菲利斯・畢嗨，使出什麼樣的伎倆，連哄帶嚇，拐騙到不知哪門子的旮旯地點去了。往後的旅程，我們或許再也無緣相聚……

嗒。嗒。嗒。催魂的水珠一滴一聲，兀自綻響在庭院中。

我忽然想起在浪・阿爾卡迪亞桃源村，我曾獲贈一把日本刀。祕刀信國。辟邪的神器。偉大的「帕兮喇伊」遠行家、傳奇的肯雅族獵頭勇士彭古魯・伊波・安達嗨臨別時留給我的一件信物。我將它收藏在行囊內，準備讓它一路伴隨我們溯河朝山，護佑我姑媽，平平安安地在月圓之夜登上峇都帝坂。昨天夜裡匆匆離開桃源村，在那抱著芭比娃娃、挺著二十五週身孕的馬利亞・安孃一路如影隨形鍥而不捨的追蹤下，我還沒有工夫，好好審視這把古刀哩。此刻，大白晝中午，被困在風雨中闃無人聲的荒涼客舍，獨個兒，面對一座如詩似畫的小小日本庭園，我何不取出「祕刀信國」，將它擺放在水簷口，拔劍出鞘，就著天井透進來的天光，盡情地把玩鑑賞一番呢？

二、祕刀信國

呎許長的一把短刃。灰蒼蒼的，乍看不甚起眼。刀身上鑴刻著一行古樸的銘文，頗娟秀的四個宋體漢字，想來鑄劍的師傅乃是一位有文化修養的人。祕刀信國。信國——刀名？抑或是刀匠或刀主人的姓氏名號？據彭古魯・伊波所言，此刀是二戰結束時他在一位日本軍官身上取得之物。「大河上下千里流域，各村的頭人都知曉，此刀是我的戰利品。」他如何取得此刀？何處取得？在何種情況下殺人取刀？彭古魯絕口不提，我也不敢問。我就記得從他老人家手中恭恭謹謹接過祕刀信國時，眼皮悄悄一抬，我望了望屋梁。堂屋中，粉紅梳妝台上一盞油燈閃照下，只見梁上影影簇簇，齜牙咧嘴，吊掛著這位偉大的「帕兮喇咿」遠行家一生八度獨自出門行腳婆羅洲，邊遊歷山川，邊狩獵人頭，所帶回的戰利品。這十二顆上好頭顱，個個烏油油笑齏齏，只管圓睜著兩塘子空洞洞的眼眸，俯瞰著堂中飲讌的主客三人：彭古魯、我、我姑媽克莉絲汀娜•房龍小姐。被割下的頭顱一旦成為值得永久保存、展示和傳諸子孫的戰利品，風風光光地，吊掛在長屋大梁上或簷口下，只需經過一段時日，至多三、四年吧，外觀就會變得一模一樣，無分膚色人種，更看不出生前身分貴賤。只不過是一顆顆髑髏而已。因此，我無從辨識「祕刀信國」這把日本刀，究竟屬於梁上哪一顆骷髏頭，但說也詭異，那一整晚，筵席上，我老覺得頭頂上有一雙眼睛，血絲斑斕，一瞬不瞬，只顧冷冷地瞪視著我們姑姪倆……

祕刀信國。來自古典日本的劍道世界，由於某種因緣或孽業，如今流落在南洋蠻荒叢林的神祕器物。

那陣子，十五歲的我，不知為何突然迷上日本電影。古晉的二流戲院「娥殿」，每週放映一部劍道片，我從沒錯過，所以我知道腰間佩帶兩把刀，一長一短，乃是日本武士的身分象徵。長刀用來殺人，短刀用來自裁。信國，短刀也。

心念一動，我撩起身上披著的那件白底藍花和式浴袍的下襬，跨過房間門檻，跪步膝行上前，捧起擺放在水簷下的刀，湊上眼睛仔細端詳。果然，刀刃兩面各鑴有一道溝槽（術語叫血溝），映著庭院中的天光和水光，碧燐燐閃爍著一蓬子硃砂似的血色。

切腹——謝布古，哈啦基里——武士的最高禮儀。

我想起電影《風林火山》中的一幕。這場戲很短、很簡單，但是丫頭啊，對我這個出身南洋僑社，因家教關係，對日本素無好感的支那少年而言，那可是日本文化的極致、武士道精神的至高表現喔：戰敗的諏訪侯賴重，奉武田信玄之命在神社自裁。春三月，寺外漫天櫻花飛舞。寺內，一室素雅，只在一張簇新草蓆上鋪一匹雪白絹布。賴重身著白袍，衣袂蕭蕭，挺直著瘦長的身軀，穿梭過那紛紛緋緋滿院子飄灑的櫻花雨，橐，橐，邁著木屐，在滿臉肅穆的神官扈隨下，徐徐步入室內。夕照裡，那張白皙清麗的容長臉膛不帶一絲表情，只斜斜地、桀驁地挑起兩道入鬢的劍眉。進得門來，面對一幅素白屏風，和三位頭戴牛角盔、身披猩紅甲、白髮蒼蒼盤足端坐屏風前榻榻米上監刑的老武士，略整身上衣衫，行禮，入座，睜眼凝視著屏風上踽踽爬行的一隻螞蟻，沉吟半晌，隨即命人取來筆墨和紙張，攤在膝前草蓆上，蘸墨一揮即就：

四十九年一醉之夢
一世之榮華一盃之酒

寫完辭世詩，擲筆長嘆：「取酒來！」武田的家臣趕忙用木盤端來一壺清酒。賴重拿起酒碗啜飲兩口，颼地，一把掀開身上的白袍，袒露出他那白腴如羊脂的胸膛，重新端正坐姿，傾身趨前，伸出左手，撿取那把置於白木方盒內、明晃晃地閃爍在他膝前一呎處的短刀，將刀尖往酒中蘸兩下，雙手攥住刀柄，回手，一刀插入左側小腹，往橫裡一剜，登時劃出紅灩灩一道約莫八吋長的血口子。剎那間時間凝結了。賴重身後，敞開著的那扇格紙拉門外，滿院櫻花飛謝，悄沒聲自管迎風飄舞。鏡頭下，只見切腹者額頭上亮晶晶迸出了五、六顆豆大的汗珠。美如冠玉的一張臉龐，猛一歪扭，霎時變得雪似慘白。「覺悟吧——」賴重齜著一口白牙仰天叱喝一聲，霍地，拔出腹中插著的刀，返手往下腹又一戳，格格格打著牙戰，雙手握刀，慢吞吞朝上拉出一道深深長長的口子，直抵肚臍眼。過了約莫三十秒，戰國名門、被武田信玄所滅的諏訪家的最後繼承人，諏訪賴重，手一鬆，才依依不捨放棄手中的刀，閉著眼睛，打著哆嗦，雙手捧住肚腹上劃出的十字刀痕，渾身一痙攣，整個人向前仆倒。坐墊下鋪著的一匹白絹布上，驀地裡，春花般，綻放出了幾十朵嬌滴滴的血點子……

祕刀信國。呎許長的一把日本古刀，刀身蒼樸，刀溝深峻，碧熒熒燐火樣的一蓬子血光，在這午後的婆羅洲叢林旅館，只管睞啊睞，眨眼似地靜靜閃爍在滴水簷下。

當年諏訪侯自裁所使用的莫非就是這把刀，如今，神差鬼使，竟落入一個南洋支那少年手裡？這樣的因緣，機率微乎其微。但不知怎的，那天晌午旅途中遭逢大雨，我披著浴袍獨坐荒村客舍中，百無聊賴，面對一把無意中得來的日本刀，邊賞玩、冥想，邊凝起眼睛豎起耳朵，望著雨中寂寂的庭院，聆聽兩棵松下嗒、嗒、嗒，催眠般不住綻響的滴水聲，一時間神馳物外，如醉如癡直似著了魔，不知不覺就端正起坐姿，掀開浴袍襟口，雙手握刀，闔上眼睛猛一咬牙便舉刀往自己左腹刺下……

——八嘎！

身後有人捏尖嗓子厲聲叱喝。

我撒手，回頭張望。

迴廊上空無一人。環繞庭院的四排日式房間，靜悄悄，格紙拉門闔得緊緊，風雨中，只聽見一扇扇木板套窗卡嗒卡嗒邊響不休。鬼月商旅稀少，偌大的松園旅館空落落。

滿心狐疑，我從水簷下悄悄站起身來，收刀入鞘，往腰帶上插好，整整身上的浴袍，邁出兩隻光腳丫子，一步探索一步，沿著那條用上等婆羅洲龍腦香古木鋪成、終年擦洗光潔如新的迴廊，獨個兒走下去。丫頭，那種感覺挺奇特！你明明曉得這當口除了克絲婷（天哪，我竟也不知道她住在哪個房間），旅館並沒有其他住客，但你迎著庭院中的天光，傾聽著自己的腳步聲，走過那一間間幽闇的客房時，隔著緊閉的拉門和窗櫺，你卻隱隱感覺到——不！清清楚楚感覺到，清楚得如同置身在一場無比鮮明的怪夢裡——房內影影綽綽，窸窸窣窣，彷彿住著一群面目模糊、步履輕盈、只管壓低嗓門講悄悄話的神祕客人……

錚錚咚咚——

客舍幽深處傳出三味線清雅的絃聲。有個女人在彈三絃琴，咿咿唔唔，夢囈似地唱著一支淒涼、渾厚、古老的扶桑曲。莫非松園旅館的女將——那聳著一株皎白粉頸，頂著一顆烏黑包頭髻，鎮日裡，笑瞇瞇端坐櫃台內哈腰迎送客人的中年媽媽桑——這會兒，正在自彈自唱吟吟哦哦，藉以排遣雨中旅舍的孤寂？

人間五十年
看世事
如夢幻流水——
吁！任人生一度
幻滅當前

我循聲覓去。

廊盡頭，一條幽深的甬道。澄，澄，澄，我那兩隻赤裸的腳丫，蹭蹬在光滑的櫸木地板上，激起清亮的回音，一步一聲。沿著甬道，兩排櫛比鱗次空無一人的房間中，橐橐橐，驀地響起步履聲，空洞洞，迴盪在我周遭，嘲謔似地不住應和著我的步伐。噗哧，有人輕笑。我跂著腳尖一步探索一步，好久終於走到甬道的盡頭。原來，這幢外觀古樸青苔斑斑的日式旅舍，幽深處別有洞天！迴廊曲折花木扶疏，圍繞一間又一間用婆羅洲原木搭建，無比優雅、無比隱密的和室。彭古魯•伊波言道：這二本松別莊乃是當年大河上游一個豔名遠播，夜夜燈火笙歌，極熱鬧、極羅曼蒂克的俱樂部。曾幾何時，如今只剩下媽媽桑獨個撥弄三味線。那錚錚咚咚，單調古老的琴音，伴隨著扶桑女子淒楚高亢的歌聲——任人生一度，幻滅當前！——從那前廳櫃台內孤伶伶傳送出來，在這雨中寂寂的松園旅館，時滅時起，久久徘徊穿梭在條條迴廊中，飄蕩在一座荒廢的迷宮裡。那天晌午，被困在一場大雨中，為了排遣寂寥，找點小樂子，我身披東洋浴袍腰插日本短刀，悠悠晃晃，獨自浪遊在這座大和迷宮，探頭探腦，走過一間間紙門緊閉，屋中影影簇簇，好似聚集著一群賓客的榻榻米廂房。澄澄，腳下的回音越來越清晰、嘹亮。霎時間我好像聽見幾十、幾百雙軍靴聲，從甬道兩旁各個房間中一齊綻起，四面八方雜雜沓沓，混響成一片，彷彿一群奉命出征的軍人，赴死前夕，悲壯地聚集在二本松別莊皇軍軍官俱樂部，飲讌歌舞狂歡達旦。屋外，赤道的風雷逐漸遠去了。那驚天動地的暴雨聲，這會兒聽在永——八月暑假，伴隨他的荷蘭姑媽溯流朝山，途中，莫名其妙，陷身於婆羅洲心臟一座日本庭園的支那少年——耳中，有如夢裡的一場淅淅瀝瀝、呢喃不休的叢林夜雨。媽媽桑懷中的三絃琴，鏗的一聲戛然停歇。驀地，永發現自己置身在二本松別莊中心，那挺氣派、寬敞的一間三十蓆大廳內。孤單一人。

三、妖刀村正

偌大的廳堂空蕩蕩，連一張茶几都沒有，只在背後設置一排屏風，氣勢磅礴地以大和繪風格，畫著日本歷史上頂頂有名的「源平壇之浦合戰」全景圖，頂頭橫梁上懸掛一塊巨大的匾，題著「二本松芳苑」五字，筆走龍蛇，雷霆萬鈞中挾著一股令人冷澈骨髓的肅殺之氣。落款是山下奉文——日本南征大將，當年讓三萬駐新加坡英軍豎起白旗、開城出降的「馬來亞之虎」。

大廳寬闊的地面鋪著上等櫸木，長年擦洗上蠟，光可鑑人。看來，這個場所原本是皇軍將領宴客、犒賞部屬、觀賞歌舞伎的地方，或是——從廳堂內凝聚的一股陽剛的、驅之不去的汗酸味兒，丫頭妳準可聞得出來——青年軍官們平日練劍比試的道場。

永，身披浴袍，雙手扠腰，獨自個佇立廳堂正中央，凝起眼睛環顧四周，霎時只覺得天地之間萬籟俱寂，就連那下了一晌午的大雨，似也停歇了。耳鼓嗡嗡作響，彷彿聽見屏風上喊殺聲震天。那源、平兩家的武士和兵丁盛裝上陣，爭奇鬥麗似地各個披戴著櫻紅、橘黃、孔雀藍、驪黑、藕白等各色各樣鮮豔的盔甲，手持各式刀劍弓矢，齜牙咧嘴，在波濤滾滾的「壇之浦」海中，成百艘畫舫似的彩色戰船上，追奔逐北跳上跳下，只顧廝殺成一團。

再過一晌，源平合戰的喊殺聲也平息了。

死寂。整座二本松別莊／松園旅館鬼影幢幢，彷彿只剩下永一個活人。大雨封山，看來今天不會有客人上門投宿。這個乳臭未乾的支那少年，陷身逆旅，這會兒真的與世隔絕了。

永膽子不小，只踟躕片刻，便跨出他那兩隻光腳丫子，邁步上前，弓下腰身，雙手捧起擱在屏風前面刀架上的一把長刀。好沉！約莫一公斤重。刀柄嵌著三朵小小的銀質梅花，看來是大佐的佩刀。那刀鞘用香木製作，貼著鯊魚皮。整支鞘窈窕修長，打磨得十分光潔貴氣，晶瑩有如美玉。永愛不忍釋，捧著刀轉身背向屏風，面朝大門，撩起浴袍下襬，鄭而重之就在地板上跪坐下來，抽刀出鞘。刀光冷冷一燦。永趕緊闔眼，過一會才又張開眼睛仔細觀察刀身。這是一把正統日本刀，似劍非劍，單刃而長身，兩面各鑴有一道很深的血溝，順著刀身的弧度，優美地從刀尖一路延伸到護手，陰森森令人不寒而慄。只因刀主人平日勤於保養，每回殺人後，總會將那刀身悉心擦拭一番，整條血溝渾不見一絲血跡。就著廳堂門口流灑進的天光，凝眼看時，隱約可見刀身上鑴刻的古銘文：妖刀村正。蒼勁桀驁的四個變體小篆，不知是何來歷？

永，赤條條，只在身上披著一件單薄的白底碎藍花和式浴袍，袒著胸膛，拼攏雙腿，學日本男人的姿勢，正襟跪坐在大廳中央光溜溜地板上，凝著眼，瞅著膝上的刀，不知不覺，有如神差鬼使，身不由主地就伸出了手，碰觸刀身。電殛似地，只覺渾身猛一戰慄。永慌忙縮回手，只過了小半晌，又忍不住伸出手來。這回，他右手五根指頭停留在刀身上，戀戀不捨，只管溫柔地、試探性地，順著日本刀那獨有的、宛若渾然天成的、典雅中流露一股妖異之美的弧度，不住來回撫摸撥弄。永豎起食指頭，時而擦拭那皎白如雪的刀刃，時而沿著幽深的一條血溝，久久徘徊逡巡……

一時間，永只覺得心旌搖蕩，魂飛冥冥，整個人陷入恍惚迷離的狀態中。

屋外，晌午時分，轟隆隆嘩喇喇兀自打著雷，下著一場無休無止的赤道暴雨。

悲慘的八月，無數飄蕩叢林中的無頭日軍亡魂，這會兒，紛紛趕回二本松別莊避雨。袍澤故友，三五成群，重聚在大廳周遭各個榻榻米房間，敘舊，打探家鄉消息。不知誰帶頭，幾百條剛硬的嗓子驀地一齊放悲聲，嘶啞地、呢呢喃喃哽哽噎噎地，唱起了軍歌來：

海行兮，為水漂浮屍
山行兮，為草埋荒骨
死在大君側，無懼無悔——

永充耳不聞，著了魔般，獨自跪坐在三十蓆空蕩蕩大廳中，忘情地，操弄右手的五隻指頭，狎玩膝上那一把豁然出鞘、白皎皎裸露出嬌嬈身子的日本刀——妖刀村正。

櫃台的媽媽桑自顧自又彈起三味線來。

古老的琴音，幽靈似地飄忽遊走，沿著一條條幽邃的甬道迴廊，回音嫋嫋，穿梭在別莊中幾十個神祕、影影綽綽、緊閉格子門和木窗櫺的廂房之間，錚錚咚咚，清亮地，直傳送到莊園深處少年永獨坐賞刀的廳堂。

廳堂門口晌午天光下，一條影子驀一閃。

永抬頭。影子倏地消失在天光中。永低頭繼續玩刀。過了三分鐘，永挑起眼皮，看見那影子悄沒聲佇立在跟前五呎之處。無頭影子。胸膛上方兩片紅色領章中間，突兀地聳出一株光禿頸脖。頗魁梧結實的一條軀幹，胸膛鼓鼓，光鮮地穿著一件赭黃色皇軍將佐制服，肩上三朵梅花，熠亮熠亮。莫非他就是這把刀的主人村正大佐，當年，終戰時，在這間廳堂中使用短刀自裁。當他整肅儀容，跪坐在地板上，伸長脖子傾身向前準備取刀切腹之際，被站在他身後擔任「介錯」（斬首人）的部屬，猛一揮長刀，砍下頭顱。如今，多年後不知因何緣由，他拖著無頭的身軀，冒著叢林大雨回到二本松別莊。莫不是前來尋找他失蹤的首級？

滴答滴答，淅瀝淅瀝，大佐身上的軍服不住流淌下雨水。無形的懸浮的兩顆血絲眼珠，兀自瞪著永，不吭聲。

——哈馬多・他馬希！八嘎，覺悟吧。

永磔磔一咬牙，扯起嗓門大吼一聲，從地板上躍起身，雙手攥住刀柄將長刀高高舉到頭頂，一個箭步躥上前，閉起眼睛，掄起刀來，沒頭沒腦就往眼前那株光禿禿的脖子上，直劈下去。卡嚓一聲響。待睜開眼睛時，只見村正大佐的影子，天光下一晃，沒聲沒息早就飄閃到門口。一轉身，大佐聳著他那半截無頭頸脖，邁出兩隻軍皮靴，橐，橐，隱沒在廳堂外那雷聲隆隆、午後一簷雨水兀自流瀉不停的長廊中。

驚魂甫定，永拖著長刀又走回屏風前，兩腿一軟，跌坐回地板上，抓起浴袍下襬怔怔地擦拭滿頭臉的冷汗珠，良久才回轉過心神來，看看那刀。兩道弧形的妖媚的長長的血溝中，碧燐燐，依稀閃漾著一溜血光。

妖刀村正。祕刀信國。

一長一短天造地設的一對日本寶刀。當初，終戰前，莫非皆屬於這位無頭大佐所有？如今，由於哪門子的因緣，落入支那少年永的手中？心念一動，永取下插在腰間的短刀信國，與長刀村正並列，放置在膝前地板上。

奇妙的難解的一樁因緣。

雙刀合璧。

永心裡忽然思念起了克絲婷。

此刻，克絲婷——美麗高傲的克莉絲汀娜・馬利亞・房龍小姐——孤單單的一個荷蘭女子，旅程中途，在一個名叫普勞・普勞的婆羅洲山村，陷身於一座迷宮樣詭祕的日本莊園，被困在其中的某個房間，遭到一群無頭、無聲的日軍包圍，窺伺。

大雨封山。今天肯定不會有客人上門，投宿這家松園旅館。可憐我的姑媽克絲婷，與世完全隔離了。

她知不知道她的姪兒現今人在哪裡？

心中一道電光劃過，永一驚，跳起身來，拂了拂身上那條寬大的和式藍白浴袍，把腰帶紮緊，隨即撿起地上二刀，仿照日本武士的手法將刀——一長一短——先後依序插在左腰，一整衣襟，邁出兩隻光腳丫，頭也不回直朝廳堂門口走去。堂中，山下奉文大將手書的「二本松芳苑」匾額下，長長一排古意盎然的大和繪屏風上，波浪滔滔，海風呼嘯，激戰中依稀聽得見那玩偶般披著五彩盔甲，手舞長短二刀，齜牙咧嘴，正殺得性起的源、平兩家武士，朝著支那少年永細瘦的背影，噗哧噗哧，嘴裡不住發出的訕笑聲。

四、人間五十年

永獨自行走在長廊上，心裡老覺得身旁、身後，影影簇簇無聲無息地，半現半隱，追隨著一群身穿制服的無頭日本軍人。

午後三點鐘了，這場中午開始的赤道暴雨依舊驚天動地進行著，一時間，毫無止歇的跡象。淒淒迷迷一團嵐霧籠罩下，整幢旅舍寂悄悄，只見三兩盞燈鬼火似的搖曳明滅。二本松別莊在這陽曆八月，大白晝，彷彿被外面的廣大世界——婆羅洲叢林那生意盎然，風雨中四下綻響起雞鳴聲、狗吠聲和娃兒啼哭聲的甘榜和長屋——給徹底遺棄了。

少年永腰插長短二刀，不自覺地，模仿起電影中日本浪人走路的姿態，抬起光腳丫，邁著怪異、誇張的外八字步伐，大搖大擺迤邐走著，四下睥睨，沿著別莊中心那條長長的曲折的木造迴廊，自管悠悠踱蹀下去，尋找他身陷囹圄的姑媽。

越走，越覺得背脊發冷。

陰魂不散，那群身穿皇軍制服的無頭影子跟定了永，亦步亦趨。其中兩個，不聲不響趕上前來，陰冷冷一左一右緊緊包夾住了永。

永不動聲色只顧悶頭繼續走路，心中苦苦思索如何脫身，忽然靈光一現，拔腳，往前一連跨出三步，回頭睜起眼睛，朝向左邊那個昂聳著一株光禿頸脖、兀自彳亍行走的怪物，瞄望一眼，倏地拔出長刀，雙手舉刀過頂，使出吃奶的力氣，對準牠那筆挺地穿著米黃軍服的無頭軀幹，直直砍下去：

——八嘎！我乃斬人平次郎，覺悟吧！

隨即抽出腰間的短刀，跨步上前，咬著牙二話不說，噗的一聲，就一刀捅進右邊那個無頭鬼怪的肚腹。

雜雜沓沓，後面那群尾隨而來的影子兵，登時蠭擁而上。晌午天光中，只見幾百株蒼白的無頭頸脖，一根根，春筍似的，從那濕淋淋不住滴答著雨珠的一堆米黃軍服中，倏地冒出來，窸窣窸窣不住聳動，霎時，擠滿二本松別莊整條空蕩蕩的長廊。

突如其來的一場八月暴雨，天荒荒，地茫茫，把平日飄蕩在叢林中、悽悽遑遑四處尋找頭顱的日軍亡魂，全都驅趕回老巢來了。

——克絲婷！姑媽！

永鶱地發一聲喊，左手提著長刀村正，右手握著短刀信國，沒頭沒腦朝向長廊盡頭一盞燈光幽微處，只管落荒而逃。

人間五十年
看世事
如夢幻流水——

宛如天籟，媽媽桑的歌聲在三味線伴奏下，悠悠地從甬道極深處響起，無比溫婉、悲切，沿著長廊一路傳送下來，似是在呼喚永，招引永。

永毫不遲疑，就一頭鑽入那幽闇的甬道，揮舞著雙刀，踢躂著兩隻光腳丫，拼命跑，吁吁喘，終於擺脫那群陰魂不散影影綽綽的無頭追兵。眼前豁地一亮。永慌忙闔上眼，半晌才又睜開來。白衣飄飄一尊觀世音菩薩像，佇立壁龕中。晌午，風雨如晦，松園旅館前廳冷清清，天花板上掛起一盞汽燈，白雪雪的光芒，一篷子灑照著十五蓆大的一間雅潔、空敞的榻榻米堂屋。

媽媽桑，笑盈盈，粉白的小圓臉蛋頂著一顆碩大的烏黑包頭髻，雙膝合攏，挺起細腰桿子，跪坐在一張黃絲絨墊子上，自彈自唱正進入忘我狀態呢，一眼瞥見少年永，只一頷首，噘起兩瓣紅唇朝正前方一努，示意永，在她膝前的榻榻米上落坐。

永哈個腰，伸手挪過一張坐墊，一屁股盤足坐下來，喘著氣，將手裡兩把刀安放在膝頭上，燈下乜起眼，怔怔打量眼前這扶桑女子。

她穿著一件家常的藍底大紅花和服，窈窕素雅，腰紮一條呎來寬的黑緞帶，歪著臉，挺直腰桿，抖開胸前兩幅寬大的衣袖，有如鷺鷥展翅，把她那雙皎白手臂張得老大，老大，好似隨時都準備飛翔上天。懷裡一把三絃琴，錚錚咚咚，伴和著她那深沉、荒古、與她的小圓臉和纖細身材不甚相稱的渾厚歌聲，孤伶伶地，在這風雨午後，迴響在一家無客上門，冷清得聽得見——妳聽！——天花板上老鼠追逐嬉鬧聲的旅舍：

吁！任人生一度
幻滅當前——

四十好幾的女人。怎地皮膚保養得恁白？彭古魯・伊波言道，當年這個不知來歷的媽媽桑，紅蝴蝶般，穿著一身花花鳥鳥的和服，磕磴磕磴，趿著一雙高蹺雕花木屐，突然現身叢林中，開始浪跡大河流域，輾轉沿岸各大林場礦山、歌台酒館之間，直到二戰結束，才洗盡臉上的白粉，遁入松園，託庇於華人甲必丹武家驊老秀才麾下，當起了旅館「女將」。難道那些年，永尋思，連惡名昭彰的婆羅洲太陽——那火毒毒，終年高掛赤道上空，扎得瞎人的眼睛的大日頭——終究也奈何不得這小日本女人，啊，天生的一身好皮色？

永，出身南洋旮旯小鎮的少年，乖兒子般，盤足合掌，坐在那謎樣一逕笑吟吟、只顧低頭撥弄三味線的媽媽桑膝前，仰著臉癡癡望著她。

人間五十年
水月鏡花
轉眼春去——

堂屋四周一扇扇格紙拉門外，雨簷下，滿庭院閃電迸亮中，廊上，密密麻麻綷綷綷，悄沒聲，聳立著無數隻妖怪般睜著無形的血絲眼珠，一齊朝向屋內窺伺、傾聽的無頭脖子。

永不瞅不睬，自管撩起浴袍下襬，慢吞吞地用它擦拭那把放置在膝頭上的長刀，無頭大佐的佩刀，妖刀村正。

吁！任人生一度
化為水中花間泡影！

媽媽桑的歌聲越發淒楚，可她臉上的表情，嫻靜依舊，謎樣地，總是掛著一抹溫柔嫵媚的笑容。永坐在她膝前，約莫三呎之處的榻榻米上，一邊擦刀，順著刀身，沿著它那宛如初升的一枚新月般皎潔美麗的弧度，不斷來回摩挲撮弄，一邊凝起眼睛，瞅著媽媽桑那一身優雅的和服，還有——還有那從敞開的和服領口，直直伸出來，裸露在燈光下，春筍似的一株渾圓細長的頸脖。

忒白淨、忒鮮嫩的一根頸子！光潤如石膏的皮膚上，竟找不到一顆歲月造成的疣子、疔皰、黑瘢或小肉瘤什麼的礙眼東西。

永忍不住伸手捏了捏膝上的長刀，勾起食指頭，鏗，鏗，在刃口上悄悄彈了兩下。

好久好久，眼睜睜地、一瞬不瞬地，永盯著這棵美好的頸脖，和頸脖底下兩枚皎白對稱的鎖骨，以及鎖骨下方，兩粒初熟柚子似的、玲瓏地包覆在一襲和服內的一對乳房。眼裡瞅著，心中思慕著渴望著，驀地一股血氣上衝，熱烘烘地從丹田深處一路竄起，轟的一聲，直抵永的腦門。永掙紅著臉，顫巍巍撐起兩隻膝頭，拼攏雙腿，緊緊夾住胯間他那兩粒不住鼓脹的睪丸，調整好跪坐的姿勢，拿起膝上長刀，插回腰間刀鞘裡，仰臉，望著媽媽桑身後壁龕中佇立的白衣觀音菩薩，扯起乾澀的嗓門瘖瘂地叱喝一聲：八嘎！隨即有如惡靈附身似的，他下意識地模仿電影中常見的田宮流劍式，使出「居合斬」手法，保持坐姿，瞬間拔刀，以迅雷不及掩耳之勢，朝左手邊榻榻米上方直劈過去。茶几上，俏生生，插在素白瓷瓶中的一朵猶帶晨露的淡黃菊花，悄沒聲斷為兩截。

永怔住了，沒想到「居合斬」的威勢如此的駭人。拔刀、揮刀、對準目標斬擊的過程中，只聽得一股低吼聲從刀身上發出來，嗚嗚咕嚕咕嚕，乍聽，猶如對方的喉頭，在猝不及防的狀況下，剎那間被一刀砍斷，垂死之際所發出的悲鳴。永將刀高高舉到燈下細細審視，發現它的血溝特深，比尋常刀溝深兩倍許，難怪揮砍時自會形成一股風勢，發出割喉般嗚嗚——咕嚕咕嚕的低吼。「妖刀」之名豈是浪得的呢。

鄭而重之，永把刀放置在他那跪著的雙膝上，拈起浴袍下襬，無比珍惜、愛戀地，重新擦拭它那兩呎來長、碧熒熒閃爍著一蓬血光的刀身，三不五時，豎起右手食指頭，順著它那初升的妖月一般美麗而陰森的天然弧度，不住來回撫弄沉吟，好半天才幽幽地嘆息出一聲來，將刀插回腰間，入鞘。永抬頭睋了睋那跪坐在他面前，觀音龕下一張黃絲絨坐墊上，一整個晌午彈琴自娛的媽媽桑。可憐這個小日本女人，她早就嚇成一團。

永伸手往自己膝上猛一拍：

——媽媽桑唱歌！

她慌忙抬頭，仰起臉龐望著面前這個來路不明、滿臉殺氣的支那少年，燈下煞白著臉，噘著兩片血紅小嘴唇，沒吭聲。

——哈馬多・他馬希！八——嘎！

永操著從電影中學來的日語，板起臉孔喝罵，反手抽出插在腰間的短刀信國，傾身向前，將刀尖直直抵住這女人的胸口。

砰一聲，媽媽桑懷中的三絃琴脫手而出，摔落到地上來，一根絃子迸斷了。身子朝後猛一仰，她把兩隻手肘支撐住地面，有如一頭戲水的母水獺，滑溜溜扭動腰肢，倒退著往後划行五六步，抬起下巴來，滿臉哀憐和惶惑，一屁股跌坐在榻榻米上只管不聲不響望著永。

燈下領口大開，袒露出鎖骨下方好一片胸脯，白馥馥。

一條藍底大紅花家常和服，緊繃繃地，包紮著一胴豐腴姣好的小身子。

少年永，撫著膝上的日本刀，跪坐在二本松別莊一間幽靜雅室中，白癡樣，愣睜著一雙血絲眼瞳，張著嘴巴望著媽媽桑，一時間看呆啦。

忽然想起在古晉時，有天放學後，華燈初上，在河濱大巴剎看見一縱隊八個日本小婦人花花鳥鳥，爭妍鬥麗，穿著各色和服，腰間紮著一匹呎把寬的綢緞帶，牢牢包裹住，哦，兩顆文旦樣的玲瓏小臀，邊行走邊哈腰道歉，輸你媽先輸你媽先，如影隨形，緊緊跟住前面八個西裝革履昂首闊步的日本男人。南洋大熱天，香汗淋漓，她們一逕堆出滿臉笑容，優雅地、輕巧地，穿梭在那鬧烘烘人車爭道的古晉街頭，磕磴磕磴。妳瞧，十六隻渾圓小巧的腳踝子，套在八雙雪白布襪中，趿著各色花木屐，行軍般踩著整齊劃一的小碎步，一路行走，一路聳啊聳，不住搖曳起她們腰後八隻包紮在和服下襬內的小圓丘。這股奇特的、一盪一盪的、神祕地洋溢著某種東瀛美的浪勁兒，那天黃昏，在古晉城一輪火紅紅，待沉不沉，只管懸吊在椰林梢頭的斗大落日下，勾魂攝魄，狐媚地，蠱惑著十三歲的支那少年永，驅使他亦步亦趨，悄悄尾隨這群日本觀光客，直到他們——太陽終於沉落，夜幕降臨婆羅洲時——消失在東郊松樹林裡一座紅色鳥居底下，荒草萋萋的日僑神社中。

那是永，生平第一次隔著一道無形的、無可跨越的鴻溝，在電影院一方銀幕外，看見活生生的日本女人。那回他看得挺認真，挺專注，專注得連她們裸露在和服領口外，雪白白的一株後頸上，突兀地長出的幾顆紅皰子、黑痣或粉刺，都歷歷在目一覽無遺呢。

如今，這會兒，在婆羅洲內陸叢林深處，風雨天的晌午，一座日本莊園中的一間榻榻米房內，一個更加活生生、更加有血有肉、連喘息聲都清晰可聞的日本女人，穿著一襲素淨和服，有如日常家居般，敞開襟口，露出兩片皎白的鎖骨，就坐在少年永面前五呎之處的一張黃絲絨坐墊上。妳看她，把兩隻手肘向後伸，支撐著榻榻米，面對永，拱起她那包裹在和服下襬內的兩毬小圓臀，高高地，朝向他昂起胸脯來。一臉驚嚇，可她那兩隻小黑眼眸，水亮水亮，卻只管勾勾地瞅住永。

一股奇特的誘人的淫味兒……

驀地，永覺得自己胯間兩顆毬子熱烘烘，一下子又鼓脹起來。

他從榻榻米上跳起身，跨步上前，伸出手中的短刀，嘴裡操著從劍道電影中學來的日本浪人語，手上不停比劃：

——殺必死！娥媽嗯哥酷！奇摩雞奇摩雞！

媽媽桑愣了愣，忽然別過臉龐，伸出右手舉起和服寬大的袖子，遮住嘴巴，噗哧一聲笑，隨即撂過一隻水汪汪眼眸來，抿著嘴，愛笑不笑的勾了永一眼。這副神態好詭譎，就像一位歷盡滄桑的美婦人，無奈地、悲憫地端詳著眼前一個正值發情中，又羞又急，茫然不知所措的楞小子。老羞成怒，永撩起浴袍下襬往胯下一夾，繃起臉孔咬著牙根嘶吼一聲：八嘎——猛一個箭步竄上前，將刀尖直直抵住媽媽桑的胸口，一使勁，往兩旁只一掰，豁然挑開了她身上那件家常和服上，鬆鬆繫著的兩片衣襟。

一雙奶子，蹦的，騰跳出來。

長年不見陽光的兩隻小巧、蒼白的乳房。乳丘上，清晰可見，浮現出五六條蚯蚓似的青筋，燈光照射下彷彿蠕蠕爬動著。乳峰頂，顫巍巍，豎立起兩粒圓圓的乳頭，驀一看好似兩顆熟透、紫黑色、直欲滴出汁液來的小小葡萄兒。

少年永，一手握刀一手拎著浴袍下襬，大剌剌叉開雙腿，挺著腰桿，跨站在媽媽桑一雙奶子上方，好久只顧低頭俯瞰。媽媽桑把兩隻手肘撐在身後，朝向永，仰著身子坐在榻榻米上，悄悄抬起了豐圓的臀子。兩隻小黑眼眸，骨碌骨碌，只管瀏覽著永那十五歲，還沒見識過女人，如今硬梆梆地包裹在一件寬大日式浴袍內，瘦條條、白精精的身軀。

一男一女兩個人，在群鬼炯炯環伺的房間中，觀音龕下一蓆榻榻米上，眼瞪眼對峙著。

——八嘎！哈馬多・他馬希！我乃斬人平次郎也。富士山的千年狐狸精，妳覺悟吧。

少年永忽然發起狂來，舞著刀，扯起嗓門厲聲叱喝。鐺鎯，手中的刀掉落在地。媽媽桑蜷縮起身子，臉煞白。永，汗湫湫披頭散髮，有如一個從浮世繪地獄變圖中逃竄出的夜叉，齜著牙，圓睜著兩粒血絲眼珠，俯下身來瞅著那衣不蔽體、只管戰慄在他腿胯下的小女人，磔磔獰笑兩聲，倏地伸出兩隻手爪，一把攫住媽媽桑和服上紮著的一匹六呎長、呎來寬、繡著富士山雪景、緊緊包住她那雙玲瓏小臀的黑緞腰帶，猛一扯。滴溜溜滴溜溜，媽媽桑的身子登時轉動起來，好似一隻滾地葫蘆，不住翻滾在榻榻米上，一圈兜轉一圈，好久好久才轉到腰帶的盡頭，停歇下來。一整隻皎白的胴體，豁然呈現在燈光下。

永，瘧疾發作似地渾身打起哆嗦，躡手躡腳走上前，呆呆俯視。

一動不動，死人樣，媽媽桑朝天躺在榻榻米房正中央，汗濟濟身上依舊披著和服，只是腰帶被一古腦兒扯脫了，兩片衣襟洞開，整個身子光溜溜白淨淨，暴露在大夥兒——永、觀音菩薩，還有那群影影簇簇、沒聲沒息地一逕環伺在紙門外的無頭日軍——面前。

中了蠱般身不由主，永握著刀一步一步走上前，拉起浴袍下襬，叉開雙腿，撅起臀子跨立在媽媽桑身上，伸出刀尖，撥了兩下，挑開她肩上兀自披著的和服，剝露出她那兩片尖削、秀麗的肩胛骨來，隨即抬起一隻腳，楔入她那兩條粉白大腿中間，只一掰，撬開了她那好似處女般緊緊閉鎖的陰門。

挺玲瓏姣好、白璧無瑕的一具成熟女體！腰眼下，墊著一件藍底大紅花和服，四肢箕張，呈大八字形，橫陳在榻榻米上坦蕩蕩地展露在永的眼前。宛如一件精緻的藝術品呢。

少年格格一咬牙，強忍住那渾身打擺子般不住冒出的哆嗦，伸手一扯，鬆開浴袍腰帶。他撩起下襬，夾住兩隻簌簌戰抖不停的膝頭，猲猲猲喘著氣，舉刀，就在榻榻米上一燈熒然觀音龕下，媽媽桑那白皎皎腿胯間——哦，武陵洞天般——黑萋萋紅灩灩的一窪子水草露珠叢中，跪了下來……

五、刀下芳魂

——哈馬多！八——嘎！

天地初開一片混沌中，永突然扯起嗓門大吼。

如見鬼魅，他霍地從胯下那具女體上跳起身來，腰桿子向後一仰，猛甩頭，撥開他那滿臉濕搭搭糾纏成一團的髮絲，嗬嗬嗬只管喘氣。

媽媽桑，汗湫湫，兀自箕張四肢仰天躺臥在榻榻米上，一動不動。燈下只見一蕾櫻唇血似殷紅，微微張開，咻咻喘息。兩隻幽黑眼眸半閉半睜，乜斜著，只顧睨睇那握刀矗立在她胸脯上方的十五歲少年。一聳一聳，她那白馥馥胸房上，兩顆小巧而飽滿的椒紅乳頭，朝天昂挺，不住顫啊顫。

永一咬牙唰地拔出腰間長刀，直直伸出刀尖，抖簌簌指住媽媽桑下腹幽邃處，那微微隆起，汗晶晶，蔓生著一蓬子烏黑羢毛的陰阜。燈光下血亮血亮，若現若隱，一條蠕蠕爬行的紅蚯蚓，自左至右橫越過她那片裸白肚皮，赫然，出其不意地展現在永眼前。

看起來還挺新、挺醒目，對永而言挺刺眼、污穢的一道疤痕呢。

——妳肚子開過刀，生過孩子？

——嗨！輸你媽先。

——妳跟多少男人睡過？生過幾個孩子？

——嗨！輸你媽先。

——妳是富士山一隻千年狐狸精？

——嗨！輸你媽先。

——妳知道我是誰嗎？

——嗨！輸你媽先。

——我乃斬人平次郎，專斬狐狸精喔。

格格一笑，永抬起一隻腳，往地上那女人的肚皮一踹，叉開雙腿來，夾住她纖細雪白的腰肢，大剌剌跨立著，左手握著短刀信國，右手掄舞起長刀村正——無頭大佐雙刀合璧，寒光閃閃，兩把刀尖齊齊指住了媽媽桑那株細長頸脖上、噗噗跳動的一蕾咽喉。

渾身白精精，呈大八字，兀自朝天躺在榻榻米上不住喘息的媽媽桑，一臉困惑，半睜著眼眸，打眼角裡只管狐疑地窺望永，時不時，挑起眼皮，瞄一瞄那雙冷森森在她喉頭上晃動不已的刀尖。忽然，覺悟到什麼似的，她那張臉子颼地煞白了，瘧疾發作般，渾身猛烈地打起一波波擺子來。

死期到了。

兩個人，一上一下對望著。

媽媽桑倏地坐起身來，扭動臀子，一轂轆從永胯下鑽出，急慌慌，聚攏起和服襟口，整整頭上那瘋婆子樣一顆散亂的烏黑大圓髻，撲通，雙膝下跪。蹬蹬蹬，她往後匍匐爬行三步，整個人抖簌簌瑟縮成一團，垂著頭，靜靜趴伏在持刀少年浴袍下，面對他那雙光腳丫，一動再也不敢一動。

永，身上浴袍大開，板起臉孔，雙手扠腰佇立媽媽桑面前。

——淫婦，妳自裁吧。

有如泥塑木雕，媽媽桑跪伏在榻榻米上，文風不動。兩隻眸子淚盈盈，只管偷偷瞟望永的那張充滿稚氣、目露兇光的臉孔。永長長嘆口氣，摔開了臉：

——今天大雨封山，不會有客人上門住店了。媽媽桑，妳死了這條心，不會有客人上門搭救妳的。淫婦，覺悟吧。

媽媽桑依舊不吭聲，靜靜匍匐在少年腳跟前，身子窩蜷成一團。燈下，只見她兩隻裸露在和服領口外的肩胛，細伶伶汗溱溱，一聳一聳，羊癲癇發作似地只顧不停抽搐，顫慄。

——哈拉基里，哈拉基里！切腹，謝布古！

永急躁起來，跳起腳，嘴裡吆喝著手上比劃著，開始向媽媽桑示範武士的最高禮儀——切腹的動作：端正坐姿，傾身向前，伸出右手撿起擱在榻榻米上的短刀，一咬牙，閉上雙眼，反手將刀尖刺向自己的左腹，打橫裡使勁一剜，劃出八吋長一道口子。隨即，永跳起身躥到一旁，拔出插在腰間隨時待命的長刀村正，雙手握住刀柄，將刀高舉到空中，以「介錯人」的身分，卡嚓！揮刀斬斷切腹者直條條昂伸出的一株頸脖。

臉，水樣白，趴伏在榻榻米上的媽媽桑嘆口氣，悄悄伸手擦拭眼角，終於抬起頭來。

鐺鎯，永將短刀扔到她跟前二呎之處。

——媽媽桑哈拉基里，謝布古！

——嗨！輸你媽先。

媽媽桑抿住嘴唇清了清喉嚨，朗聲答應。

認了命似地，她霍地挺直起腰桿子，聚攏起她那半開半闔，撲凸、撲凸地掩映著一雙汗湫湫乳頭的兩片衣襟，端正起坐姿，屈起雙膝，將雙腳往後一伸，墊住她那兩瓣渾圓小巧，緊繃繃包裹在和服襬子內的臀子。

整個人，就這樣優雅地跪坐在房間中央，觀音龕下一張黃絲絨坐墊上，不慌不忙不聲不響，自顧自開始整理起身上的衣裳、背枕、頭飾和髮髻來，末了，還特地把腰間那條呎許寬的黑緞帶，也給牢牢紮上一紮。

永——生長在南洋邊陲小城，古晉，假日閒得發慌的華僑少年，看遍城裡上演的每一部東寶電影，對神祕典雅的切腹儀式，心嚮往之，早已躍躍一試——如今，因著某種奇異的緣分，在婆羅洲內陸叢林一家日式旅館的榻榻米房間內，檀香繚繞，三味線琴音嫋嫋中，有幸目睹一個素昧平生、年紀已四十許、皮膚忒白、穿上和服依舊風姿娟然的東瀛女子，一臉恬然，從容不迫，正在做赴死之前的準備工作。頓時，一股熱血從丹田上湧。永整個人變得亢奮起來，有如一匹發情的、急躁得什麼似的，只管不停在母豬身旁跳躍、伺機上馬的小豬哥。妳瞧，這個十五歲，唇上剛冒出青澀小髭的懞懂少年，身上鬆垮垮地，披著一條白底藍花和式男浴袍，敞開下襬，鼓起胯襠，高舉一把武士刀，環繞著東洋媽媽桑的皎白身子，學日本無賴的姿態，骨碌碌睃溜著眼珠，踢躂踢躂邁著兩隻光腳丫，不停地遊走，窺伺。媽媽摸弄半天，好不容易終於整妝停當。她挺直腰桿，重新端正好坐姿，把雙手交疊放在膝頭，挑起眉梢，看了看那把雪亮亮地擱在她膝前二呎處的短刀，幽幽嘆息一聲：是時候啦。守候在側早已感到不耐的少年永，倏地一個箭步，竄到媽媽桑身後，以「介錯人」的身分就定位，舉起長刀——那燐光閃閃，幾百年來不知斬過多少顆人頭、喝過多少瓢人血的妖刀村正。無比愛戀、孺慕地，永豎起右手食指頭，順著長刀簡潔而典雅的弧度，撫了撫它那初升月牙兒一般妖嬈美麗的身子，然後煞有介事地，展示出他心目中最帥氣、最能表現日本劍道之美的「八相」劍式：左腳向前，雙手握住刀柄，將長刀置於右腋下，刀身垂直，雙臂張開呈八字形。一切準備就緒，永凝起雙眼，注視著那孤零零、俏生生跪坐在他跟前榻榻米上，身子背向他，即將引刀自裁的女子。他必須覷準時機，在間不容髮之際，瞬間出手，颼地揮刀斬下她的花樣頭顱。

等了三分鐘——挺漫長、挺難捱，讓人一顆心懸吊在半空中七上八下的三分鐘哪——榻榻米上那個背向介錯人，望著膝前擱著的一把短刀，木然端坐，靜靜地不知在想什麼心事的媽媽桑，終於蠕動她的身子了。

只見她，窸窸簌簌，從和服寬大的袖口裡伸出一隻白白的細細的手來，顫抖著，放置在膝前榻榻米上，然後如蝸牛行走般，慢吞吞往前探取，撿拾永扔在她跟前令她自裁的短刀。永期待的黃金一瞬間，終於來臨：媽媽桑的頸脖，光溜溜裸白白，毫無遮蔽地從和服敞開的領口中直伸出來。猛一咬牙，永舉刀。但不知為了什麼緣故（也許由於距離太遠，她的手搆不到刀），媽媽桑取刀的動作中途停頓下來。她抽回了手，縮回了脖子，呆呆望著刀踟躕了好半晌，才又傾身向前，膝行著朝向刀挪動半個腳步，把脖子伸得直條條，手一攫，搏命似的抓住那呎許長、寒光閃閃、赤裸地橫躺在榻榻米上的神祕之刀，信國。

「介錯人」永再也不能猶豫了。

他閉上眼睛——舉刀、揮刀、朝下一砍。

——八嘎！

千鈞一髮之際，耳邊忽然有個聲音厲聲叱喝，硬生生地制止了永的動作。

永一驚，趕忙睜開眼睛。

十五蓆榻榻米房間，空蕩蕩。頂頭一盞汽燈照射下，只見一株頸脖，春筍似的皎白，從媽媽桑身上和服領口那兩片尖削、秀麗的肩胛骨中間，直直聳出來，溫婉地，無助地裸裎在永的眼前。

——唉，八嘎，這樣美麗的一根頸子，你忍心一刀斬斷嗎？

少年永永遠都無法確定，在這要命的、即將濺血的一瞬間，那有如天籟般在他耳朵旁（抑或是內心中）驀然綻響起的聲音，究竟是誰。他甚至分不清它是男聲還是女聲，是哪一國人氏。他只知道那一霎，他的兩隻手突然癱軟了。那原本昂揚高舉著的長刀，陡地洩了氣，從他手中垂落下來，感覺上，就好像握著一朵梗柄長長的、沾滿血腥的、過了花期早該凋謝的葵花或菊花。

壁龕中，那手拈一枝楊柳、俏生生佇立在二本松別莊的白瓷觀音菩薩，兀自低眉垂目，靜靜俯瞰眾生，端莊的臉龐上謎樣地一逕笑吟吟。

六、重返武陵洞天

——姑媽，妳人在哪裡？剛才我好像聽到妳的聲音喔！妳被關在二本松別莊的哪一個房間？一整個下午，永四處尋找妳呀……

落荒而逃的少年永，打赤腳，滿頭亂髮箕張，倏地從媽媽桑的榻榻米房中躥出來。丫頭妳看他：瘋子樣，左手攥著祕刀信國，右手橫持那刀尖閃爍著一蓬燐光的武士刀，妖刀村正，愣瞪瞪，圓睜著兩隻血絲火眼，耷拉耷拉，拖曳著身上那條汗湫湫髒兮兮的和式浴袍，邊跑邊喊姑媽，邊揮舞長短二刀，驅趕開媽媽桑閨房門口那群影影綽綽、兀自聚集在廊上，不吭聲，妖怪一般，聳著一株株光禿頸脖，只顧朝屋內窺伺的無頭日軍。

——克絲婷，妳到底在哪裡？我知道妳就藏身在附近，故意躲我，懲罰我，因為我不聽話，害我們兩個今天中午在碼頭棧橋上，淋了一個鐘頭的雨，還遇見抱著芭比新娘、挺著第二十五週的身孕，幽魂樣，孤單單流浪在大河岸的肯雅小聖母，馬利亞・安孃⋯⋯

永邊扯著嗓門呼喚姑媽，邊回身，舞動無頭大佐的雙刀，呸呸呸，不住啐著口水，阻嚇那陰魂不散一波又一波鍥而不捨、潮水般尾隨而來的無頭追兵，橐橐橐蹬蹬蹬，此起彼落，滿莊子步履聲回音繚繞中，沿著一條長長的、兩旁廂房鬼影幢幢的幽深甬道，沒頭沒腦只顧一路狂奔下去。

長廊盡頭，天光下豁然一亮。

永又回到了先前那座小巧雅致，雨中，花木顯得格外蔥蘢的庭院。

蹌踉踉，永跨過門檻，一頭鑽進自己的房間，雙腿一軟，跌坐在床前榻榻米地板上，咻咻咻地喘起了大氣。

這場突發的赤道暴雨，嘩喇嘩喇空窿空窿下了半天，雨勢小了，雷電停歇了，天地間瀰漫起一片磅礡的雨霧，放眼眺望，好似一口灰色的巨大的鍋蓋，密匝匝地籠罩住這家由日本別莊改建成的叢林旅館。晌晚五點，庭院寂寂，只聽見引水的竹管子（丫頭記得嗎？日本話管它叫「樋」）依舊不斷地、嘹嘵地從樋口滴下一顆顆晶瑩的水珠，嗒，嗒，嗒……精準、守時一如精工石英錶的秒針。暴雨後，庭園安然無恙。妳看那兩株長得一模一樣有如一對雙胞胎的東洋松，面對面，分頭佇立庭院兩端，這會兒渾身濕答答，可臉上兀自笑咪咪，好像兩個雨後出門散步的老鄰居歐吉桑，町中相逢，呵呵一笑，當街弓起身子相對打躬作揖，無視那零落一地、厚如毛毯的松針。老哥倆好。

東瀛風情，竟也這般詼諧可喜呢。

中午，大雨初臨時，媽媽桑在庭院四盞石燈籠中點燃的燭火，倏明倏滅，飄搖在風雨中，經歷過一場驚天動地的熱帶大雷雨，如今依舊亮著，驀一看，還真像怪談電影中出現的兩對牡丹燈籠，睞啊睞，兩雙狐媚眼眸似地，只管閃爍在這雨後黃昏，淒淒迷迷一園子花團錦簇的霧靄中。

院子中央矗立著的一尊送子觀音娘娘像——當初建造別莊時，萬里迢迢飄洋過海，專程搭乘大海船跨越赤道線前來，落腳於這蠻荒叢林的日本「子寶觀音」——青苔斑斑，白衣飄颻，兀自不動聲色，一逕低頭瞅著懷中那個圓頭大耳、胖嘟嘟、胯間繫著一條相撲帶的男娃子，好久好久，直到天荒地老，還在想她的不知什麼心事哩。只見那張豐腴白皙的臉膛上，雨珠晶瑩，漾亮著一抹神祕嫵媚、蕩人心魄的笑容。

大雨封山，無客上門，整座松園旅館／二本松別莊寂靜得有如一間廢棄的神社。

嗒、嗒、嗒……樋口的水珠兒一滴一聲，在傍晚細雨雰雰闃無人聲的庭院裡，催眠般，只管規律地單調地綻響著。

少年永右手五根指頭，隨著水滴聲，抖簌簌好似著了魔，不由自主地，伸到了膝前那早已出鞘，暮靄裡閃爍著一篷血光，冷冷橫躺在榻榻米中央的一把日本古刀上。妖刀村正。無頭大佐的佩刀。刀身上那宛如初升的妖月一般美麗惑人的弧度！永的五隻手指戀戀不捨，順著她那無比簡潔流暢，線條優美得直如天成，絲毫不見雕琢打造痕跡的身子，來來回回不住撫摸彈弄，嘴裡呢呢喃喃，哼起了晌午在別莊大堂聽到日軍亡魂們大放悲聲合唱的進行曲：海行兮，為水漂浮屍／山行兮，為草埋荒骨／死在大君側，無懼無悔……霎時間一股血氣又陡然升起，熱烘烘火燒火燎地自胯間上湧。永掙紅著臉，磔磔咬牙，昂起脖子朝天大吼一聲，雙手攥住刀柄，拱起臀子從榻榻米上抬起腰身來，下意識地使出田宮流「居合斬」坐著殺人的手法，頭也沒抬，拔刀，朝向床頭茶几花瓶中插著的一束南洋野生蘭花，迅雷不及掩耳，挺腰、出手、猛一揮刀，登時將她攔腰斬成兩段。

——咄！我乃斬人平次郎也。妖怪現身吧！

門外廊上，寂然無聲。

永拈起飄落腳跟前的一片花瓣，送到鼻端聞了聞，提刀，從榻榻米上霍地站立起來。

有人嘿嘿冷笑一聲：

——支那小豚，跟我來！

那嗓音，磨刀般悽厲沙啞，聽起來挺熟稔。永心中一凜。待得跨過門檻走到門外時，薄暮中，只見一個穿著赭黃色呢質軍官制服的魁梧背影，圓禿禿，光溜溜，聳著一株血跡斑斕的粗大頸脖，沿著長廊，不疾不徐自顧自走下去。肩章上三朵銅梅花，映著庭院天光，螢火蟲樣飄忽閃爍。

無頭村正信國大佐。雙刀的主人。

橐，橐，如同一匹識途老馬，他邁著腳上一雙碩大的沾滿黃泥巴的皮靴，行走在前頭，引領那如醉如癡、中蠱般亦步亦趨的支那少年，一路默不作聲，只管穿廊過院，在樓閣重重迷宮般的別莊中，東繞西轉，走過一間又一間緊閉著紙門，在這傍晚時分，暗沉沉猶未上燈的榻榻米廂房。房間內影幢幢，在這陽曆八月陰曆七月，日本國族的悲慘季節，無聲地、無比肅穆地，集合著一群群冒著大雨趕回二本松別莊，團聚敘舊的無頭軍人。廊盡頭一盞燈。嫣紅色一蕾子燈光，灑照著門外，廊上，窸窸窣窣不住聳動，濕漉漉悄沒聲，只顧呆呆朝向門內窺伺的幾十株蒼白頸脖。橐躂橐躂，村正信國大佐昂然走到門前。他麾下那群無頭部屬，啪嗒一聲，併攏雙膝，立正，隨即無聲無息往兩旁退開，哈腰讓出一條通路來。大佐不瞅不睬，嘩喇喇一聲拉開紙門。手一搡，他將身後那個身披浴袍、腰插長短二刀，夢遊似地愣愣瞪瞪一路跟隨著他的黃瘦少年，一把推進了房內，隨手闔上紙門：

——支那小豚，清國小奴，喏，那不就是你要找的荷蘭奧嘉桑？

如夢初醒，永使勁揉了揉兩隻眼皮，定睛朝向房內望去。這一瞧，有如突然遭受電殛似地，他整個人登時殭住了。

七、荷蘭那低、低、低的地

空洞洞一間八蓆榻榻米房，中央茶几上，立著一盞煤油燈，好似一間小廟神龕中點燃的一座長明佛燈，紅幽幽，日夜不熄無聲無息。

克絲婷，身穿一襲白底藍花日式浴袍，紅髮披肩，四肢箕張，仰天躺臥在房中央鋪著的一張爪哇五彩織錦毯子上。汗蓬蓬的一顆腦勺，高高地，墊著一隻油膩的唐山紅漆竹枕。她昂起胸脯，張著嘴巴微微打起鼾來，齁，齁，正睡得好不沉熟呢，可臉上那副神情卻說不出的古怪，一逕攢著眉，擠著眼，似笑非笑亦嗔亦喜，彷彿正在如火如荼地做著一場奇異的、不可告人的春夢。

滿屋鬼影裊裊娜娜，不住搖曳在房中央一團迷紅燈光中。

燈前，臥蓆四周，豎立著幾十株蒼白無頭頸脖，密匝匝，宛如一幅幽靈屏風，環繞著克絲婷仰臥的身子，靜靜圍攏成一圈。

一條魁梧身影驀地從鬼影堆中躥出，猙猙獰獰，浮現在燈下，停駐在克絲婷兩隻裸白腳丫子前，對準她拱起的胯溝，立定，伸手解開腰帶，褪下身上那條濕答答沾滿黃泥巴的軍褲，猛一扭腰，撅起兩隻肥臀，屈起雙膝，整個人便像一隻發情的豬公，直往克絲婷那一胴皎白的身軀上，倏地趴伏下去。

——八嘎！哈馬多・他馬希——無頭日本鬼子趕快去死吧！

永龇起門牙嘶吼一聲，一步跨出，有如神助，不自覺地使出了在電影中看到的示現流劍法：從房門口躥進來，橐橐橐，滾輪子般不停邁動腳步，邊跑邊拔刀、舉刀、揮刀、劈砍——四個連續動作一氣呵成，於電光石火間不容髮之際，白晃晃一刀斬下，將那個正要掏出小鳥兒侵犯他姑媽的無頭妖怪，從脖子頂端，直到股胯下，如同切一根白蘿蔔，從頭到尾平整整剖成兩瓣。

房間中央，那一群昂聳著光禿頸脖，挺著腰桿子，鼓凸起褲襠，團團包圍住克絲婷，只管朝她身上窺伺，準備輪番上陣蹂躪一番的鬼怪們，眼見袍澤慘死，登時掀起一陣騷動。幾十雙軍靴流竄在榻榻米上，跖蹠跖蹠混響成一片。支那少年永，殺紅了眼。妳看他捋起浴袍袖子，咬著牙，高高掄起妖光燐燐的村正和信國長短雙刀，一頭鑽入幽靈陣中，沒頭沒腦猛一輪砍劈、追擊、斬殺，將鬼子兵全部驅趕到牆邊，那魅影幢幢一排窗檽下，清空了他姑媽住宿的這間隱密的松園旅館套房。

克絲婷早就被驚醒。兩眼迷濛，一臉子困惑和好奇，她披著浴袍起身坐在榻榻米毯子上，怔怔望著永——她相認才十天的姪兒、大河航程的旅伴，無緣無故狂性大發，夜叉般箕張起滿頭蓬亂的黑髮絲，披著一件髒浴袍，打赤腳，突然現身姑媽臥房中，蹦蹦跳跳，手裡掄著不知打哪兒弄來的兩把日本刀，嘴裡嘰哩呱啦吼叫著，只顧朝向空氣中不知什麼東西，沒頭沒腦一輪猛劈，四下亂砍。這個中國少年迷失了心魂，莫非給鬼附身啦。聽說這松園旅館，每逢八月，久旱之後熱帶暴雨驟然降臨叢林時節，就會鬧鬼……

趕走了無頭日軍，永提著雙刀，滿身大汗氣喘吁吁，站在克絲婷腳跟前榻榻米上，大剌剌叉開兩腿，弓下腰身，端詳眼前這個他尋找了一下午的荷蘭女子。

——姑媽，妳還好嗎？

——我很好呀，整個下午都待在房間裡睡覺啊。

臉飛紅，克絲婷霍地坐直身子，伸手攏住襟口，把她胸前那兩坨新蒸大饅頭似的、白馥馥汗溱溱的乳房，一古腦兒塞回浴袍內，隨即騰出右手來，一爪爪，使勁扒梳她滿頭滿臉濕答答糾結成一團的火紅髮毬子。房中一盞油燈照射下，兩蓬子睫毛汗濛濛，朝上挑，抖啊抖，偷偷打量那滿臉怒容，持刀佇立她頭頂上，俯身凝視她的十五歲少年。

——永，你下午到哪裡去了？發生什麼事情了？瞧你一身髒兮兮，臉色一陣紅一陣白一陣青，好像中了邪……

——妳先別管我去了哪裡。我問妳，整個下午妳一直待在這個房間？

——是呀。中午從碼頭棧橋回到旅館，就……

——就一直睡覺嘍？

——是。這幾天趕路，很累，睡眠不足。

——有做夢嗎？

——有喔。亂七八糟的夢一大堆，就像二輪戲院放電影，不停的換片。

——什麼亂七八糟的夢呀？唔，能不能讓妳這個非常關心妳、整個下午四處尋找妳、急得都快發瘋的姪兒，永，分享姑媽私人的、祕密的、綺麗萬端的夢世界？

克莉絲汀娜•馬利亞•房龍，三十八歲早已歷盡滄桑看盡人生的女人，這會兒，忽然像大姑娘般嬌嗔起來，乜著兩隻水藍眼眸，羞答答地瞪永一眼。燈下，那張姣白的雀斑臉龐綴著汗珠，驀然泛起紅潮，漾亮著女人做完春夢後，乍醒時，眼角眉梢流露出的一種蠱媚神態：慵懶、倦怠、滿足——和一份奇異的、難以捉摸且不可言說的嗒然若失。好個淫蕩的洋婆子！永看在眼裡，突然感到一陣強烈的嫌惡，直想嘔吐。他只瞥了這女人兩三眼，正待摔開臉去，轉身拉開榻榻米房的紙門，揮舞手中雙刀，驅趕開那一群兀自昂聳著光禿頸脖、圍聚門外、靜靜朝房內窺伺的無頭日軍，然後掉頭揚長而去，但，就在這節骨眼上頭，少年心中卻如同小公狗發情般，驟然升起一股渴望：一種迫切的、對成熟女人內心私密世界充滿好奇、近乎孩子氣的嚮往和憧憬。

——姑媽，即使妳不肯告訴我，我也知道妳剛才做什麼夢。

——我剛才做什麼夢，姪兒？

——春夢。

——你說什麼？

——講白了，就是性交的夢。

——你胡說八道！

——房龍小姐，我可沒亂編故事哦。剛才我進入妳的房間，妳睡得正熟。我一看妳在睡夢中臉上流露的表情，心裡就明白了。別以為我只是個十五歲、懵懂無知的少年。姑媽，妳要不要告訴姪兒，妳在夢中熱烈地性交的對象是什麼人呀？或者他不是人——是鬼喔。

克絲婷臉色陡然一變。她蹲踞在榻榻米上，雙手緊緊攥住浴袍的襟口，如同一隻受到威脅的刺蝟，蜷縮起腰身和四肢，兩眼茫然，望著永，好像在觀看一個陌生、邪惡，只管乜斜著兩隻杏仁吊梢眼，笑眯眯瞅著她的小支那人。

——克莉絲汀娜姑媽。

——嗯？永？

——妳不喜歡妳這個中國姪兒了？瞧妳那副表情，好像突然撞見鬼似的。妳害怕啦？

——我不害怕，因為我知道現在的你，不是永，不是那個和我親近、要好，在這趟大河之旅中一路忠心陪伴我、保護我的古晉少年。

——哦！現在的我究竟是誰呢？

——是依附在永身上、冒充永的一個鬼。

——這隻鬼，又是誰呢？

——我不知道。我不認識他。

——我知道他是誰。這隻鬼，乃是無頭大佐，村正信國。二戰末期在婆羅洲戰場壯烈成仁，卡嚓，被肯雅族勇士砍下首級。十七年了，至今，他的靈魂依舊飄蕩在叢林，四處尋找失落的頭顱。

——上校，您好。

臉容倏地一端，克絲婷從榻榻米上挺起腰桿，舉手，戲謔地敬個軍禮。

臉一變，永邁前一步，劈腿跨站在他姑媽那緊緊合攏、白皎皎、簌簌戰慄不停的兩條大腿上，舉起手中的長刀，燈下，晃兩晃，直指她鼻尖上綴著的一顆晶瑩的汗珠。

——八嘎野獾！我不是日本無頭鬼村正信國。我乃斬人平次郎。我師父眠狂四郎，乃荷蘭術士與江戶大名之女私通所生之子，長大後練成「圓月之劍」，專門斬世間姦夫淫婦。咄！荷蘭蕩婦，妳見識見識我圓月流「取人首級，先取人靈魂」的獨門劍法吧。

腳一蹬，平次郎提刀向後躍出三步，佇立房間正中央，面向榻榻米上的女人，不動聲色，擺出圓月劍法中的下段招式：舉刀向前伸出，刀尖朝下，直直指向女人腳跟前約莫三呎之處，凝目直視對方眼睛，徐徐拖動刀身，由左而右，在榻榻米上開始描繪天上明月的輪廓。影幢幢悄沒聲，牆邊一群無頭日軍趑趄走上前，團團環繞，靜靜窺探。燈光下那窩蜷著身子，孤伶伶，蹲坐在一張爪哇五彩織錦毯子上的荷蘭女人，睜著一雙海藍眼瞳，中蠱似的只管盯住刀尖，隨著刀身一吋一吋持續的移動，臉上開始顯現出困惑、驚恐的神態。刀身緩緩地不停地轉動著，約莫過了三分鐘，平次郎的劍式才由下段升為中段：刀身成水平，刀尖直指對方眉心。汗漬漬，克絲婷的臉龐隨著長刀的行進，變得越來越蒼白，眼瞳中開始流露怯懦、無助的神色。好似遭受催眠一般，兩隻眼皮只管往下墜。刀尖繼續旋轉。功德即將圓滿。平次郎的劍招晉陞為上段：舉刀過頂，刀尖朝天。榻榻米上一輪圓月，皎皎然終於描繪完成。平次郎扯起嗓門大喝一聲，一躍而起，對準克絲婷肩上那株不由自主地、直條條地朝向刀尖，昂伸出的雪白頸脖，揮刀，迅雷不及掩耳，只一劈。

燈前環伺的無頭日軍起了一陣騷動，紛紛退卻，各自返回牆邊的崗位。

妖刀村正，刀尖幽幽閃爍著一蓬燐光，碧綠綠，就在距離荷蘭女子的咽喉三吋之處，彷彿神差鬼使，硬生生停住了。如同瘧疾發作，少年握著刀抖簌簌站在燈光下。

克絲婷兀自緊閉雙眼，仰起臉龐，弓著身子匍匐在榻榻米上，面對她鼻端上那不住顫動的一把武士刀，久久一動不動。

——克絲婷，姑媽。

——嗯，永。

——妳是驕傲的、尊貴的克莉絲汀娜・馬利亞・房龍，荷蘭法蘭德斯地方世家大族的千金、坤甸房龍莊園的繼承人。妳不怕死？

——我怕死。非常非常害怕。否則當年被拘留在日軍特種集中營，我早就自殺了，永。

——我乃斬人平次郎，可以饒妳不死。但是妳必須唱一首歌，贖妳的淫罪。

——唱哪一首歌？你喜歡聽什麼歌，永？

——〈荷蘭低低的地〉。

——哦，我家鄉的古老民謠。

——記得嗎，姑媽，這首歌我曾聽妳唱過兩次。頭一次是在房龍農莊，我抵達坤甸第二天，妳教我開吉普車，邊教邊哼唱〈荷蘭低低的地〉。那天下午我們環繞著橡膠園，一圈又一圈，在卡布雅斯河三角洲上兜風，直到火紅紅一輪太陽，砰地沉落河口坤甸灣。那時我們倆多麼的快樂！第二回，大河之旅啟航首日，陰曆鬼月初三，開鬼門後第三天，探險隊夜泊桑高鎮白骨墩碼頭。午夜的城頭掛著一枚月牙兒。妳和妳那夥朋友，羅伯多•托斯卡尼、薩賓娜、艾力克森兄弟……哦，我現在想起來了！還有中途加入探險隊的女背包客，紐西蘭大學生梅根——總共三十個人，偷偷溜出旅館，聚集在紅毛城下一座木瓜園裡，大河怒吼聲中，就在一群鬼魂包圍注視之下脫光身上的衣服，舉行一種私密的、連我——妳的中國姪兒永——都被排斥在外的性愛儀式，一場怪誕的、赤條條的、好似一窩大白蛇交纏在月光下草叢中的宗教祭典……姑媽，妳瞧我記得多清楚啊！連妳右乳上那顆紅痣——

——永，請你不要再講了。那天晚上，姑媽對不起你，害你在紅毛城下荒野中哭喊了一夜。好，既然你想再聽一次〈荷蘭低低的地〉，克絲婷現在就專門唱給我的中國姪兒，永，一個人聽：新婚那天夜晚／我和我的愛相擁床上……

松園旅館榻榻米房間中，無頭群鬼聞聲，窸窣窸窣又掀起一陣騷動，紛紛豎立起牠們那一株株光禿禿濕漉漉的蒼白頸脖，躡手躡腳走上前，聚集在燈下傾聽。

不瞅不睬，克絲婷自管坐直身子，攏起襟口，將浴袍腰帶紮緊，反手撩起肩膀上那一毬火紅髮鬈子，拂兩下，一古腦兒往耳脖後撥去，隨即乾咳兩聲，清了清喉嚨，昂起脖子仰起臉龐，眺望著窗櫺外那下了一晌午大雨，終於雨過天青，紅灩灩地，放煙火般迸綻出簇簇彩霞的婆羅洲天空，驀地，放聲，噘起兩瓣蒼白的豐潤的嘴唇，引吭高歌起來：

新婚那天夜晚
我和我的愛相擁床上
海軍拉伕隊來到床前呼喝：
起來，起來，小夥子
跟隨我們搭乘戰艦前往
荷蘭那低低的地
面對你的敵人

荷蘭是個寒冷的國度
雖然遍地是金錢
多得像春天開放的鬱金香
但我還沒來得及攢夠錢
我的愛就已從我身邊被偷走
留下我獨個兒流浪在
荷蘭那低、低的地——

丫頭，妳看克絲婷——全名（教名）克莉絲汀娜‧馬利亞‧房龍，那年三十八歲，流落在新興的印度尼西亞共和國，西加里曼丹省，坤甸城，背負一段不可告人的過往的祕密，如今飄零一身，獨自守著一座橡膠園的荷蘭女子。她的嗓子如此蒼涼沙啞，有如男聲般沉厚雄渾，一聲洶湧一聲，淹沒了滿屋子的幢幢鬼影。妳聽那一句句荷蘭低——低——的地，直如從她靈魂深處吶喊而出，貫穿過榻榻米房間，傳送到格紙拉門外，長廊上，經由不知幾條幽深的甬道，繞過不知幾重神祕的樓閣，空窿窿，晴天裡驟然響起的一陣焦雷般，久久，餘音嫋嫋，迴盪在婆羅洲心臟叢林這一座無比清幽、隱密，武陵洞天似的古典日本莊園——二本松別莊中。

鬼迷心竅的少年，永，一臉獰笑，模仿日本電影中潑皮無賴的姿態，手握長短二刀，耷拉著身上一條髒浴袍，箕張雙腿，跨立在克絲婷那裸白白、青筋畢露的兩隻腳丫子前，豎起耳朵聆聽姑媽的歌聲，一時間竟也聽得如醉如癡，神馳物外了。恍惚中他想起七月初三夜，凌晨，天際魚肚白方現，在桑高鎮白骨墩紅毛城下的果園中，盞盞鬼燈飄盪，瞳瞳鬼眼閃爍，滿樹垂掛的一鉈鉈黃澄澄熟透的木瓜下，看哪，三十個紅毛男女赤身露體，一窩子淌著汗喘著氣，哼喲唉唷呻吟著交疊在黃泥地上。拂曉，城頭一鉤殘月灑照下，那大河波浪般不住洶湧起伏的皎白肉堆裡，只見紅亮亮一把髮鬃，一蓬野火似的，放浪地淫蕩地，飛舞在黎明時分潑血般，漫天焚燒起的婆羅洲朝霞中。

——克絲婷，姑媽！

啊，永
自從荷蘭那低、低、低的地
將我和我的愛分離
至死、至死、至死
我都不會再穿嫁衣裳

——克絲婷住嘴！妳不要再唱了。我不是妳的姪兒永。我乃古晉少年浪士斬人平次郎。我祖師爺眠狂四郎，乃江戶時期，荷蘭傳教士與幕府大名之女野合私生之子，長大後練成圓月劍法，專斬世間蕩婦淫娃。但是，馬利亞・房龍小姐，我平次郎決不能親手斬殺被我喊過姑媽的女人。八嘎！荷蘭蕩婦，妳自裁吧。

燈下，雪亮亮一把短刀從平次郎手裡飛出，豁浪浪一聲，落在克絲婷赤裸的腳跟前。

——大雨封山，姑媽，如今整間旅館只剩下我們兩個客人——和一群無頭鬼。

克絲婷的歌聲戛然而止。那一聲聲反覆纏綿的荷蘭那低、低、低的地，硬生生給斬斷了。克絲婷低頭瞅著榻榻米上的刀。紅幽幽一盞床頭燈下，只見她滿臉子汗潸潸。

——永，你要我在你面前舉刀自殺？

——哈拉基里，謝布古！女人，解開妳身上的浴袍吧。

一張臉颼地煞白了。克絲婷伸手抖簌簌往心口畫個十字，隨即交握起雙手來，緊緊攥住胸前那兩片衣襟。

——永，不可以！我是你的姑媽。這樣做是會犯下大罪的。你和我都會被打入地獄。

——姑媽？妳，荷蘭千金小姐；我，一個小支那人。八竿子打不在一起。請問咱們兩個算是哪門子的親人呀？

——你記得嗎？那晚我們離開浪・阿爾卡迪亞桃源村，在路上，長舟中，我對你說：十天前你從古晉乘船來到坤甸，我在碼頭上第一次看到你，那一瞬間，說也奇妙，我心裡就認定這個十五歲中國少年，是我克莉絲汀娜・馬利亞・房龍前世的兒子。

——前世，嗤！無稽之談。這只不過是為一個流落異鄉、孤單寂寞的女人編造的神話。

——好。你記不記得後來我又說：永，你是個早產兒，你今世的母親只懷你八個月，就把你生出來了。但是，不打緊。我這個前世母親就幫你的今世母親一個忙，在我肚子裡懷你一個月，然後，讓你重新出生，成為一個足月的、身心都健健康康的男孩。這由我補足的一個月，永，不正是我們這趟大河之旅，你我兩人，在婆羅洲叢林中相處的一段日子嗎？你們中國人說的，冥冥中自有天定，是吧？

克絲婷這番剴切的陳辭，永只聽得渾身冷汗直冒，愣瞪老半天。一咬牙，他舉腳邁前兩步，撩開他身上那件白底藍菊花浴袍的下襬，也不答腔，叉開兩條瘦腿，就往克絲婷身上跨過去，夾住她的腰肢，站定了，伸出手中長刀，將刀尖朝下，直直指住她那包裹在浴袍內微微凸隆起的肚腹。

——八嘎，淫婦！我乃斬人平次郎，房龍小姐妳趁早覺悟吧。少廢話，趕快解下腰帶，打開身上的袍子，拿起榻榻米上的短刀——無頭大佐當年用來自裁的家傳寶刀，祕刀信國喔——準備切腹自盡吧。

克絲婷，嬰兒樣蜷曲起身子，渾身哆哆嗦嗦只管瑟縮在少年永胯下，仰臉瞅望他，驀地眼眶一紅，眼角裡亮晶晶迸出了一顆豆大的淚珠。

——你心裡想看姑媽的身體，已經想了很久了，對不對？好吧，永，今天姑媽我就卸下一切偽裝，讓姪兒你好好看一看真正的、原封不動的克絲婷。

克絲婷霍地站起身，箕張雙腿，兩手一掰，燈下豁亮亮掀開了浴袍的襟口。

*　*　*

丫頭，這節漫長的離奇的故事，好不容易講到這兒，終於來到令人驚心動魄的高潮點，也該收尾囉。

對於「少年永」——也就是初中畢業那年暑假，由於某種神祕因緣，伴隨一群紅毛男女，從事一趟婆羅洲大河之旅的我，本書的敘事者——而言，陽曆八月八日陰曆七月初九，航程中途突然遭逢一場赤道暴雨，被困在荒村中鬼影幢幢的二本松別莊，是整個旅程中，迄今，最狂亂、最荒誕、最令他迷惑悵惘的一天！當他（少年永／我）看見克絲婷解開了身上的浴袍，燈下袒露出肚腹，昂然矗立在他面前時，有如遭受電殛，他整個人當場殭住了。那一刻，他終於看到赤裸的克絲婷，他的洋姑媽／前世母親（？）：白墩墩一尊腰臀，肚臍眼下方蔓生著一蓬火燄色的羢毛，隱密地守護胯間兩片，啊，紅灩灩半開半闔的薔薇花瓣。永揉揉眼皮，睜眼再一瞧：那微微隆起的陰阜上方，燈光照射下，只見一條蠕蠕爬行的鮮紅蚯蚓，自左至右，血亮血亮，橫越過她那片白淨無毛的肚皮。永心中一驚，湊前一看，原來是一道刀切的疤痕。

克絲婷挺直腰肢聳起胸脯，揚臉，坦蕩蕩地，站在榻榻米房間正中央。

——我開過刀，拿掉了子宮，因為二戰期間我待在日軍特種集中營，我的子宮，我那還沒受過孕、從未懷過孩子的處女子宮，被成千匹獸兵日夜輪番侵犯褻瀆，早就破爛了。永，我是個沒有子宮的女人，永遠永遠、直到世界末日都不會受孕，生自己的孩子。你還願意讓我當你今世的第二個母親，在航程盡頭，聖山峇都帝坂，再一次把你生出來嗎？

這番簡單的辛酸的話語，永聽在耳中，有如醍醐灌頂，心中登時一片清明。那依附在他身上、糾纏了他一整個晌午的惡靈，登時消散得無蹤無影。撲通，他當場下跪。手中那把血光閃閃，高舉著，伺機斬下荷蘭蕩婦頭顱的武士刀——無頭大佐的佩刀，妖刀村正——豁浪浪一聲響，破門而出，給扔到了榻榻米房間紙門外，那影影簇簇無聲無息、兀自聚集著一群無頭日軍的甬道中。鬼影一陣騷亂。橐蹉雜遝，長廊上綻響起成百雙軍靴聲。永不理不睬，只顧弓著身子，趴伏在克絲婷腳跟前，雙手環抱住她赤裸的膝頭，深深地，把自己的臉龐埋藏在她的肚腹裡，放悲聲，嘩啦嘩啦哭起來了。

少年永迷亂的一天——感謝觀音菩薩——就在克絲婷寬大如慈母的包容下圓滿地、不沾一滴血地，落幕了。

明天一大早，暴雨停歇了，我和克絲婷就可以離開這個鬼地方，重新踏上旅途，乘長舟，溯大河，迎著大雨後驟然爆發的山洪，頂著一輪白花花的赤道豔陽，哼喲嗨唷，舟子們操槳吶喊聲中，繼續朝向大河盡頭達雅克人的聖山——峇都帝坂——進發。

距離月圓之夜，只剩得了五天。

七月初十晨　大雨後，重新啟航

又見領路天使

好一個下雨的日子！

昨天，陽曆八月八日陰曆七月初九，大雨。對少年永而言，這可是那年夏天整趟大河之旅中，最詭譎離奇的一天。那一整個晌午光天化日下發生在旅館的那些怪事！如今，多年後，深夜獨坐台灣東部縱谷一盞枱燈旁，面對一疊空白稿紙，和窗外滿天星斗下、阿美族人的聖山——黑色奇萊山巔俏生生一枚月，向朱鴒丫頭妳追憶這段往事，我咬著筆桿苦苦思索好久，心中仍不能確定，那天，我究竟是被二本松別莊的一個鬼魂附了身，還是自己的心魔作祟，才會幹出這等乖謬、悖離倫常的勾當，極盡羞辱之能事，差點逼死在這趟朝山旅程中，視我如子、與我相依為命的克絲婷。為了釐清責任歸屬，尋找事情真相——或許只是為了安撫自己的良心——我甘冒寫作的大禁忌，在敘事中途驟然改變觀點，轉而採用第三人稱，把「少年永」當作一個與我無關的陌生人、一個純然虛構的小說人物，而我則以作者的身分，站在旁觀者的立場，試圖以一種比較超然而冷靜的眼光，觀察少年永在松園旅館的行為，審視他的動機。但是，儘管如此，直到寫完這艱苦冗長的一章，我始終無法判定，那天下午究竟發生了什麼事。我甚至弄不清楚，到底是什麼東西在作怪。惡靈？心魔？抑或兩者都有，只因機緣巧合正好湊在一塊……

可話說回來，對當時的我——瞎闖半天，好不容易終於逃出「那鬼地方」的少年永——而言，這些都無關要緊（當時的他壓根沒工夫，也沒能力思考這種晦澀的形而上課題），頂頂重要的是，這不尋常的一天，他挺過去了，感覺上就像夢遊般在某種地獄或鬼界中逛了一圈，平安返回人世，又得與姑媽團聚，而他這一整個晌午闖蕩二本松別莊的過程中，念茲在茲的姑媽，克絲婷——感謝觀音菩薩！此刻就好端端地坐在他的面前，長舟中央一條橫板上，迎著清晨的河風，飛颺起滿肩火紅髮毬子。妳看她，只管眯著眼，仰起雀斑臉龐，瞭望旭日照射下大河上金光滾滾迎面而來的叢林洪流，一臉平靜，神色泰然，彷彿昨天的事根本不曾發生。但，即使在當時，少年永／我心裡就已經知道，經歷過松園晌午事件，永和克絲婷之間的關係和互動已悄悄地、近乎宿命地，永遠永遠不能回頭的——改變了。

今後將是一個嶄新的、對兩人而言意義迥然不同的航程。

＊　＊　＊

這天，東方天空一抹朝霞方現，村中雞鳴四起，我們姑姪倆就拎著行囊，穿得一身整潔，肩並肩，向那兀自頂著一顆黑亮大圓髻，粉白白展露一張笑臉，大清早坐鎮在櫃台內的女將／媽媽桑告別，在她哈腰相送下，雙雙走出松園旅館大門。當她把兩隻手交疊放在雙膝間，俯首鞠躬的剎那，曙光中，我又看見那株白皎皎春筍般的頸子，從她身上那襲素黑和服的後領口，悄悄地、令人滿心不捨地探聳出來。

碼頭棧橋上，舟子們早就守候在那兒。

此去三百公里水路，千里航程的末端，卡布雅斯河上游一路滿布險灘、湍流、暗礁、漂浮木和各種不可預測的陷阱。天塹重重。這三名馬當族獵人——婆羅洲內陸最兇悍可水性也最好的民族——受彭古魯・伊波之託，此行將負起操舟、嚮導和護衛之責，把房龍小姐和永這一對在他們眼中來路不明、關係奇特的母子，在陰曆七月十四，月圓前夕，平安送到河源頭的峇都帝坂山腳。既然今後四天，我們得日夜跟他們相處，甚至，把生命交到他們手中，我應該趁出發前，將這三人的身分和性格交待一下：

嚮導加隆・英干：三人中年紀最長（連他自己也說不上今年究竟多大歲數，只記得，他懂事時，大英帝國是老女皇維多利亞在當家，因為記憶中，他家長屋正堂，牆上有個類似神位的壁龕，裡頭供奉著一幀十八吋乘十二吋彩色肖像，展示一個祖母型、矮胖白種女人，身著戎裝策馬檢閱御林軍的英姿）。個頭最矮小（不足五呎）。一身打扮最具傳統風味（鍋蓋頭、黥面、兩隻長耳朵沉甸甸掛著一串大銅環，迎風叮噹價響。）出草生涯，記錄輝煌（兩隻手掌上密密麻麻刺著的黑十字星號——一顆星代表一個人頭——可資證明）。但人不可以貌相，三名舟子中要數他老人家個性最溫和敦厚，屬於那種望之儼然、即之且溫的長者型人物。三人中我最懷念他，加隆老人。

領航員「篷篷」：挺娘、挺孩子氣的名字（但加隆老人悄悄提醒我，這是他真實的、經過達勇巫師福證過的部落名字，切莫拿它開玩笑喔）。看不出年紀（大約三十五到五十之間）。一臉兇相，沉默寡言，令人望而生懼。（整個旅程中我一直迴避他的目光，所以，從沒正眼仔細看過他一眼，就只有一回，不小心觀察到他殺龜，留下極深刻的印象：這傢伙不知使用什麼手法，兩三下，就從那隻碩大如臉盆的婆羅洲河龜的甲殼中，將牠的脖子誘騙出來，倏地一手攫住，旋即我就聽到喀喇一聲，睜眼再看時，天上的父！那粗如壯漢的胳臂、老樹根似的癤癤瘤瘤的一株龜頸，硬生生地，早就被扭斷，頂端軟綿綿懸吊著一顆鵝卵大的龜頭，晃盪晃盪。那天我們的晚餐主食，無可選擇的，便是一大盤帶血的、腥氣撲鼻的現烤河龜肉。吃不吃由你。篷篷的眼神尖利而呆滯，像一隻剛中叉的鯊魚。）此刻回想，我有理由懷疑，月圓之夜身首異處，慘死於血湖的那對北歐孿生兄弟——丫頭記得吧？我們大河探險隊最初的嚮導、保鑣兼領隊，中途，在魯馬加央夜宴上，突然脫隊，從此不見蹤影的歐拉夫・艾力克森和艾力克・艾力克森哥倆——就是「篷篷」下手殺的，因為只有他才具備這種驚人的腕力。（根據驗屍報告，艾氏兄弟死狀甚是怪異罕見：先被人活生生地扭斷脖子，再行梟首，巡迴示眾。）

舵手約瑟夫：（他在部落中的名字，我早就忘了，因為大家都管他叫「約瑟夫」——他小時候被送到桑高鎮紅毛城教會學校，求學七年，比利時修女給取的名字。）三人中年紀最小，約莫二十三、四。據說整個部落只他通曉英文與荷文，且能操得幾句標準的、應酬用的日語。日常裝扮：從頭到腳全套港製英式休閒服飾，外加一雙愛迪達白球鞋。典型的在「大地方」走過一遭、見過世面的時髦部落青年。外觀上看來，煞似馬當族版的納爾遜・大祿士・西菲利斯・畢嗨——哦，我們這位叢林魅影般行蹤飄忽的好交灣、好朋友，自從昨天上午普勞・普勞村松園旅館一別，神祕兮兮的，不知又使出哪門子的下三濫伎倆（丫頭，記得甘榜伊丹渡口、野營地上，一鉤新月下發生的那樁怪事吧），光天化日，拐走我們大河探險隊如今僅剩的八名隊員，包括我心裡最不捨的梅根・麥考密克，在我們察覺之前，就宛如一縷輕煙，霎忽消失在婆羅洲浩瀚雨林中不知哪個旮旯角落……至於「約瑟夫」此人，我對他倒沒留下深刻的、特別值得書寫的印象。不過就是一個油頭粉面，識講英文，戴墨鏡，挺年輕的馬當族舵手。

丫頭瞧，這三位原住民就是今後五天、大河之旅所剩的最後三百公里航程中，我們的嚮導、船夫、保鑣和——毫不誇張地說——休戚與共的夥伴。有道是十年修得同船渡（我好喜歡這個意象！它反映東方人的世界觀，美麗、浪漫，卻又帶著一份深沉的莫名的淒涼），更何況這五個——四男一女——因著某種詭祕奇妙的機緣湊合在一塊的人，毫無選擇餘地，必須在一條蠻荒大河中，一艘原始的木造小船上，食同簞，飲同瓢，相互廝守五個單調漫長可也危機四伏的晝夜……

說到船。噢，伊班長舟——至尊的造物主辛格朗・布龍賜予長屋子民的一種最原始、最簡單，但也最有效率、最具機動性，造型和線條最優美迷人，就好像（倘若丫頭妳站在婆羅洲中央分水嶺峰，制高點上，四下游目眺望）一尾尾南海飛魚，颼，颼，颼，自由自在，飛竄出沒於廣大赤道叢林水域的交通工具。

順便一提，丫頭莫笑喔：我們探險隊中的年輕女性成員，薩賓娜、安妮塔・布蘭登堡，甚至梅根……都曾經為它的造型和動力，深深著迷和感動過呢。在她們奇妙的、令人匪夷所思的想像中，伊班長舟不啻是一根——丫頭，妳可以掩耳拒聽——巨大的尖峭的陽具，赤道豔陽下，半裸的土著舟子們哼喲、嗨唷不住的吶喊聲中，凌空破浪，穿越過一菹又一菹黑萋萋濕漉漉的叢林沼澤，朝向大河盡頭的聖山，昂首挺進！只是，她們再也沒有機會在這趟大河之旅中，騎乘夢寐以求的交通工具，一路溯流直抵河源，進入婆羅洲母親的子宮了。她們，與我有緣共享一段路程的旅伴，年輕清純的女孩們，如今不知流落叢林何處……

說也詭譎，今早從普勞．普勞村出發，我發現我和克絲婷搭乘的長舟，船舷上，大剌剌地用哥德式字母和紅漆書寫的名字，就叫「布龍．布圖」——王者的陽具。它是大河上游之王、甲必丹武家驊麾下龐大船隊中的一艘動力長舟。標準的造型：長十二米，中寬一米二，全身使用一整株上等龍腦香古木鉋空鑿成，流線型的外觀十分簡潔、雄渾，不知怎的，總是讓我聯想起「妖刀村正」那有如一鉤初升的新月般美麗的刀身、媚惑人的弧度。但最引我注目的，卻是船尾懸掛的引擎。我在卡布雅斯河中、下游看到的長舟（達雅克人運載山貨到鎮上販售的交通工具），大都裝備二十匹馬力、美國強生牌舷外引擎。但我們這艘「布龍．布圖」，船尾那玩意兒卻是個黑鐵鐵的尨然大物。我湊前一看。那胖嘟嘟烏鰍鰍的，比重型摩托車還要壯碩的油箱上，赫然印著六個血紅英文字母：野馬哈。喔！山葉引擎，少說也有五十匹馬力。克絲婷對這個模樣駭人的黑傢伙，倒是十分中意，因為它擁有足夠的力量，推動我們的長舟，在這旅程的節骨眼，迎著暴雨過後大河上游驟然發生的山洪，一路乘風破浪，穿渡重重險灘、急流和漩渦，剋日將我們姑姪倆載送到目的地，峇都帝坂山腳。

早晨七點正。一輪赤日頭早已從東方天際，嵬嵬礧礧一碧如洗的石頭山巔，笑咪咪地探出了臉龐來。

呱——剮剮剳——昨日晌午大雨中銷聲匿跡的婆羅門鳶，伊班大神辛格朗．布龍的御前鳥，長屋子民辛勤的守護者，這會兒也紛紛現身，抖擻起精神，伸張牠們那烏黝黝亮晶晶、兀自閃爍著雨珠的雙翼，厲聲嗥叫著，開始巡弋大河上空。呱呱，剮剳剮剳——

挺美好、吉利的一個日子。

三名舟子各就各位。

舵手約瑟夫，穿著一身光鮮港製歐風休閒服，戴上墨鏡，齜著兩排小白牙，笑嘻嘻蹲在船尾，不時扭轉過脖子來瞅瞅我，羞答答瞄一瞄克絲婷（往後五天航程中，他時時掛在嘴邊的那位尊貴的、令人仰慕的馬利亞・房龍小姐）。領航員篷篷，一逕悶聲不響，只管綳著他那兩腮子黧黑油亮的橫肉，獨自盤足坐在船頭豔陽下，圓睜著兩粒死鯊魚眼珠，好久一眨不眨，盯住前方波浪滔滔的河道。嚮導加隆・英干，那位連自己究竟活了多少歲數、討過幾房妻室、生養多少子嗣、一生總共割取幾顆人頭都算不清的老獵人，渾身赤條條，只在胯間圓鼓鼓地紮著一條鮮紅色兜襠布，這會兒，小巨人般，聳立起他那不滿五呎乾巴巴的身軀，一臉肅穆，跨站在長舟中央橫板上，覷著眼望向東方天際石頭山。

潑剌剌，驚天動地一聲響，野馬哈引擎給發動了，我們的船登時有如一隻突然被弄醒的豹，往前直躥而出。

「布龍・布圖」號長舟啟行嘍。

八月一場熱帶暴雨，只一夕之間，就將婆羅洲第一大河卡布雅斯河，變成一條黃濤滾滾的大洪流。旭日照射下放眼望去，妳看見千百隻金光燦爛的蛟龍，從上游群山中鑽出，挾著億噸黃泥沙，一路翻騰嘶吼，爭先恐後，朝向我們這艘排水量不足一噸、好似狂風中一片樹葉的小木船兒，轟隆隆直撲過來！

丫頭，妳莫小看我們的舵手約瑟夫，年少輕浮，鎮日裡邊哼著貓王的〈哭泣在小教堂中〉，邊撫弄他那油光水亮、調理得又尖又翹的詹姆士・狄恩式飛機頭，在房龍小姐面前晃來晃去。看哪，他一蹲上船尾，握住引擎把手，操作起那具懸掛在船舷外的黑色龐然大物，臉一板，霎時間就變了個人。在他那隻穩健老練、蛇樣靈活的巧手駕馭之下，我們的船開足馬力，迎著山洪，潑喇潑喇蹦蹦濺濺，騰雲駕霧般一路全速破浪前進。約瑟夫的任務：今天傍晚日落之前，把甲必丹武家驊的兩位貴客，房龍小姐和她的支那姪兒「永」，平安而準時地送到距離普勞・普勞村一百公里的浪・巴望達哈（血湖）——卡江源頭帝坂山區伊班禁地的入口、鬼月朝山的第一站。

* * *

途中又見領路鳥。

朱鴒，妳還記得她們嗎？那群守護天使般，日日夜夜，棲停在婆羅洲內陸河道上，監視往來舟旅的叢林水鳥：小蒼鷺、婆羅洲魚狗、磯鷸、美豔絕倫的黑冠翡翠鳥。她們總是支著一雙細長腳兒，顫顫巍巍，蹲在河畔一根伸向河心的樹枝末端，目不轉睛，盯住河道，每回看見有船陷入險境，眼一睜，咻地從樹上直撲下來，飛到船頭正前方，不聲不響引領落難的旅人和他們的船舶，穿過滾滾洪流，渡過一座座險灘，直來到約莫五百碼之外，她轄下的疆域邊緣，才悄然折返，棲停回原來的樹枝上，挺有默契地，將引路的任務移交給守候在下一段水域的領航員——那另一隻滿臉焦急，骨碌骨碌轉動著眼珠，孤零零，伸長脖子蹲在水湄守望河道的翠鳥或小魚鷹……

領路鳥，沿著婆羅洲大河一站又一站，輪流放哨，守望來往船舶的水仙子們，個頭總也那麼嬌小，神色老是孤獨焦慮，卻又是這樣的盡心盡責風雨無阻，令人——心地善良敏感如小丫頭朱鴒妳——看見了不由地感到心酸、心疼，又打心底萬分敬重。

七月初四早晨，我們這支大河探險隊離開桑高鎮後，展開中段航程，不正是她們一路接棒，引導我們搭乘的鐵殼船，摩多安號、摩多祥順號、摩多翔鳳號……航行在婆羅洲內陸那水道縱橫、暗無天日的原始森林中麼？

可是丫頭，聰慧如妳應該早就發現了吧，我們的船一旦穿過遭受濫墾濫伐的「紅色雨林」，進入「新月灣」——記得嗎？那原本純淨得有如上帝遺留在地球上的一枚月牙兒，如今造孽啊，在成群科馬子怪獸蹂躪之下，河水已被染紅，河岸靜蕩蕩再也聽不見鳥聲，河灘空寂寂，再無兒童戲水的卡江流域最美麗河灣——一路直到紅色城市，新唐，好長好長的一段航程中，我們就不曾再看見她們了。

領路鳥，銷聲匿跡了好一陣子。

今早，她們突又露臉。

首先現身的是一隻磯鷸。小不點，孤單單，她早就守望在河畔一株大栗樹梢頭上，滿臉倉皇，昂聳著一顆棕紅小頭顱，迎著火紅的旭日，滴溜溜轉動兩粒金黃眼珠子，遠遠看見我們的船──「布龍・布圖」號長舟──出現在洪流中，驀地眼一睜，拔腳就從樹梢上的瞭望台飛撲下來，棲停在河心一株漂流木上，顛顛蹬蹬，搭乘它順流而下，直來到我們面前，扯起嗓門咻咻啼叫不住，彷彿在向我們示警：避開大雨後河面上四處流竄的木頭、成堆糾纏的樹枝、一具具臭烘烘的動物屍體、各種排泄物和千奇百怪、來路不明的垃圾。

──特你馬加色！早，小美人。

舵手約瑟夫齜著兩排白牙，燦爛地咧嘴一笑，從船尾那具黑鐵鐵野馬哈引擎上，騰出一隻手來，舉到眉心向她致意。

眼一亮，點點頭，小磯鷸霍地從騎乘的浮木上一躍而下，轉個身，翹起小屁股，迎向大河浪濤中金光粼粼一輪盪漾的朝陽，撲，撲，使出全身的力氣，不住拍打她那雙細巧的茶褐色翅膀，穿梭飛翔在泥流滾滾、暗礁四伏的中央河道上，引領我們前行。

磯鷸，婆羅洲內陸水域常見的、貌不驚人的叢林小水鳥，其實並不擅於飛行，平日看到她時，總是蹦蹬著一雙細長如火柴棒的腳兒，疾奔在河心沙洲上，邊跑邊覓食，邊回頭守望和招引她負責領航的船舶，可昨天下過一場大雨，今早山洪爆發，把河中的沙洲全都淹沒了。如今在泛濫的河道上領航，只能靠飛行。飛得累了，兩隻翅膀再也使不出力氣了，機靈四下一望，小磯鷸（她是多麼聰明的小丫頭！朱鴒，不輸妳哦）就挑選一株穩當可靠的漂流木，縱身棲停在上頭，休憩一晌，才又繼續擔起引航的任務，一路逆流而上，平平安安的把我們的船帶到五百碼外，她的疆域邊緣，這才悄悄折返，獨個兒回到她負責守望的崗哨上，一聲也不吭，挺有默契地，將帶路的工作移交給下一個領航員。

水湄上一隻小魚鷹，早就等候在那兒。

妳看她，箕張著一雙細小、強韌的腳爪，牢牢地箍住河畔懸垂的一根嫩枝，晃啊晃，棲停在滾滾洪流上，翹起灰褐色尾巴，骨碌著兩顆蛋黃眼珠，盯住前方航道，直等到「布龍・布圖號」的舟子們揮手向卸任的領航員——勞苦功高的小磯鷸——殷殷道別，她才眨兩下眼睛，抖抖尾巴，咻地從樹枝上飛射下來，滑翔到船頭前方，不動聲色，肩負起第二階段的、越來越艱巨危險的領航任務，因為，越往上游走，山洪越發兇猛，河面上漂流的木頭和獸屍也聚集得越多……

磯鷸、魚鷹、蒼鷺、各種婆羅洲小魚狗……喔！莫忘了還有那號稱婆羅洲的夜明珠，生得有如幽靈般美豔，一撮冰藍火燄似的，大白晝，驚鴻一瞥，孤伶伶飄忽在深山水澤中的黑冠翡翠鳥。

這群個頭嬌小、熱心助人的水仙子，自我任命的婆羅洲河流領航員，在這陰曆鬼月初十早晨，月圓前五天，我們姑姪倆離開松園旅館，重新出發，再度啟航準備朝山之際，不知奉誰之命，排班似地一早就守候在河道上各個關卡。妳看，她們精神抖擻，就像一群訓練有素的運動員，一棒傳遞一棒，輪番上場，在朝陽下的大河中展開一場別開生面、非常精彩的叢林水鳥接力賽！

我們的舵手約瑟夫，二十出頭的馬當族小夥子，驀地，童心大發，索性開足船尾那具超大型野馬哈（山葉）舷外引擎的馬力，哈哈大笑，跟這群小不點叢林選手，在黃浪滔滔一片汪洋的卡布雅斯河上，互相追逐賽起跑來。

但是，總也難超越她們。

船上火紅紅一蓬飛飀的髮絲，迎風不住撩舞。克絲婷挺直腰桿子，昂起胸脯，端坐在長舟中央一條橫板上，仰臉遊目四顧，看得好不開心。船舵濺潑起的簇簇水花中，只見她一臉子眉開眼笑。

二本松鬼屋，已經被遠遠拋在後頭，麗日下再也望不見了。

七月初十夜　浪・巴望達哈（血湖）

粉紅紗籠中的天地

肯雅族有個非常古老、至今族人們仍然深信不疑的傳說——

三天前，在浪・阿爾卡迪亞桃源村夜宴上，長老彭古魯・伊波・安達嗨一邊啜飲純度三十八巴仙的阿辣革老米酒，一邊拈著黑炭條在地板上畫地圖，煞有介事地，向兩位遠道而來的不速之客，荷蘭的克莉絲汀娜・馬利亞・房龍小姐與她的支那姪兒永，在一盞搖曳不休的煤油燈下，娓娓講述這個不朽的傳說：

大河盡頭的聖山峇都帝坂，山麓有五個大湖，專供往生者的魂靈居住：善終者，死後前往位於中央的「阿波拉甘」定居，過著和生前同樣衣食不缺、無災無病的平靜生活；為部族征戰壯烈陣亡者，英靈驍驍乘風飄向西邊的「巴望達哈」，血水之湖，那兒有眾多來自全婆羅洲、死於難產的年輕婦女，任他挑選為妻，從此過著安逸富足的日子；溺水死亡者，進入南方「巴里瑪迭伊」冥河下的一座地底湖，終日守望在河中，等待長舟翻覆或長屋被洪水沖毀，以便撿獲依法歸他們所有的一切值錢物品；夭折的長屋兒童，則在大神之妻歐珂・裴本紺庇護下自成一族群，聚居在東方的「登由拉鹿」湖畔，過著無憂無慮、樂園一般的日子，因為這群尚未出生或年紀還小的娃兒，根本不識人生的愁滋味（有一說，他們的居留地原本是卡江中游的「新月灣」，後來，由於科馬子怪獸大舉入侵，他們被迫遷村，搬到聖山東邊最幽深、最原始、至今尚未被人跡踐踏過的處女林）；最後一種往生者是死於自殺的人（這種事在肯雅部落中非常稀罕，但偶爾會發生），最為人所不齒，下場也最悽慘，他們的魂魄被永世拘禁在聖山北邊荒冷的「巴望・瑪迭伊木翁」湖，自戕者之國，每天只能以野果、生河龜肉與粗糲的西谷米充饑。五大湖之外，還有幾十座零星的小湖，散布在峇都帝坂山山麓，圓月下，空曠靜謐一如洪荒的平野上，讓世間人人，死後皆各有所歸。這一簇宛如叢林夜明珠的湖泊，星羅棋布，井然有序，安頓死於其他原因或身分特殊的往生者。其中最特別、最引人好奇的湖，是新近才出現，便急速擴張，神祕地坐落於冥河北岸死亡蔭谷的「巴望達哈・普帖」（白血湖），專門收容那近來日漸增多、每逢月圓之日，便搭乘無人駕駛的空舟，或孑然一身或成群結夥，朝向峇都帝坂山溯流而上的異國魂靈：因各種緣由，死亡於離鄉萬里的婆羅洲，遠隔重洋，有家歸不得的「端・漢都・歐郎普帖」（尊敬的白人鬼魂先生）。

這便是七月初八夜，在桃源村長屋，彭古魯・伊波盤足坐在廳堂中，伴著他心愛的、引以為傲的粉紅梳妝台——丫頭記得嗎？他老人家千辛萬苦跋山涉水，從分水嶺另一邊的城市揹回家，獻給老妻的禮物——在一盞油燈閃照下，邊殷殷進酒，邊向那不顧他的勸阻，執意在鬼月朝山的一對關係奇特的姑姪，善意地提供的訊息。

而我和克絲婷姑媽今天乘船前往的地點，朝山的第一站，就是位於聖山西邊的「巴望達哈」，血水之湖，戰死的男人和難產的婦女往生之處。

今天七月初十，傍晚六點，婆羅洲內陸群鴉噪鬧落紅滿天之際，我們的船「布龍・布圖號」摩多長舟，鼓足它的五十匹馬力，潑剌潑剌，在山洪爆發的河道上行駛一整天，衝破百公里黃濤，逆流而上，終於，在那一隻隻小不點叢林水鳥輪流領航之下，平安、順利地，準時抵達這段航程的終點。

湖畔村莊，炊煙早已四下升起。叢林層層包圍下，綠洲般，一座椰林掩映著村中百來間用白漆櫟木板、棕櫚葉片、竹子搭建的臨水高腳屋。挺尋常，毫無特徵，不怎麼起眼的一座馬來甘榜。但聽村民的口音卻不像本地馬來人或爪哇人，後來才聽村長賈巴拉・甘榜講說，他們的祖先來自民答那峨，七代之前，為了躲避乘大海船東來，登陸呂宋島，沿著菲律賓群島南下，一路燒殺姦淫的西班牙火槍兵，和他們的神，被迫舉族遷徙，乘獨木舟渡過波濤險惡、海盜出沒的蘇祿海，來到北婆羅洲，又經過兩年的跋涉，翻山越嶺，渡過五條大河，最後落腳於島中央一座方圓數百哩內沒有人煙，土地卻十分肥美，魚蝦豐富，但不知為了什麼原因，肯雅人視之為禁地的大湖畔。蒙真主眷顧——依夏阿拉！他們建立起了一座民答那峨式村莊和清真寺，村名就叫「浪・巴望達哈」。（順便告訴事事都愛追根究柢的丫頭妳：「浪」是肯雅語，意思就是村莊或甘榜。我們這趟大河之旅，一路上可要經過好多座屬於不同民族的「浪」呢。）

浪・巴望達哈便是我們今晚的打尖處。這個村，怎麼看，都不像彭古魯言之鑿鑿、傳說中那蓄滿了戰士和產婦之血的鬼湖。不瞞妳說，丫頭，那時我心裡真有一種嗒然若失，甚至意興闌珊的感覺。

嚮導加隆・英干出面，代表我們姑姪向村裡的頭人賈巴拉・甘榜——白髮白髯、頭戴白色哈齊帽（象徵他尊貴的麥加朝聖者身分）、滿臉慈祥的馬來老鄉紳，浪・巴望達哈村村長——交涉住宿事宜。兩個老人家盤足坐在主屋廳堂上，互敬羅各菸，然後咬耳朵開始密談。我豎起耳朵努力諦聽，只捕捉到幾個名字：天猛公朱雀、彭古魯・伊波、甲必丹武、已故的克里斯朵夫・房龍上校和他的曾孫女，坤甸房龍莊園唯一的繼承人，普安・克莉絲汀娜……談判歷時二十分鐘，克絲婷答應捐助一筆印尼盾，維修村中的清真寺，村長終於首肯，讓房龍小姐姑姪兩個在村中借住一宿。

我們的客房，就設在湖濱一幢設備齊全，打掃得十分乾淨，但不知為了什麼緣故，目前無人居住的水上高腳屋。晚飯後，我打起赤膊來，獨自坐在露台一張籐椅裡，把雙腳架在欄干上，享受遼闊的湖面粼粼吹來的涼風。

大雨後第一個夕陽，顯得格外壯烈輝煌。

妳看，湖上那一穹窿落日彩霞，放眼望去，像不像一幅巨大的血跡斑斑的絲綢帷幕，高高地、文風不動地，懸掛在婆羅洲的半壁天空。

底下的湖水，好似著火一般。

湖心，一瓣瓣雪白白不知什麼東西，魅影似的悄沒聲，只管濺潑著霞光，落花般成簇成簇，悠悠地隨風飄蕩盤旋在水面上。

我坐在客舍陽台欄干前，凝起眼睛迎著落日，久久瞅望著湖心這群純白色，脆弱、美麗得讓人不忍驚動她們的小幽靈。忽然，一股沁涼的香皂味，挾帶著那經過湖水洗濯，滌盡污垢和汗酸，變得格外穠郁、純淨誘人的肌膚香，悄悄從後面飄送過來，有如一張芳香的千絲萬縷的網，把我整個人團團籠罩住。那是克絲婷的氣味。我挺熟悉了，雖然我們兩人相識、相處迄今只不過十一天而已，可那是好漫長——漫長到時間彷彿已經停頓了，世界上只剩下兩個人——的十一個晝夜。多麼奇異的一趟旅程……

——永，你還好嗎？

兩條光裸皎白的手臂，夕陽下閃亮著蕊蕊水珠，倏地，從背後伸過來，一雙水蛇般涼涼膩膩地交叉纏繞住我的頸脖。

——我在看風景。克絲婷，妳洗過澡了？

——剛洗完。露天下，身上繫著一條紗籠在一個大湖裡洗澡，感覺真美妙。永，你一定要試試。我可以把我的紗籠借給你。瞧！就像她們那樣蹲在蘆葦叢裡……

我循著克絲婷的食指尖所指的方向，伸長脖子，從陽台上望去，果然看見水湄蘆葦叢中，一群甘榜婦女身上圍著紗籠，露出一雙雙古銅色膀子，蹲在水裡洗澡。湖濱，一縱隊年輕婦女約莫八、九個，腋下繫著一條鮮豔印花紗籠，挺著胸脯，搖曳著臀子，夕照裡晚風中飄甩起一把把縲絲樣漆黑頭髮，蹁躚魚貫行走，打赤腳，踏上那五十米長一條通往湖中的棧橋，直走到橋尾，嘩然一聲，紛紛放下手裡提著的衣籃子，蹬蹬蹬踩著橋旁的竹梯，一個接一個走進了湖中，一頭鑽進水草窩裡，解開腋下打的結，鬆開身上的紗籠，翹起臀子往水裡只一蹲，用雙手舀水，澆澆潑潑開始濯洗起身子來。偌大的湖面嘁嘁喳喳，登時迴響起一片笑語聲。先前在湖裡洗澡的那群婦女，沐浴完畢，分頭鑽出蘆葦叢，魚貫走上棧橋來，拎起身上那條濕答答圍著的紗籠，使勁抖兩抖，掖回胳肢窩下，打個結，隨即拿起衣籃裡擱著的一瓶五百西西，亮晶晶映著燦爛的夕陽，乍看有如黃金鎔液般的橄欖油，開始塗抹起身上各處來：髮梢、耳窩、頸脖、乳溝、臂膀和腿胯……

遠處，湖心，一篷篷水花飛濺，不斷傳出孩兒們潑水追逐打仗的嬉笑聲。湖畔村莊，依夏阿拉——那陣陣悠長激越的晚禱聲中，炊煙四下升起，一縷縷追隨著那成群聒噪不休的歸鴉，盤繞在黃昏椰林梢頭。

水草萋萋，湖岸空氣中瀰漫起橄欖油香，一波波，乘著湖風飄送到客館露台上來。

我深深吸了好幾口空氣，縱目四望：

——多美好、安寧的一座甘榜！

——唔。菲律賓群島的一個村子，神奇地，被移植到婆羅洲的內陸叢林。

——賈巴拉・甘榜說，他們的祖先是民答那峨人。

——永，你聽！民答那峨春米歌。

我豎起耳朵諦聽。果然，村中不知哪家屋裡有一群婦女趁著晚禱聲方歇，聚在一塊春米，約莫十幾二十個人，節慶般，興高采烈，邊揮舞杵子邊扯起嗓門唱歌。夕照晚風中，那一聲聲發自靈魂悲愴嘹喨的吶喊，伴隨木杵聲，篷，篷篷篷，有如一部古老的甘榜女聲大合唱，濤濤地流瀉過椰林，一波波不斷洶湧到我們耳際：

英瑪・伊薩——嗳——伊薩

——篷！

曼巴喲・瓦喀兮・帕蓋矣

——篷篷！

英瑪・伊薩——嗳——伊薩

——篷！

坎嫩・坎達特・巴巴喀喃

——篷篷篷！

英瑪・伊薩——噯——伊薩

——篷！

巴巴喀喃兮・帕蓋矣

——篷篷篷篷！

我豎著耳朵傾聽那一聲淒婉一聲，好似搖籃曲，又像是招魂歌的呼喚，一時聽得頭皮直發麻，心中不由的一酸：

——克絲婷，我問妳哦，英瑪・阿依曼的鬼魂今晚會不會再出現？

——誰？你說今晚誰會出現？

——在房龍農莊產下死嬰、投河自盡的民答那峨女人呀。

——這個阿依曼！她帶著她的嬰兒，母子兩個早已經轉世投生去啦。

——還沒。我知道她會先回到這裡來。

——永，你胡說。你怎麼知道？

——妳忘了嗎？這裡是什麼所在？峇都帝坂聖山下五大湖之一的「巴望達哈」，血水之湖。根據肯雅族的傳說，這個湖，是因難產而死亡、靈魂無所依歸的年輕婦女安息之地。

——噓，永！

克絲婷從背後伸出一隻手，冰涼涼，猛然摀住我的嘴。

落日懸吊大河口，越沉越紅，火燒火燎一片餘暉，沿著赤道線上，雨林中，那條金色長蛇似的蜿蜒貫穿婆羅洲島的卡布雅斯河，直直灑照過來，霎時，將「巴望達哈」遼闊的沼澤映染得紅通通，真個好似一座血湖。

湖濱，甘榜浴場上，洗完澡梳完頭的婦女們，腋窩下裹著一條乾淨印花紗籠，左手擰著濕髮絲右手提著衣籃，咭咭咯咯談笑著，蹁躚搖曳起她們那一胴一胴塗抹了橄欖油，夕陽照射下金亮亮，宛如印度廟神女的古銅色身子，一縱隊魚貫行走在棧橋上。炊煙漫漫，橄欖油四下飄香。我如醉如癡坐在客舍陽台一張籐椅裡，伸出脖子，凝著眼，直望著她們走到棧橋盡頭，踏上湖岸。婦女們甩起濕漉漉髮梢，迎向那入夜時分滿村星星點點、四處綻亮起的煤油燈，打赤腳，蹎蹎蹬蹬，踩著椰林中小徑上的鵝卵石，返回各自的高腳屋去了。

湖心那群白色小幽靈們，花瓣似的一枚枚一簇簇，依舊在水面上漂盪飛舞。

克絲婷，帶著一身麗仕肥皂香，佇立我身後，伸出兩條光裸的胳臂環抱住我的頸脖。食指尖尖，一摳一摳，只管戲謔地撥弄我的眼皮。

——天快黑了，永，你還在看什麼呀？你獨個兒在這裡坐了一個鐘頭囉。

——我在看湖上飄蕩的幽靈。

——哪裡啊？哦，鷺鷥！棲息在河口紅樹林中最美麗、最優雅的水鳥。可是奇怪呀，鷺鷥怎麼會出現在婆羅洲內陸的湖泊？而且數量那麼多，一大群一大群飛翔在湖上，從這兒眺望，就好像婆羅洲夏季八月的天空，白茫茫下起了一片大雪……

——她們是產婦魂靈的化身。

——哦，因生產而死、魂魄無所依歸的女人，就像一群苦命的姐妹，聚集在這座風景優美、世外桃源般的大湖中。你的想像力很豐富，永。知道嗎？我就是喜歡你的敏銳、細緻的心思……

格格一笑，克絲婷從我身後伸出一雙手掌來，牢牢捧住我的臉龐，豎起兩根大拇指，搓啊搓的只顧摩挲我的兩隻腮幫。

村莊中的舂米聲，停歇了。整座甘榜一下子變得有如廢墟般寂靜。

湖上的天空，只剩得一抹殘霞。

河口那顆即將沉落海洋中的大火球，驀地綻放出最後一簇光芒，落紅蕊蕊，潑血般，一古腦兒灑到湖中那群鷺鷥身上。夕照裡，悄沒聲息，她們只顧拍撲著一雙雙沾血的雪白翅膀，忽兒飛升上天，忽兒棲停湖面水草叢中，有時聚成一堆，有時四下飄零，直到天黑，兀自盤桓逡巡在巴望達哈大湖心。

——克絲婷，人生就像她們一樣嗎？永遠飄蕩在湖面上，永遠在尋找最後的永恆的歸宿……就像妳，就像——我。

——你今晚到底怎麼了？今天的你特別多愁善感喔，永。

克絲婷站在我的椅子背後，俯下身來，吃吃笑，兩條胳臂猛一使勁，緊緊箍住我的整株脖子，把我的頭，硬生生地，攬進了她那敞開的胸口。我聞到她的兩個腋窩中，濕答答汗萋萋，漫漾出的一股羴味，驀地感到一陣暈眩，但是，我沒有掙扎，順從地把頭向後一仰，將我整顆後腦勺子枕靠在她一雙臂彎裡。

*　*　*

不知什麼時候，天就落黑了。

怦然，大河口那一輪火紅火紅懸吊在海平線上，待沉不沉，晃盪了老半天的太陽，終於墜入煙波蒼茫的爪哇海。

又見天河。

記得嗎，丫頭，七月七日七夕那天，我帶領我那重返故園、傷心欲絕的荷蘭姑媽，克莉絲汀娜・房龍，在一位好心的伊班老舟子協助下，搭乘他的摩多長舟，漏夜，擺脫成群科馬子怪獸的追殺，倉皇逃出紅色城市新唐。來到城外大河灘上，坐在舟中稍稍歇一口氣時，猛抬頭，我們看見，夏夜赤道線上黑漆漆的天空中，一條浩瀚的星河，呈大弧形，從東北方朝向東南方，橫跨半個天空，好似一條銀光閃閃一瀉千里的急流，嘩喇嘩喇，驟然出現在我們頭頂上，展露在我們那兩雙驚愕的眼睛前。

婆羅洲的天河，竟是如此壯美。

那時，我和克絲婷雙雙仰起臉龐，凝住眼眸，看呆了。

此刻在卡布雅斯河上游，朝山的第一站，燎燒了整日的太陽才沉落，天一入黑，好像澳西叔叔耍戲法，在滿臉孺慕、目瞪口呆的一群長屋兒童面前，舉起手中的拐杖，一揮，瞧！這條天河又出現在我們眼前，那波光粼粼，殘霞如瘀血，成群白水鳥兀自盤旋不去的「巴望達哈」大湖上空。（丫頭，不知怎的，我心裡老記掛著澳西叔叔，峇爸・澳西，長屋兒童口中的白人爺爺。這位滿頭銀絲，笑咪咪慈眉善目，彌勒佛似的一逕腆著個皮鼓樣的大肚膛，伊班人敬之如神的「達勇・普帖」，偉大的白魔法師，自從魯馬加央一別，不知又上哪兒去耍戲法，蠱惑那成群倚門盼望、日日企待他老人家臨幸的長屋小姑娘……）七月初九暴雨後，頭一個夜晚，婆羅洲的天空顯得特別清朗，萬里無塵。丫頭，妳看，天河中那一千多億顆恆星，密密匝匝大大小小，從天之北，往地之南，合力搭架起一座長長的鵲橋，橫跨卡江源頭、石頭山上那一碧如洗的夜空，乍看，像不像無數隻眼眸子，清亮、純淨無瑕，有如魔術表演會上，伊班娃兒們那一雙雙睜大的眼瞳，聚在一塊只管競相閃爍，眨啊眨……

*　*　*

半夜忽然醒來，渾身濕答答地冒出一片涼汗。屋內沒點燈。黑裡，只有一條蒼白的月光，悄悄照射進門板縫，投落在枕頭下方一張竹蓆上。我拍著心窩，努力思索好久，才記起今天七月初十（現在的時辰已經過了子夜，應該是七月十一了），我們在旅途中借宿於血湖畔的浪・巴望達哈村，一間無人居住的高腳屋。好靜。四下沒半點聲息。連那嗚嗚嗚噗——嗚噗——我們沿著大河溯流而上，七天來，每夜都聽到的深山母猿們召喚失散的子兒，此落彼起，競賽似地聲聲悽厲綿長的啼叫，這會兒也聽不見了。連那（丫頭妳聽了，可別齜牙咧嘴打哆嗦）鬼吹螺，那午夜報時般每晚必定綻響，彷彿古代邊關烽火台傳遞訊息，一家傳一家，一村傳一村，淒淒涼涼響徹大河兩岸，驚動數十哩方圓內每座長屋、甘榜和支那莊的狗吠聲，今晚，不知為了什麼緣故，忽然停歇了。我坐在臥蓆上，豎起兩隻耳朵諦聽，終於捕捉到隔壁房間傳出的鼾息。克絲婷睡得很沉、很安穩。我安心了，隨手抓起地板上堆著的衣服，揩拭身上黏搭搭的臭汗，這才想起，今天我還沒洗過澡呢。於是我打開行囊，找出毛巾和一套乾淨的衣服，趁著這子夜時分，更深人靜，踏著月光到大湖中痛痛快快泡個水。

才推得門，一腳跨出門檻，瞧，那滿天星斗便像萬千桶晶瑩剔透的碎冰，驀地給弄翻了似的，砯砯磅磅，沒頭沒腦直朝我頭頂上傾注下來！

一湖清光。我站在客舍門口伸首眺望，一時看得癡啦。滿天裡星靨靨。

丫頭，妳看過子夜的星星沒？它們就好像一群——好大的一群！至少有上億個喔——半夜逃家的小頑童，把身上所有衣物一古腦兒全都剝掉，赤條條地，光著皎白的身子，睜著一雙雙清亮調皮的眼瞳，月下，呼朋引伴，糾集在那一條白色巨虹般橫跨婆羅洲半壁天空的銀河中，蹦蹦濺濺，互相潑水追逐，玩水玩得正在興頭上，好不逍遙快活。天河裡戲水的一群兒童！他們讓我想起新月灣的伊班孩子。丫頭，記得吧？四天前我們搭乘鐵殼船，航經紅色雨林時，克絲婷曾為這個河灣的消失、娃兒們的不知去向，蹲在船頭，蒙著臉孔放聲嚎啕大哭！二戰期間被成噸、成噸燃燒彈，夷為一灘殷紅焦土之前，這片坐落於卡江中游，幽深深一條百里綠色甬道的盡處，好似上帝不小心，遺留在地球上的一枚月牙兒，美得正如其名「新月灣」的河灘，當初，自從開天闢地以來，經歷不知幾世幾劫，一直就是伊班兒童的專屬戲水場……

躡手躡腳，我光著腳丫，踩著木梯，步下我和克絲婷借住的高腳屋，摸黑朝向湖畔浴場走去，回頭一看，只見整座甘榜幾百幢白牆綠頂、玩具般玲瓏可愛的高腳屋，暗沉沉悄沒聲息，有如一群蟄伏的小獸，互相依偎著，匍匐在那迎著湖風翏翏搖曳的椰林中。一村人家，全都熄了燈火，只村落中央那間小小的石造清真寺，高聳的叫拜塔上，炯炯地點著一盞篝火似的橘紅風燈。

荒冷冷一瓢月，斜掛峇都帝坂山巔。

白鷺鷥！這子夜時分兀自成群盤旋出沒在湖心上。她們那孤獨、瘦小、美麗得有如幽靈般的身影，一瓣瓣一蓬蓬，沒聲沒息，風中飄飄蕩蕩忽現忽隱，月光潑照下顯得越發蒼白，輕盈，漂泊無依了。

湖畔浴場空無一人。我把毛巾和換洗衣物堆放在岸邊大石墩上，脫掉身上的衣服，光著身子，沿著一條五十米長的木造棧橋，快步走到湖中蘆葦深處，撲通，跳入水裡。湖水冷溘溘，一下子就滲透進我身上所有毛細孔，冷澈我的骨髓。我打著哆嗦蹲伏在水草叢中，撈起一把細沙，開始擦拭自己的身體。風吹草偃，一蓬蓊鬱的橄欖油香，摻混著濃濃髮精香，從蘆葦窩中四下漫漾開來，直襲我的鼻端，嗆得我一連打出好幾個大噴嚏。我想起昨天傍晚，日將落時，我獨自坐在客舍露台上眺望湖景。有如高更畫作似的，一幅色彩絢爛、線條簡樸、可美得讓人目眩的場景豁然展現在我眼前：夕陽照射下，一群甘榜婦女，渾身金亮亮，光著兩隻古銅色的膀子，裸著滑潤的肩背，只在腰間鬆鬆地裹著一條印花紗籠，三三兩兩嘁嘁喳喳談笑著，藉著蘆葦的遮蔽，弓著身子翹著臀子站在湖水中洗澡。她們身後的湖畔村莊，樹梢青煙飄漫，正是晚炊時分。

好久，我就蜷曲著身子，蹲在她們的蘆葦窩中，吸吸歙歙，恣意地，聞嗅她們的身體遺留在湖水中的橄欖油香，邊濯洗身子，邊馳騁思懷，霎時間覺得自己彷彿置身一場奇幻夢境中，天地空闊，萬籟俱寂，血水湖上白雪雪一群幽靈展翅飛舞，天際石頭山巔，鬼氣森森一團水月縹緲……

也不知過了多久，心中一凜，忽聽得潑刺刺一聲響，睜眼看時，只見月光下兩條水蛇扭擺著十呎來長、通體雪白、滿布著一蕊蕊花斑的身子，妖妖嬈嬈，倏地，從湖畔一株老栗樹根部大窟窿裡鑽出來，互相追逐著，齧咬著，癲癲狂狂一路纏鬥不休，迸濺起朵朵水星，穿越過月光粼粼的湖面，身形一閃，雙雙消失在湖心沙洲上水草叢中。

湖上，那群小幽靈自管拍撲著一雙雙皎白的翅膀，宛如一簇紛飛的白色的落花，一逕漂盪、盤旋在湖心。

月亮開始西斜了。

看看天時，早已過了子夜。

頭頂上那一穹窿星星，噪鬧得越發燦爛，一窩子笑吟吟俯瞰著我，眨巴眨巴，競相閃爍它們那頑童般億萬雙狡黠、清亮的眼眸。妳看那婆羅洲盛夏時節的天河，好低，好近——低得讓妳一豎起耳朵，就聽見星星們的喧嘩聲，近得讓妳一抬頭就看到（朱鴒丫頭，妳肯定喜歡這種奇異、美妙無比的經驗）妳那張小瓜子臉兒，風塵僕僕，披著一頭亂草樣的短髮絲，帶著兩渦子笑靨，照鏡子似地，倒映在妳頭頂上那條清澈、晶瑩如冰川的星河中。

四更天時，大河上游冥山腳下的浪・巴望達哈村，就是坐落在這樣的一個星空下。我光著身子，獨自蹲在湖中洗澡，把自己想像成天河中的一顆孤星，感到好不逍遙快活，心情一放縱，不知不覺就哼起了那首民答那峨春米歌：

英瑪・伊薩——噯——伊薩
曼巴哟・卡德兮・安丹
英瑪・伊薩——噯——伊薩
古瑪士・蘇・葛蘇喂・丹……

湖畔椰林中，影一閃。我揉揉眼皮定睛望去。月下，紅灩灩一條窈窕身影，濕湫湫披著一頭漆黑的長髮絲。我使勁眨兩下眼睛，伸出脖子又一瞧。悄沒聲，影消失。我站在湖裡呆呆守望兩三分鐘。滿天星光潑照下，一張臉子水白白，驀地又浮現在椰林中月影裡。她終於挪動腳步，搖曳起腰間繫著的那條依舊光彩奪目，高高地，鼓鼓地，撐托起兩隻咖啡色乳房的紗籠，慢慢走出黑影地來，在湖畔一灘水月清光中，俏生生立定了。

自從七月初五，魯馬加央長屋夜宴上一別，五天沒見，她仍然穿著她那件粉紅紗籠，懷裡揣著寶貝似地，緊緊抱著一個用黃色小被褥包裹住的死嬰，孤零零，漂泊在大河岸，一路只管追躡我們的船。

不知為了什麼緣故，從河口坤甸城開始，她就跟定我們，夜夜朝向大河盡頭，石頭山巔那一輪隨著陰曆七月十五，月圓之夜日愈逼近，形體逐漸脹大，變得越來越豐滿的月亮，一路溯流，打赤腳跋涉數百公里，終於來到了朝山第一站的浪・巴望達哈民答那峨村。

這會兒，風塵僕僕，她一身髒兮兮濕答答抱著娃娃，佇立在村口湖畔，只管靜靜瞅著我。一雙幽黑眼塘子烏亮晶晶，瘋婆子似的綴滿血絲。我站在湖中怔怔望著她。兩下裡，隔著水湄一簇迎風招展的蘆花，雙雙打一照面。眼瞳一柔，她伸手拍拍懷裡的娃娃，羞澀地笑了笑，月光下綻露出好一口皎潔的門牙來。好久，她乜著眼睨著我，忽然舉起一隻手，抓起那一蓬覆蓋在她那兩顆黑珍珠似的乳頭上的髮絲，一把撩到肩膀後，甩兩下，回頭望望椰林中黯沉沉的甘榜，幽幽嘆出兩口氣來，隨即弓下腰身，把嬰兒安放在湖邊一座擣衣用的石墩上，挺聳起胸脯，邁步踏上棧橋，光著腳丫，拖曳著她那條在河畔叢林跋涉了好幾天、沾滿泥巴的紗籠下襬，蹬，蹬，蹬，踩著棧橋上的木板，朝向我直直走過來了。

夜深。湖面一片空寂，連那群飄蕩不休的鷺鷥也棲息了，剎那消失無蹤。

一枚月亮搖啊搖，獨自個，盪漾在那倒映著天河、灑滿蕊蕊星光的遼闊水域中。

蹬。蹬。蹬。

她直直走到棧橋尾端，停住腳步。

湖上，風潑潑。她身上那襲水紅紗籠飛飈起來，開衩處，倏現倏隱，露出兩條古銅色的長腿子和兩顆渾圓的腳踝。我瑟縮著身子，半蹲在水中，只顧昂著頭伸出脖子，怔怔望著她的身影。她只是靜靜站在棧橋上，迎著風，一手搗住她那滿肩亂舞四下飄散的長髮絲，一手聚攏起紗籠襬子，目光睒睒，凝住兩隻漆黑眼瞳，低下頭來一眨不眨瞅住我。橋上橋下，就這樣隔著一叢蕭蕭蔌蔌隨風搖蕩的蘆葦，好久，只管對望著。中了蠱似地身不由主，我扯起嗓門來，癡癡地，又對她哼唱起那首魔咒一般悽惻纏綿的舂米歌／搖籃曲：

英瑪・伊薩——噯——伊薩

曼巴喲・瓦喀兮・帕蓋矣……

那一個個古老蒼涼的民答那峨馬來詞語：哦坎嫩・坎達特・巴巴喀喃／沙貢・喀德・笛的曼巴喲／伊薩爾紗籠・吉耶克科／英瑪・伊薩——噯——伊薩……彷彿字字沾著黏搭搭的瘀血，召魂般，不住流盪在午夜那空寂寂、白茫茫、沉浸在一泓月光中的「巴望達哈」血湖上，直欲將湖水染得猩紅……

眼睛驀一花，歌聲中，我彷彿聽見嘩喇喇一聲巨響。頭頂上那條浩瀚的天河，雪崩似地，驟然傾瀉下來。滿天星辰，登時幻變成漫空飛迸的血點子，一篷篷一陣陣，不住濺潑到我頭臉上，紅灩灩地灑滿她一身子。

她兀自佇立棧橋上，凝著眼，眺望湖畔的甘榜和甘榜背後，椰林梢頭，那座黑魆魆浮現在天河底下的石頭山，不聲不響只是豎耳傾聽，半天，眼圈陡地一紅，水白的臉龐撲簌簌就流下了兩行眼淚。

我慌忙止住歌聲。

如夢初醒，她使勁甩了甩頭，把滿肩迎風亂舞的髮絲往肩後一撥，伸手擦擦眼睛，隨即弓身捉住紗籠下襬，提在手中，望著我，只一踟躕便邁出兩隻光腳丫子，嘎吱嘎吱，踩著棧橋旁那座搖搖晃晃的毛竹梯，一步一步走下來，涉水進入蘆葦叢中，在我面前立定。

月光白皎皎灑潑到她臉龐上。

迄今為止，在這趟漫長的暑假鬼月大河旅程中，我與這個遊魂一般抱著孩子、夜夜逡巡河岸的女人，先後打過三次照面——三次，丫頭都還記得嗎？坤甸房龍農莊上、桑高鎮白骨墩紅毛城下的木瓜園裡、魯馬加央長屋夜宴——但這是頭一回，我們倆面對面站立，中間只隔三呎湖水，距離之近，我都聽聞得到甚至吸嗅到她的鼻息。這回，我可以清清楚楚、毫無顧忌地觀看她的容顏。

挺平常，可也挺健康明朗，年紀約莫二十四、五的民答那峨女子，擁有一副光潤的古銅色肌膚，和一張頗娟秀的鵝蛋臉。肩上烏油油一把縲絲樣的長髮，在大河畔飄蕩了這些天，鎮日曝曬在鬼月——陰曆七月陽曆八月婆羅洲大旱季——的毒日頭下，早已沾滿風塵，變成一窩枯黃的雜草了。那一雙原本應該十分清澄、靈秀的茶褐色眼眸，因日夜兼程趕路，如今，變成兩口幽闇深邃的眼塘子，滿瞳仁血絲斑斑，在這滿天星光，隨著夜深，銀河顯得越發燦爛熱鬧的午夜大湖上，只管一眨不眨凝視我。

我顫抖著嗓門，低低呼喚一聲：

——英瑪・阿依曼。

她沒有回答，只呆呆望著我。過了好半晌，她終於咧開兩瓣枯焦的嘴唇，綻露出一口皎潔的好牙齒，目光一柔，瞅著我羞澀地笑了。

——阿依曼，妳回到家了，從此不再漂泊流浪了。以後我再也沒有機會遇見妳了。

我瑟縮著身子，哆嗦著站在半夜深更沁涼如冰的湖水中，格格格直打牙戰，望著她，孩兒似地只管哀哀對她呼喚。也不答腔，她拎起紗籠下襬，邁出兩隻腳丫子潑剌潑剌涉水走上幾步，來到我面前，立定了，伸手解開腋下打著的結，鬆開身上的紗籠，不聲不響就往我身上圍攏了過去，把我整個赤裸裸、冰冷冷的身子，密匝匝地包裹在她那條溫熱的紗籠裡。

紗籠內，別有洞天。

石頭山巔一枚月亮縹緲注視下，浪・巴望達哈甘榜血湖上，就這樣，我和阿依曼共浴在這一方小小的、瀰漫著橄欖油香的粉紅天地中，很久很久，誰也沒吭出一聲。

*　*　*

不知過了多久，一抬頭，我就看到了一幅奇異莫名、讓我畢生難忘、至今思索起來，依然參不透箇中緣由的景象：

四更天時，天還沒破曉呢，我的姑媽兼旅伴克絲婷就已經起床，走出屋外來了。她穿著水藍睡袍，披著一肩蓬鬆的火紅髮絲，月下，迎著湖風，佇立湖岸上棧橋頭，睜著一雙海藍眼眸，只管朝向湖中呆呆地觀望。她身後，約莫五步光景，不知什麼時候，悄悄站出了那個肯雅族小聖母馬利亞・安孃・安達嗨。只見這個十二歲小女人，懷裡抱著芭比新娘，身上依舊穿著她那條邋遢花紗籠，圓鼓鼓，婝著她那日漸隆朣的身孕，站在湖畔一灘月光中，焦急地跂起一雙赤腳，睜起兩隻點漆般烏黑的眼睛，眺向湖心，一瞬不瞬只顧定定凝瞅住我。眼瞳中，依舊充滿話語，彷彿心裡有什麼要緊事情，必須趕快告訴我。但是，好半天，她那兩片蒼白的嘴唇只是一翕一張地，顫抖著，終究沒有把話說出口。湖畔風獵獵，她身上一把及腰的小黑鬘，飛蓬也似，飄飈在她身後，頭頂上，那一條亮晶晶嘩喇嘩喇兀自喧鬧不休的天河中。然後，丫頭哇，我把視線投向馬利亞・安孃身後椰林中，霎時，看到了我在這樣的時刻和這樣的地點——觀音菩薩！——萬萬不應該、絕對不可能看到的一個人。

我媽媽。

我的親生母親。

──娘，才十天沒見，您的頭髮怎麼一下子就又增添了好些花白？家裡還好嗎？

我一邊呼喚，一邊從阿依曼的紗籠中騰出一隻手來，使勁揉了揉眼睛，跂起雙腳，從湖中蘆葦窩裡伸出脖子，就著月光，朝向湖岸的椰林眺望過去。只見她，我那年紀不過四十歲、頭髮早現縷縷銀絲的親娘，天還沒亮，就已梳洗整齊，穿上她平日愛穿的那襲淡青底碎白花唐裝衫褲，瘦挑挑，帶著一臉微笑，瞅著我沒吭聲，獨個兒站立在──我又伸手用力搓搓兩隻眼皮──小聖母馬利亞‧安孃身後的湖灘上，那一地閃忽搖曳的椰影中。莫非今晚天氣燠熱，在婆羅洲中央分水嶺的另一邊，古晉城的家中，她又跟往常一樣睡不著覺，打早起床，走出門口來站在屋簷下，眺望山巔的明月光，邊想自己的心事，邊惦念她那個才十五歲、生平第一次出遠門的兒子，永：這會兒，少不更事的永，正跟一個年紀已三十好幾、來路可疑的荷蘭番鬼婆，攪混一起，在這陰曆鬼月，結伴從事一趟神祕危險的旅程呢。想著，惦著，念力所及，母親的精魂就化作一道只有兒子才看得見的形影，飄飄蕩蕩，飛越婆羅洲的崇山峻嶺，來到大河盡頭聖山下的血湖村，顯現在兒子眼前……

*　　　*　　　*

石頭山下水湄上的三個女人——克絲婷、馬利亞・安孃和我摯愛的母親——這天晚上就這樣一前一中一後，排列成一個奇詭而美麗的縱隊，靜悄悄，佇立在大河上游的浪・巴望達哈血湖濱，椰林中那一穹窿浩瀚燦爛的星河下。

三張溫柔、憔悴、美好的臉龐，浸沐在滿湖白皎皎月光裡，一瞬不瞬，齊齊朝向湖心凝望著，如同姊妹合影留念一般，似親密，卻又好像有點生分，神態若即若離。

就在我跂著腳站在湖中，抬頭癡癡眺望湖岸，目眩神迷、滿心惶惑之際，忽然聽得幽幽一聲嘆息，低頭一看：蘆花蕭蕭水草搖曳，紗籠中空蕩蕩，只剩下我自己的一條光溜溜瘦巴巴的身子。不知什麼時候，她，漂泊的阿依曼，甩著一頭枯黃長髮又靜悄悄地走了，從此不再與我相見，只遺下她那一胴體溫熱濃郁的橄欖油香，久久，久久，陰魂不散般，停駐在她留給我的那條粉紅紗籠內。

湖面上，一漣漪破碎的月影，兀自洄漩盪漾。

七月十一　動物與垃圾

大河咏嘆調

婆羅洲的天亮，總是伴隨著滿山呼號的猿啼聲。長夜將盡，天欲曉未曉。一天之中就屬這個時辰的景色最美麗淒迷。所以伊班人給它取個詩樣動人的名字：「英普獠・北奔吉」（長臂猿啼鳴的時刻）。今天早晨，在旅途中借住一宿的浪・巴望達哈血湖村，我便是在甘榜周遭滿林子乍然響起、濤濤如海浪、比賽似地彼落此起的「嗚——噗！嗚——噗！」聲中醒過來，揉著兩隻血絲眼睛，豎耳呆呆傾聽，好久才從臥蓆上跳起身，走出屋子，站在晨風習習的臨湖露台上，雙手扠腰，放眼覽望婆羅洲第一大河卡布雅斯河上游，深山中，盛夏時節，那一湖我前所未見的奇異曉色。

陰曆七月、陽曆八月中旬的拂曉，很是壯觀。西方海平線上，一枚殘月水濛濛斜掛大河口。東方天際大河源頭，黯沉沉蒼莽雨林中，太陽兀自藏匿在黑魑魑的一座石頭山背後，還不想露臉呢，妳瞧，山巔上整片魚肚白的天空，便像一匹剛紡成的布，給突然扔進了染缸裡，霎時間一古腦兒被染成紅色。叢林頂端樹梢頭，驀地朝霞似火燒。從臨湖高腳屋陽台上俯瞰，湖畔甘榜中，那三三兩兩東一幢西一簇，魅影似的四下浮現在晨霧中的景物，剎那全都給塗上濃濃的染料，一切看起來紅冬冬地：椰林梢，紅；村中人家的屋頂，紅；花木間兩三縷大清早升起的炊煙，紅；湖水，紅；就連那一早便出現在大湖心、幽靈樣飄蕩的白鷺鷥，悄沒聲，一眨眼間也隨著天空的顏色，幻變成一群豔麗、聒噪、迎著朝霞嬉戲在血水湖中的紅色水鳥；還有還有，那條黃色巨蟒般，晝夜不息，扯起嗓門嘶吼著流經村外的卡布雅斯河，在這破曉時分，也突然給傾倒入了成噸、成噸的染料，登時變身為一條紅色大河。

這便是我在大河之旅第十一天，朝山首站，浪・巴望達哈，婆羅洲內陸小小的一座馬來甘榜，一覺醒來，在成群血紅鷺鷥喧鬧中、滿山嘹嘵猿啼聲裡，所看到的破曉景色。

石頭山巔，迸射出鏃鏃金光。

日出。碩大的一輪。

今天肯定又是個萬里無雲的大晴天。

太陽才一露臉，血湖畔，那座在死亡般的一片寧謐中度過漫漫長夜的甘榜，便霍地醒轉，霎時滿村莊熱熱活活，四下綻響起各種各樣的人聲。首先，我們聽到男人們的晨禱：嗚哇依夏阿拉，遵從真主的旨意……安努葛拉阿拉，感謝真主的恩惠……禱告聲雄渾虔誠，一波一波滔滔地乘著湖風直飄出村口，搭上村外那條大河的浪濤，滾滾西流，湧向大河口，進入西方天際煙波茫茫的印度洋。接著，我們便聽到滿湖濱，鞊，鞊，迸響起婦女們的擣衣聲，一棒緊追著一棒，此落彼起，交織著孩兒們蹦蹦濺濺的戲水聲，在這晨早時分，清亮地迴漩在朝陽下波光粼粼、蘆葦婆娑的浪．巴望達哈大湖上。嘁嘁喳喳嘰嘰呱呱，棧橋下，整座湖濱浴場笑語聲四起。水草窩裡，只見一把一把烏黑長髮絲濕漉漉，潑剌潑剌，不住甩舞在水面上朝霞中。我扠腰站在客舍陽台上，聳起脖子，伸出鼻尖嗅了嗅：空氣中又瀰漫起了一叢叢濃郁、清新的橄欖油香。不多時，瞧！宛如嘉年華會般，椰林內一村子數百幢高腳屋，家家露台上五彩繽紛，爭妍鬥麗，晾掛起成百上千條剛洗好的各式手染花紗籠，嘩啦嘩啦滴答滴答，迎著湖風旭日，閃爍著水珠，伴隨那一裊裊滿村四下升起的炊煙，嗚哇嗚哇晨禱聲中，只管飄舞不停。

早晨七點鐘，我們就在伊班人稱為「曼珊．金比奧」的吉時良辰——晾曬紗籠的時刻——聆聽著這一首由男人的晨禱聲、年長婦女「篷！篷！篷！」的舂米聲、年輕婦女的沐浴聲和擣衣聲、兒童戲水聲、椰影下紗籠颯颯飛舞飄飀聲……組合成的甘榜之晨交響曲，依依不捨地，重新踏上旅途。

姑姪倆，克絲婷和永，告別朝山第一站——那幽靈似的成群白鷺鷥，瓣瓣雪花般，兀自悄沒聲飄蕩出沒的「血水之湖」巴望達哈——在村長賈巴拉．甘榜親自送行下，登上寄泊在村口河畔小碼頭的「布龍．布圖號」摩多長舟，由另一批小不點水鳥接棒輪流領航，鼓足馬力，繼續溯流而上，迎著峇都帝坂山巔一輪碩大的、金亮的旭日，晨風習習，好天時！展開我們進入伊班人的祖傳禁地後，第二天的航程。

動物們

七月初九那場暴雨停歇後，連著出了兩天好太陽，洪水退去了。大河兩岸叢林中的飛禽走獸們，哆哆嗦嗦，蟄伏了兩晝夜，終於抖掉身上沾著的水珠，一大早紛紛從各自的窩巢中窸窣窸窣鑽出來，搶先到河灘上占位子，透透氣，活動活動筋骨，準備好好享受一頓豐美的陽光大餐。

一路上，我們看到動物們，或成群結夥或獨自個，分據大河兩岸的沙灘和樹梢，個個容光煥發，精神抖擻，這副陣仗和場面，煞似一支排成長長兩個縱列的儀隊，接受校閱般，一眨不眨行注目禮，目送我們的船在他們面前駛過。

首先，我們看見一隻婆羅洲特有的河蜥蜴。這可是一條活生生、大刺刺、光天化日下出現在我們眼前的史前恐龍。妳看牠那約九呎長的身子，從頭到尾通體上下，鎧甲般，披著一塊塊黃白相間光彩奪目的鱗片，獨自個，王者似地端凝不動，趴在河畔一座凸出的大石墩頂端，邊沉思邊曬太陽，偶爾張開血盆大口，伸出嘴洞中一根紅紅尖尖、末梢分岔的舌頭，如同蟒蛇吐信，嘶嘶嘶地橫掃幾下，趕走一隻小不點，不知天高地厚，只管在牠頭殼上嗡嗡盤旋聒噪的蜂鳥。潑剌潑剌，我們的船攪起簇簇水花，呼嘯而過時，牠老人家連眼皮也懶得挑動一下。

擦身而過的一瞬間，豔陽下，我看見牠腰間腹上插著五、六根魚叉——就是那種（丫頭妳肯定有印象）我們在葛雷哥萊・畢克主演的《白鯨記》中看到的那種精鋼打造、鋒利無比、尖端帶著倒鉤、專門用來獵殺海洋大魚的玩意兒。妳記得電影中這挺有名、挺經典的一幕吧：波濤洶湧的海面上，鬼卒夜叉似的、面目猙獰齜牙咧嘴的一群水手，「殺死他——殺死他——」驚天動地一片聲吶喊中，只見群叉飛射，一陣驟雨般，紛紛降落到大白鯨身上，海水登時被染成一潭猩紅。

是誰造的孽，在赤道原始森林中，也使用這種下三濫、陰毒無比的武器呢？看看叉子上的鐵鏽，赭紅斑斑，顯然，這幾根捕鯨叉插在這隻婆羅洲大蜥蜴身上，已經好多年啦，而牠老人家竟還活著，身體硬朗，今兒個趁著天氣好，出來曬太陽……

——巴比胡丹！巴比胡丹！

我們的嚮導加隆・英干老人，小巨人般一逕挺著他不滿五呎的矮小個頭，屹立長舟中央，文風不動眼觀四方，這時，忽然伸出他那掌心上綴滿黑十字星號的右手（丫頭應該記得吧？那代表他一生獵取上百顆人頭），指著河岸，回過頭來，麗日下燦爛地綻開一嘴血漬漬、紅糯米樣的檳榔牙，笑嘻嘻叫我看。

撅起臀子，蹲在船尾掌舵的油頭青年，約瑟夫，昂聳起他那株細長脖子上頂著的一顆尖翹飛機頭，瞇眼朝岸上望去，噗哧，咬著下唇噴出了滿嘴的口水：

——山豬公！詹丹．巴比胡丹！好大的兩粒卵球！

我趕緊望過去，果然看見一隻身形龐大如北極熊、白姣姣、通體光潔無比的婆羅洲野公豬，正蹲坐在河灘上，一派悠閒，邊曬太陽，邊觀看河床中黑黝黝一大窩小山豬打滾廝鬧。瞧那兩顆柚子般大的睪丸，軟軟地，就墊在牠老人家兩瓣巨臀下面。趴在船頭，目不轉睛觀測航道的領航員——那個名叫「篷篷」，一臉兇相，擁有一雙尖利而呆滯的死鯊魚眼珠，終日沉默寡言的馬當族獵人——霍地跳起身，拔出腰間的阿納克山刀，作勢準備縱身躍上河岸。舵手約瑟夫見狀，放開舵把，抄起船上擱著的一支噴箭槍。克絲婷尖叫。船身打橫，一頭衝進激流裡。老豬公只管骨碌著水汪汪一雙小眼珠，滿臉迷惑，好奇地打量我們兩三眼，顫巍巍撐起四肢，轉身，搖盪起臀胯下那對碩大無倫的粉紅色睪丸，一晃一晃，沐浴著大好陽光，慢吞吞，散步似地踱蹀回樹林中去了。

悻悻然，約瑟夫返回舵手座，抓起舵把穩住船身，騰出一隻手拂了拂他的飛機頭，優雅地勾起食指尖，撣撣他那身歐風休閒服（這小子如何有工夫，每夜洗滌、晾乾他的這套寶貝行頭，隔天又光亮如新地穿在身上？對我而言，這就成了旅程中一大謎團），隨即乜斜起眼眸，狐媚地睨了睨克絲婷，幽幽嘆口氣，自言自語似地，用他在桑高鎮聖士提反書院苦練來的英語，一本正經地說：

——遺憾！偌大的一對山豬睪丸，若能活生生地割取下來，帶回桑高鎮向唐人街藥材店老闆兜售，準可賣得港幣五百元。這筆錢，足夠讓我到肯雅部落，挑選一個年輕貌美的處女為妻。八個月前，我偶然路過浪・阿爾卡迪亞村，在那座人間仙境般的長屋，綠水塘邊，邂逅一位長髮披肩的肯雅小美人，馬利亞。當時我向她問路，匆匆一照面，留下極為深刻的印象。我對自己發誓：一等我攢足了錢，馬上回到浪・阿爾卡迪亞，莊嚴隆重地迎娶她。哦，馬利亞！只盼妳別來無恙守身如玉……

——英普猿！英普猿！

加隆老人再次舉起他那隻，太陽下陰森森，閃爍著密密麻麻的黑色星紋，令我不寒而慄的右手掌，回頭，笑瞇瞇，指著河岸上一叢長得格外濃密的櫟樹，叫我看。我凝眼望去，果然看見她——在這趟大河之旅中，我夜夜聽到她的淒涼啼喚，嗚噗嗚噗，但不知為何，卻始終緣慳一面的婆羅洲長臂猿。

——英普猿・伊布。

——一隻母猿。帶一群孩子出來曬太陽。

眼一亮，約瑟夫關掉船尾的引擎，讓長舟順著岸邊的一道洄流，慢慢地、無聲地滑行過去，來到母猿棲息的一株大櫟樹下。

她就蹲在一根枝幹上，盯著我們瞧。

我們兩個，樹上樹下隔著三米的距離，打個照面。我猛可吃了一驚。她的聲音子夜裡聽來是那麼的宏亮深厚——那一波波連綿不絕，不住召喚她失散的子兒，叫魂式的啼嗚，黑天半夜，乘著山風，穿透過層層叢林，傳送到我們投宿的長屋或甘榜來，刀也似，只管剮著我們的心肝，讓我們輾轉反側終夜不得好睡。如今，面對面，我才發現她的個頭挺嬌小，身高不足三呎，體重至多三十五磅，倒像個發育未全的八、九歲姑娘，可她那張巴掌大的黧黑臉膛，卻布滿風霜和歲月，皺褶成一團，不由得讓我想起——多荒誕的比擬啊——我那三十六歲時離開廣東客家原鄉（為了「讓位」給我阿公新娶的小妾），追隨長子到南洋討生活，在沙勞越驕陽下，熬過數十個年頭，至死都不肯回家鄉再看「他」一眼的老祖母。

領航員篷篷不聲不響，抽出腰間的阿納克山刀，兩指捏住刀尖，舉刀，瞄準，正要朝向樹上的母猿擲過去，我從舟中坐板上跳起身，躥上前，伸出兩隻手爪，死命攀住他那條高高舉起的胳臂。篷篷愣了愣，回過頭來，迎著耀眼的陽光，翻滾起他臉上兩顆白磣磣的死鯊魚眼珠，瞅住我，滿臉橫肉顫啊顫。船上，大小兩個人就這樣眼瞪眼對峙三十秒。目光一柔，嘴一咧，篷篷綻露出他的一口亮晶晶好白牙，笑了，收回手臂，將刀舉到自己唇上，伸出舌尖往刀口咂咂舔兩下，插回腰間，隨即趴回船頭，伸出脖子凝視洪流滾滾的河道，繼續執行他的導航任務。

樹幹上，母猿兀自不動聲色，蹲坐著。她那兩片寬厚的肩膀，不知何時，各馱上了一隻洋娃娃樣金毛羢羢的小猿。陽光從枝葉間篩下來，細雪般，霧霧灑落到母子三個身上。六顆清亮的眼珠，機靈靈，只顧盯著我的臉孔瞧。

——嗚噗！

臭烘烘一泡口水，沒來由地直啐到我眉心上。

——嗚嗚嗚——噗！

猛一聲呼嘯，母猿伸出兩條修長的手臂，抓住頭頂的一根樹枝，撅起臀子，騰空向後一晃，揹起兩隻小猿，以迅雷不及掩耳的速度，直直盪向前方一株相距兩米之遙的櫸木。日影掩映下，蔥蘢木葉中，只見一團灰色身影，緊緊追隨那兩條飛懸在半空中、不住移動的手臂，盪過一株又一株樹木。嗚噗！嗚噗！隨著啼喚聲的遠去，母子三個轉眼消失了蹤影。霎時間，我們頭頂上整片樹梢嘩喇嘩喇，驀地洶湧起一陣陣波濤，隨即窸窸窣窣，滿林子起了一場大騷動。一窩子好幾百隻小猿，突然現身，一群精靈似地，從枝葉間冒出一顆顆細小頭顱，眼珠骨碌，滿臉好奇。不知誰帶頭發出一聲呼嘯，猿娃們紛紛伸出兩條手臂，抓住頭頂的樹枝，比賽似地競相盪起鞦韆來，豔陽下大河上空，咻，咻，畫出一道又一道毛茸茸亮閃閃的半弧形軌跡，循著那嗚噗——嗚噗——滿山此起彼落的召喚聲，匆匆追趕牠們各自的娘親去了。不多時，整座樹林風平浪息，又回復寂靜。

但在這陽曆八月天，晨早時分，天頂白燦燦一輪麗日照射下，寂靜，在經歷一場熱帶暴雨後，驟然生機勃發，處處騷動不安的婆羅洲叢林，是不可能長久維持的。

果然，我們的船再往前行沒多久，來到一處十分幽謐，兩岸樹木格外高大蓊鬱，交相環拱成一條綠色隧道的河面，正要熄火停船，休憩一晌，忽聽得霹靂啪啦，樹梢頭一陣喧嘩，好像有一群頑童在我們頭頂上撒鬧，接著，沒頭沒腦地，天空就下起一陣日頭雨來，淅瀝淅瀝，黃澄澄臭烘烘，直往長舟中五個人頭臉上澆潑。抬眼一看，原來是一群潑猴！妳看，這百來個小傢伙一窩子糾集在河畔一株大栗樹上，擠眉弄眼，抓耳嘰嘴，爭相掏出牠們胯間那一根紅通通、硬梆梆的小屌子，捏在手爪上，對準樹下經過的船，比賽似地嘩啦嘩啦撒起尿來。日影裡木葉間，只見那百來張紅噗噗小臉膛上，賊忒溜溜地不住轉動著兩粒碧綠眼珠。大夥解完溲，猴王發出一聲唿哨。猴兒們排列成長長一縱隊，乖乖地，盤捲起小豬尾巴，撅起紅冬冬的屁股，沿著半空中那一座由兩岸大樹的枝椏搭起的拱橋，蹦蹬蹦蹬，依序渡河。經過我們頭頂上時，潑皮們還特地擠兩下眼睛，色瞇瞇地盯著那滿肩紅髮飛飈，胸前雙峰聳立，笑盈盈，挺腰坐在長舟中央橫板上的荷蘭女子，頻頻送秋波呢。

丫頭，這便是暴雨後，豔陽天，伊班大神辛格朗・布龍大手一揮，展現在我們旅人面前的叢林世界大觀。

好一幅婆羅洲百獸嬉戲圖！

納比・依薩

我們一頭栽進了這個充滿陽光、遊戲、嬉鬧聲、求偶聲和各式各樣稀奇動物的世界——我們甚至看到兩隻（丫頭，聽好囉）黃白花紋的婆羅洲大蟒蛇，把尾巴勾住樹梢一根枝幹，從一株七、八米高的大櫟樹上，雙雙垂吊下來，將兩顆頭顱伸入河中，邊曬太陽，邊搖頭甩腦濺濺潑潑地玩水，還邊緊緊交纏著兩條身子，光天化日下公然交配呢。

妳看到這幅景象，不但不會感到害怕噁心，反而覺得新奇好玩。

可是，丫頭啊，即使在這樣一個新奇好玩的世界裡，如果妳運氣夠衰，時機不巧，也會看到一些怪異、不搭調、甚至讓妳作嘔的東西。譬如我，那天運氣也真有夠衰，在陽光如此明媚的日子裡，風光好不旖旎的大河上，縱目四顧，心情好得不得了之際，偏偏就看到一個不潔的、邪淫的東西。

那是在綠色隧道盡頭，麗日下豁然一亮，武陵洞天式的一處寬廣河灘上。

妳知道，兩天前的一場突如其來的熱帶暴雨，造成山洪爆發，溺死叢林中一些動物。昨天早晨，雨停後重新啟航，我們迎著滾滾黃浪溯流而上，一路航行過來，不時遇到三兩具漂浮的動物屍體，還有成堆奇形怪狀、不知來歷和名目的垃圾。多虧水仙子們——那一隻隻小不點、自封為「婆羅洲河道領航員」的叢林水鳥——守望在岸邊枝條上，輪流放哨，接棒帶路，我們的船才沒撞上這些載浮載沉，鬼怪般黑魑魑，太陽下陡地冒現在波濤中的漂流物。今天，大雨後的第二天，情況相同。只是泡了一整天的水，河上那越聚越多的浮屍，變得更加臃腫肥大，臭烘烘，群蠅嚶嚶嗡嗡繚繞，而那一堆堆不斷從大河上游，深山密林中，各個旮旯角落裡沖刷出來的垃圾，也顯得越發怪異、神祕罷了。

暫且不提垃圾。先跟妳講動物的屍體。

早晨七點，從浪・巴望達哈村出發，我細細一數，半個小時之內，在十餘公里長的一段河道中，我們就遇到一隻威猛的大冠鷲、兩窩幼小山豬、五隻梅花鹿、三隻婆羅洲山羌、一群我叫不出名字的動物、兩隻光彩奪目的大犀鳥、一頭袒胸露肚，笑嘻嘻地挺著兩隻大奶子，仰天躺在水面上的母紅毛猩猩（聽老師說，婆羅洲紅毛猩猩的基因，百分之九十七與人類雷同呢），還有，讓我難過到吃不下午餐的，那一家子三十幾隻漂盪在大洪水中，緊緊相擁，抵死廝守的長尾猴。

可憐有些動物，睡夢中猝不及防，被驟然湧到的一波山洪捲到半空中，一轂轆，墜落到河岸邊樹梢頭，洪水退後，牠們的屍體就高高懸吊在枝椏間，渾身沾著爛泥巴，光溜溜、臭烘烘地，曝曬在中天一輪火毒的日頭下。

昨天中午，航行在大水開始消退的河道上，在一處風景格外清幽、花木忒蔥蘢、黃鸝

（很漂亮的鳥！一身鵝黃羽毛亮晶晶絕無雜色，只嘴喙是深紅的——記得辛棄疾的詞嗎？黃鸝何處故飛來，點破浮雲白，一點暗紅猶在……）成雙成對啁啾出沒的峽谷中，出其不意地，我們就看見一頭身高五呎、體型壯碩、滿頭金髮一臉黃鬚、乍看活像歐洲尼安德塔人的婆羅洲人猿，「歐郎・烏丹」，鼓鼓地腆著毛茸茸的大肚膛，伸張四肢，吊掛在水湄一株大樹上，笑嘻嘻地，一逕齜著嘴洞中兩枚大黃牙，圓睜著兩隻赤褐眼眸，昂首朝天，不聲不響只顧瞪住天頂的太陽。胯間晃盪著一根屌子，烏鰍鰍硬梆梆。

所以，今天早晨，當我們的船行駛在一段狹窄河道上，避雨般，穿梭過那成群翹起紅屁股，掏出小雞雞，擠眉弄眼鬼笑嘻嘻，爭相在我們頭頂上撒尿的潑猴，使足馬力，鬼趕似地逃出那條幽深的綠色隧道時，白燦燦，漫天普照的陽光下，看到前方一個身影，初時，我們還以為又遇見一頭溺死在洪水中的人猿呢。妳看這座河心島，正中央孤零零矗立著一株飽經風吹日曬、枝椏光禿的大栗樹。樹梢頭，金毛狨狨，大剌剌赤條條地，懸掛著一隻人形動物。一臉黃鬚隨風獵獵飛颺。驀一瞧，那可不就是一頭平日隱居深山，鮮少露臉，讓世代西方人類學家深感興趣，費盡心機試圖捕捉，加以解剖研究的婆羅洲人猿嗎？不也就是伊班人視為人類遠古的親戚，敬而遠之的「歐浪・烏丹」（山人）嗎？可再仔細端詳，妳卻又覺得這具樹上屍，陰氣森森，渾不似我們昨天遇見的人猿。眼前這個人形動物，處處透露著古怪，通體散發出一股莫名的、淫蕩的邪氣，碧雲天豔陽下，只消瞧上一眼，不知怎的就讓人禁不住渾身汗毛倒豎。

於是，我們關掉船尾的引擎，放舟中流，小心翼翼地朝它盪過去。

嚮導加隆‧英干老人，陡地臉色一變，肅然挺直起他那短小結棍的五呎身軀，杵立舟中，朝著樹上屍一哈腰，旋即伸出右手食指，往自己胸口誠惶誠恐畫個十字：

——納比‧依薩！

我用力揉兩下眼睛，就著滿天燦爛的陽光，朝河心島上這株十米高的栗樹望去。樹上掛的原來是人——一個頭髮半禿，腦門特高，腰上有個啤酒肚，相貌挺普通的中年白人男子。只見他一身赤裸，伸張修長的雙臂，呈大字形，直條條地吊在離地約莫三米的枝幹上，垂著頭，一動不動，只管齜著兩排大白牙，臉上帶著一抹曖昧古怪的笑意。想來，前天那場暴雨驟然降臨，引發山洪之際，這個身分不明，獨自出現在婆羅洲內陸，不知從事何種營生的異鄉人（探險家？傳教士？雇傭兵？雲遊四方無所事事的美國嬉痞浪人？）睡夢中，猝不及防，連衣服也沒來得及穿上身，整個人就被大水沖走。如今在樹上懸掛了兩天，他那條蒼白浮腫、姹紫嫣紅布滿疔疱、豔陽下金毛閃閃的六呎之軀，早就爬滿各種蟲蟻，腋下胯間，紅疹斑斑，蠕蠕地吸附著十來隻拇指般大、肥嘟嘟、通體緋紅的水蛭。

滿樹嚶嚶嗡嗡。一大窩上千隻紅頭顱、大眼珠的婆羅洲叢林蒼蠅，密密匝匝地，拱衛王者一般，飛繞著樹上吊掛的死人。

——偉大的先知納比・依薩，莎蘭姆！

我們的舵手，油頭小子約瑟夫，霍地從船尾駕駛座中站起來，轉身，舉起右手按在自己腦門上，深深一鞠躬，朝向樹上屍，行了個印度式的額手禮。動作雖然有點滑稽，神色可是十分恭謹。

領航員篷篷趴在船頭一逕悶聲不響，這時，抬頭朝樹上望了望，猛一睜他那雙死鯊魚眼珠，精光暴射，隨即噘起嘴巴，將一泡口水白花花直啐入大河中：

——布圖・伊度・噴迪克！

——陽具短小，不夠看。

約瑟夫為我翻譯，目光卻飄向那端坐舟中、一臉森然不瞅不看的克絲婷。

一甩頭，約瑟夫轉身蹲回舵手座，重新啟動引擎，鼓足馬力，掃盪開河道上那一堆堆乘著波濤順流而下，越聚越多，奇形怪狀來路不明的垃圾，闖出一條通路，在一隻小蒼鷺啁啁啾啾引航下，嘩喇嘩喇攪起陣陣水花，趕在日落之前，朝向我們今晚打尖的地點，朝山的第二站，鬼趕般揚長而去了。邊操控舵把，他邊騰出一隻手，迎著河風，拂弄他脖子上那顆油亮亮尖翹翹、高高昂聳在麗日下的飛機頭，自言自語，若有所感似地嘆息道：

——你永遠不知道，大雨後的一場洪水，會從婆羅洲叢林中沖刷出什麼樣的垃圾來！

垃圾大觀

是的，垃圾。七月初九大雨後，這兩天我們搭乘長舟沿著大河一路逆流航行，途中如逢鬼魅般，躲也躲不了，不時會撞見那些個晃盪水上，迎面洶湧而來，各式各樣五花八門，令人匪夷所思的垃圾！

這成堆成捆，不知從山林深處哪個陰闇、幽祕角落沖刷出來，大剌剌，曝露在陽光下的漂流物，其中有些不管我怎麼看、怎麼揣測和推敲，就是說不出名目、來歷和用途。謎樣的垃圾！譬如我遇見過一個乍看彷彿是義肢的東西，直直從河裡探伸出來，細看，卻又像紅毛猩猩的一隻胳臂，或白種男子的一截小腿。後來實在憋不住了，在城裡讀過書、見過世面的約瑟夫才格格竊笑說：那是日本製造的、酷似真人的、金髮碧眼充氣娃娃的一條腿！最詭異的漂流物，是一口載浮載沉，陀螺般，不住洄漩在洪濤中的中國式高頭紅漆大棺，但嚮導加隆・英干斬釘截鐵地說，那絕不是棺材，而是……囁嚅了半天，見多識廣的老人家也說不出個名堂來。至於我認得的那些垃圾，不知怎的，也處處透著古怪，太陽下陰森森地散發出一股詭譎、甚至淫邪的氣息，總讓人覺得並不正經，不由我不感到納悶：這些畸零東西，怎會出現在大河上游，聖山腳下，伊班人心目中的祖靈禁地，婆羅洲心臟地帶最原始、最純淨、人跡最稀少的浩瀚雨林中？

拿今天早晨，從浪・巴望達哈村出發，一個小時之內的三十公里航程來說，我認出來的河上垃圾就有：

成打、成打的雜牌威士忌空酒瓶；一整條包著玻璃紙，猶未開封，被約瑟夫冒險打撈上來，當作寶貝揣在懷中的三五牌香菸；零零散散的阿華田、可可和美祿罐子；五罐味之素；五顏六色各種塑膠器皿；一大堆一大堆乘著波濤滾滾而下，排山倒海般來勢洶洶的空水泥袋；兩支十呎高、血亮晶晶的鋁質十字架；一張斷了隻腳的紫檀木八仙桌，搭配兩張莊嚴的太師椅；一個黑煙燻燻金漆雕花的中國神龕，裡頭插著十幾支木雕紅漆、鑲金邊的神主牌；一幅二十四吋乘十八吋油畫肖像（瞧！畫中的荷蘭朱麗安娜女王，頭戴鑲鑽皇冠，滿身珠光寶氣，胖嘟嘟一張粉白臉膛上，兀自帶著鄰家大嬸式的和藹笑容）；兩隻相擁而死、隨波逐流的大丹狗（這種身高三呎，體格魁梧，渾身白毛閃閃發亮，原產於斯堪的那維亞的歐洲名門獵犬，萬里迢迢，怎會死在南海蠻荒熱帶雨林？）；成箱狗食罐頭；一台名牌狗標留聲機，兀自昂揚著碩大的喇叭，麗日下悠然自得，巡遊河中，彷彿準備隨時開機，在婆羅洲大河上搬演一齣場面輝煌、聲勢浩大的西洋歌劇似的；幾本攤開的（喔，我自小視為瑰寶，費盡心機蒐羅珍藏的）企鵝叢書版英文小說，其中一本挺厚實的，我一眼就認出是我心儀的大文豪托爾斯泰的《安娜・卡列妮娜》；一條一條五彩繽紛、四下飄零的印花紗籠；幽靈樣，漂盪出沒洪流中，來路不明的一把把烏黑長髮絲；水蛇般，十幾條色彩斑爛、嫋嫋娜娜蜿蜒穿梭在水草叢中的各式玻璃絲襪；一盒保險套，包裝紙上印著兩個妖豔、半裸的金髮美女（約瑟夫伸手一攫，險些翻身墜落入河中）；八個頭髮散亂衣衫不整眼珠亂轉的芭比娃娃。

此外，還有各式各樣奇形怪狀，數不完，講不出名堂，弄不清到底裝什麼東西、是啥用途的玻璃瓶罐，一古腦兒地，隨著山洪浩浩蕩蕩奔流西下，太陽下熠亮熠亮，噹鎯噹鎯價裝響，朝向千里外的大河口洶湧而去。

一場暴雨後，婆羅洲大河上的漂流物——多麼令人目不暇給、眼花撩亂（簡直稱得上壯觀、華麗）的一幅巨大風景！

這些五花八門林林總總的漂流物中，有幾件挺奇特別緻，至今，多年後，仍留給我難以磨滅的印象。就如同叢林中那群容貌奇醜、秉性調皮的小妖怪，三不五時，蹦地一跳，它們就會笑齤齤出現在我午夜的惡夢裡。這幾樣東西，格外值得記上一筆：

•**一隻神豬**。大豬公，沒錯。丫頭應該還記得陰曆六月二十九，一年一度打開鬼門的夜晚，我們初抵坤甸城，在老唐人街大伯公廟迎神賽會上，看到的那群肥頭大耳、披紅掛綵的公豬。挺壯觀熱鬧的場面。我和初識的克絲婷坐在她的吉普車上觀賞。山門下，蕾蕾花燈中，萬千人頭攢動的廟前廣場上，舉行閱兵大典似的，只見七八十隻白皮大豬公一字排開，腮幫上搽著臙脂，紅灩灩。牠們骨碌骨碌轉動著兩粒小眼珠，噘嘟起大嘴鼓，一動不動，趴在那長長一條鋪著大紅布的供桌上，任由人家評頭品足，論斤稱兩。克絲婷笑說：牠們就像一群肥胖的新郎倌，滿身大汗匍匐在大門口，等待花轎載來新娘子呢！三天後，豬公們移師到卡江中游大鎮，桑高紅毛城，在當地唐山大祖廟廣場上，排排入座，觀賞新加坡黑貓歌舞團盛大的、兒童不宜的清涼表演。慶讚中元，神人同樂。我們又在舞台下打個照面。隔天早晨，準備搭鐵殼船前往上游新唐鎮時，在碼頭上，我們看見一台老舊起重機，搖搖晃晃嘎嘰嘎嘰，吃力地吊起一口巨大的黃籐籠。籠子裡裝載一頭五百公斤大豬公，旭日照射下赤條條白皎皎，渾身打著哆嗦擺盪在半空中，扯起嗓門齁吼——齁吼——厲聲嚎叫。當地父老言道：牠老人家昨晚在鎮上，和一群同儕擔任廟會特別來賓，參拜過大伯公神，今天就要擺駕回鑾，被信徒恭迎到上游客家莊，當作神豬供養，養得更加肥大白膩，以便在七月十五日中元普渡那天，擇時開刀宰殺，招待鬼月從陰間出遊的好兄弟們，大快朵頤一頓……

七月十五日中元普渡！那不是四天後，月圓時節，我和克絲婷準備登上峇都帝坂山的日子嗎？今天七月十一，神豬原本應該還駐蹕在大河上游，山坳裡，某一座聚族墾荒、栽種胡椒的客家村落，接受呵護和供養。

一場突發的山洪，卻讓我們在河中與牠老人家不期而遇。

神豬孤單單漂泊在滾滾洪流上。

祂一身光潔溜溜，嘟著嘴，撅著大屁股，趴伏在一張鋪著紅布的巨大供桌上，乘著波濤，好似躺在搖籃中不住晃啊盪。肥壯的身軀，依舊披紅掛綵；雙頰紅噗噗，兀自濃濃地搽著兩片鮮豔的蜜絲佛陀胭紅。這副尊容，就像入贅客家莊，這會兒正窩在洞房中，咂咂地流著口水，等候新娘子卸妝就寢的豬八戒！河上一輪旭日金光四射，當頭照耀下，祂那身白淨無毛的肌膚，顯得更加嬌嫩白膩了。被信徒用上等飼料，另加各種營養品，日以繼夜供養了七天，祂那原本肥碩的體型果然變得越發龐大、威猛，體重直線上升，由我們在坤甸城初遇祂時的五百公斤，陡地飆到七、八百公斤，乍看宛如一墩白肉山，幽幽然浮現在大河中，搖啊搖隨波逐流，朝向千里外的河口，悠哉游哉一路漂盪而去。骨淥骨淥，碩大的一顆豬頭上閃爍著兩粒紅豆樣的小眼珠，只管好奇地、困惑地，觀覽碧藍天空下的河上風光，審視那炊煙裊裊，掩映在兩岸叢林中的甘榜和長屋。

中了蠱般，我呆呆坐在長舟中，望著這頭與我們有某種神祕因緣，十天中，三度相遇的豬公。這回，在波濤滾滾的大河上重逢，兩下裡只來得及匆匆打個照面。祂噘嘟起嘴唇，一眨不眨瞅住我，豎起臀上那條小尾巴，搖擺兩下，騎著大供桌，晃晃盪盪和我們的船擦身而過，旋即，一團白色魅影似的，獨自個靜悄悄，隱沒在那金亮金亮、暖洋洋一江普照的婆羅洲盛夏早晨陽光中。

望著祂的背影，忽然想到什麼，我心中驀地一驚。還沒來得及把心裡的疑惑說出口，有如心靈感應一般，克絲婷眼神一黯，幽幽嘆出了一口氣來：

——供養這隻神豬的客家莊，看來已經被無情的洪水淹沒了。

• **一張席夢思床**。這床，只不過是一個光溜溜的彈簧床墊，沒有床罩，沒有腳架，單獨地漂盪在兩岸蔥蔥蘢蘢杳無人煙的一段河道中。太陽下，驀一看，宛如一圃豔麗的玫瑰花，乍然綻放在婆羅洲深山。我不曉得它的來歷，也許永遠也不知道它原本的主人是誰，但是，這張半新不舊、汗漬斑斑、淺紅色的尼龍布面上，繽紛地印著一簇簇深紅玫瑰花圖案的西式床墊，卻是那天早晨，暴雨初過，我們在河道上遇見的各種漂流物中，往後，在我漫長的流浪生涯裡，最頻繁，最鮮明，三不五時就浮現在我午夜夢境中的東西。就是這麼一張床——看似普通，雖能引人遐思，卻不具特殊意義的雙人床——不知怎的，讓我在長舟中一看見它，便想起這整趟大河之旅中，迄今，十天來，我目睹過的最怪誕、最令人毛骨悚然的一幕。丫頭應該記得吧？陰曆七月初，鬼門大開之後，我們大河探險隊從坤甸市啟程，頭一天，夜泊桑高鎮，在白骨墩紅毛城下，那座結實纍纍的木瓜園裡，露水萋萋，曙光熹微，我的旅伴們私下舉行一場詭祕的狂歡祭典。那時，天已濛濛亮，滿園子四下懸吊的一瓠瓠黃澄澄、熟透了的瓜果間，兀自聚集著成百雙血絲斑斕的鬼眼眸，齊齊朝向場子中央，炯炯環伺窺望。看哪，三十個男女赤身露體，汗涔涔，一窩子纏綣交疊在草地上，搏命般只顧咻、咻、咻地，扯著嗓門扭著臀子一逕喘著大氣。荒涼紅毛城頭，一鉤水月斜掛。月下那大河波浪般洶湧起伏的一堆白肉裡，只見一把赤紅髮絲，晨曦中好似一蓬飄忽的野火，不住飛蕩在破曉時分漫天乍現的一灘血似的婆羅洲朝霞下——那是克絲婷，我剛相認的荷蘭姑媽！往後整趟旅程中陰魂不散，這個驚心動魄的木瓜園場景，不斷浮現在我的惡夢裡，有如電影倒帶，一再重複搬演，如今航行在大河上游，朝向聖山進發之際，神差鬼使，又讓我在暴雨後的河上，遇到一張漂流的、謎樣神祕豔麗的床。不知基於何種邏輯或因果，剎那，這兩個毫不相干的意象，如同兩塊磁鐵，無可抗拒地互相吸引，終於結成一體，永遠存留在我的意識和潛意識裡。大河之旅結束後，回到古晉城家中，有天晚上瘧疾又發作，身子一霎熱一霎冷，天地一片渾沌中我做了這樣一場夢：麗日中天，滿江陽光普照，一群紅毛男女脫光衣服，赤條條白皎皎，一窩子幾十條交纏的婆羅洲白花蟒蛇似的，由我摯愛的姑媽，克絲婷，甩髮扭腰帶頭，聚集於一張席夢思床上。大夥乘著波濤沿著叢林大河順流而下，邊漂流邊交媾，一古腦兒翻滾呻吟在太陽下，大床上，紅簇簇的一圃盛開的玫瑰花叢中……

• 一座鳥居。丫頭知道這是什麼東西嗎？誰不知道！日本神社門前的牌坊，風景明信片上常看到的。丫頭答對了。它是日本三大象徵之一（其他兩樣，就是富士山和藝妓的臉譜囉）。妳瞧，鳥居的形式結構是世界所有著名建築物中最簡單的：四根木頭，二橫二豎，搭架成一個「幵」字，線條和造型極度明潔樸素，卻又神祕地、幽深地流露出一股說不出的莊嚴神聖。最美的鳥居，毫無裝飾，通體漆成單一的朱紅色，孤單單樹立在山門口，林木蓊鬱的參拜道上，歷經千百年的風雨冰雹而屹立不搖，隔開神和人的世界——一跨入鳥居，妳便離開世俗人間，進入神的境地了。不知怎的每回在明信片、旅遊書或電影上，看到山光雲影掩映下，它那孤獨寧靜的身影，我心中就會產生一股莫名的感動。

小時，大概八、九歲上，我沒來由的（也許從小日本電影看多了吧）就做過這樣一場奇幻的——可又極具真實感——色彩異常鮮明的夢：夢中，我是平安時代一個少年武士，身穿一襲華麗莊嚴的赤地錦直垂禮服，腰佩長短雙刀，陪侍平家的大族長平清盛，搭乘樓船，前往瀨戶內海的嚴島神宮，參拜天照大神的三個女兒，海之姬。正值傍晚時分，夕陽西沉。眼前，落霞如血般潑照著島上那幢臨水而建，燈火高燒，宛如一艘巨大畫舫，金碧輝煌地漂浮海面上的神社。那壯烈絢爛的光景，火一般灼燒我的眼簾。船盪開正在上漲的潮水，直直地穿過那一座矗立在海中，落日下紅通通地顯得格外宏偉豔麗的鳥居，朝向神宮緩緩駛去。衣袂飄飄，我佇立船頭直視天際，霎時間，感覺到海平線上熊熊燃燒的落紅霞彩，四面八方朝我洶湧過來，將我整個身子，密密匝匝地給包裹起來了。丫頭，那是一種無法言喻、非常溫暖、非常非常地柔和、宛如母神懷抱一般的感覺……

但我做夢也沒想到五、六年後，初中畢業這年暑假，和姑媽結伴旅行途中，在婆羅洲內陸叢林大河上，朗朗日頭下，我竟能看到真實的、活生生的、用婆羅洲珍貴原木——上等龍腦香古樹打造的鳥居。

它矗立河流中。沒錯。卡布雅斯河中央，一座宏偉的朱紅色日本鳥居。

丫頭，妳一定感到納悶：日本人行事再奇特、再出人意表，也不致於在蠻荒大河上，鳥不生蛋的地點，搭建一座孤零零的神社牌坊呀。莫急，妳先且抬頭看看，這座鳥居頂頭兩根橫梁上，疙疙瘩瘩的黏附著什麼東西？瞧仔細了。一叢叢濕漉漉的水草不是？一坨坨爛糊糊的黃泥巴，不是？這就顯示：它原本豎立在河畔叢林某處，二戰期間日本遠征軍（或戰後的日本木材公司）所興建、奉祀的毘沙門天神社門前，不料七月初九那場暴雨，引發山洪，把神社沖毀，將偌大的鳥居連根拔起。它就隨波逐流，漂盪到現在的地點，不知怎麼，就擱淺在隱藏水中的一座沙洲上，又不知如何，神差鬼使地，給直直豎立了起來，變成今天我們在船上看到的這副姿態：

一座五米高、挺壯麗的朱紅牌坊，叉開修長的雙腿，有如婆羅洲神話中的紅面巨人，雄跨卡布雅斯河上游航道，以一夫當關之勢，守住朝山的入口。遠處，一穹碧空下，那魂魂礧魅影也似的一座石頭山，峇都帝坂，就聳立在鳥居背後，大河源頭的浩瀚原始雨林中。

那時日頭已偏西。晌晚的一簇霞光從河口迸射出來，沿著大河，穿透過層層叢林，直直地潑照到鳥居上，使它的一身紅漆，染血般，變得越發鮮豔壯烈光芒四射了。

不知什麼時候，鳥居最頂端那根橫木上，靜悄悄地棲停著一群約莫三十隻婆羅門鳶。伊班大神辛格朗・布龍的神鳥，那日夜盤旋巡弋叢林上空，剞、剞啼叫，孜孜不倦守護著長屋子民的婆羅洲猛禽。夕照之中，只見牠們個個收斂起雙翼，拱聳起肩膀，烏黝黝一字排開在鳥居上，睜著一雙雙火紅眼珠，炯炯俯視河道，好久好久才猛然抖動一下翅膀，昂起脖子，剮——地梟叫出一聲來。

七月十一。隨著我們的航程日漸逼近（丫頭，只剩下四天囉）大河之旅的終點——圓月下的峇都帝坂山——天空中婆羅門鳶出現得也更加頻繁、更加密集了。

我們在鳥居下熄火停船。

船上五人，齊齊昂起脖子睜大眼睛，瞻仰良久。

忽然，格格一笑，舵手約瑟夫甩了甩他那顆油光水亮的飛機頭，陡地發動引擎，潑刺刺一聲爆響，將船頭對準這座河上大拱門，直直穿過去，隨即鼓足全部五十匹馬力，朝向正前方，天際斑斑落霞下，紅通通黑魆魆一座拔地而起的石頭山，頭也不回，如逢鬼魅似地，只管一路飆駛。

滿肩火紅髮絲飀舞，水花飛濺中，克絲婷雙手扶住膝頭端坐在長舟中央橫板上，仰起臉龐迎著落日，兩眼眯笑。只是，當我們的船穿過鳥居的剎那，一回頭，我瞥見她的眼角，亮晶晶地綴掛起了一顆黃豆般大的淚珠。

‧**一本攤開的相簿**。很普通的一冊泛黃的、看來頗具年份的家庭照片本，暴雨後，出現在汪洋一片的河流中，獨自個漂啊盪。那時，日正當中，我們的船正全速前進，衝開那迎面沖刷而來一堆又一堆越往上游航行，數量越多、形狀越稀奇古怪、用途越曖昧、來歷越神祕的各種垃圾，在一隻小魚鷹啁啁啾啾辛勤領航下，行駛在中央航道上，饑腸轆轆，匆匆趕赴中午打尖休憩的地點。就在河道中心，一個黃泥滾滾的小漩渦，我看到它。滴溜溜滴溜溜，它只管順著水流陀螺似的不停打轉。河風吹來，潑剌潑剌翻動相本，乍看之下彷彿有個水妖從河裡伸出手臂，指頭沾著口水，就著燦爛的陽光，一頁又一頁地翻看那一幀幀黑白的、泛黃的、簇新七彩的、滿滿洋溢著柯達式幸福家庭氣氛的照片，正看得興味盎然哩。怦怦怦，長舟鼓著它的野馬哈強力引擎，呼嘯而過。就在這一瞬間，豔陽照射下我碰巧看到了一幀黑白、泛黃、十吋乘八吋巨幅全家福照片。

影中人，男女老幼總共三十幾個，個個穿著體面好看的衣裳：男孩們蹲在前排，一本正經，全都穿上西裝繫上領結；成排站在男孩身後的女孩們，穿著各色蕾絲裙，金髮蓬鬆，頭上披著一幅白紗，臉頰上酒渦盈盈，打扮得像一群展示在櫥窗中爭妍鬥麗的芭比新娘；最後那一排，挺直腰桿目光炯炯，佇立著十幾個身穿深色禮服的大人。鏡頭下人人一臉肅穆，凝視攝影機。背景似乎是一幢北歐式原木造小教堂，殘雪皚皚，春寒料峭，門口垂拱著兩棵枝椏枯黑、鴉群棲停的白楊木。

這張尋常全家福照片，不知怎麼，深深扣動了我的心弦。坐在長舟中，凝望著河上漂流的這一家子，我一時竟發起呆來。相簿！那不是一個家庭裡最溫馨、最珍貴，用來收藏和保存生活中種種美好記憶的東西嗎？這本厚厚實實、洋溢著北國風情的相簿，萬里迢迢，怎會漂洋過海，陰魂似的，驟然浮現在一條雨後暴漲的赤道叢林河流中？

這會兒，我們正搭船溯流而上，準備朝山。

河道上迎面相逢。兩下裡錯身而過。

那一剎那，我伸手一攫，想抓住它卻只差個半呎光景，沒搆著。我們的船開足馬力，朝向大河上游咆哮而去。回頭一看，陽光耀眼，河風吹拂中只見這一家子人兀自翻動他們的相簿，一幀又一幀，驕傲地，向伊班人的兇猛河神，展示他們家珍藏好多年的照片。轉眼間，這本因著某種神祕、美妙的機緣，與我們邂逅於婆羅洲大河上的相簿，孤單單悄沒聲，烈日下一簇漂泊的幽靈般，倏忽，隱沒在我們的船尾引擎迸迸濺濺翻攪起的一篷篷、白花花的水霧裡，不知所終。

克絲婷忽然說：

——這本相簿可能是艾力克森兄弟遺失的。

——妳說誰?那對北歐雙胞胎?不可能!怎會那麼巧?

一甩頭，我伸出脖子往河中呸地啐出一泡口水，猛回頭望去。

大河滾滾，一本攤開的相簿漂盪洪流中。

•**一群髑髏**。正午時分天頂一顆白燦燦太陽，車輪般大，當頭照射下來，從船上看去，眼一花，妳還以為一堆風乾的椰子從河岸椰林梢墜落，一粒粒悠哉游哉漂盪在河上，待看得真切了，妳才發現原來那是一簇人頭。

人頭！如假包換、一顆一顆從脖子上咽喉處被齊根割斷，面目猙獰，大小不一形狀各異的頭顱。這些骷髏頭原本用籐籃子盛著，一瓠一瓠爬滿螞蟻，繚繞著成群蒼蠅，有如滿園子結實纍纍的瓜果似的，懸吊在長屋正堂大梁上，向訪客誇示伊班戰士的武勇。如今這一場突如其來的大雨，迫使它們流離失所。成百顆頭顱，一古腦兒被山洪沖刷出長屋，西一簇東一堆，散布在暴漲後變得十分遼闊的河面上，七零八落，四下晃蕩。這幅景象乍看起來，煞似一群夜叉水鬼，青天白日下從水底探出頭臉來，笑齾齾，三三兩兩結夥逡巡河上。妳看這些烏黑、乾癟，窩藏在長屋多年不見天日的骷髏頭，陡地曝曬在陽光中，茫茫然，只顧圓睜著頭蓋骨下方那兩口子空洞、幽深的眼窩，愣瞪瞪眺望頭頂，大河上，暴雨後，那一穹窿萬里無雲一碧如洗的天空：

好個婆羅洲八月豔陽天！

妳真擔心，這群面貌黧黑可怖的髑髏，甫從長屋梁上的牢籠中解放，重獲自由，欣喜之餘，會忍不住搖頭晃腦，睥睨著大河兩岸的椰林甘榜嫋嫋炊煙，格格格笑將起來。但它們沒笑出聲，只是似笑非笑地，齜著下顎骨上那兩排鋸齒般白森森大門牙，臉上如嗔如喜，掛著一抹詭祕的笑容。這群髑髏中約莫有十顆，頭殼忒大、腦門忒高、眼塘忒深、下顎忒長，模樣看起來神威凜凜，顯然是屬於高加索人種中的歐羅巴種。裡頭又有一顆，下巴格外粗大，有如一根大號戽斗，高傲地翹凸起，迎著陽光，綻露出嘴洞中三枚彈珠般大的金牙，亮晶晶閃啊閃，與天頂那一輛大日頭相互輝映。嚶嚶嗡嗡，那窩紅頭大眼的叢林蒼蠅，如影隨形，一路追跟髑髏們來到大河上，守護寶物般，團團環繞簇擁住這群奇特的幽靈，滿河徜徉招搖，不停兜轉在波浪中。

一支妳前所未見的怪誕隊伍——幾百顆人頭，加上隨扈的成萬隻蒼蠅，和那密密麻麻、蛆一般黏附在髑髏上的螞蟻，以及一群忙得不可開交，汲汲營營，只顧在一坑一坑眼窩子裡鑽進鑽出，搬運建材，準備在骷髏們那挺寬敞、乾燥通風的腦殼子裡大興土木，營造巢穴的胡蜂——在這中午時分，頂著大日頭，搭乘暴雨後河上驟起的滾滾黃濤，節日遊行般，浩浩蕩蕩順流而下，朝向大河口揚長而去。

•**一座漂流的墳場**。丫頭，要一直等到妳看見了下面這幅奇異的、保證以前從沒人看過的景觀，妳才能夠真切地、直接地體驗到，七月初九那場雨下得到底有多大，有多猛，竟然將大河上游各處的墳場——風景優美的歐洲墓園、亂葬崗似的華僑義山、小巧整齊的日人公墓——還有那零星散布在幽闇叢林中，人蹤不至的各旮旯角落的孤墳和荒塚，一古腦兒，不分青紅皂白全都沖毀，淘空。大雨後的隔天早晨，我們從普勞•普勞村的二本松別莊出發，繼續溯流航程，一路上三不五時，就會遇到一兩口渾身髒兮兮沾著爛黃泥巴，纏繞著水草，沒頭蒼蠅似的四下晃蕩兜轉在大洪水中，隨波逐流的破棺材。白蛆蠕蠕，爬滿一身子。往後我們一路航行，天空一群瞵瞵俯視的婆羅門鳶剮——剮——盤旋梟叫聲中，越在上游走，河上魅影幢幢，那無家可歸四處漂流的棺材，太陽下出現得越發頻繁，更加密集了。到了第二天傍晚，當我們搭乘的「布龍•布圖號」長舟航向朝山第二站，準備停泊打尖時，大夥赫然發現，偌大的河面已經變成一座巨型的水上墳場。夕陽直直照射下，只見河中聚集起一簇棺材，五花八門各式各樣：唐山式高頭紅漆的、西式長方形黑盒子似的、日式木桶般的；破漏不堪的、完好無缺的；棺蓋不知怎麼被掀開來的——丫頭，妳眼尖，準看得見棺中仰躺著一具骷髏，衣冠楚楚，或穿一身長袍馬褂，或西裝革履，有的甚至全副戎裝，穿著一整套赭黃色毛呢皇軍將校大禮服；那棺中的屍體有頭顱完好的，也有脖子頂端光禿禿，渾不見頭顱的……數百具棺材密密麻麻，從四方湧來，趕集似的，堵塞在一處水流湍急滿布暗礁的河灣中，只管晃啊盪，砰砰碰碰挨挨擠擠。天頂那群愈聚愈多的婆羅門鳶，黑鴉鴉一片，劈啪劈啪，撲打著尖翹的雙翼，戲水般，濺潑著向晚時分滿天燒起的落霞，虎視眈眈，巡弋在石頭山下大河上空，剮剺——剮剺——啼叫得越發峭急悽厲了。

經過這座水上墳場時，我們的船遠遠地就關掉了引擎，猛一調頭，兜個大圈子，沿著對岸河畔一排濃密的栗樹蔭，靜悄悄滑行，不瞅，不看，自顧自朝向大河上游我們的終極目的地，峇都帝坂山，繼續前進。

中了蠱般，長舟上的五個人睜著眼睛直視正前方，久久、久久誰也沒吭聲。

* * *

以上臚列的這一件件東西，丫頭，就是我十五歲那年暑假婆羅洲大河之旅，半路上，遭逢一場熱帶暴雨，隔天雨過天青，河水大漲，我們重新啟程，在一隻隻叢林小水鳥輪流領航下，搭乘長舟繼續溯流而上，一路航行，豔陽下所看到的各式各樣晃晃蕩蕩，叮噹叮噹，順流而下的漂流物中，那最特別、最詭譎、最令人匪夷所思，因而格外值得記上一筆的。

希望妳看後，不要像我那樣盡做惡夢。

在此順便一提：我們的舵手，在教會學校讀過幾年書、講得一口牛津英文的馬當族青年約瑟夫，妳切莫小看他，油頭粉臉的，成天只管梳攏他那顆寶貝似的翹尖尖、烏亮亮、直要滴出油來的飛機頭，舉止著實有點輕浮——有點「娘」，妳說得對。可夫子曰人不可以貌相。記得嗎？今天早晨從浪・巴望達哈村出發，他坐上長舟舵手的位子，眼睛瞟著端坐船中央橫板上、對他不瞅不睬的克絲婷，一邊輕佻地、耍寶般地操弄船尾那具黑鐵鐵的野馬哈山葉引擎，一邊昂聳起飛機頭，瀏覽大河風光。看著看著，也不知是刻意賣弄文采，還是內心真有深刻的感觸，忽然，他幽幽嘆口氣，從他那紅豔豔嚼著檳榔的嘴洞裡，吐血般，說出了一句挺有意思、頗耐人尋味的話：

——你永遠不知道，大雨後的一場洪水，會從婆羅洲叢林中沖刷出什麼樣的垃圾來！

七月十一／十二子夜　寄泊陰山下

重逢「摩多祥順」

魯馬・安東（安東長屋）與其說是一座我們所認知的長屋，不如說是荒山中的一個小寨子。約莫七、八戶人家，棲身於黃濤滾滾大河畔一處斷崖上，以原始公社型態，聚居在一棟年久失修、孤零零顫巍巍的長方形茅草棚裡。這樣寒傖的長屋，與我們先前造訪，度過兩宿、參加過一場盛宴的魯馬加央大屋——記得嗎？那在一輪猩紅的婆羅洲落日潑照之下，彪然，盤踞河畔整座山坡，宛如一條渾身著火的叢林大蟲，東西綿延三百碼，同一個屋頂下住著六十戶人家，底層豢養上千頭各類牲口，人畜興旺熱鬧鬨鬨，晝夜吵個不休的典型伊班長屋——簡直不可同日而語。莫說卡江之王、眾酋之酋，天猛公・朱雀・彭布海駐蹕的這座大河流域最大長屋了。就連這十天來，我們搭船溯河而上，航程中三不五時便會眼睛一亮，在河畔椰林嫋嫋炊煙下，成群兒童戲水聲中，遇見的那動輒長達百碼、聚居二三十戶人家的中小型長屋，也比「安東長屋」壯觀、稱頭得多哩。這一日陰曆七月十一，進入峇都帝坂山區的第二個夜晚，選擇投宿地點時，我們捨棄另一座較具規模、人丁較興旺、位於河灣平曠處，只須往叢林內步行三公里便可抵達的長屋，卻看中這個崖高風大、陰氣森森的小山寨，原因有二：魯馬・安東是屬於馬當族的聚落，與我們的領航員篷篷有血親關係；二來（這點頂頂重要），我們必須將「布龍・布圖號」長舟船尾裝置的野馬哈山葉舷外引擎——五十匹馬力、黑鐵鐵的龐然大物——卸下來寄放在這兒，換裝一具標準的二十匹馬力、乳白美國強生牌引擎，藉著它的靈巧、輕便，航行於那越接近大河源，越是陡峭湍急、羊腸小徑似的迂迴曲折的河道。

打明天開始，丫頭，咱們就要乘長舟爬大山嘍。

說爬山，可絲毫不誇張。往後剩下的三天航程——大河之旅的末端——我們將進入婆羅洲中央分水嶺。隨著地勢的上揚、海拔的逐漸升高，我們的船必須逆著那水壩洩洪般沖刷而下的流水，一路往上行駛，步步登高，沿著那越來越窄小蜿蜒的河道，穿渡一處又一處險灘、陡灣、漩渦以及（對船上的三名舟子，尤其是舵手而言，最最嚴峻的考驗）那一級又一級層層疊疊、綿延數公里的階梯式瀑布。所幸，七月初九暴雨後，連著幾天日頭高照，天氣大好。倘蒙辛格朗・布龍大神垂憐，三天後「布龍・布圖號」便可平安抵達峇都帝坂半山腰。航程終止。在這兒，我們就得棄舟上岸了。剩下的最後一段路程——登頂——得靠我們用自己的雙腳和雙手來完成。就只我們兩人，我和克絲婷。嚮導加隆老人說了：從山腰直到山巔，峇都帝坂山上一路淨是石頭，但是，滿山亂石堆中，有一條清晰可辨的小徑，那是世世世代代前仆後繼，抱著不同的目的，冒死攀登聖山的人，用他們長滿水泡的雙腳，在布龍神當初開天闢地時，不知何故遺留在婆羅洲心臟的這塊巨石上，硬生生，一個足印接一個足印地，歷經不知幾劫幾年，合力踩出來的路。

這將是陰曆七月十五月圓之日，我和我姑媽克絲婷的登山路。

屆時，除了天上的父，辛格朗・布龍／耶和華，我們姑姪倆只有彼此可以倚靠了。三名舟子和長舟，則留守在河道終點的山腰處，等候我們兩人隔日早晨下山。

這樣的安排——和可能導致的圓滿或悲慘結局——不正是這一路上我心中殷殷地、暗暗地期盼著的嗎？冰雪聰明、心思細密的丫頭，妳，一路聽我講述這個故事，肯定早就看穿我的鬼心眼，摸清我內心到底打著什麼主意：大河之旅從一開始，我便處心積慮，使出各種伎倆，甚至不惜假借我的好交灣、好朋友「伊班豬瘟神使者」納爾遜・西菲利斯・畢嗨之手，在漫長的溯河朝山過程中，將我的三十名旅伴，除克絲婷之外，以各種方式逐一驅除，讓這個旅程回歸原始面貌，成為我當初設定、想望的一趟只限兩個人——克絲婷和永，結緣於天涯海角、相認為姑姪的兩個異國男女——參加的「浪漫淒美叢林冒險之旅」。如今，大河之旅開展十天後，我終於得償宿願。當初從坤甸出發時，聲勢浩大、熱鬧無比的一支由三十個紅毛男女，外加一個黑髮杏眼支那少年，所組成的叢林探險隊，歷經千里航程即將抵達目的地之際，幾已凋零殆盡，只剩下兩個隊員：荷蘭女子克莉絲汀娜・房龍和那個中國少年，永。三天後，陰曆七月十五，這姑姪兩個就要結伴展開終極的旅程：攀登神祕的、充滿傳說和魅影的伊班聖山。

少年永念茲在茲的願望，眼看就要達成。

趁心如意之際，卻不知怎的，我心頭總是惴惴，好像懷著一個不可告人的鬼胎似的。

今晚，克絲婷倒是睡得挺沉。

連日旅途勞頓，我姑媽真的累了。一進入魯馬・安東長屋客房（其實那只是長屋露台曬穀場一隅閒置的、密不通風的小小倉庫），她便一把踩脫、踢掉腳上那雙皺巴巴，早已扭曲變形的白帆布鞋，狠狠一甩髮梢，噘起她那兩瓣油膩膩，血漬斑斑，兀自殘留著蜜絲佛陀口紅，晚餐時在屋長勸誘下剛大啖過特鹵巴比（竹筒醃酸豬肉）的嘴唇，如釋重負似地，長長呵出兩個大哈欠來，伸手捶捶腰背，也不嗽口，膝頭一軟，整個人就撲倒在竹編地板鋪著的一張蘆蓆上，自管和衣呼呼入睡。天才落黑，我閒得慌，偌大的長屋連個講話的對象，都找不著，獨自站在客房門口，眺望那闇沉沉叢林夜空下、光禿禿浸沐在落日殘霞中的峇都帝坂山巔，發了好一回愣，百無聊賴，只好剝掉汗濕的上衣，打著赤膊一屁股坐倒在克絲婷身畔，仰面八叉，舒展四肢，跟隨我姑媽遁入她那綺麗怪誕的夢鄉去了。

半夜，突然醒來。

不是被惡夢驚醒的喔，而是被——丫頭，這樁經驗說來雖然有點匪夷所思，但妳只好相信我——四下裡一種奇異的、無邊無際的、我從未體驗過、令人禁不住渾身汗毛根根倒豎的寂靜，給嚇著了。

整座長屋無聲無息。連大人的鼾息和娃兒的啼哭聲，全都聽不見。我在睡夢中被這片莫名的寂靜驚醒，雙手抱住膝頭怔怔坐起身來，歪著腦袋豎起一隻耳朵，聆聽。這當口，連克絲婷也停止打呼了。妳看她一臉安詳，雙手交疊托著腮幫，側身躺臥在蘆蓆上，鼓著胸脯一起一伏挺有規律地呼吸著。她睡得好沉熟。我拿過一條毯子，蓋在她兩隻裸露在裙襬外頭，汗珠晶瑩，大理石般青白色的腿肚子上，順手扣起她的衣領子，撥了撥她腮幫上一蓬子汗湫湫的髮絲，撮起來，悄悄拿到自己的鼻端，深深地聞兩下，一轉身面對房門口，又自管呆呆地聳起兩隻耳朵，再一次凝神諦聽。

靜。創世之初，天地剛形成、生命猶未誕生時的靜。

也不知過了多久，才聽得一聲慘叫。仔細捉摸那刺耳的、讓人耳根發軟的怪叫聲，原來是長屋底層，畜欄中圈養的一窩子三十幾頭土生黑毛豬，其中一隻大豬公，想必在做惡夢，看見屠夫手持一把明晃晃的尖刀，笑齧齧，朝牠步步進逼，於是扯起嗓門大放悲聲，雙足跪地向他求饒。那一聲聲發自喉嚨深處的哀鳴，齁吼——齁吼——靜夜裡聽來，如同鐵匠打鐵時一陣一陣鼓動風箱，顯得格外洪亮、磅礴。我又側耳傾聽一會。好不容易等到這隻被自己的惡夢嚇到的公豬停止嚎叫，嘟嘟囔囔自怨自艾一番，重新返回夢鄉中去了，我便披衣起床，悄悄打開房門，走到外面露台上空蕩蕩的曬穀場中。眼睛豁地一亮。北斗七星，有如一柄亮晶晶、迸迸濺濺地汲著天河水的長杓，依舊懸吊在赤道天空。盛夏的叢林夜，蛙聲聒噪不休。徐風陣陣送來潺潺流水聲。河！這十天來我們不曾一日分離的旅伴——卡布雅斯河。它無恙。長屋露台上朗朗一穹窿星空下，只聽得它嚀叮叮嚀叮叮，兀自在村外石崖下流淌著。我循聲覓去，摸黑走出長屋，踩著地上片片黃葉，穿梭過山坡上一座滿目瘡痍、爪果四下墜落一地、想必曾遭七月初九那場暴雨摧殘蹂躪的木瓜園，一步探索一步，躡手躡腳，跟隨那嘩喇嘩喇，穿透河上重重夜霧，越來越喧鬧嘹喨的流水聲，登上河畔石崖。

明月當空。

忽然，彷彿聽見鬼哭，我的整條背脊骨簌落落，颼地一寒。我趕忙豎耳諦聽。

嗚——嗚呦嗚——靜夜裡有個婦人在啜泣。月下那哭聲飄飄嫋嫋，一縷遊絲般時斷時續，從河下游大霧深處發出，鑽過層層叢林，沿著大河溯流而上，一路乘風飄送到魯馬・安東長屋，遁入我耳中，不住搔弄我的耳膜。我縮起肩膀猛地打個哆嗦，跂起雙腳，往石崖外伸出頸脖，朝向聲音來處又聳起一隻耳朵仔細傾聽。是汽笛聲！

輪船的汽笛。

記得嗎？我們大河探險隊從坤甸出發，一路搭乘的鐵殼船，途中，嗚嗚嗚，三不五時就拉響起的汽笛。

那由數十艘南韓打造，河馬般粗壯結實，八百噸級，專門航行於叢林河川的鐵殼船（摩多安、摩多順、摩多吉祥、摩多虎躍龍騰……）所組成的一支龐大商船隊，日夜穿梭卡布雅斯河，運載人貨牲畜來往於沿岸各長屋、甘榜和客家莊之間，一路上此落彼起，互相呼應，從高聳的駕駛艙中發出那響澈叢林、驚動鳥獸的汽笛聲——丫頭，自從陰曆七月七日，七夕，探險隊搭乘「摩多翔鳳號」抵達新唐之後，我們就不曾再聽見這個聲音了。

新唐，卡布雅斯河流域最後一座大鎮，距海口五百公里。大河之旅的中繼站，內河航運的終點、長舟旅程的起點。過了新唐，進入卡江上游山區，溯流而上直達峇都帝坂山腳的五百公里綿長水路中，蜿蜒行進，日復一日，身為鬼月朝山客的我們，頂著大太陽，坐在空敞的毫無遮蔽的一條伊班獨木舟中，一路上，耳邊無休無止聽到的，淨是船尾那具二十匹或（我們這艘「布龍·布圖號」裝備的）五十匹馬力舷外引擎，在那貌如鬼卒、被赤道日頭曬得渾身黧黑的舵手操縱下，所發出的粗獷、單調吼叫聲。空窿空窿。大晴天驀地綻響的一串焦雷似的，久久，久久，長舟的咆哮聲迴盪在麗日下空寂寂的河谷裡。

輪船那一陣連綿一陣，子夜洞簫般悠揚的汽笛聲，早已成為絕響。如今坐在長舟上，偶爾思念起來還挺令人神往的呢。

嗚——嗚——呦呦嗚——

在這子夜時分，叢林中萬籟俱寂之際，河上濃霧裡乍響的汽笛，隨著月亮的上升，逐漸變得清晰、嘹喨起來，一聲一聲乘著河風，不住飄送到我這會兒佇立的河畔石崖頂。

就著崖上那漫天清光，我睜眼朝向笛聲來處望去。

雄赳赳一艘鐵殼船，嗚——嗚——呼嘯著從霧中駛出來，堂堂進入我的眼簾。

月色皎皎，灑照船尾那一座塔樓般高聳的駕駛艙。我用力揉揉眼皮，凝起眼睛，看見了艙中三條面窗而立的身影。月下只見三張男人臉龐，靜悄悄，浸沐在滿河銀光中，一逕睜著那點漆似的六隻晶亮眼瞳子，注視正前方的航道。我睜大眼睛仔細一看：瞧，那鼓著一張寬厚胸膛，叉開兩條粗短的腿，淵渟岳峙般，文風不動矗立艙中央的中年漢子，肯定是船長；站在他左手邊的瘦高個，顯然是大副，只見他齜著兩排白牙，昂起一張黧黑臉孔，挺著一身十分燙貼地穿著的雪白制服，手持望遠鏡，只管眺望窗外遠方的山巔，好像在搜尋什麼東西；還有還有，那綳著兩膀子虬突筋肉，揸住方向輪，一身怪異裝扮——頭紮一方杏黃汗巾、打赤膊、腰下繫著一條鬆垮垮黑綢褲——貌似一名梁山水寨嘍囉頭的舵手。嗚嗚嗚。鐵殼船溯河而上，緩緩朝向我佇立的石崖駛來。我凝眼，就著月光，端詳這艘半夜突然出現在大河上游的商船，心頭陡地一跳。我認出了這三個水手！那是坤甸航運界一個稀奇古怪，令人一見終生忘不了的組合：客家籍船長、馬來大副、山東老鄉舵手。丫頭應當記得「摩多祥順號」鐵殼船事件吧？

在魯馬加央度過兩宿、參加過一場盛宴後，七月初六，大河探險隊告別中游這座最大長屋，繼續溯流航程，途中擱淺，被困在河心沙洲，那時搭乘的就是這艘八百噸級內河輪船。那次船難，可是我們旅程中的頭等大事唄。有如魔咒，它所引出的「伊班豬瘟神」，以及隨之而來的一連串詭譎事件，丫頭，妳都聽我不厭其煩、鉅細靡遺地講述過了。但萬萬料不到，過了六天，在月亮將圓之夜，「摩多祥順號」竟悄悄出現在距離魯馬加央六、七百公里，人煙稀少的卡布雅斯河上游，而這段水域，容我再次提醒妳，就連大白晝、太陽下都從不曾有鐵殼船行駛，遑論三更半夜了。這兒是伊班長舟的天地！更令人困惑的是：這種型號的船舶，都裝備一具專為叢林航運設計，馬力超強，烏鰍鰍宛如一隻蛟龍，在爛泥坑中翻騰自如的底特律柴油引擎，行進之際，邊吐黑煙邊嗥叫，熊熊——怦怦——但眼前這艘鐵殼船，引擎卻熄火，整條船死氣沉沉。客艙中雖然燈火輝煌，卻不見有人走動。中天一瓢明月照射下，偌大的「摩多祥順號」就這樣掩旗息鼓地，無聲無息，嗚呦——嗚——航行在石頭山巨大陰影下一條幽深河谷中，朝向婆羅洲中央分水嶺，卡布雅斯河源頭，緩緩前進。

我呆呆佇立河畔崖頂，看傻了啦。

好不容易，耗時整整十五分鐘，鐵殼船才行駛到魯馬•安東斷崖下。

嗚。嗚。皎潔的月光直直潑照船身。

影影簇簇，船頭甲板上團團地圍坐著一群旅客。

我又在這條河上遇見他們！

那達雅克族一家子。

丫頭，人生中竟有這般湊巧、如此神祕奇詭的一樁因緣。記得嗎？陽曆七月三十日，陰曆六月十九，我搭乘「山口洋號」輪船前往坤甸，展開初中畢業暑假之旅。船航行在爪哇海上。我遇見一群奇特的旅客。婆羅洲最古老純樸、平日遁居深山，刀耕火種度日，鮮少在外頭繁華城市露臉的原住民，陸達雅克族，男女二三十人，和我一樣在古晉碼頭啟程，登上大海輪。上得船來，他們就趕緊團攏成一圈，蹲坐在船頭甲板，頂著赤道海洋上一顆白燦燦大日頭，泥塑木雕似地一動不動，只管用雙手托起下顎，仰起那一張張油棕色刺青臉膛，瞅著萬里無雲的天空，各自想心事。直到那耗時一整個下午、跨越赤道線的航程終了，落霞滿天，船抵達坤甸港，這群達雅克人才恍如大夢初醒，紛紛活轉過來，伸出手臂，張開一隻隻布黑十字星紋的枯黃手掌，使勁拍拍腰背。霍地，大夥一齊起立，拎起腳跟前那沉甸甸裝滿什物的籐簍子，揹到脖子後，打赤腳，踩著火燙的鋼板，吧躂吧躂魚貫走向舷梯口。那當口，看著他們下船，我心中忽然冒出一個詭譎而美妙的預感：往後在坤甸——或許在婆羅洲內陸荒野，陰森森石頭山下，一條黃色巨蟒般的大河上——我與這群老達雅克獵頭戰士，將不期而遇，再度邂逅。

「邂逅」二字，丫頭，多麼美麗動人。倘若真能重逢，從而發展出某種曲折離奇的情節，那豈不是奇妙的、挺值得記述的一段緣分？十五歲、第一次出遠門的我，暑假開始時，對這趟由一個陌生荷蘭女子帶領的叢林之旅，心中喜孜孜，充滿何等浪漫、奇幻、吉卜林小說式的想像和期待啊。

果然，我的預感有靈：我的暑假冒險旅程在坤甸啟行後，沒多久，溯河而上的路途中，我又在船上與他們相逢。

這回是在一艘擱淺的鐵殼船上。

摩多祥順。

那天（七月初六）晌午，被困在卡布雅斯河中游河心沙洲上，閒極無聊，童心驟起，我那群男旅伴在唐尼・畢夏普——丫頭準忘不了這號人物：來自英格蘭約克郡，自稱是勃朗蒂三姊妹的遠親，時任坤甸聖方濟英文教師，後來在甘榜伊丹營地，喝了蒙汗酒，著了「伊班豬瘟神使者」納爾遜・畢嗨的道兒，倉皇逃回坤甸的年輕愛丁堡學者——帶頭之下，紛紛剝掉上衣，下身只穿條小內褲，當著整船女客的面，展露他們那金毛狨狨的胸膛和大腿。唐尼嘬唇發出一聲唿哨。大夥抽出腰間皮帶，充當獵頭刀，學那魯馬加央長屋的老屋長，名聞遐邇、專砍紅毛頭顱的傳奇伊班英雄天猛公・朱雀・彭布海，就在船上表演起伊班戰士獵頭舞來。長河落日圓。滿天歸鴉呱——呱——盤繞鼓譟。一群歐美壯漢赤條條白精精，殺豬似地，扯起嗓門厲聲尖叫，在那傾斜的搖搖欲墜的輪船甲板上，揮刀四處流竄，乩童起乩般不住扭腰，騰跳，跺腳。女生們看得性起，在美國和平工作團的安妮塔・布蘭登堡率領下，競相剝掉上衣，只穿著五花八門的各式乳罩，肉顛顛跑進場中，手牽手排成一縱列。環肥燕瘦十幾個西方大姑娘，齊齊彎下身子，扭動起腰肢，甩晃她們那一頭黃、橙、紅、褐各色髮絲，抖盪她們胸口那一瓠瓠木瓜樣的奶子，面朝峇都帝坂山巔，向她們的大神——天上的父辛格朗・布龍／耶和華——甩髮扭臀熱烈拜舞。整艘擱淺在沙洲上的八百噸大鐵殼船，顛顛搖搖鬧哄哄。

記性忒好的丫頭，朱鴒妳，一定記得：那時節，船頭甲板上高高堆疊的一捆捆貨物間，沒聲沒息影影簇簇，背向大河口一輪落日，抱住膝頭，蹲坐著一群風塵僕僕、從桑高鎮白骨墩紅毛城碼頭上船的旅客。陸達雅克族。男女老幼一家子人，迎著傍晚吹起的河風，玎玲鐺鎯，晃盪著長長的耳朵下吊掛的一雙雙黃銅大耳環，雕像般木無表情，一逕仰起滿布風沙的咖啡色臉龐，凝著點漆似的雙眸，靜靜地，望著眼前這群表演婆羅洲民族舞蹈，好似被惡靈附身，癲癲狂狂，只顧嘶吼尖叫的白皮紅髮外鄉人。

夕陽裡，達雅克人一臉安詳。

後來天黑了，大河上風濤更加險惡，情況萬分危急之際終於出現一位貴人：納爾遜・大祿士・畢嗨。在這位素昧平生、見義勇為、好樣的陸達雅克族青年奮不顧身營救下，我們旅行團得以脫困，一行三十人搭乘舢舨，渡過滾滾洪流重重險灘，安全登岸，被分頭安頓於甘榜伊丹和附近的露營地。

登岸那一瞬間，心中驀一動，我回頭朝向河心沙洲望去。

大河上游天際石頭山巔，幽靈樣，挺蒼白的一枚初升的弦月映照下，瞧！那達雅克族一家子，依舊文風不動，兀自團團蹲坐在「摩多祥順號」越來越傾斜、滾滾波濤中不住顛簸的甲板上，守著他們腳跟前的行囊——那一隻隻裝滿什物和日用品的黃籐簍——只顧望著天空發呆。隨著太陽的沉落、夜幕的降臨，他們的身子一點一點地，隱沒入河上驀地大起的濃霧中，最後，只剩得一簇朦朧的影子。

這素昧平生的達雅克一家族，與我，一個來自古晉的支那少年，莫非——某個前世——有過某種因緣，或者一段美妙卻神祕不可解的糾葛。而今他們正引領我回到原鄉。

短暫的暑假之旅，三度不期而遇：六月二十九，初遇於航行爪哇海的「山口洋號」大海輪；七月初六，重逢於擱淺在卡布雅斯河中游的「摩多祥順號」內河商船；而今，時令進入中旬，明月將圓，子夜時分獨自站在接近大河源頭的一處斷崖上，我又看見這一家子，搭乘同一艘鐵殼船（我本以為它已沉沒河中），靜悄悄繼續溯河而上。三次相逢，他們總是團團蹲坐在船頭甲板上。同樣的一臉安素；同樣的木無表情；同樣的抱住雙膝呆坐不動，寸步不離，守著他們的行囊；同樣的昂起脖子，不論月下或太陽下，總是仰起他們那鯨紋斑斑風塵僕僕的咖啡色臉膛，烏幽幽，眨啊眨，睜著達雅克族特有的一雙滾圓、清澄深邃、宛如原始森林中一泓泉水的眼瞳，凝望空中不知什麼東西，怔怔地想自個的心事。

站在河畔崖頂俯視，月光中，鐵殼船露天甲板上的這群旅客，乍看，好像一夥趕在陰曆七月十五，中元普渡來臨之前，不遠千里，漏夜搭船返鄉祭祖的遊子，但是仔細瞧瞧他們的行李——那成百隻米斗般大，沉甸甸，塞滿日用品和各式家當的黃籐簍——卻更像一個流徙在外多年，忽然思鄉，斷然決定變賣財產，收拾細軟回鄉定居的家族。

午夜歸鄉隊伍，從古晉出發，渡過赤道海洋，如今隨著航程的日愈接近終點——大河源頭的山——陣容變得越發壯大了。這一路上，肯定有親戚和族人陸續加入這個返鄉團，以致於，現在船上少說也有三百人，密密匝匝挨挨擠擠，坐滿船頭船尾的甲板和船艙頂。

可卻不知為了什麼緣由，冥冥之中，他們似是一路伴隨我、指引我，航向婆羅洲這條大河盡頭的荒涼石頭山：古晉↓坤甸↓荒城一鉤月下的桑高鎮白骨墩↓「伊班豬瘟神使者」納爾遜·西菲利斯·畢嗨宰制下的甘榜伊丹渡口↓魅影幢幢的「紅色城市」新唐……↓聖山在望的魯馬·安東長屋。有如漆黑夜空中一道電光驟然閃過，我心頭驀地一亮：我（還有與我相依為命的克絲婷）一路走到這裡，如今沒有回頭路了。

嗚。嗚呦呦嗚。鐵殼船上拉響的汽笛，招魂般不住迴盪在空寂寂河谷中。午夜笛聲，刀也似一刀接一刀，悽厲地急切地，剮著婆羅洲盛夏那黑水晶樣一穹窿清澈、燦爛的星空。

中天一瓢明月灑照下，「摩多祥順號」影影綽綽，悄沒聲，在我腳底下的河道中緩緩滑行過去。

——永，永，你在哪裡呀？半夜你躲藏到什麼地方去了？

風中有個女人在呼喚。

月光裡，那聲音驀一聽好像是哭泣，淒淒切切飄飄忽忽，不斷地從石崖坡下，魯馬・安東長屋果園中傳送上來。我回頭望去，月下只見克絲婷披頭散髮，一臉枯槁，身上邋邋遢遢地，兀自穿著那件從紅色城市新唐逃亡出來時，原本為了陪我逛街找人，特地換上的天藍底小黃花過膝連身洋裙，腳上瘸啊拐的，趿著兩隻破帆布鞋，瘋婆子似的穿梭遊走在木瓜樹叢間，一路呼喊我的名字，一路張望，棲棲遑遑尋尋覓覓。被七月初九那場驚天動地、突如其來的暴雨沒頭沒腦橫掃過的園子，爪果墜落滿地，三更半夜，群蠅嚶嚶嗡嗡，閃爍著燐火般的螢光，四下亂飛。克絲婷雙手高高提起裙襬，嘎扎嘎扎，踩過那一攤又一攤爛糊糊的木瓜肉，迸濺起一篷一篷污血般，紅灩灩腥臭撲鼻的漿汁。我站在崖上望著望著，渾身一哆嗦，忽然想起大河之旅啟航時，頭一晚，探險隊寄泊在桑高鎮。陰曆上旬，七月初，魅影般水白白一枚初生的月牙兒，斜掛在荒涼紅毛城頭。睡到半夜，克絲婷忽然起床，糾集隊中三十個夥伴，瞞著我溜出旅館，來到鎮外，鑽入紅毛城下那座果園。一夥男女，就在那滿園木瓜樹上懸吊著的一瓠一瓠、黃澄澄、熟透欲滴的果實底下，露水萋萋的草地上，赤身露體，朝著月亮舉行一場伊甸園式原始祭典……才多久，人事全非。那三十個男女，包括我心中最惦念的紐西蘭女大學生，天真善良一臉雀斑，揹著帆布囊，穿著牛仔褲，隻身勇闖婆羅洲叢林的梅根・密考密克，如今到哪裡去了？我們這支原本聲勢浩大的探險隊，當初意氣風發，一路熱鬧哄哄，搭乘鐵殼船溯河而上，到頭來，卻落得隊員星散、各奔西東不知所終的結局。如今臨近航程終點，整支隊伍只剩下一大一小兩個異國姑娃。十天的旅程，竟如此滄桑……

——你到底躲藏在哪裡？永，你別嚇唬我……永。

月下風中，克絲婷的呼喚越發悽切了。

我心中忽然興起一股邪惡的、調皮的念頭，想捉弄克絲婷一下。於是身形一閃，躡手躡腳，我躲藏到崖頂一座大石墩背後，蹲伏下身子，偷偷探伸出頸脖，好奇地，觀察這個半夜被輪船汽笛聲驚醒，慌忙起床，卻發現姪兒——那個古怪孤僻的中國少年——突然失蹤，丟下她，孤零零一個人，被困在婆羅洲內陸這荒山小村的三十八歲荷蘭女子。

丫頭，我發誓，我從不曾看見克絲婷如此的驚慌失措、六神無主！崖上罡風獵獵，她一頭及肩的蓬捲髮絲，好似風中蘆葦般狂舞，裙襬四下飛飂。一腳高一腳低，她趿著破帆布鞋，蹎蹎跌跌地踩著滿地鵝卵石，慌慌張張走上坡來，抖簌簌佇立崖頭，舉起右手掌遮到眉心上，跂著腳尖，睜著兩隻血絲斑斑的水藍眼瞳，一臉蒼白，邊伸出脖子朝崖下眺望，邊嘶啞著嗓子一疊聲呼叫我的名字：

——永！永！你不可以一個人走掉喔！

月光下兩腮子濕答答，滿布淚痕。

心頭一軟，我從石墩背後蹔轉出來，悄悄伸手扯兩下她的衣袖。

克絲婷回頭看我。

怔了怔。

哇的一聲就哭出來。

——我還以為你搭上那艘船，獨自走了。

我回頭朝崖下河中望去。

那午夜歸鄉團，靜悄悄地早就走了啦。

凌晨一點，我們姑姪兩個逗留在魯馬・安東長屋外頭，手緊緊握著手，肩並肩，坐在河畔崖頂一塊大石頭上，伸出脖子，望著一艘熄滅引擎、靜靜滑行、月下載著一船達雅克族人返鄉的鐵殼船「摩多祥順號」，嗚——嗚——拉著汽笛，迎著一條亮閃閃從山中傾瀉而下的流水，蜿蜒溯河而上，慢慢、慢慢地駛進子夜時分那一河谷飄漫起的嵐霧中，好久好久，終於隱沒，人和船一古腦兒消失在天際，燦爛銀河下，嵬嵬石頭山投出的巨大陰影裡。

七月十二　航向世界中心

一幢漂流的蘇丹後宮

昨晚，在魯馬・安東長屋度過了奇魅的一宿，今天早晨出發前，將那五十匹馬力的龐大山葉引擎卸下，換裝一具標準型、小巧靈活的二十匹馬力強生牌馬達，在嚮導加隆・英干一聲號令下，我們的長舟「布龍・布圖號」從長屋底下的簡陋碼頭重新啟航，冒著清晨大起的山嵐，迎著一輪水紅紅的旭日，繼續溯流——第十天——的旅程。

這兒是登山的起點。

此去，航道沿著山谷一路迂迴攀升。

更換了引擎，我們的船動力大大減弱了，可也變得輕盈得多，在舵手約瑟夫（莫看這油頭小子，一副屌而郎當模樣，他可有一雙媲美魔術師的巧手呢）操縱下，行駛於山路般九彎十八拐的狹窄河道中，蜿蜒穿梭迴轉，直如蛟龍戲水，矯健快活得不得了。

七月初九那場驚天動地的赤道暴雨，已停歇三天了，洪水退盡，連日豔陽高照晴空萬里。雨後的頭兩天，我們航行在泛濫的河道上，一路遇到的五花八門，鬼氣森森神祕兮兮，宛如一大窩子叢林妖怪，聳聳然，光天化日下浮游於河中的各種垃圾，如今數量越來越稀少了，偶爾碰上一兩件，模樣也沒那麼古怪離奇。河面又恢復往昔的寧靜清澄。但是，這天向晚時分，正當我們心中慶幸，終於擺脫這場漂流的夢魘，得以心無旁鶩，全速朝向聖山進發時，不巧，偏又遇到一件漂流物，耽擱了我們的行程。

*　*　*

丫頭，我之所以特別關注這件漂流物（我不忍心稱之為「垃圾」），因為對我而言，它具有一種極特別、極微妙，既讓我感到無比嫌惡，卻又難以言喻地深深吸引我、不住蠱惑我的魔力。更重要的是它牽涉到一個特殊的人物。這人妳應該認得。他曾經是我們的旅伴，旅程開始時，慨然允諾擔任嚮導，帶領大夥攀登大河盡頭那座，據說，從未有白人登上的石頭山。記起來了吧？安德魯・辛蒲森爵士。那位自從陰曆七月初五，參加過魯馬加央長屋夜宴之後，隔天早晨忽然改變主意，不告而別，宛如從人間蒸發般，帶著妻子雙雙消失在蠻荒叢林中的安德魯・辛蒲森爵士。牛津詩人兼探險家、二戰期間的皇家傘兵英雄、戰後的沙勞越博物館館長、我們小學課本記載的活傳奇人物。大河之旅伊始，在最初的一段航程，他對我非常友善，簡直可說愛護有加，所以在這節骨眼上，趁著七月十五月圓之夜將臨、旅程終點的石頭山在望之際，我就花點時間，撥出三、五千字的篇幅，講一講在卡布雅斯河上游，那場大洪水中，我們的船遇到的一件疑似（至今，我都不確定）與辛蒲森有關、渾身洋溢著一股狐媚詭密氣息的漂流物。希望能藉這篇文字，了結——恕我在回憶和講述大河之旅的往事時，老愛用老掉牙的「緣」字——一樁奇異的因緣，祓除那一直盤踞我心頭、怎麼都揮之不去的妖靈。

那是一幢漂流屋。

遇到它時，我們的長舟正鼓足馬力行駛，慌急急，逃離大日頭下那座喧囂躁動的水上墳場，（這已經是我們在河上，暴雨後，遇見的第四座墳場了）頭也不敢回轉，直往山中走，進入一段比較清靜的河道。這兒有一座河谷，看來是一個環境優美、水質純淨的好所在。落英繽紛。夾岸的樹林火燒火燎，好似盂蘭盆節放燄口，盛開著一篷篷一毬毬我叫不出名字的野花。這花，乍看似桃花，顏色可濃豔得多。河風吹拂下只見瓣瓣猩紅，淅瀝淅瀝下起血雨般，不斷從樹梢飄落，忽地，化作千萬艘小小彩船紛紛緋緋四下漂盪追逐河中。

矗立船中央，聳出一株刺青脖子觀測四方的嚮導加隆・英干老漢，陡地挺拔起腰桿，叉開兩條短腿，箕張十隻腳趾頭，鷹爪般牢牢箍住腳下的船板，睜眼凝望半晌，渾身猛一哆嗦，回頭瞅住我和克絲婷，眼翻白，隨即伸出一條胳臂抖簌簌指住前方樹蔭底下，河中央，森森然，一座巨大的馬來墓塚似的，悄沒聲，只管漂啊搖的浮游在水中的一間屋子：

——魯馬・漢都！歐郎歐郎・馬蒂！

——哦，鬼屋。

舵手約瑟夫昂揚著飛機頭，眨巴著一雙睫毛蓬蓬的眼睛，只顧睨著克絲婷，這時聽到老人呼叫，只挑起眼皮慵懶地望兩眼，漫應一聲，便倏地關掉引擎，將長舟停駐在河道上那隨波逐流的蕊蕊落紅叢中，把船頭朝向河谷入口處。

船上五個人，齊齊仰起臉來，不聲不響打量這件奇特的漂流物。

那是一幢尋常的馬來式高腳屋：亞答葉片覆蓋的屋頂、竹編地板、白漆木板牆，四面開著一整排敞亮的窗子，夏天居住十分通風爽快。在海岸地帶的臨水甘榜，丫頭妳看見它，肯定不會多瞧上一眼，但在這大河上游，內陸蠻荒渺無人煙鳥不生蛋的所在，妳搭乘長舟一路東上，途中遇到它，看見它沒聲沒息漂浮在河道中央，影幢幢鬼裡鬼氣，處處透著古怪，保證妳會縮起肩膀咬緊牙根，機伶伶打出一個寒噤來。

克絲婷嘆道：

——這場洪水多麼兇猛啊！把人家整棟房屋都沖走啦。

——房龍小姐，永，我們上去瞧瞧吧，說不定還有活著的人等待救援呢。

約瑟夫說完，也不等大夥答應，便抄起船尾擱著的一隻木槳，慢慢朝向漂流屋划去，小心翼翼，把我們這艘長十二米、中寬一米二、裝備一具強力舷外引擎的伊班長舟，靜靜盪到屋子的前門口，停泊在那座一人高、如今半淹在水裡的木梯旁。

一行人躡手躡腳，魚貫登上那靜蕩蕩渾不見半個人影的水中高腳屋。

——史拉末・皮蛋！

驀地裡，大晴天春雷乍響般，一條嗓子用洪亮、生硬的馬來語向我們道一聲午安。大夥嚇一大跳，猛抬頭，看見一隻紅頭黑喙白身的摩鹿加大鸚鵡，足上戴著鎖鍊，邋啊邋地，棲停在屋簷下一支小小鞦韆上。

——宋宋・孟榮宋！

歡迎貴客光臨。又一聲親切殷勤的招呼。

牠老人家跂著雙腳佇立鞦韆架上，挺胸凸肚，睜眼向客人輪流行注目禮，頻頻哈腰頷首，一臉儼然，十足的門房兼管家架式。大夥啞然失笑，逗弄一番，隨即掀開大門口掛著的一幅厚重的印度織錦門簾，由約瑟夫帶頭，跨過門檻進入屋內。

——希拉拉・馬諤！希拉甘・都督！

請進。請坐。

禮數可真周到呢。一位訓練有素、人模人樣、儀表堂堂的大英帝國東印度殖民地官紳宅邸的司閽。我忍不住停下腳步，站在門口，回頭仔細看牠一眼。這隻體型碩大、漂亮威武的摩鹿加大白葵鸚鵡，看來已經好些天沒進食，連一口水也沒得喝，容色顯得十分憔悴枯槁，聲音沙啞，可一看到有客來訪，登時抖擻起精神，扯起嗓門大聲招呼，看來已有很長一段日子沒人上門了。河上的天光白花花，灑滿牠一身子，光影交織，使牠那通體純白的羽毛變得更加皎潔，有如幽靈般的白。

——特你馬加色！史拉末・披當！

我誠心誠意向牠道謝，回個禮，轉身掀開門簾走進屋內。

眼前驀然一暗。我恍惚進入了一個奇異、旖旎、穠穠洋溢著天方夜譚香豔風情的世界。首先，我聞到一股迄今——由於數度投宿甘榜和長屋——我已熟稔無比，但每次聞到總會讓我內心興起一陣悸動和渴望的味道：橄欖油香。我站在屋中深深吸口氣，闔上眼皮，鎮定住心神，伸出鼻端細細品嘗捉摸這股蓊蓊鬱鬱，有如叢林深淵般陰黯、幽邃、嗆鼻的棕色女體香，和那無所不在、四下縹緲的一縷縷烏黑髮香。好半晌睜開眼睛，屋子似乎變得明亮了些。我揉眼環顧四周，看見這間二十蓆起居室，四面牆上，密不通風地掛著一整排幾十幅四呎乘六呎、色彩鮮豔繁複、圖案妖美惑人的巨型印度宮庭織錦：白象、紅頭巾黑虬髯武士、半裸舞妓、妖精樣扭腰擺臀搔首煙視的眾女神、燈火高燒下歌舞昇平的後宮夜宴。滿屋子影影簇簇，擺設著各式各樣，我不認得，卻又覺得似曾相識（也許從小就看《一千零一夜》系列電影的緣故吧），充滿阿拉伯風味的閨房飾物和黃銅器皿。最吸引我的目光，讓我一眼瞥見它，就如同中蠱般一瞬不瞬地凝視的，是屋子中央鋪著的波斯地毯上，神祕地、金碧輝煌地，放置的一張黑漆描金雕龍畫鳳，不知打哪弄來的中國貴妃榻——那是一種好來塢式的、誇張過頭的神祕和輝煌，陰森森地流露出賽金花式的狐媚氣息。榻上，換洗衣物似的，胡亂堆放幾十件爪哇手染印花紗籠。兩隻唐山紅繡鴛鴦大枕頭，油膩膩，沾黏著一綹綹烏黑髮絲。一條鵝黃西式男浴袍，大剌剌，橫陳在榻頂，汗羶羶金毛狨狨，陳年乳酪般散發出一股子餿味和尿溞氣，看來，很久沒人穿過的。

我盤起雙腿，以阿拉丁的姿勢在地毯上坐下來。

感覺上，好像誤闖入一座不知因何緣故廢棄了的鄂圖曼王妃寢宮，或是一間坐落在開羅市集中，穢氣瀰漫，安息香四下飄裊，正在執業中的阿拉伯妓女閨房。

忽然，我看到廳堂角落裡有一個紅木書櫥，好奇心起，便走過去瞧瞧，只見櫥中整整齊齊，依作者姓氏字母排列著一整套約莫八、九十本，布面燙金典藏版英國文學名著，隨手抽出一本，看見書名是《吉姆王爺》，作者約瑟•康拉德。那是我初中二年級時閱讀過簡寫本的一部小說，挺香豔浪漫、緊張刺激、高潮迭起的一則南海叢林傳奇冒險故事。乍見故友，欣喜之餘，便把書拿到貴妃榻旁地毯上，重新坐下來，打開一看，發現扉頁上有藏書者的簽名、購書日期和地點。瞧，那三行用派克鋼筆和深藍墨水書寫的英文字，模仿古騰堡聖經字體，極為蒼勁遒健，讓人不覺挺直腰桿正襟危坐起來：安德魯•休謨•辛蒲森／主曆一千九百三十七年十二月第十三日／於遠東維多利亞港聖士提反書院。

電光石火，我心中驀地一亮：

原來，這幢漂流的水上屋，是辛蒲森爵士的私密叢林行宮！

我伸個懶腰盤足坐定，把《吉姆王爺》攤在膝頭，雙臂環抱胸前，聳起脖子伸出鼻尖，審視他這座煞費苦心，在赤道叢林中央一手打造、布置的蘇丹式小後宮。一口一口，貪婪地，我只顧聞嗅那充塞一屋子的天方夜譚氣息，吸納那飄飄嫋嫋，一縷縷不斷從地毯上、臥榻間、紗籠中，各個旮旯縫隙流溢出的橄欖油香和女體味。水上屋漂啊搖。我好像吃了鴉片，整個人暈陶陶，不知不覺就進入一個風光旖旎、芳草鮮美的太虛夢土。夢境中，我邂逅我自幼心儀的傳奇人物——大河之旅伊始，對我這個性情孤僻、懵懂無知的中國少年青睞有加、教誨良多的沙勞越博物館館長，伊班戰士口中的「大爵士」，安德魯・辛蒲森。年過五旬滿面風霜的前皇家傘兵上尉，抗日游擊英雄，這時甫沐浴完畢，刮過鬍子，身披一襲鵝黃底藍碎花綢質浴袍，在一群（約莫六七個）腰下繫著一條花紗籠、顫巍巍聳起兩隻咖啡色奶子的爪哇女郎，團團環侍下，閒閒地，箕張他那竹篙樣瘦長的四肢，呈大字形，朝天躺在中國貴妃榻上，就著一盞阿拉丁式的油燈，呼嚕呼嚕，邊吸著阿拉伯水煙筒，邊閱讀手上捧著的一本《吉姆王爺》。只見他，時不時若有所思地長嘆一聲，抬起頭來，凝起他那雙湛藍如北海的憂鬱眼瞳，怔怔地眺望門口，簾外，椰林梢頭白皎皎清冷冷一鉤月……

——拉帕爾！拉帕爾！

肚子餓！肚子餓！

門口廊間屋簷下棲停的鸚鵡，忽地一聲聒噪，振起翅膀叫鬧起來。

我驚醒，從香豔迷離的巴格達太虛幻境中遁出，跳起身，睜開惺忪雙眼，看見這隻神態威猛的紅頭黑喙摩鹿加大白鳥，骨碌著兩粒火眼金珠，楚楚可憐地瞅著我，想是餓壞了。我得給牠弄點吃的東西。在起居室裡繞了兩圈，東翻西找卻哪裡有食物的影子？看來這間屋子斷糧已有好長一段時日了。斷糧！洪水發生才兩天，總不至於連一粒米、一瓢清水都不剩呀。我心裡納悶。尋找食物的當兒，一瞥眼間，看見門板後面貼著一張印製精美、顏色分明的世界大地圖，保存十分完好。從小就喜歡蒐集、觀賞各種古今中外輿圖地誌的我，便隨手將它揭下來。

——拉帕爾・桑嘎！拉帕爾・桑嘎！

非常餓！非常餓！鸚鵡一個勁地催促。

我慌忙將地圖摺疊起來，塞進褲子後袋，整整身上衣衫，正要掀開門簾，摸黑走進屋後廚房給牠找食物，卻聽得腳步聲雜沓，船上四個夥伴神色詭異一臉凝重，人人捏著鼻尖，從內室走出來。克絲婷一看見我，也不打話，整個人就如一隻母鳥般撲上前，攔腰將我抱住，把我的臉孔一轂轆塞入她的心窩：

——永，別進去！屋裡的人都死了。

——四個年輕的爪哇女人，一個個瘦得只剩下一把骨頭。

陽光下一臉慘白，約瑟夫卻掏出梳子，好整以暇地，梳攏他脖子上那顆尖翹油亮的飛機頭，嘴裡吃吃笑著。

簷口，小鞦韆架上，劈啪劈啪不住鼓著翅膀上下跳躍的大白鸚鵡，這當口又扯起嗓門叫囂起來：

——馬蒂・喀拉帕侖！馬蒂・喀拉帕侖！

餓死了！餓死了！

領航員篷篷負責斷後，站在隊伍末端，這時眉心猛一蹙，陡地睜開他那雙死鯊魚眼睛，目光暴射，回頭望了望那黑魆魆闃無人聲的內室，只一個箭步，就躥到隊伍前方，走到門口廊下，伸手攫住繫在鸚鵡腳上的那條鎖鍊，啣在嘴裡磔磔一咬牙，硬生生地將鍊子給弄斷了，隨手抓起鸚鵡，往屋簷外白花花陽光普照的大河上，潑剌剌一扔：

——走。

篷篷帶頭，一行人魚貫步下這間水上高腳屋門口的梯子，登上我們的長舟，解纜，開足馬力，迎著那暴雨停歇兩天後、涳瀧涳瀧、兀自從上游深山傾瀉而下的大洪水，急急慌慌，朝向我們今晚投宿的地點，自管趕路去了。一回頭，眼一燦。大河口一顆熊熊焚燒的火球下，我看見整條大河紅通通，百花盛開般，倒映著滿天錦簇的落霞。薄暮，紅日將沉。

辛蒲森爵士的屋子，他在婆羅洲內陸叢林精心打造的一座私密別莊，黯沉沉悄沒聲，搖啊盪，依舊漂浮在那兩排花樹夾岸、一片落英紛緋、武陵洞天似的一段幽謐河道中。

*　*　*

一幢漂流的蘇丹後宮！

這個意象，夠引人遐思的吧？

*　*　*

ㄚ頭，瞧妳，在聽我講述大河之旅這段事蹟時，兩隻眼睛烏幽幽，眨巴眨巴直打轉。雖然妳一逕抿著嘴唇，忍住不說，只是搖晃妳那一頭蓬草樣亂糟糟的短髮絲，但我看得出來，此刻，如芒刺背，妳心中有個深深困擾妳、令妳坐立難安的疑問，非得馬上尋求一個解答不可：安德魯・辛蒲森，這個婆羅洲家喻戶曉、跟我們故事又有密切關係的傳奇人物，在七月初九日晌午那場驚天動地、震撼山林的赤道暴雨中，遭遇如何？下場怎樣？是否已經在河中遇難？還是，像他的叢林行宮中那四個爪哇姑娘，被困在洪水中，活生生地餓死掉了？可憐，在這場暴雨發生之前，不知為了什麼緣故（這是我們大河之旅又一個神祕、詭譎、不解之謎），姑娘們屋裡斷炊，已有好長一段時日了——這是苦苦守望在門下、忠心耿耿的大白鸚鵡向我們透露的訊息。

我早就領教過妳的急性子，朱鴒，所以，儘管時機未到，我還是決定把大河之旅「辛蒲森插曲」的結尾，預先告訴妳，免得妳沒心聽我繼續講往後發生的事情。

他沒死。就在三天後，朝山團歷經漫長航程終於抵達終點——峇都帝坂山腳——之際，辛蒲森，孤單單，有如遊魂般突然出現在我們眼前。別來無恙。

如果妳對這個人物真的感興趣，妳應當記得，七月初五夜，大河探險隊啟航後第三天，在魯馬加央長屋宴會上，三十名隊員聚集一堂（整趟千里旅程中唯一的一次團聚呢，全員到齊，場面可真盛大感人）。大夥品嘗阿辣革米酒，觀看戰士獵頭舞，欣賞伊班長老們口中「來自西土的偉大的白魔法師」澳西叔叔的幻術表演。當晚賓主盡歡而散，但隔天早晨，原本允諾擔任嚮導，帶領我們攀登聖山的叢林專家辛蒲森，卻突然臨時改變主意，不告而別，從此從人間蒸發，未再露面。那晚宴會上到底發生什麼事情？我當然知道，可一直忍著不說。（在講述大河之旅的過程中，敏銳的聽者，如朱鴒妳，肯定察覺到有兩三次，在節骨眼上頭我差點兒就說溜了嘴，把祕密講出來，結果卻又硬生生地吞回肚裡。）現在沒法子逃避啦。不能不講。說穿了，我以前沒講只是因為我心裡有鬼，自以為曾經對他，安德魯・辛蒲森——打一開始就對我這個小支那人另眼相看、關愛備至的英國佬——做出一件虧心事，極大地傷害了他的大英爵爺身分和牛津紳士自尊。

講白了，事情倒很簡單：那晚在魯馬加央宴會上，我，永，十五歲少年仔，在老屋長天猛公・朱雀半哄誘半威嚇之下，一口氣喝了三盅純度三十八巴仙、足以撂倒兩頭大山豬的阿辣革老米酒，一時間，迷亂了心智，禁不起探險隊中的男性成員們——由羅伯多・托斯卡尼尼帶頭——一再的慫恿和逼問，竟當著辛蒲森爵士的面，說出了我讀初中二年級時，有天晚上，夥同班上幾個小阿飛，夜闖古晉市沙勞越博物館，在地下樓一間貯藏室偷窺到的一個怪誕場景：八月溽暑天，半夜十二點，辛蒲森夫人安妮博士，赤身露體，與一群精壯的達雅克族青年共處，參印度禪，以各種古怪交纏的姿勢，試驗各款伊班葩榔的功能和效用……「葩榔」是何玩意？大河之旅的故事敘述到這兒，大家早該知曉，不須我再介紹。反正那晚我喝醉了酒，鬼迷心竅，在大夥滿堂喝彩起鬨之下，比手劃腳繪聲繪影講了好多（其中大半，我酒醒後就忘了），直把我那群男旅伴逗得嘻哈絕倒笑作一團。隔天早晨，辛蒲森爵士便改變主意，臨時決定離隊，不聲不響偕同夫人安妮博士，轉往婆羅洲東北部的尼雅古洞，考察新發現的一批史前壁畫。為此，丫頭，我深自懺悔！但是，萬萬沒料到他依然信守承諾。就在月亮將圓之夜，我伴隨克絲婷歷經一千公里和十天的航程，終於抵達旅途終點，大河的盡頭，抬頭眺望那赫然拔地而起、魄魄聳立眼前的峇都帝坂山巔，心中踟躕猶豫之際，他辛蒲森出現了。

那時，克絲婷正發高燒，喝了嚮導加隆・英干老人親自進山採集、調弄的草藥湯，解開衣襟，躺在舵手約瑟夫為她搭建的樹屋中休息，而我一個人坐在樹下望著山發愁。

明早就要棄舟登山，徒步展開大河之旅的最後一段路程。就我和克絲婷，姑姪兩個。偏偏就在這緊要的關頭，早不早，晚不晚，克絲婷那挺硬朗的身子說倒下就倒下了。

見我一臉悲苦，她強打起精神笑嘻嘻安慰我說：不要緊，吃了藥睡個覺，明天早晨就好了。旅程開始時我曾允諾親自帶你登上這座山，永，我死了，也不會改變這份承諾。聽著：無論發生什麼事情，不管我是死是活，我一定會陪伴你站在峇都帝坂山頂，一起觀看陰曆七月十五日，日落之後從東邊西里伯斯海升起，高掛卡布雅斯河上空，雪白白，俯照婆羅洲大地叢林的一輪明月。這是我，克莉絲汀娜・馬利亞・房龍，在三十八年生命中，對這個世界的任何一個人，訂過的最純潔、最神聖和最真誠的約。生死不渝……你記得三天前的深夜，我們離開浪・阿爾卡迪亞桃源村，在彭古魯・伊波——我多麼懷念這個善良、熱心的肯雅族老戰士啊——駕駛的獨木舟中，對著東方天空一條壯麗的銀河，和天頂上那枚半圓的月亮，我對靜靜坐在我對面的你，永，說過的話嗎？我說：永，你是個早產兒，你今世的媽媽只懷你八個月就把你生出來了，但是不打緊，我，克絲婷，你前世的母親，就幫你今世母親一個忙，在我的肚子裡懷你一個月，再讓你重新誕生，變成一個足月的健健康康的男孩子……一個月呢！今年夏天你初中畢業了，你父親安排你來坤甸玩，和克絲婷姑媽共度一個暑假，算算看，為期不正好是一個月嗎？神祕、奇妙、美麗的一個月！可見這是上帝的意旨……你們中國人說，冥冥中自有天定……明天登上峇都帝坂山，就我們兩個人……大河盡頭這座孤立的、禁忌的、充滿各種傳說和精靈的石頭山……你問我害怕嗎？二戰期間經歷過日軍特種集中營那種黑暗日子，永，這個世界還有什麼東西，能讓我克莉絲汀娜・馬利亞・房龍感到害怕的呢？

雙頰緋紅，一頭赤髮騌汗蓬蓬，克絲婷躺在樹屋中睨瞅著我，兩眼直勾勾，炯亮炯亮，直要噴出一叢火燄來，把我整個人連皮帶骨吞噬進她肚子裡。她越說越亢奮，嗓門愈是嘶啞，到後來，只顧呢呢喃喃自言自語。那午夜夢囈一般的啜泣和獨白，直聽得我渾身發涼，毛骨悚然。一標冷汗驀地裡直竄上背脊。膝頭一軟，我趴跪在她身邊，雙手捧住她那顆燃燒的煤球般火燙的頭顱，一個勁親吻她的腮幫，好不容易讓她安靜下來，這才拿過一條小毯子，悄悄遮蓋住她那鬆開了衣領，敞開了心窩，汗瀅瀅白皎皎地剝露出一雙乳房，巍巍豎立起兩粒暗紅乳頭的身子。然後，一溜煙，我沿著樹幹爬下樹屋來，抖簌簌，抱住膝頭獨自個蹲坐在樹根上，沉思。

就在這當口，水湄蘆葦窸窣一陣響，光影閃忽間，宛如一枚森林遊魂魅影，極瘦極長的一個男子，頂著入夜時分微薄的天光，悠悠晃晃走上山坡，在我面前立定。我只抬頭看他一眼：他依舊跟十天前，大河之旅啟航首日，我們在「桑高號」客輪甲板上初遇時一樣，笑吟吟地昂聳著一顆桔黃色頭顱，伸出鼻尖上架著的一副銀邊小眼鏡，背陽天光，扠腰俯瞰著我。年紀不過四十五六的詩人、軍人兼探險家。兩隻海藍眼眸——不知怎的總是讓我覺得嫌惡——瞅人時，老是流露出悲憫憂愁的神色。一臉風霜，依舊是那副看透世情、洞察人生的模樣。只是，自魯馬加央長屋一別，才八、九天，他的神態和臉容一下子變得蒼白、蕭索許多。兩腳泥巴一頭汗水，渾身風塵僕僕，想必連日趕了好多好多的路。

他雙手扶著膝頭，挺直腰桿，端端正正在我身旁落座。好久，兩人肩並肩挨靠著坐在樹屋底下，只管望著石頭山。齁——齁——樹屋中傳出克絲婷均勻的鼾息聲。她終於沉睡了。兩個船夫，嚮導加隆老人和舵手約瑟夫（領航員「死鯊魚眼」篷篷，臨時趕返浪・巴望達哈血湖村，辦一件要緊事，後天早晨趕回來接我們下山），正在河灘上架設柴堆準備生火，烤幾尾現撈的婆羅洲野生鯰魚，配捎來的竹筒小米飯，充當晚餐。

樹屋下兩人靜靜看山。

他率先開腔。

——永，還記不記得在桑高號輪船上第一次見面時，你向我提出的問題？

——記得。我問道：爵士，您去過峇都帝坂嗎？你只笑了笑並沒回答。我接著說：我姑媽房龍小姐說那是達雅克人的聖山，生命的源頭。你聽了就說——

——生命的源頭，永，不就是一堆石頭、交媾和死亡。

——是的。你當時是這麼回答我的，爵士。

兩人又陷入沉默。蒼茫暮色中一座光禿禿的石頭山，悄沒聲，就聳立在眼前。我扭頭看了看身畔這個既熟稔又陌生，不知怎的，讓我一見他，就如逢親人，但同時卻又感到無比憎惡的英國紳士：他身上還是那套，天哪，不知漿洗過幾百回，早已褪成灰白色，可依舊熨燙得十分平滑筆挺的卡其獵裝；一頭細捲波浪髮，羔羊羢毛般柔嫩，早就讓赤道的大日頭曬得焦黃——人在叢林中行走，頭髮卻仍梳理得服服貼貼，一絲不苟。額頭一鬈金黃劉海底下，俏生生地挺著一支尖翹玲瓏的鼻子，鼻端架著一副小圓眼鏡，洞亮洞亮，永遠凝視正前方，瞅著半空中神祕兮兮不知什麼東西。

長屋居民們嘴裡的「大爵士」。伊班戰士心目中的二戰傳奇傘兵英雄。

——永，你害怕死亡嗎？

——不知道。但是有克絲婷作伴，我想我不會害怕的。

——很有意思。能告訴我為什麼嗎？

——因為她曾經向我許諾：永，你死了，不打緊，媽媽再一次用她的肚子把你生出來。

——是嗎？很好！那麼你害怕……性嗎？

——我還沒有這方面的經驗。我才十五歲，爵士。但是只要跟克絲婷在一起，我想我不會害怕這種事情，因為她不會傷害我。

——好極了。剩下來的就只是一堆石頭。永，別坐在這裡發愁，振作起來！明天早晨，勇敢地帶領你的姑媽上山吧！像個大男孩那樣。

說完，他猛一拍膝頭，站起身，順手撿起我棄置在地上的蘇格蘭呢鴨舌帽，往自己衣襬上撣兩下，幫我戴回頭上，轉身準備離開，才邁出兩步忽然回頭，伸出他那母猿胳臂般修長溫軟的一隻手臂，弓下腰桿，按住我的肩膀，凝起一雙水藍眼眸意味深長地看我一眼：

——大河的盡頭也是源頭。至於這個源頭，往後，會把你帶到哪裡去？永，那就得看你自己的造化嘍。

他走了。整個人隱沒入暮靄柴煙蘆葦叢中。悄沒聲，一枚瘦長孤獨的身影，聳著一顆枯黃色頭顱，幽魂樣，登上水湄一艘靜靜等候的舢舨。

*　*　*

丫頭，這就是我畢生中和安德魯·辛蒲森相見的最後一次了。這個人物，不管大夥怎麼看待他，無論旅伴們在人前如何恭維他，人後卻又是如何詆毀、譏誚，在我少年時代那趟暑假之旅的所有男女夥伴中，除克絲婷之外，他，毫無疑問，是最令我深深感念至今不忘的一個人物。

順帶一提：關於這位曾受英女王冊封的帝國騎士的各種流言蜚語，在我們旅伴之間，流傳可廣。傳言之一，他是天閹。就像他愛讀的那部康拉德小說的主人翁，海洋叢林冒險英雄吉姆。就像我們華僑子弟從小被灌輸，以致耳熟能詳、崇拜不已的偶像詹姆士·布魯克——

小說人物「吉姆王爺」所根據的原型——那憑著長短兩支槍、幾百發子彈和一套魔法，隻身進入婆羅洲叢林，號令數萬伊班獵頭勇士、馬來貴族、印度傭兵和華人礦工，在沙勞越偌大一塊處女地上，以神的寵兒、天之驕子的姿態，一手建立強大的白人王朝（南洋歷史上赫赫有名的「布魯克王朝」）的英國青年冒險家。天閹。沒有子嗣。一身功業死後化為烏有。

無論這些傳言是不是真實，更不管別人怎麼講，安德魯・辛蒲森畢竟是個信人。他可沒忘記大河之旅啟航時，他對大夥作出的承諾。經歷魯馬加央那個極不堪、令他蒙受恥辱、使他的紳士自尊蕩然無存的夜晚，九天後，月將圓的日子，他獨自跋山涉水，風塵僕僕趕到旅程的終點站，與我們會合。雖沒親自帶領我們登山，但那晚，並肩坐在克絲婷樹屋下，他和我進行的一段對談，短短五六句問答（說來奇詭！我們這一中年一少年、來自天南地北的兩個異鄉男人之間，似乎存在著一種微妙的、讓我心中惴惴不安的、近乎父子關係的默契和交流），卻如同漆黑的叢林夜裡，天空乍現的一道電光，剎那照亮我的心頭，讓我對這趟歷經種種波折，如今，星流雲散，整支三十人探險隊只剩下兩個隊員——一個荷蘭女子和一個中國少年——的奇特旅程，頓有所悟。悟：我不能回頭。否則往後漫長的日子裡（我的人生才剛起步哪！）我會因為個性的怯懦讓我錯失這樁天授的、稍縱即逝的、一生至多一次的機緣，而懊惱不已，甚至因此鄙視作踐自己。辛蒲森的一番話，雖不是什麼高深道理，卻堅定了我這個十五歲、平生頭一回出遠門的少年，不計一切，在七月十五月圓之日，伴隨（或者應該改口說「帶領」了）我那在最後關頭突然病倒的姑媽，登上峇都帝坂山的決心。

和安德魯・辛蒲森最後一次相見的這段插曲，在我們的大河朝聖航程中，至為重要，攸關故事的結局，本該依照敘事的順序，留待三、四章之後（約莫在〈七月十四夜〉那一章節）講述，但只因妳性子急，朱鴒，所以我就勉為其難打破敘事慣例，在這兒先提出來，交待清楚。現在既然講完了辛蒲森的事蹟，滿足了妳的好奇心，一勞永逸，祛除妳腦瓜子裡那芒刺般不住攛掇妳、騷擾妳的疑問和懸念，那麼，趁著妳對之前的情節——洪水泛濫的大河上，那前所未聞、難得一見的垃圾漂流記——還記憶猶新，打鐵趁熱，我們趕緊讓大河之旅故事的發展和敘述，回歸到正軌上去吧。

*　*　*

這天，陰曆七月十二日向晚，我們的摩多動力長舟「布龍・布圖號」（記得嗎？這個名字在伊班語中的意思是「王者的陽具」，挺耐人尋味的呢）落荒而逃，駛離了辛蒲森爵士在婆羅洲內陸叢林精心打造、裝潢的私密別莊——一幢洋溢阿拉伯香豔風情，四處散布著五彩紗籠，瀰漫著屍臭味，孤零零漂浮在洪水中的蘇丹式後宮——開足馬力，迎著薄暮時分驀地大起的河風，竄出百花谷，朝向我們進山後第二個投宿地點，趕在日落之前匆匆前進。

越往河源行駛，航道越是險峻，水流越是湍急。

離開爵士行宮後有好長一段水路，只管盤繞在山中，蜿蜒繾綣約莫十公里，我們足足航行一整個鐘頭，一路溯流，竟沒遇著一艘伊班或肯雅獨木舟，兩岸叢林幽謐，樹梢不見一縷炊煙升起。山坳裡，客家莊上，聽不到一聲雞啼，更甭提那鬼吹螺般一村傳一村，一山傳一山，大白晝四下綻響，陰魂似地一路追隨我們的船溯流而上的狗吠聲。天地一片空寂中，那劈撲劈撲鼓著巨大的雙翼，在我們頭頂盤旋巡弋的婆羅門鳶，卻愈聚愈多，體型越發碩大，神態更加威猛，黑鬖鬖遮天蔽地一大窩，布滿石頭山下、大河上那滿眼落霞宛如一灘灘瘀血的婆羅洲向晚天空。剮──剮哇──漫天裡一聲迴響一聲。布龍神麾下的這群猛禽，日頭下目光燐燐，俯視我們的船，拉長嗓門梟叫得更加粗糲、躁急了。那小不點兒，孤蹲在河畔水湄樹枝上放哨守望，一路孜孜不倦輪流接棒領航的水鳥們，早已不見蹤影。

蹲坐在一艘空敞的長舟中，搖啊盪地漂流在一座無邊叢林裡，霎時間，我察覺，我們已經進入了婆羅洲最深的腹地──伊班人心目中最神聖、最清潔、人類萬萬不可加以玷污的祕境。這兒是世界的中心，宇宙的心臟。

心念一動，我從褲子後袋中掏出我在辛蒲森水上別莊找到的大地圖，整張打開，攤在膝頭上，就著黃昏殘餘的天光，興味盎然地審視起來。

那是昭和十二年印製（圖下有出版日期）的日本版世界地圖。

才一打開來，我的眼睛就為之一燦。那種視覺上的衝擊，丫頭，就好像妳在毫無防備的狀況下，突然被推到地球面前，看到了一個簇新的、既陌生奇異卻又覺得十分眼熟的世界。小時候的我，一個愛蒐集、愛看各種地圖的支那孩子，成長於英國屬地沙勞越，每天觸目所見——在學校和政府機關牆上，在公共場所，甚至在自己家的客廳，逃都逃不了——都是英文或荷蘭文標示，用紅、藍、白三原色，大塊大塊區分各大帝國勢力範圍的世界地圖，以大西洋為中心，歐美兩洲為主軸，將地球的樣貌，全面地、氣勢磅礡地展現在殖民地子民們眼前。我父母親魂縈夢繫的「唐山」，中國，偌大的一塊黃色土地，寒傖地局促於地圖東邊，太平洋盆地邊緣。天照大神眷顧的日本，區區四島，更是毫不起眼地孤懸在地圖東北端小小一隅。就連我出生、長大的地方，堂堂世界第三大島婆羅洲，這個在伊班人心目中由宇宙大神辛格朗・布龍守護的神國，小媳婦似的楚楚可憐，也被貶謫到南中國海下方一個旮旯角落呢！讀聖保祿小學時，中午我喜歡待在圖書館，每每獨自一人，駐足於入口處牆上那幅巨大的地圖下，小小一個人，昂起脖子仰起臉，怔怔凝視英國主子展示在我們眼前的世界：喔！我們原來是羅神父講的「化外之民」，居住在地球的最邊邊。如今我初中畢業了，機緣湊巧，暑假泛舟於婆羅洲一條大河上，因著洪水，在一位英國探險家的私密別莊，無意中，找到一張昭和初年繪製，印刷竟然比英文地圖更加精美、細緻的日本版世界大地圖。有如魔術師表演戲法，舉起手中那根小棒子，喝道：「變！」世界在我雙眼一眨不眨的注視之下，登時就變了個樣。（那當口，我忽然又想到澳西叔叔！丫頭，記得這位長相神似彌勒佛，被伊班兒童尊為「峇爸」、慈愛的白人爺爺，被長屋父老奉為「偉大的白魔法師」的澳洲老律師，那晚在魯馬加央宴會上表演的「春到長屋、玫瑰盛開」神奇魔術吧？）說來詭譎，同樣的，在日本帝國繪圖師一枝魔筆下，展現在一堆密密麻麻、蛇蟲樣的假名符號中，世界變得不一樣了：浩浩太平洋崛起為世界新中心，亞洲變成地球腹地（大西洋和歐洲被下放到地圖極西隅去囉），日本列嶼神光普照，宛如一條五爪金龍，高高地、神采飛揚地蟠踞地球正中央，頂端，以君臨天下之姿俯視整個太平洋盆地。最讓我感動的是，連我父母的唐山故國，那殘破的老大不堪的土黃色「支那」，也沾了日文地圖的光，搖身一變，竟成為太平洋西端一個挺醒目體面的皇皇大國。

火紅的一輪婆羅洲落日，懸掛河口，穿透大河兩岸層層叢林，颼地，潑照著我攤開在膝上的這幅新世界大地圖。

我看得癡啦。一時間目眩神迷，只管怔怔坐在長舟中，好久好久一瞬不瞬，審視我從小已觀看過不知幾遍，熟悉得不能再熟悉，如今，經歷一場奇妙的蛻變，好似一隻初生的、綺麗萬端的蝴蝶，大大地撼動我的心靈和視覺的地球。

《美麗新世界》。

我想起赫胥黎那部經典小說的書名。

——婆羅洲。

驀地，一根修長白皙的食指，從我面前直直伸過來，指住地圖上的一個地點。

我抬頭，看見克絲婷坐在我對面一條船板上，迎著河風飛颺著頭髮，瞅著我，滿臉笑。河上那漫天彩霞映照下，一張雀斑臉龐汗溱溱紅噗噗。我循著她的手指尖看去。果然在那橫貫世界地圖中部的赤道線上，東經一一五度，南中國海之南、爪哇海之北的廣袤熱帶水域中，眾島拱衛下坐落著一個大島。「渤泥」。原來，我們的婆羅洲位於世界的中央，而此刻的我，暑假泛舟的少年永，正和我姑媽置身於這座島的心臟！

——卡布雅斯河。

麻雀啄食般，克絲婷的食指尖，在婆羅洲圖形上，靈跳地，沿著赤道線由西往東，勾畫出一道水蛇樣蜿蜒的線條。這就是印度尼西亞第一長河，卡布雅斯河。這十天來我們一路溯流而上的河流。華僑管它叫卡江，達雅克人和伊班人稱之為「大河」，長一千一百公里，發源自島上中央分水嶺，流經世界碩果僅存的三大熱帶雨林之一的婆羅洲雨林，在黃沙滾滾的坤甸灣，滔滔注入爪哇海。

——永，瞧，峇都帝坂山。

卡布雅斯河源頭，婆羅洲心臟，廣大雨林中央陡然拔地而起，赤條條光禿禿，聳立著創世之初，辛格朗‧布龍大神不知因何緣故，遺留在地表上的一塊巨石——峇都。這座伊班人心目中的聖山，在我眼前這張地圖上，只用一個小小的黑三角「▲」標示，旁邊印著一行妖嬈的日文假名字母，乍看委實有點突兀、礙眼。

這便是大河之旅的終點。

我和克絲婷，因緣相認的異國姑姪倆，相依相守，乘船歷經千里航程重重險阻，準備在三天後，陰曆七月十五月圓之日，結伴攀登的山。

如醉如癡，足足有十分鐘之久，我直盯著世界地圖上的婆羅洲，貪婪地一瞧再瞧。

打出生那天起，就在這座島上生活、成長，十多年來，日日在古晉城中四處張掛的各式大小地圖上，瞥見她的芳容和形影，看多了，習慣了也就視若無睹，從未曾好奇地仔細端詳她一眼。直到十五歲這年，夥同一群紅毛男女，參加一趟卡布雅斯河探險之旅，在泛舟的路途中，菩薩顯靈般，婆羅洲才以她嶄新、綽約、既陌生又熟悉的樣貌，綻露在一輪輝煌的赤道夕陽下，展現在我那雙驚愕欣喜的眼睛前。

丫頭，那就讓我們一起來審視她的姿容吧。

瞧，在一群星羅棋布、形狀各異大小不一的熱帶島嶼——蘇門答臘、爪哇、帝汶和新幾內亞、摩鹿加群島和西里伯斯、民答那峨、南中國海諸島和馬來半島——如眾星拱月般環繞簇擁下，婆羅洲以皇后之姿、南海第一大島的地位，挾著她那七十五萬平方公里的龐大體積（台灣的二十五倍大喔！總人口卻只及台灣的一半呢），坐鎮馬來群島正中央。安詳，穩重沉著，驀一看她的模樣還真像——借用我的一位澳洲籍英文教師，羅森小姐十分傳神的譬喻

——胖嘟嘟的一隻大母狗，懷著一窩胎兒，滿臉溫柔，抬頭凝視北方浩瀚的太平洋。丫頭，容我再次提醒妳：切莫看她外型福福泰泰一團和氣，她可是惡名昭彰的赤道叢林，自古以來（以下，我引用我的小學華文啟蒙老師，避秦於南島的前清秀才，覃子房老先生的說法）便是謫戍之島、瘴癘之地，偌大的紅土地上不知埋葬過多少歐洲傳教士、阿拉伯商賈、荷蘭官吏和眷屬、日本皇軍和營妓、新一代美國男女嘻痞浪人、英國大資本家（譬如沙勞越發鈔銀行、渣達銀行的創辦人勞頓勳爵）和世世代代無數華僑豬仔礦工的骸骨。無怪乎，覃老師感嘆道，每年一逢陽曆八月陰曆七月，盂蘭盆會時節，這整座島，遮天蔽地密不通風的原始雨林中，啁啁啾啾，只聽得四處飄蕩著那遠隔重洋，路途遙迢、有家歸不得，無頭的、斷腿的或五體齊全的各色人種孤魂野鬼……

噢，婆羅洲！

我生於斯，長於斯，喝她從胸脯擠出的褐色奶水，吃她在廣袤深厚的紅土壤上，以刀耕火種的原始方法，辛苦栽培出來的小米，十五年，日日成長茁壯。

對身為第二代華僑子弟的我——「支那少年」永——她是恩同母親的婆羅洲。

而我這個不肖子，從小就將她的養育視為理所當然，對她不屑一顧，甚至不曾好好看她一眼，打懂事起，一心只想掙脫她那熱烘烘濕答答、瀰漫致病的瘴氣、充斥著伊班人濃濁體味的懷抱，高飛遠颺，離家（我那個早已落籍南洋，視「唐山」為遙遠夢鄉的廣東省揭西縣灰寨圩李氏家族）出走，獨自個，到外面那想像中無比廣闊、熱鬧、繁燈似錦絃歌不輟的大觀世界，著實闖蕩一番！而今機緣湊巧，我生平頭一遭在青天白日朗朗陽光下，正眼面對「她」，細細審視她的容顏。我呆呆瞅著膝上的地圖，想著前塵往事（那年我才十五歲哪），心中的悔恨、羞愧、懊惱……各種不堪的思緒如潮水般紛至沓來，不覺心頭酸楚。我把頭垂下，抖簌簌伸出雙手扶住船艙板，弓腰，匍匐，把自己那整張汗潸潸火燙燙的臉孔，一古腦兒地，緊貼著這幅偶然得自洪水中，密密麻麻符咒般，印著成千上萬個日本假名字母的世界大地圖，然後，閉上眼睛，用自己那乾渴的雙唇，尋索她——母親婆羅洲——以雍容大度的姿態在地圖中所占據的位置。

忽地，一條手臂從對面直伸過來，柔柔地，攬住我兩隻抽搐不停的肩膀。

滿眼淚花中，我舉頭一望，看見克絲婷笑吟吟端坐舟中，我對面那條橫板上，一眨不眨地，凝著她那雙海樣深邃的眼瞳子，靜靜望著我。

我哽噎著迸出一句話來。

——克絲婷，謝謝妳帶我來這個地方，從事這趟奇妙的暑假旅行。

她依舊抿住嘴唇，不吭聲，只管睜眼端詳我的臉龐。

我忽然想起四天前，如同兩隻喪家犬，我們姑姪兩個倉皇逃出紅色城市，新唐，在一位好心的伊班老艄公帶領下，夤夜遁入浪•阿爾卡迪亞桃源村，度過頂快樂的一天，隔天七月初九，月亮半圓時節，我們搭乘肯雅長老彭古魯・伊波親自操槳的獨木舟，前往朝山的入口處，普勞・普勞村。就在漆黑的河道上，舟中，頭頂一條燦爛的銀河灑照下，好似在暗房裡沖洗相片，顯影般，我乍然看到了一個新的克絲婷，從隱到顯、從暗到明，緩緩地一點一點地浮現在我眼前。

那時，雲開月湧，半輪明鏡當空掛。

克絲婷整個人浸浴在月光裡，霎時間，渾身煥發出銀白的光芒，安詳、凝重端莊，驀一看就像我在聖保祿小學讀書時，每天上下學，必會在校門口花壇下，打個照面的聖母馬利亞塑像；就像我平日，一個月兩三回，手提香燭花果乖乖跟隨母親，到古晉市觀音堂參拜的白衣菩薩；就像……丫頭妳平生最敬仰、每回遊蕩在台北街頭，路過她的廟宮時，必會端肅起臉容，拂拂妳那一頭亂草樣四下怒張的短髮絲，轉身朝向神龕，弓腰，舉手，合十頂禮膜拜的媽祖娘娘。

三位一體的母神：聖母、觀音、媽祖。

那晚，坐在月下船中，觀看那面對著我、扶膝端坐在一條橫板上的克絲婷，心醉神馳胡思亂想之際，其實，在內心某個角落，我對自己竟會受到浪漫月色的蠱惑，而產生如此荒謬、褻瀆的聯想，是深深感到困窘和羞慚的。但是，那之後，又經歷兩天的共處，我們一起面對和度過了二本松鬼屋、浪・巴望達哈血湖村、河上的大洪水……等一連串事件，克絲婷的音容笑貌一再以嶄新、美妙、令我驚喜交集的方式，呈現在我的眼前，我再也不認為我那晚的比擬，有多荒誕不經。

克莉絲汀娜・馬利亞・房龍。一個隻身流落在赤道的坤甸城，遠離北國的荷蘭那低、冷冷的地，有過一段不堪的遭遇和歷史，因而有家歸不得的三十八歲荷蘭女子。我，少年永，她時時掛在嘴邊、逢人就驕傲地介紹的「我的中國姪兒」，此刻，在暴雨後的大洪水中，就像那晚在半輪明月一條星河照耀下的寧靜大河灘，相依相守，與她共乘一艘空敞的獨木舟，漂流在一條空曠的大河上，朝向航程終點，我們倆共同的目標——冥山峇都帝坂——一公里又一公里穩定地鍥而不捨地前進。

面對面，盪啊盪，我們分坐船上兩條橫板，彼此相距不過兩英尺，近得，就如同那晚在月下舟中，我可以清晰地、真切地聽到和聞到克絲婷的每一個呼吸。

——這張奇怪的世界地圖，永，你是從哪裡弄來的？

這次輪到我不吭聲。我一逕仰起臉龐望著她，只癡癡地笑著。克絲婷傾身向前，朝我挨靠過來，伸出脖子把一雙眼睛湊到我膝頭上，察看那張攤開的地圖，滿臉狐疑，審視那從邊緣搬到中央、大大地挪移了位置的婆羅洲。她豎起右手食指頭，一字一字，捉摸、唸誦圖上印著的成堆假名字母（莫忘了，二戰期間她在特種集中營度過兩年，學得一些日文）。好久，我們兩人就這樣臉對臉，兩隻額頭幾乎碰觸一塊，聚首船中，全神貫注地，觀看一幅當年在南洋極稀罕、尋常人難得一見的日文世界大地圖。

克絲婷的手指尖，簌簌抖，繞著婆羅洲遊走五、六回，最後停駐在島中央那個小小的黑三角形符號上。

我心中一亮：原來婆羅洲位於地球中央，此時的我——在這座大島上出生、長大的支那少年永，正置身在婆羅洲心臟，卡布雅斯河源頭一座名為「巴吐・帝邦雅瑪」的山下，而在這世界中心的原始森林裡，如今只有兩個人：我和克絲婷！不，船上總共有五個人。但其他三人（嚮導加隆老人、領航員箻箻和舵手約瑟夫）只管待在自己的崗位上，各幹各的活兒，各想各的心事，很久默不作聲，直讓我們覺得他們彷彿不存在似的，充其量，在我此刻的眼裡，這三人只是河上蒼茫夕照中三團朦朧、窸窣的身影……

一陣河風驀地吹來，獵獵價響，撩起克絲婷肩上兩毬子赤紅鬈髮絲。剎那間，只聞得一股陳年的、帶著些許羶腥汗酸味的麗仕洗髮精香，蓊蓊鬱鬱地、窒人欲息地，伴隨著她身上各個私密處，在赤道大太陽蒸發下汩汩滲溢出的幽邃氣味，朝向我的鼻端，直撲了過來。我感到一陣暈眩。但不像上次（七月七日七夕，我們姑姪倆倉皇逃出紅色城市後，蓬頭垢面渾身汗臭，泛舟星河下的那個夜晚），這回我並沒有——幾乎本能地——收縮起鼻端，悄悄挪開自己的身子，好像乍然聞到一股淫穢的屍味似的，背向克絲婷，咬著牙偷偷打個哆嗦。這回，我反而主動伸出鼻子來，往她髮梢上貪婪地吸了好幾口氣，隨即，就將自己整張臉孔，一轂轆投入她的髮窩裡。像個回歸母體子宮的小娃兒，我蜷曲起身子，闔上眼皮，讓自己整個人沉浸在克絲婷胸口那一汪羊水似的，刺鼻、蝕骨，充滿生命初生時的血腥氣，卻又奇妙地，如同陳年奶酪般，讓我感到十分溫馨實在的母乳香和汗酸味中。

那一瞬，我心裡知道：我和她的關係已經邁入一個嶄新、美妙、奇詭，充滿危險但無論如何都無法扭轉的階段。

——克絲婷。

——嗯。

——我們兩個人就這樣，互相作伴，永遠漂流在世界的中心，婆羅洲內陸叢林，一條荒涼寂靜的大河上，永遠沒有盡頭，永遠沒有終點和目的地，可以嗎？

這次輪到克絲婷笑而不答。

她一逕挺直腰桿，昂起胸脯，坐在長舟中央橫板上，好久好久伸出雙臂牢牢摟住我的頭臉。向晚，山風獵獵，一陣追逐著一陣，不住撩甩起她那一頭汗蓬蓬、風塵滿布、隨著大河口一輪赤日頭的冉冉沉落，越發顯得火紅的髮鬈子。

我，十五歲的少年，孩兒樣蜷縮著身子，趴伏在這個十二天前還不相識的異國女子懷抱中，沉沉地入睡了。

此時此刻——陽曆一九六二年八月十一日，陰曆壬寅年七月十二日，下午六點正——

莽莽叢林外，世界各地的人類正進行無休無止，五花八門，令人匪夷所思的各種鬥爭：政變和革命、內戰和大饑荒、集體強姦和種族屠殺（美其名曰「種族大清洗」），而就在婆羅洲鄰近，只隔半個南中國海，慘烈的越南戰爭假上帝、自由和民主之名，以人類歷史上最強大的海陸空火力，正如火如荼地展開中，殺人無算。（現代啟示錄：「恐怖！恐怖！」）但這一切罪孽和早晚必將降臨的報應，這會兒都遠離我們而去，彷彿發生在浩瀚宇宙中另一個嗜好殺戮、血腥遍地的星球上，當下，與我和克絲婷，還有那「布龍・布圖號」長舟上其他三個共同航向大河盡頭石頭山的人，全都無關了——霎時間，全都變成了一團喧囂虛誇的幻影。

人生不外一個「緣」字，丫頭。

*　　*　　*

*　　*　　*

那一霎，我感覺彷彿（不！確確實實）置身在世界的正中心，宇宙的心臟。偌大的天地間，那太初之時就已存在的無邊赤道叢林裡，大河上一輪紅日下，孤零零地漂盪著一艘長十二米、中寬一米二、兩頭尖翹、用一整株婆羅洲巨大原木鑿成的伊班長舟。船上靜靜地、一團和氣地，搭載著五個膚色不同，身分和來歷各異，因著某種緣分湊集在一起、航向同一個地點的人。

朱鴒，告訴妳，這種感覺真個好得不得了。

七月十二夜

寧靜河

峇都帝坂的月娘

我們被河上的漂流屋——辛蒲森爵士的私密叢林行宮——耽誤了行程。依照原先的規畫，我們必須趕在天黑前，抵達峇都帝坂山腳的浪・古農帝坂村，馬當族獵人的小寨子，好好飽餐一頓，安安穩穩睡個覺，養足精神以便明天一早展開這趟大河之旅中，迄今，最為艱險和最富挑戰性的一段航程：乘舟登山。然而人算不如天算。受好奇心驅使，我們中途停舟，登上那棟鬼氣森森的漂流屋。這一延宕就是整整一個鐘頭。舵手約瑟夫迎著濃濃暮色，加足馬力拚命催舟前進。直到西方地平線上那一丸子猩紅的太陽，懸吊在半空中，晃盪了老半天，終於墜落入煙波蒼茫的大河口，河上游，分水嶺上，月娘披著一襲白紗俏生生地露臉了，我們那奔波了一整天的摩多長舟，咕嚕著船尾的馬達，兀自行駛在山中一條逐漸沉黯，空窿空窿流水聲越發躁急，入夜時分嵐霧大起的蜿蜒河道中。老嚮導加隆・英干當機立斷，命令停舟，在一處河灣尋找一塊地勢比較平緩的沙灘，就地紮營。

他老人家所謂的「紮營」，意思是搭建一間草屋。

丫頭，說來挺不好意思，在婆羅洲土生土長的我，支那少年永，倒是生平第一次見識到馬當族獵人，在荒野就地取材蓋房子，三兩下就搞定的利落身手。而我，白癡樣，只有呆呆杵在一旁觀看的份兒。

船一泊岸，藉著落日餘光，加隆老人和約瑟夫就直奔沙灘，鑽入河畔樹林，揀了個高亢乾燥的地點，拔出腰間的阿納克山刀，沒頭沒腦只一陣砍劈，瞬間，便在兩株大櫟樹中間的蕨草堆裡，平平整整，清理出一塊十五呎見方的建築基地來。氣也沒喘得一口，緊跟著又是一輪揮刀，砍下四株筆直的臂膀般粗的栗樹，將一頭削尖，插入濕軟的泥地中，作為房子的支柱，隨即又砍下十幾棵樹苗，削修成一根根渾圓的木條。接著，隨手一抓，割斷身旁那宛如長蛇般，滴溜溜直從大櫟樹梢垂吊下來的蔓籐，當作繩索，把木條紮在四根柱子上，離地約莫五呎，建成一個平台，鋪上成把成把的鮮嫩樹枝，上面又墊一層棕櫚葉，充當床鋪。最後，在四根柱子頂端，搭蓋一個用枯樹枝編成的山形屋頂，鋪上大片大片的、足以遮風擋雨的亞答葉。丫頭，看哪，有如澳西叔叔變戲法一般，我們今晚的落腳處，有著落啦。整個過程只花費四十分鐘。

看起來頂安全、穩固、舒適的一間房子。

得意洋洋遊目四顧的約瑟夫，管它叫「維拉・胡丹」——獻給克莉絲汀娜・房龍小姐的一幢森林小別墅。我則稱它為「樹屋」——童年時代所憧憬的、一心想搭建卻總是因故不克完工的樹上屋。

樹屋宣告竣工的當兒，那邊廂，河灘上，悶聲不響的領航員「死鯊魚眼」篷篷獨個忙碌半天，已經把晚餐張羅停當。

我們吃龜肉。篷篷不知打哪捉來一隻河龜。那時我悄悄站在一旁，離他十呎之遙，假裝觀賞河上夕照，斜眼偷看他的動作，因為，不瞞丫頭妳說，我不敢正視他那顆光溜溜檳榔頭上一雙呆滯、朦朧，可三不五時就會陡地大睜、精光暴射的灰眼珠……這時，只見篷篷把那隻碩大如臉盆的婆羅洲野生河龜，一轂轆挾在右腋下，豎起左手食指頭撥啊撥，不知使用什麼手法，兩三下就將龜脖子從腹腔中誘出來，直條條地伸到天光下。眼睛猛一燦，篷篷倏地出手，一爪子攫住龜頭顱，旋即我就聽到喀喇一聲響，再回頭看時，天上的父！那船纜般粗韌、老樹根似的癤瘤瘰瘰的一株龜頸，早就被硬生生扭斷。脖子頂端，垂吊著一顆鵝卵大的頭顱，噗突噗突只管搖晃在篷篷手中，懸空盪啊盪。這天晚餐，主菜便是一大盆帶血的、腥氣撲鼻的現烤河龜肉。幸好有一竹筒從魯馬・安東帶來的糯米飯，可資搭配。

順帶一提：身材魁梧、擁有驚人的膂力，曾合力徒手搏殺一頭婆羅洲雲豹，哄動大河上下的艾氏兄弟（歐拉夫・艾加克森和艾力克・艾力克森，我們探險隊最初的領隊兼嚮導），月圓之夜在浪・巴望達哈血湖村遇難。當時傳言很多，連是誰或哪個團體下的毒手，都眾說紛紜莫衷一是，但是，根據這幾天我和篷篷此人相處的經驗，以及我對他的腕力、殺龜手法、性情和平日行事風格的觀察，再參照艾氏兄弟的奇特死狀——脖子被活生生扭斷，再用阿納克山刀砍下頭顱，以至身首異處——如今，大河之旅結束後多年，追憶少年時代這段往事，細細琢磨，我越來越相信，兇手肯定是這個綽號「死鯊魚眼」的馬當族獵人。就算不是單獨做案，至少也是篷篷帶頭幹的。

有一點挺耐人尋味：七月十四日，月圓前一天，我們乘舟抵達峇都帝坂山腰，準備隔天徒步登頂前，篷篷突然通知大家，他必須獨自連夜駕舟回到浪・巴望達哈村，辦一件「要緊事」，然後立刻兼程趕回峇都帝坂，接克絲婷和我姑姪兩個下山。當時沒人敢問篷篷，那件要緊事到底是什麼……

回到正題。

樹屋搭好後，大夥圍坐在河灘上一堆柴火旁，默不作聲，各想各的心事，草草吃完一頓別開生面的龜肉大餐，早早安歇就寢。

在暴雨後山洪大起的河上，頂著火球似的太陽，連趕三天路，大夥都累了。

克絲婷，我姑媽，坤甸一座大橡膠園農莊的女主人、房龍家族的千金，她累得——讓我看在眼裡，不由得心中一酸——連臉上慣常帶著的笑容也擠不出來了。整個黃昏，她一逕繃著臉孔不理人。剛才在船上，趕路途中為了讓我睡個安穩覺，她直直挺起腰桿，端坐長舟中央橫板上，雙臂牢牢攬住我的身子，昂起胸脯仰起臉龐，汗湫湫髮絲飛飀，迎著入夜時分那滿河谷呼颼呼颼不斷捲起的山風，一動也不敢一動，生怕驚擾到那趴伏在她膝頭上、蒙住臉孔甜甜沉睡中的我。這樣的坐姿，我姑媽足足維持了一個鐘頭之久。

這當口草草吃完晚餐，她拍著腰背踉踉蹌蹌走到河邊，胡亂漱了個口，洗把臉，不聲不響就一頭鑽入船夫們為她建造的「森林小別墅」，打開行囊，拿出一條毯子，鋪在用樹枝和棕櫚葉編紮成的地板上，倒頭和衣就睡。三名舟子收拾好炊具，幽靈似的沒聲沒息，各自遁入河畔闇沉沉的栗樹林中，倏忽，不見蹤影，也不知到哪裡安歇去了。霎時間整片河灘空落落，只剩下醒著的我、沉睡的克絲婷、一堆兀自劈啪燃燒的柴火，還有一艘奇泊在深山中，孤單單搖啊搖，只管盪漾在群嶺之巔一條乍亮的銀河下，空寂寂的伊班長舟。

月亮升起。

我獨個坐在樹屋門洞口，盤足，仰望盛夏婆羅洲星空，解開衣襟，敞開胸膛，讓自己整個身子脫殼而出，溶入那滿天競相綻亮的一蕊蕊清光中。

月娘！她無恙，倒是出落得更加皎白、豐腴了。

只不過十餘天前，暑假開始時，我搭乘大海船初抵坤甸，陰曆鬼月開鬼門前夕，受我父親之託、負責接待我遊覽西婆羅洲的荷蘭女子，克莉絲汀娜•馬利亞•房龍，與我一起站在卡布雅斯河大橋上，觀看城中簇簇火光下支那街唐人家庭做法事，放焰口祭拜祖先。天黑了，我們這一對初次見面、還未相認的姑姪，並肩佇立橋頭放眼眺望，驀地裡，眼一亮，看見大河上游，天際群山中那莽莽叢林頂端，夏日燦爛星空裡，魅影般若現若隱，水白白，漂盪著一枚小小月牙兒。這是我初次看見峇都帝坂山頭的月亮。隔天是七月初一，鬼月頭一天。在坤甸城外的房龍農莊上，傍晚時分，我伴隨初識的姑媽到河裡洗澡，從水中探出頭來，滿天星斗下又望見她——峇都帝坂的月娘——悄悄露臉，將身子掛在河畔椰林梢頭，怯生生低垂眼瞼，半闔著眼，俯瞰那影影幢幢人頭飄蕩，滿城火舌四起，大街小巷家家焚燒紙錢的鬼月坤甸市。月娘，她的身子依然那麼嬌小，眉樣纖細，彎彎的月弧裡，不知何時鑽進了一顆狡黠的星星，眨巴眨巴，像個小娃子，躺在搖籃中調皮地擠眉弄眼。

多美麗、多溫柔的一幅圖畫。

大河之旅七月初三啟航後，月娘一路伴隨我們溯河而上。九天來每天黃昏，那烈火般爨燒了一整個白晝的叢林太陽，砰地，剛沉落大河口，她就會悄悄現身，高高掛在大河盡頭峇都帝坂山巔，指引我們的夜航，守護我們在長屋、甘榜或荒野中的睡眠，引導我們在陌生城市（譬如，我們姑姪倆共同度過一個夢魘之夜的紅色城市，新唐）的浪遊。她總是那麼盡心盡意，那樣的嫻靜皎潔，一整晚獨個兒巡行在寥廓的婆羅洲夜空中。

隨著旅程的進展，隨著七月十五大日子的即將來臨，我們的船逐漸接近終點——那光禿禿陰森森，龐然地日愈逼近我們眼前的石頭山——她的身子，那原本細細彎彎的一道月弧，不知不覺間逐漸擴大了，臌脹了，變得日愈圓潤盈滿。到後來，她竟像個羞答答地懷了一對雙胞胎的小母親。

她，峇都帝坂的月娘！

九天來，每天我們好不容易才熬過漫漫白晝，擺脫那顆蠻橫地高踞赤道線上，炯白炯白，好似天父之眼，直往我們頭頂照射的大日頭，汗流浹背氣喘吁吁，不，奄奄一息，趕在天黑前來到下一個打尖落腳的驛站。當天航程一結束，我就迫不及待，三兩下剝掉濕透的上衣，只穿條短褲坐在戶外露天下，癡癡地，眺望天邊落紅斑斑的山頭，翹首等待月亮升起。如此殷切的期盼，丫頭啊，說真的就如同一個鎮日活在父親淫威下，擔驚受怕、身心交疲的孩子，渴望獲得母親的摟抱和哄慰……

這會兒二更天，夜未央，我獨自坐在大河上游河谷空寂寂荒山中一幢樹屋門口，昂首眺望月娘。

今天，太陽曆八月十一日，太陰曆七月十二／十三之交，月亮將圓未圓，猶缺左上方那一角，但她發射出的光芒，比起這段日子來我們一路所見的月光，可要明豔得多。在她當空映照下，連那橫跨婆羅洲夏日天空的銀河——峇都帝坂山巔，那一條喧嘩燦爛，好似有一大群億萬個娃兒光著身子聚集在那兒，夜夜潑水嬉戲的星河——也驟然變得暗淡，剎那間竟安靜了下來。

喔，星河！婆羅洲夜空的一窩小精靈，溯河航程中一路盯梢我們、指引我們路途的好旅伴。心中思念，我轉頭探望東北方的天空，尋索他們的蹤跡。它們亦無恙——依舊笑嘻嘻俯瞰著我，快樂地競相閃爍在浩瀚天河中。

石頭山，聳立在皎皎月色中，比起昨晚我在魯馬・安東長屋河畔斷崖上，迎風瞭望它時，又更加接近我們了。月下，赤條條黑魆魆的一墩巨大陰影，從卡布雅斯河源頭，婆羅洲中央分水嶺上，直直投射下來，沒聲沒息，墜落在那空窿空窿蜿蜒穿梭山谷中的一條河流上，直逼我們眼前。

此刻，身在婆羅洲內陸中心，海拔一千八百米高原上，只覺夜涼如水。

我獨自坐在高出河面二、三十米的樹屋門口，眺望月娘，心中忽一動，回頭看看兀自沉睡在樹屋中的克絲婷。我可憐的姑媽，她真的累了。只見她縮著肩膀側著身子，曲起腰背，女孩兒樣，把一頭髮絲亂蓬蓬地披散在腮幫上，遮蓋住臉孔，雙手牢牢環抱住胸脯，齁——齁——不斷從胸腔深處發出一波波深沉、嘹喨的鼾息。月光斜斜潑灑進門洞，映照她的臉龐。髮絲縫隙間，只見她的嘴角微微挑起，笑咪咪地，沿著下頦流淌出一行清亮的口水來。看她這副模樣，彷彿正在做一個甜美的夢呢。我怔怔看了半天，才從褲袋中掏出手帕，輕輕擦拭她那濕漉漉的嘴角，然後打開背包，拿出我的一件外衣，悄悄覆蓋住她那雙從裙襬中探伸出來，擱在樹屋門洞口，白蒼蒼暴露月光中，爬滿那蚯蚓似的一條條青筋的小腿。睡夢中，克絲婷磔磔一咬牙，使勁蹬了蹬雙腿，又露出兩隻裸白白腳踝子來。我坐在她腳跟旁，凝著眼，出神地端詳她那十顆光亮的腳趾頭上、血漬斑斑、依舊殘留著的指甲油，好久才扭轉過脖子來，狠狠地甩了甩腦袋瓜子，掉頭繼續觀賞河上月色。

萬籟俱寂。四下裡只聽得流水淙淙，河灘上一堆篝火明明滅滅，兀自畢剝價響。月亮悄悄升到了中天上。霎時，我整個人浸沐在滿山普照、無比溫柔明媚的慈暉中，暖洋洋，心情登時變得寧靜澄明，雜念全消。

就在這當口，我終於看到了那幅我聽聞已久，在這趟大河之旅中，日日期盼能親眼一睹的景觀：月將圓之夜，卡布雅斯河上，幽靈般開始出現一艘艘空舟，首尾相連，朝向大河盡頭的達雅克族聖山，靜悄悄魚貫逆水而上。

我們的好朋友好交灣納爾遜•西菲利斯•畢嗨，並沒哄騙我們。記得嗎？七月初六上午，大河探險隊搭乘「摩多祥順」鐵殼船離開魯馬加央，下午擱淺河心沙洲，當晚在這位素昧平生、急公好義的達雅克族青年安排下，借宿甘榜伊丹。為了消磨長夜，隊中那群男旅伴在河灘舉行營火會。一枚上弦月斜掛椰林梢。就在滿村狗吠聲鬼吹螺似地一家傳一家，此落彼起嗚嗚嚎叫聲中，大夥擺起龍門陣來，邊啜飲伊班小米酒，邊天南地北瞎扯。有人把話題引到了眾人心中最大的一個懸念：峇都帝坂——我們這趟溯流而上、千里航程的目標。丫頭，這段情節至關緊要，我們不妨把當時的對話重溫一遍：

——納爾遜，我可不可以問你一個敏感的問題？

——交灣．桑尼．普林斯，我的白人好朋友，你當然可以向我提出問題，只要我能夠，我非常樂意回答你，以及在場所有朋友的任何問題。

——你去過沓都帝坂嗎？

——大河盡頭的山。我沒去過。

——那麼，有沒有人去過呢？

——我們部落裡老一輩的有人去過。

——這座山，長什麼樣子？

——不過就是一座石頭山嘛，湯米。

——山頂有什麼東西？

——沒人知道。上去過的人全都沒有回來。

——為什麼不回來？遭遇山難？或發生某種不幸的事？

——不，桑尼。他們都不願意回來。

——為什麼？有特別的原因嗎？

——沒什麼特別原因，吉米。上去的人就是不想回來。

——聽起來挺有趣，這倒勾起我的好奇了。現在，還有人前往沓都帝坂嗎？

——每年陽曆八月陰曆七月，月圓之夜，你會看見一艘艘空舟溯流而上……

——空舟？沒有人操作的船嘍？

——是。船上空無一人的伊班長舟，一艘接一艘，迎著山巔初升的月亮，逆著水流一路航向大河源頭。越接近坐落在天盡頭的石頭山，空舟出現在河上的數目也越多，頻率越高。到了七月十五，一輪明月當空，整個河面密密麻麻布滿長舟，空盪盪靜悄悄，一艘追隨一艘，井然有序地魚貫溯流而上，颼，颼，乍看就像成群結隊游回原鄉、產卵繁衍子孫的鮭魚，場面非常盛大感人，但是船上沒有半個人影，河上一點聲音都沒有……我納爾遜•大祿士•西菲利斯•畢嗨，正直的驕傲的血統純正的婆羅洲之子，以宇宙大神辛格朗•布龍之名發誓，我確實曾經在卡布雅斯河上游，月光下目擊數百艘空舟溯流而上，航向水源頭！

林梢一鉤弦月下，江水滔滔不息。一個嘴唇上剛生出小髭的達雅克族青年，二十郎當的年紀，一臉凜然雙目睒睒，盤足趺坐在河灘營地中央，面對一群東歪西倒，圍坐在一堆柴火旁，一輪接一輪不斷傳遞手中那隻酒杓，早已喝得臉紅脖子粗的歐羅巴壯漢——羅伯多•托斯卡尼尼、桑尼•普林斯、唐尼•畢夏普、湯米吉米強尼東尼鮑伯等等——慢條斯理諄諄善誘地，講述峇都帝坂山的靈異傳奇。

此情此景歷歷如繪。事隔多日，這幅圖畫今晚又浮現在我腦中。畫裡的那個小佛陀樣、趺坐論道的達雅克小夥子，便是我初識的畢嗨，後來陰差陽錯，在一連串詭譎事件交互作用激盪下，他竟成了我的好朋友——用婆羅洲語來說就是「好交灣」。

畢嗨沒騙人。至少他不會騙我。

此刻，陰曆七月十二夜，一輪即將盈滿的月亮當頭照射下，我獨坐大河上游，臨近水源頭，一處不知名的河灣旁一間樹屋門前。就在這當口，我，永，因緣際會參與了這趟大河之旅的初中畢業生（用畢嗨的話來講，就是那個糊里糊塗不知死活，竟跟一群白皮公豬「溷」在一起的支那少年），目擊了他口中的月圓之夜奇觀：溯河空舟。

首先我看見一隻船，孤單單頂著月光現身河面上。

那是一艘標準伊班獨木舟，長十二米、中寬一米二，修長的流線型船身，配上翹尖有如飛簷的船首，在外型上，跟這十天來我們在卡布雅斯河上一路不時遇到的長舟，並沒任何差別。（長舟！我一輩子忘不了那夏日裡，豔陽天，婆羅洲大地上最壯麗迷人的場景：蟄伏了整整一個雨季，終於脫離長屋牢籠的長舟——亙古永恆的伊班船舶——成群出動，好似千百尾巨大的飛魚一齊從山中呼嘯而下，競相飛竄出沒於陽光普照的廣大赤道叢林水域！）眼前這隻船，這艘午夜獨航的長舟，卻是從黯沉沉、夜霧迷茫的河道轉彎處駛出來，悄無聲，霎時間宛如幽靈顯現般，整個船身曝露在中天一輪皓月下。它，風霜斑斑，高高昂揚起船首，獨自航行在空落落的河心，只管朝上游進發。這子夜時分，河水兀自空窿空窿從山中傾注下來。長舟迎著流水，不動聲色，蜿蜒穿梭在河灘中央一條狹窄的航道上，盪過一灘又一灘鵝卵石，沒激起半點水花。蘆花蕭蕭，一窩子水鳥劈啪驚飛。我從那高出河面二十餘米的樹屋上，站起身來，跂起雙腳，朝向河心直直伸出頸脖，睜著眼，凝視這艘半夜出現在卡布雅斯河上、石頭山陰影裡，逆水行駛，靜靜盪著它那飛魚般優美的身子，一路溯河而上的無篷船。明月當空照射下，船上果然空無一人，連個操舟的艄公都沒有！

一艘空舟。

我背脊發起涼來。悄悄轉頭，看了看那趴著身子躺臥在樹屋中的克絲婷。齁——齁——她睡得可沉熟咧。我稍稍感到安心。再回頭朝河心瞭望時，那艘船盪啊盪，早已駛進河谷深處，溶入那渾白渾白一片喧鬧搖舞的蘆花中，依舊無聲地緩緩地，朝向石頭山行進。

月下，第二艘空舟出現了，與第一艘只間隔百餘米距離。

這還是一艘尋常的伊班獨木舟，只是——且慢！讓我揉揉眼睛再仔細瞧瞧——船尾彷彿站著一個駝背弓腰、翹首瞭望的老漢，手裡握著長長一根竹竿，模樣像個篙夫。隨著夜深，山谷中的霧氣越發濃重起來，河上的月色變得更加迷濛。我凝著眼睛端詳好一會，只是實在無法判定，那彎腰佇立船上撐篙的究竟是人，還是——影。

就在這當口，又聽見河下游幢幢樹影中，忽獵獵一聲響，蘆葦搖曳，一群睡眠中的美麗水鳥——彷彿是鷺鷥——陡地驚起，劈啪劈啪爭相鼓起翅膀來，白雪雪一窩子，盤繞著河面只顧四下亂飛。我跂腳朝向那頭望去，月下只見第三艘、第四艘、第五艘……第十艘長舟，一縱隊首尾相啣，如同一支訓練有素井然有序的小型艦隊，烏沉沉靜悄悄，從河流轉彎處行駛出來，豁然一亮，進入月光普照的大河灘，接受校閱似地，一艘接一艘魚貫行經我的眼前。其中一艘格外醒目，好像是九天前，我在魯馬加央長屋看見過、心中讚賞不已的天猛公・朱雀・彭布海坐船，船身長達二十米寬一米六，用一整株上等龍腦香古木打造而成，金碧輝煌雕蛇畫鳥，好不莊嚴。（莫非他老人家已經往生？我忍不住打了個寒顫。）這八艘長船，大多空盪盪看起來無人搭乘，可有兩三艘，包括那艘「旗艦」，舟中一條條橫木坐板上影影綽綽，似是坐著滿船人，霧裡依稀可見一簇人頭，大大小小男女老幼一家子似的，全都抬起下巴揚起腮幫，眺望石頭山，月下若有所思，一逕幽幽地、出神地閃爍著他們那一雙雙黑水鑽也似烏亮的眼瞳……

我站在樹屋門口，跂著腳，睜著眼，正看得目眩神迷如醉如癡之際，忽然聽見身後克絲婷沙啞著嗓子，急切地呼喚我一聲：

——永！

——妳醒了？

——你在看什麼呀？

——船。長舟。一艘接一艘，朝向峇都帝坂山，靜悄悄溯河而上的伊班長舟。月光下，看起來好美麗好壯觀喔。

——別看！快進屋子來跟姑媽一起睡覺。明天得一早出發，乘舟上山。

我心中戀戀不捨，兀自伸長頸脖眺望河面。冷不防，克絲婷一隻手爪子倏地從後面竄出來，一把攫住我的褲腰，只一拖，硬生生地，將我整個人拉進樹屋裡，接著猛一使勁，把我的身子按倒在用棕櫚葉鋪成的臥蓆上，隨即伸過另一隻手臂，攬住我的脖子，將我整張臉孔一古腦兒塞進她的心窩：

——聽話！別看，睡覺！

我蜷縮在她的臂彎裡，窒息著掙扎半天，總算撥開了她胸口一蓬子濕漉漉、汗酸撲鼻的鬈髮鬃，鑽出頭來，打了個大噴嚏，把臉伸向樹屋門洞，大口大口吸入清涼的河風。回頭看時，只見克絲婷叉開雙腿，仰天躺在蓆上，臉上似笑非笑，帶著謎樣詭譎的神情，一逕噘著她那兩瓣半開半闔、血漬漬兀自殘留著隔夜口紅的嘴唇，一翕一張地，鼓著她那兩片尖峭的鼻翼，齁吼——齁吼——打著鼾又睡著了。兩條裸白的雀斑點點的手臂，牢牢地汗溱溱地，依舊箍住我的脖子。

搜山狗般，我悄悄聳出鼻尖，偷偷探索、吸嗅克絲婷身上各旮旯角落散發出（不，汩汩分泌著）的各種幽祕氣味……窸窸窣窣……對我這個十五歲、出身南洋小城、受教育於英國殖民地學堂、渾沌初開的中國少年而言，它，克絲婷那汗津津、黑森林般的幽闇蓊鬱體味，蘊藏著兩千年西方文明的奇魅魔力，以及夏娃、海倫、卡門與包法利夫人的情慾奧祕，誘引我，蠱祟我，驅使我不要命似地一頭闖入危險的禁地……

黯沉沉的樹屋裡，驀地好似一道電光閃過般，猛一燦，照亮了蓆上兀自齁齁熟睡的克絲婷。我舉頭望出去。月娘升到了天頂，從大河對岸層層疊疊的叢林梢頭探出臉龐來，穿透過樹屋小小的門洞，笑吟吟瞅著我。有如醍醐灌頂，我心頭登時變得一片清涼。一使勁，我伸出雙臂，掰開了克絲婷兩隻火燙燙、死命掐住我頸脖的手爪，拿過毯子，蓋在她汗津津敞開著的胸口上，然後搬動她的雙腿，合攏起她的雙膝，扶正她的身子，這才在她身旁悄悄躺下來。就這樣，我和我姑媽——我那疲累已極，好幾天沒洗澡，整趟旅程中不曾睡過一個好覺的三十八歲姑媽——肩並肩，身子緊挨著身子，躺在婆羅洲內陸叢林大河畔，一幢簡陋的樹屋中，好久好久好久好久，一動也不敢一動。

樹屋門洞口，河上，滿天星靨靨。

夜深了，月亮開始西斜。河灘上一片蘆花蕭蕭蔌蔌只顧搖舞不停。月下，滿江河星光瀲灩中，我依稀看見那隨著夜深，越發密集浩大，首尾相啣，一艘牽引一艘的長舟，影影簇簇無聲無息，沿著樹屋下方一條蜿蜒的河道，朝向石頭山，魚貫溯流而上。有的船輕飄飄空無一人，有的船載著零星的散客，有的船看起來沉甸甸，艙板上堆放著各式家當，一整船滿滿坐著扶老攜幼的一家人……

流水淙淙。

忽然，我想起六天前，路過桃源村，在浪‧阿爾卡迪亞長屋歇腳打尖時，我們的主人，肯雅族長老，偉大的「帕兮喇咿」遠行家、粉紅梳妝台的守護者彭古魯‧伊波，為了說服我們姑姪倆，打消在月圓之夜登上峇都帝坂山的念頭，說出當年，他還是小夥子時，獨自個，在卡布雅斯河源頭浪遊的一樁經歷：

——普安‧克莉絲汀娜夫人和阿弟‧永，你們姑姪兩人已經打定主意，要在七月十五日登山嗎？

——噯。如果時程趕得及。

——我兩位新交的朋友聽著：我，彭古魯‧伊波‧安達嗨，擁有四十年資歷、足跡遍及婆羅洲每個角落的「帕兮喇咿」遠行者，現在要給你們一個忠告：避開月圓之夜。倘若你們執意登山，不妨等到月缺之後，七月十九或二十日。

——尊敬的彭古魯，我們能問為什麼嗎？

——普安‧克莉絲汀娜，因為七月十五那晚，圓月照耀下，你們會在峇都帝坂山腳下看到奇異的現象。

——譬如說……

——你們的家人或親戚的身影，一群一群出現在河上。

——家人？親戚？這個時候他們來婆羅洲內陸，做什麼呢？

——乘長舟，溯河而上，朝聖山。

——我們家人的靈？

——是。

——死去的家人的靈？

——不是。活著的家人的靈。

——對不起，彭古魯，我不明白。

——十七歲那年，我生平第二度出門遠行，七月十五那一夜，就曾在峇都帝坂山下，大河上，一艘空盪盪無人駕駛的長舟中，看見我的新婚妻子、十九歲的安孃，挺著八個月的身孕，迎向一輪初升的圓月佇立在船頭。

——那年你遠行歸來後，有告訴安孃你的這樁奇異經歷嗎？

——沒有。

——為什麼？

——因為我怕嚇著她。那時，她剛產下我們的第一個嬰兒，在坐月子。普安·克莉絲汀娜，聽完我親眼目擊的奇異現象，妳依舊堅持登上峇都帝坂？好，我再給你們姑姪倆說一件事。峇爸・皮德羅，新唐鎮天主堂的老神父，年輕時，壯遊婆羅洲，向內陸最原始野蠻的加拉畢人傳播福音，也曾在七月十五這一晚，圓月下的大河中，看見他居住在西班牙的雙親，肩並肩手牽手坐在一艘長舟上。直到十多年後，這兩位老人家才相繼在西班牙老家逝世。峇爸・皮德羅，終身保持貞潔，一生奉獻給婆羅洲，備受我們肯雅族人尊敬和信賴的神父，你們白人的先知「納比・依薩」的使者，他親口告訴我的這樁發生在一輪圓月下、峇都帝坂山腳的經歷，普安・克莉絲汀娜，妳總可以相信吧？妳還是不改變心意？

——不改變。這是我向永的父親所作的承諾。

——好！祝你們姑姪一路平安。

六天前的黃昏，在我們路過的桃源村，彭古魯・伊波這一席話，從他那衰老乾癟，宛如一件殘舊的犀牛皮戰甲般，風霜斑斑，刀痕交錯的胸腔中，一字一字迸發出來，洪亮、深沉悠遠，那時聽在我和克絲婷——彭古魯口中的「普安・克莉絲汀娜」（克莉絲汀娜夫人，這可是對白人婦女極為尊敬的稱呼）——耳裡，好似部落祈雨祭典上的人皮鼓聲，鼕鼕鼕、怦怦怦，不斷迴盪在浪・阿爾卡迪亞長屋大堂裡，筵席上。離開桃源村，日復一日朝向峇都帝坂山、頂著大日頭溯流而上的航程中，一路上，江水滔滔，這位肯雅族耆老的諄諄忠告，如同邈古回音般，不住盪響在我的耳鼓裡，縈繞我的心頭。

靈。生魂。活著的、最親的人的靈或者魂魄，出現在卡布雅斯河源頭，石頭山下，一艘無人駕駛、靜悄悄自管逆水而上的長舟中。

前兩天，夜宿朝山第一個驛站，浪．巴望達哈血湖村，我就已經見過我娘的靈。記得吧？那時我和阿依曼，那個抱著夭折的嬰兒，歷經千里跋涉，終於走回到了家的苦命民答那峨女子，相聚於月光下，午夜白鷺鷥湖中，一條瀰漫濃濃橄欖油香的粉紅色紗籠內。恍惚間抬頭一望，我看見我的母親——我那年紀才不過四十，鬢上就已冒出縷縷銀絲的親娘——大清早便梳洗整齊，穿上她平日愛穿的那襲淡青底、白碎花唐裝衫褲，瘦挑挑，帶著一臉微笑，垂著雙手站在燦爛星河下、湖灘上一地閃忽搖曳的椰影中，只管靜靜瞅著我。

——娘。

我的親生媽媽。

——才十天沒見，娘啊，您的頭髮怎麼就一下子增添了好些花白？

心中一酸楚，我扯起嗓門呼喚我娘，兩行熱淚就要奪眶而出，但不知怎的，鬼迷心竅，那時節我只顧杵在湖中那條粉紅紗籠內，依偎著阿依曼的身子，動也沒動一下，直到天空破曉，母親的形影消散在白漫漫一湖飄裊起的晨霧中……

母親，妳若真的記掛我，今晚就讓妳的身影——妳的靈——再度顯現在妳這個苦苦思念妳的兒子眼前吧。

猛一摔手，我掙脫了克絲婷那條兀自環抱住我肩膀的胳臂，匍匐著爬行到樹屋門口，把頭伸出門洞，用力揉搓眼皮，瞭望那四更天一瓠斜月下，山中空窿空窿價響，一條搖曳著白雪雪蘆花，翻滾過山坡一堆堆亂石，不斷傾注而下的河流。

百艘長舟首尾相啣，連綿不絕。

從樹屋眺望，長長的船隊好像一條巨大的、用成百株婆羅洲圓木串綴而成的鎖鍊，亮閃閃地，盪漾著月光從下游河道轉彎處冒出來，蜿蜒行進，穿梭過我眼前這片寥廓、白晝般明亮的大河灘，朝向上游一路延伸。舟中悄無聲，依稀可見扶老攜幼幢幢人影，月下虆虆人頭。好久好久，整支船隊才駛出河灘，沿著河谷一路逆水而上，逐漸隱沒入山腰縹緲起的嵐霧中，倏忽，魅影也似，消失在石頭山投下的那龐大陰影裡。另一隊長舟，緊跟著，悄悄從河灣中駛出來，載著一船船乘客溯河而上。一整晚，月色裡艟艟艨艨，山中一條狹窄的河道中不斷魚貫航行著船隻。一支長舟隊追隨另一支，直到月亮西斜，東方天空露出曙光，河上的交通從不曾間斷過。

抖簌簌，我趴在河畔樹屋門洞口，伸出脖子探著頭，望眼欲穿，只管在舟楫不停的河上搜尋我娘的身影。

陰曆七月陽曆八月婆羅洲旱季，溽暑天，在分水嶺另一邊的沙勞越邦，古晉城家中，母親想必又跟兩天前我投宿於浪・巴望達哈血湖村時那樣，輾轉反側不能成眠，索性打早起床，梳洗停當，走出家門口來站到屋簷下，眺望嶺上一枚殘月，邊想自己的心事兒，邊惦念她那個才十五歲，生平第一次出遠門，這時正跟一個年紀三十好幾、來路不明的荷蘭紅毛婆，在大山另一邊的原始叢林中結伴從事一趟神祕、危險旅程的兒子，永。想著，惦著。一整夜心中不斷思思念念。念力所至，她的精魂就化作一道只有她兒子才看得見的形影，脫離她的軀殼，飄飄蕩蕩，穿越婆羅洲中部的崇山峻嶺，來到分水嶺另一邊，月光普照的卡布雅斯河畔，搭上一艘空舟，圓月下溯流而上，尋找她十多天沒見、如今不知失陷在深山密林中哪一座長屋的兒子……

可我，癡癡地等了又等，盼了又盼，獨個趴在樹屋門洞口，直眺望到兩隻眼睛都冒出縷縷血絲來了，直等到月亮沉落，東方天空紅噗噗搽上一抹鮮豔的臙脂，直等到最後一隊長舟朦朦朧朧，無聲無息，消失在滿河谷洪水般驟起的曙光中——我的親生娘，她那瘦高挑挑，穿著一襲素淨的唐裝衫褲，鬢上飄颯著幾綹白絲的身影，終究，儘管我苦苦守候，沒出現在今晚月下溯流歸鄉的浩蕩隊伍中。

——過兩天我就要上山了，娘！上山前，您再來看兒子一眼吧。

我望著空寂寂的河面，悽厲地叫喊。

——永！

身後，克絲婷朝我呼喚一聲。那聲調嗄嗄啞啞，好像睡夢中從胸腔深處迸發出的沉沉一聲嘆息。窸窸窣窣，黑裡，她摸索著從臥蓆上坐起來，整理身上那件穿著睡了一夜、早已皺成一團的衣裳，隨即又嘆口氣，伸出一隻手，輕輕拍兩下我的腰背：

——進屋來睡覺吧！天快亮啦。你的母親今晚不會出現了。不打緊。明天晚上陰曆七月第十三日，月亮更圓，上山的長舟更多，永，你就在航程的下一個驛站守望你的母親吧。

我弓著身子蹲在樹屋門洞口，把雙手蒙住臉孔，抽搐著肩膀嗚——嗚——自管哭泣起來。那股哀戚勁兒，就像小時候有一回，我與沖沖提著籃子伴隨我娘上街購物，在古晉市中心那鬧哄哄人擠人的大巴剎裡，一不小心，就跟媽媽走散、四處尋找不到她的蹤影時那樣。

七月十三　激流

鷹眼下

婆羅門鳶——被稱為「婆羅洲之鷹」的赤道猛禽——這十天來一路亦步亦趨伴隨我們的大河之旅，日復一日，監視我們溯流而上的航程。

牠是婆羅洲天空的巡行者。「諸神之王」辛格朗·布龍的信使。伊班人心目中至為神聖、人類萬萬不可以使用吹箭獵殺的天鳥。

牠總是張著烏幽幽、修長而強勁的雙翼，滑翔著赤褐色的身子，以最優美的姿態和最大的弧度，盤旋在婆羅洲心臟石頭山下大河上空——黑魆魆的一窩、相依相隨的一對、多半的時候孤單單的一隻——豔陽下睜著兩顆碧燐燐火眼金睛，炯炯俯視，監控腳下那浩瀚蒼莽的叢林，無時無刻不在守望長屋的子民。

七月初三日，大河之旅啟航那天，我們搭乘內河客輪航行三百公里，傍晚抵達第一個驛站桑高鎮，才要下船，便看見辛格朗·布龍派遣祂的使者前來迎迓我們：成群的婆羅門鳶，十隻、五十隻、百來隻黑壓壓一片，紛紛從碼頭各個旮旯角落中飛撲出來，鼓動一雙雙翅膀，劈啵劈啵濺潑著紅毛城頭那漫天浴血似的霞光，不聲不響，一圈兜旋一圈，只顧盤繞逡巡在我們這群揹著五花八門的行囊，紅毛綠眼、奇裝異服的外鄉人頭頂上，好久好久，才陡地扯起嗓門，剮——梟叫出一聲。我們站在船頭游目一望：日落，大河兩岸甘榜人家炊煙四起，臨河巴剎煙火燎天，煙中成堆人頭晃盪，海市蜃樓般浮現出好一座熱鬧的大鎮。白骨墩紅毛城下，一座繁忙的碼頭。五、六條長長的直伸入河心的木造棧橋上，鬼卒般影影簇簇，只見成百枚黧黑、瘦楞的人形，佝僂著身子弓起背脊馱起一捆捆貨物，悶聲不響，只顧低頭垂目來回奔走。棧橋下，華人船東們的吆喝聲咒罵聲此起彼落，鐵殼船馬達聲轟隆。

這便是卡布雅斯河的大門口，桑高：朝山之路的起點、神鳥駐守的城市。

此去一路溯流，河道越來越曲折，叢林越來越蒼莽，鐵殼船怦碰怦碰，鼓著一具強力底特律柴油馬達，闖開滾滾黃濤，奮力前進，往往行駛了個把鐘頭，河岸上樹梢頭渾不見一縷炊煙升起。麗日下天寬地闊，杳無人蹤。但站在船頭甲板，一舉首妳準會看見幾隻——有時整群整窩——金褐色猛禽伸張雙翼巡弋天空，迎著太陽，目光睒睒，只管盯梢我們這艘孤零零，好似一隻離群的水獺，遑遑急急游竄在無邊叢林中一條黃色河流上，不住哀嚎的船。

船行過普勞・普勞村，進入婆羅洲內陸中央高原，繼續朝向卡布雅斯河源頭前進。日復一日。天空變得更加湛藍寥廓。婆羅門鳶出現的頻率越來越高，可也越來越孤獨寂寞——如今追想，在這段由長舟取代鐵殼船，穿行峽谷間，蜿蜒行駛上山的三、四百公里航程中，每天從日出啟航，直到日落時分寄泊在荒村驛站，一整天，我們總是看見牠，孤單單的一隻，驕傲地展示牠的一身烏晶晶反射著陽光的箭羽，盤旋碧空，似有意似無意，若即若離只管一路追躡我們的船。

牠，辛格朗・布龍的神鳥，在卡布雅斯河上游的空闊荒野，石頭山巔，夏日一碧如洗的浩瀚穹窿中，真正成了婆羅洲天空的獨行者。

赤道旱季八月天，熱浪四射。晌午時分日正當中，妳頭頂上一片無邊無際、海樣深邃的藍色裡，孤島般只棲停著一朵白雲，久久、久久一動不動。這時妳頂著一顆大日頭坐在河中長舟橫板上，汗溱溱一舉首，準會看見天頂一隻婆羅門鳶，直條條地伸展長翅，以一圈又一圈、涵蓋半個天空、完美無瑕的滑翔，逡巡在婆羅洲大地上這條——在牠看來——宛如一尾長長的黃泥鰍，濺濺潑潑爬行在叢林中，不停鑽進鑽出的河流上空，牢牢監視我們的船。（鷹眼俯瞰之下，想來，我們這艘十二米摩多動力長舟，不過是一隻棲棲遑遑躁動不安的甲蟲，空窿空窿，虛張聲勢地鼓著船尾懸掛的一具小小馬達，奮力溯河而上！）在無休無止的翱翔中，牠會突地停駐，將身子懸在半空，鉤起一雙爪子倏然抖動兩下翅膀。這一剎那，牠那雙火赤眼珠猛一睜，準是覷見了地面上的獵物。果然，妳看見頭頂上一鏃幽黑影子亮閃閃，穿越漫天燦白的陽光，箭也似在妳眼前颼地劃過。一個四十五度俯衝，牠就墜落到了水平面，伸出牠那尖尖、鉤鉤、燐火般閃爍著碧青光芒的嘴喙子，猛一啄，叼起一尾悠游河中、冒冒失失從水裡探出頭來的魚兒——或一條兩呎長，鬼鬼祟祟，從河畔一株栗樹梢溜滑下來，咻咻不住吐信，穿過一塊空地，正要爬上另一株栗樹的青竹絲——旋即騰空而起，劈啵劈啵拍打雙翅，剮地一聲梟叫，直直飛回天頂牠那唯我獨尊的領空。

婆羅洲森林的猛禽！諸神之王辛格朗・布龍的御前鳥！

忒好的視力。恁地精準致命的搏擊。我和克絲婷面對面坐在長舟中央橫板上，雙雙漂盪在大河中，烈日下一齊瞇起眼睛，昂著頭，眺望天空，每每看得癡癡出起了神來。

這天七月十三日，大早，我攙扶克絲婷，從河畔一間臨時搭建的樹屋中鑽出來，梳洗停當，胡亂吃過早點，趕在太陽升到樹梢前，離開石頭山下這座荒涼、不知名字、讓我們姑姪兩人度過一個奇魅夜晚的驛站，和舟子們會合，啟動「布龍・布圖號」長舟引擎，展開我們這趟歷時十天、穿過一千公里原始雨林、飽經波折和種種悲歡離合的大河之旅，如今——月圓前兩天——剩僅的最後一段航程。

目的地：峇都帝坂山腰的基地營。水路的終點、徒步登山的起點。

今天一整天，我們將面對整個旅程中最艱險（丫頭，妳會覺得最刺激、最好玩）同時也最能考驗我們的船夫——三個勇悍的馬當族獵人——御舟能力的一段路途。擺在眼前、讓妳一抬頭眼睛就驀地一花的，是一條從山中嘩喇嘩喇傾瀉而下，蜿蜒穿梭河谷，滿布險灘、暗礁和漩渦，好似一條十公里長的階梯式瀑布的激流。

是的，激流。我這一輩子見識過的最兇猛、最亮麗的一條河水。

又是個萬里無雲豔陽天。婆羅洲中央高原上，極目，好一片空闊，頂頭那一穹窿水晶樣不見一丁點雜質的湛藍天空中，孤島般，懸浮著一朵雲。雲下，孤單單盤旋著一隻婆羅門鳶。悄沒聲。從今天清晨啟航開始，牠就一路追蹤我們的船，若即若離，目光瞵瞵，只管靜靜俯瞰「布龍．布圖號」在激流中的航行，不動聲色地，觀察船上五個人和婆羅洲大河之間展開的一場互動和搏鬥：

白滾滾一片奔流水，細條條一艘獨木舟。太陽下烏鰍鰍汗涔涔三個打赤膊，光著腿，裸露出臀子，只在胯間紮一塊小小兜襠布，分頭守望在船中，各就各位嚴陣以待的舟子。

舵手——二十來歲的小夥子，聳著他那顆一大早就梳得翹尖尖烏黑油亮的飛機頭，戴上雷朋墨鏡，齜著兩排皎白門牙，撅起臀子蹲在船尾，睥睨四顧（不時瞟瞟克絲婷），一手扠腰一手揸住引擎的操縱桿，蓄勢待發。

領航員——看不出年紀、個頭挺結實的馬當族男子，鼓鼓地，緊繃著背梁上一塊塊龜甲樣的筋肉，手持一根竹篙，叉開雙腿站在船頭，朝向旭日下的石頭山，昂揚起他那株黥紋斑斑的脖子上頂著的一顆光溜溜、圓滾滾、青筋暴露的頭顱，悶聲不響，自管想自己的心事，不時回過頭來，望了望那坐落在下游平野上的大湖。血紅灩灩，水波粼粼。片片雪花似的成群白鷺鷥翺翔在朝霞浸染的大湖中。巴望達哈，血湖。光頭男子銅棕色臉膛上，一雙灰色死鯊魚眼珠，陡的一睜，太陽下暴射出兩蓬子兇光來。

嚮導——年過六、七旬的老獵人，板起腰桿一逕挺著他那不足五呎的瘦癟身軀，屹立長舟中央，直視船頭前方，盯著那條白花花嘩喇喇，隨著旭日的上升，水流越發湍急、喧囂聲愈加震耳的河道。忽然，老人家舉起一隻手臂，倏地張開手掌，陽光下亮了亮他掌心上密密麻麻、繁星般刺著的黑十字符徽，頭也不回，朝向船尾蹲著的舵手，只一招，從胸腔深處迸發出一聲洪鐘般的號令：

——嘀——嗒——嘟！向前衝！

霎時整艘船陷入死寂中。流水聲空窿空窿，迴盪在深山河谷。掌舵的油頭小子登時收斂起笑容，摘下墨鏡，隨手丟到艙板上，瞇著雙眼，覷準正前方那條階梯瀑布中央的一道逆流，猛一催油門，使足全部二十匹馬力，高高昂起船首，箭也似沒頭沒腦直直衝出去。眾水鳥劈啵四下竄起。馬達聲砰砰響。轉眼間整艘船失陷在河心一漩渦沸騰的水霧裡。鬼卒般，船頭矗立著一條打赤膊人影，水霧中只顧蹦蹦蹬蹬手舞足蹈。兀自悶聲不響，光頭領航員鼓著肩膊上那片虯虯突突的背肌，雙手握著一根竹篙，不住掄舞，左搡右捌，擋開那一朵一朵散布在河道中、成群妖怪似的輪番迎面撲來的岩石，導引長舟前行。兩岸樹梢頭，咭咭呱呱交頭接耳，糾集起了一窩子成百隻紅臉豬尾猴，沐浴著陽光，骨碌著一雙雙金亮眼珠，好奇地探頭探腦。在猴兒們跟蹤窺伺之下，「布龍・布圖號」鼓著馬達闖過一級又一級階梯，完成了今天——第一場——與激流的搏鬥，成功攀登上八級瀑布的頂端，平安地，停泊在濃蔭下一潭寧謐的黑水中。引擎聲歇。水霧消散。猴兒們一哄，紛紛翹起尾巴露出臙紅屁股，噗地齊聲放出了個響屁，掉頭逃遁入樹林內。

長舟中央橫板上端坐的紅髮女子，抬頭，猛一撩髮梢，瞇著眼，搖甩起她滿頭滿臉碎冰樣晶瑩的水珠，低頭一瞧，看見自己身上那件濕答答，半透明，緊貼住肌膚，包裹住兩隻豐圓奶子的藍底小黃花連身裙，怔了怔，臉龐驀然一紅，瞅著坐在她對面的黑髮少年，吃吃笑起來。少年瘦楞楞，穿著一套皺巴巴、比他的身材至少大上兩號的米黃卡其獵裝，渾身濕透，格格打著牙戰，坐在舟中另一條橫板上，仰起臉，張著嘴，望著與他面對面促膝而坐、年紀大他兩輪的白種女子，滿眼孺慕，一時間竟看得發癡。三名赤膊舟子滿臉汗漬漬，叼著雲絲頓捲菸，一排蹲在船上，雙手摟住膝頭，兩隻光腳丫穩穩地踩住船板，邊吸菸邊各自想心事。三張黧黑臉膛，旭日下齊齊仰舉起來，靜靜眺望頭頂一穹窿浩瀚空闊的藍天。

一朵白雲。

剮——剮——黑幽幽孤零零一隻盤旋河上，觀看完這一幕，終於扯起嗓門抖起翅膀，梟叫出兩聲的伊班神鳥。

* * *

陽曆八月婆羅洲旱季的白晝，恁地漫長，太陽一早露臉，花了整整六個鐘頭，才慢吞吞攀爬到天頂，車輪大的一顆，停駐中央高原上，發出白鏃鏃的光芒，朝著卡布雅斯河中的一艘獨木舟，和船上五個暴露在浪濤中、毫無遮蔽的男女，當頭照射下來，好似澆下一大鍋剛煮沸的雪水。河道越來越陡峭。石頭山的龐大陰影直逼眼前。只一抬頭，眼一燦，舟中人便望見那一墩銀灰色的山巔，光禿禿赤裸裸，聳立在航道盡頭、瀑流頂端一泓碧空下。空窿，嘩喇，滿山迴響起鬼魅般四下飄忽的流水聲。白蟒也似一條河水，嘶吼著從山中鑽出來，沿著峽谷，蜿蜒流竄忽現忽隱，翻滾過亂石堆中一級級階梯，傾注而下，反射著燦爛的陽光，放煙火般一路噴濺出五彩繽紛的水花，一篷篷漫天飛灑，籠罩住那搖搖晃晃顛顛盪盪，獨個行駛激流中，奮力逆水而上的獨木舟。船上五人，渾身綴滿水珠。年輕、打赤膊戴墨鏡掌舵的飛機頭小夥子，繃緊全身筋肉，高高翹起臀子蹲在船尾，一手攥住舷外引擎的操縱桿，全神貫注。每當船行駛到深潭盡頭一道急流的底端，他就會停歇三十秒鐘，讓大夥休憩一會，然後，猇的一聲，猛地打開油門，昂起船首使足馬力對準白浪滾滾的瀑面，箭也似，凌空直衝上去。端坐舟中的紅髮雀斑女子，飛飆起肩上的髮梢，咧開嘴巴格格笑。一等到獨木舟攻上第一級階梯，油頭小子立刻關掉引擎，喀喇，將螺旋槳扳出水面，隨手抓起身旁的竹竿，協同那分頭持篙佇立船首和船中央的兩個夥伴——光頭領航員和紋身老嚮導——三個人，以狂亂的卻也非常優雅、協調，十分賞心悅目的節奏，將船撐上一級險峻過一級、總共八級的瀑流，到達航道的另一個水平面上，安然無恙地停泊在另一泓深潭中。大夥全都變成了落湯雞，拍手嘻笑成一團。這時，人在山腰，置身於婆羅洲中央分水嶺，一回頭就可以鳥瞰到山腳，豔陽下無邊無涯平野上，那宛如一片綠火似的熊熊燃燒的樹海，和那一條條黃色的長長的蚯蚓般，四處穿梭出沒叢林中的河渠。好一隻孤鷹！兀自桀驁地翱翔碧空中。船上少年睜眼眺望得出起了神來。只是，隨著海拔的升高，迎面而來的急流愈加頻密、陡峭，越來越難搶登了。逆水行舟變得不好玩。紅髮女子的笑聲倏然停息。最後，大夥都緊繃著臉孔，沉默不語。好長一段航程中，只聽見這艘用整株上等龍腦香木鑿成的長舟，奮力衝開流水，怦碰怦碰鼓著疲憊的引擎，掙扎前進，一步一步跋涉上山。船底的龍骨只管摩挲著河床上一攤攤鵝卵石，刮嚓刮嚓不住價響。

* * *

麗日中天。拉縴。

一枚瘦巴巴打赤膊的矮小人影，白頭蒼蒼，弓腰，肩胛上搭著一條臨時用山中蔓籐編成的長長纜繩，小心翼翼，邁著兩隻光腳丫子，踩踏著一顆顆散布在河道上的大圓石，背向太陽，迎向那白雪雪鬨然從山中奔瀉而下的流水，臉不紅氣不喘，只顧咬緊牙根，埋頭拖著繫在纜繩末端的一艘十二米獨木舟，和船上的四個男女，一逕朝上游走。

舟中一片凝靜。舵手撅著臀子蹲在船尾，雙手揸住引擎操縱桿，目視正前方，隨著拉縴人的步伐，靈巧地調整油門和方向，不時覷個空兒，騰出一隻手，叉開五指，梳攏他脖子上那隻尖翹油亮如常的飛機頭。鯊魚眼領航員，依舊悶聲不響地繃著兩腮子橫肉，昂著油光光一顆斗大的檳榔頭，盤足獨坐船頭，掄舞手中一根長竹竿，四下掃開航道上那五花八門不知名堂，臭烘烘爛糊糊，隨波逐流而下的各種漂流物和垃圾。長舟中央那一臉雀斑迎向太陽、扶膝端坐的紅髮女子，半闔起眼皮，迷濛著一雙水藍眼眸，只管昂起胸脯，舉首眺望天頂萬里碧空中，靜悄悄棲停的一朵雲。久久，她緊蹙著眉心，臉龐上漾亮著謎樣的笑意，忽然幽幽嘆出一口氣來，心裡不知想起了什麼事情。雙手呆呆托腮、坐在她膝前的黑髮杏眼少年，聽到嘆息聲，回頭看他姑媽一眼，又自管伸出脖子，從她肩膀底下望出去，瞅著船頭前方那階梯瀑布式的河道中，汗濟濟，馱著碩大的一輪太陽，拉著縴，箕張著兩隻光腳丫，跨跳過一顆又一顆巨石，不聲不響溯流前進的赤膊老人：

瞧，那不滿五呎的瘦小身軀上，一根根結棍精實的筋腱，井井有條地分布在頸項、肩膊、背梁和粗短的四肢間，隨著老人家拉縴的動作，伴著他一身淋漓的汗水，不住蠕動，日頭下驀一看，煞似幾百尾從泥坑中鑽出來曬太陽的小泥鰍，亮晶晶，撲撲跳個不住。

光看拉縴的背影，這個白頭老舟子——少年姑姪倆這趟朝山航程的嚮導——哪像個年紀已過六旬、甚至七旬的人呢。

（少年想起來，他曾聽這位連自己究竟活了多少歲數、討過幾房妻室、生養過多少子嗣、一生總共割取幾顆人頭……這些人生中極重要的事，都記不清楚的馬當族老獵人說：他小時候，大英帝國是老女皇「普安•維多利亞」當家。他頂記得，他家長屋正堂牆上，面對大門設著一座神龕，供奉一幀巨大的肖像，畫中人正是一個身材矮胖，穿著海軍上將服，騎著大白馬，檢閱白金漢宮御林軍，笑瞇瞇游目四顧，看起來挺和藹可親的白人老太婆。）

潑剌剌，滿山木葉紛飛。正午時分忽然颳起一股落山風，沿著河谷，呼嘯而下，挾著那白滾滾一大鍋沸水也似的波濤，朝著山腰這艘頂著大日頭兀自溯河而上的獨木舟，沒頭沒腦直撲過來。霎時，拉縴老人的身影，如同一團破滅的泡沫，整個消失在那渾白渾白一篷子籠罩住河心的浪花裡。獨木舟猛一陣搖盪。船上四人跌做一堆，扯起嗓門發一聲喊：

——啊，加隆老人！

半晌，風過浪平。大夥甩著滿頭水珠睜開眼睛，伸出脖子來，朝向前方河道中的亂石堆搜望。河面只見一團水霧。無聲無息。紅髮女子把滿頭濕透的髮鬈子捧在雙手中，蒙住臉孔，低聲啜泣起來。舵手聳著他那翹尖尖、不住滴答著水珠的飛機頭，睜起兩隻血絲眼瞳，愣瞪。滿腮橫肉的光頭領航員，依舊悶聲不響，望著河心的漩渦，一雙死鯊魚眼珠瀅瀅閃爍著淚光。膝頭一軟，黑髮少年挨著船舷跪了下來，瘧疾發作似地渾身打起擺子。獨木舟搖啊搖兀自顛簸擺盪。過了頂漫長的三分鐘，霧，散了，緯夫的身子赤裸裸濕漉漉，出水芙蓉般，燦亮地浮現在那一輪依舊高掛在天頂、滿山普照的大日頭下，安然無恙哪。只見他老人家笑嘻嘻，咧開乾癟的嘴巴，綻露出嘴洞中紅米樣五、六枚血漬漬的檳榔牙，回頭，衝著大夥一笑。瞧，他依舊箕張著兩條粗短的腿，挺著背脊梁，圓鼓鼓地凸起胯間繫著的一卵子鮮紅兜襠布，小巨人般，聳起他那不滿五呎的身軀，屹立在河心漩渦中一顆大圓石的頂端，肩膀上仍然搭著一條船纜，雙手握住繩頭，淵渟岳峙文風不動。

只不過，他那一頭不知用什麼草藥水染過，原本一團漆黑，僅在腦勺周邊留下斑斑銀髮絲，看來十分莊嚴、悅目的伊班傳統鍋蓋式齊耳髮型，如今歷經河水的洗禮，頓時變成了一簇雪白！但他身上那片繁複的刺青，洗濯後，被陽光一曝曬，倒越發顯得光彩奪目起來。日頭當空照射下，只見那精赤條條的一隻身子上，織錦般五彩斑爛，從脖子直到腳踝，滿滿鑲嵌著各種蟲魚鳥獸的圖形：雲豹、水鹿、山豬公、白頸黑身黃喙大犀鳥、一窩子嬉戲的豬尾猴、一對紅毛猩猩、兩條攀附在手臂上蜿蜒繾綣交合的花蟒蛇、成群展翅飛翔的白鷺鷥……還有，那黑魆魆招展雙翼，炯炯睜著一對火眼珠，孤傲地盤旋在老獵人胸膛上的一隻大猛禽，婆羅門鳶……幾十種動物，一古腦兒會聚在老人家那條乾癟身子上，叢林中舉行一場嘉年華會般，好不熱鬧歡樂！

一幅精雕細琢、綺麗萬端的婆羅洲百牲圖，乍然展現在豔陽下，白花花大河中。少年趴在船舷上，伸出脖子看得兩眼都發直了。

河中那老獵人駐足礁石上，只歇息一會，抬頭望望大河盡頭矗立的山，鼓起胸膛沉沉地吐出兩口氣，隨即挽起船纜、弓起腰桿、邁出步子，頂著日頭又自管拉起縴來，咬著牙，牽引獨木舟和船上四個人，不聲不響繼續溯河而上。

河水砯碰砯碰不斷擊打縴夫的雙腿。

老人埋頭弓腰，只顧拖。好一陣子他陷身河心漩渦中，揹著縴，迸迸濺濺跳跳躥躥涉水而行，一步一咬牙，以他細小的身子，抵禦那發源自婆羅洲中央分水嶺，訇然傾注而下，一瀉千里，闖過層層原始雨林，奔赴爪哇海，一去不回頭的卡布雅斯河。雙足打赤，十趾箕張。嘩喇嘩喇流水中，老人兩隻光腳丫如同一雙蒼勁的老鷹爪，牢牢地攫住一顆顆滑溜溜、四下鏃立河床上的石頭。

舟中少年雙手托住腮幫，太陽下瞇著眼，怔怔地，端詳河中拉縴小老頭兒的兩隻大腳丫子，一時間又看呆了啦，瞅著瞅著，心中不覺湧起陣陣玄思和狂想……

＊　＊　＊

婆羅洲的腳！扁平、寬闊，終年與婆羅洲的赤紅土壤和粗糲石頭接觸、相摩挲的一雙腳。吸盤般頑強堅韌，水蛭樣黏性十足。就是這樣的腳，使得那令荷蘭人聞風喪膽的伊班海盜出草時，夜黑風高逆水行舟，大夥哼嗨哼嗨合力推船之際，雙足能牢牢踩住那散布河床、長滿青苔滑不溜丟的鵝卵石，在荷蘭炮艇追捕下，呼嘯著搶過一道又一道急流險灘。（記得當年，桑高鎮白骨墩一役中砍下四十八顆斗大的紅毛頭顱，高高掛在船頭，安然返回魯馬加央的「長屋之王、眾酋之酋」天猛公．朱雀．彭布海的輝煌戰績嗎？）婆羅洲的腳！赤裸的、長著厚厚一層老繭，從不知鞋子為何物的伊班腳、達雅克腳、加拉畢腳、肯雅腳普南腳加央腳、勇悍的馬當族獵人的一雙大腳丫……就是這樣的腳，一腳一腳硬生生地，斧鑿刀刻般，花了不知幾世代人的力氣和幾百千年的時間，在婆羅洲原始雨林中，踩踏出（妳若從高空鳥瞰）一條條，萬千條，人體微血管般遍布全島的羊腸小徑。就是這些腳丫，在婆羅洲遼闊的原野上，湍急的河川中，留下無數永不磨滅的印記，為「帕兮喇咿」的偉大遠行傳統作了最好的見證……這雙腳（妳記得嗎？）讓我們路過阿爾卡迪亞桃源村時、有緣結識的好朋友彭吉魯．伊波．安達嗨——生平八度獨自出門浪遊、獵過十二顆上好頭顱的傳奇肯雅族遠行家——在五十八歲那年發下宏大願心，從事此生最後、最重要的一次帕兮喇咿。他打赤腳，徒步穿越婆羅洲中央大分水嶺，在外鄉的採石場做三年苦工，省吃儉用存夠了錢，喜孜孜跑到鎮上選購一張從阿姆斯特丹進口、描金雕花、挺貴氣、洋溢著古典歐洲宮庭風情的梳妝台，馱在自己背梁上，打赤腳跋山涉水，千里迢迢揹回長屋，奉獻給苦守在家四十年的妻子，年華早已老去的安孃……沾滿泥巴的一雙光腳丫、亮晶晶的一張粉紅梳妝台……

*　*　*

如醉如癡，舟中少年一邊冥想一邊凝起眼眸，白花花河水中，望著船頭前方那老縴夫的形影——他那瘦楞楞的身子，他那粗短的雙腿，還有他那兩隻光溜溜，喝醉了酒似地不停蹦蹬跳躥，奮力與激流和礁石搏鬥的大腳丫——瞅著瞅著，少年那雙眼睛不覺濡濕了。

山搖樹動，鳥雀劈啪亂飛。

又一股落山風驀地颳起，挾著滔滔白浪，朝著急流中這艘怦，怦，怦，鼓著船尾那具風霜斑斑的二十匹馬力引擎，兀自溯河而上的獨木舟，當頭直罩下來。霎時間，老縴夫那緊繃揹著一條船纜的身子，好像一隻突然遭遇空中亂流、迸地斷線的紙鳶，渾身陡的一顫，沒頭沒腦晃晃盪盪，轉眼間就整個消失在河心一渦白滾滾，沸水也似，驟然蒸騰起的浪花煙霧裡。豔陽下一去無影蹤。

舟中人全都蜷縮起身子，一窩蹲在甲板上，雙手攥住船舷，死命頂著那一濤濤迎面撲來的白浪，苦苦撐了五分鐘，風過後，渾身濕淋淋打著哆嗦站起身來。四個人——檳榔頭領航員、飛機頭舵手、紅髮雀斑女子和黑髮杏眼少年——並肩跪在船舷旁，齊齊伸出手臂，直直指住河心一個巨大的、兀自沸沸騰騰不住冒出水泡的漩渦：

——啊。加隆老人不見了。

大夥淒厲地發出一聲喊。

＊　　＊　　＊

剮——孤零零，目光睒睒，伸張一雙尖長的黑翼，打清早以來就一路跟蹤獨木舟上山，一圈又一圈，不住地滑翔在河上朗朗碧空中，靜靜守望石頭山的神鳥，這時，彷彿看見了什麼似的，眼睛一睜，陡地停駐半空，劈啪劈啪抖動兩下翅膀，昂起脖子朝向船上驚慌失措的四個男女，厲聲啼叫：剮——

＊　　＊　　＊

——普安・克莉絲汀娜，我在這兒呢。

嘩喇嘩喇水聲中，驀然響起一條沙啞蒼老的嗓子。

舟中四人，齊齊回頭朝向船尾望去。麗日下河面上，斗大的一朵蓮花般，忽地綻開出一渦子燦爛繽紛的漣漪。滿山普照的陽光中，白髮蒼蒼，只見一顆細小頭顱，梳著傳統伊班戰士的鍋蓋髮型，濕漉漉從水裡聳出來，咧開一張癟嘴巴，齜著五六枚血紅檳榔牙，銜著大夥格格笑不停。老人家那打赤膊的肩胛上，晃啊盪的，搭著一條斷成兩截的船纜。瘦瘠瘠，布滿刺青的一隻小身子，直條條矗立河中，光彩奪目地，兀自向人們展示它那一幅眾獸喧嘩、眾鳥啁啾、太陽下綺麗萬端的婆羅洲百牲圖。

瞧，老縴夫那雙短小的腿，他那兩張大腳掌和十隻粗黑的趾頭，好似一對鐵鉤子，牢牢地，攫住河床上急流中滑溜溜的兩顆大圓石，迎著滔滔奔騰而下的河水，文風不動。

* * *

溯河而上的這條水路，越接近河源頭，越是荒涼靜謐。天頂赤裸裸白晃晃一顆大日頭照射下，鬼影樣燐光閃閃，窸窣窸窣，只見滿山樹木婀娜搖曳婆娑。鼕，鼕，鼕。好久好久只聽見獨木舟那擂鼓般的馬達聲，空洞洞，綻響在幽深河谷裡，不斷洄盪在晌午時分鳥獸們正在午睡、驟然陷入寂靜的山林中。

天上，只一隻孤獨的婆羅門鳶，兀自逡巡盤旋。

鷹眼下的這條河，印度尼西亞第一長河卡布雅斯，想來，好像一隻兇暴的黃龍，嘶吼著從爪哇海鑽出來，在坤甸城登陸，穿過城外遼闊的三角洲（房龍家的橡膠園農莊，就坐落在三角洲的正中心呢），一頭闖入婆羅洲內陸密不通風的熱帶雨林。黃濤滾滾，奔騰千里。大河來到婆羅洲中央高原上，陡地搖身一變，好似偉大的白魔法師——澳西叔叔變戲法，手中小棒子一揮，霎時蛻化為一條白雪雪、綿延數十公里、迂迴曲折的階梯式瀑布，嘩喇喇從石頭山上傾瀉下來，在每一個轉彎處，捲起千簇雪花。滿谷水霧瀰漫，神祕地，遮蓋住那有如成群妖怪般，四下散布河床上的無數暗礁，大日頭下，隱藏起河道中那無聲無息，一漩渦又一漩渦伺機捕殺落水的動物、旅人和舟子的潛流。

這一整個晌午，河上孤單單只有一艘取名為「布龍・布圖」（多荒誕、多僭越的名字啊）的十二米伊班獨木舟，航行在霧茫茫一條急流中，鼓著馬達，朝向水源頭光禿禿一座石頭山，不屈不撓冒險搶灘奮力前進。好長好長一段時間，約莫兩三個鐘頭，彷彿在婆羅洲心臟無邊樹海中迷航般，悄沒聲，獨木舟隱沒在水湄一片蒼莽的茅草叢裡，無影無蹤，連人帶船，整個的失陷在峽谷裡那條怪石磊磊、水聲隆隆、幽闇迷濛如同鬼窟的山澗中。這時，妳若伴隨神鳥婆羅門鳶飛翔河上，一路溯流追蹤，偶爾——非常偶爾——霧散處妳會看見或聽到腳下河中一小撮人影，赤條條烏鰍鰍一群水鬼樣，頂著大日頭跳跳躥躥哼嗨唉喲，嘴裡不住悽厲地、瘖瘂地吶喊著吆喝著。凝眼仔細一瞧，妳發現那是「布龍・布圖號」的舟子們，弓起背脊佝僂著身子，頂著大急流，打赤腳奔走在河床上，迸迸濺濺涉水推舟前進。但是才一眨眼，這乍然綻現在荒山中宛如海市蜃樓的場景——一艘船、一簇人影和一渦子慘烈的吶喊——砰地，就被那驟起的落山風，和隨之而起、沒頭沒腦當頭罩下來的一波巨浪，硬生生給吞噬了，轉眼，好似一團破滅的泡影，再度消失在麗日下，那滿河滿谷沸水般喧騰起的浪花、瘴霧和流水聲中。

直到太陽西沉，天空開始響起陣陣歸鴉的呱噪，妳，山林的寧芙，伴隨著那一路追蹤獨木舟的神鳥，才會在半山腰、瀑流的頂端，卡布雅斯河一千公里航道的終點，和這群舟子重逢。石頭山光溜溜的岩壁，鏡子般，映著大河口的落日，反射出一簇烈火也似殷紅的霞光。妳陪侍神鳥，駐足山巔，凝起妳那雙老是睜得烏黝黝、圓滾滾、好奇地探索世間新鮮事的眼瞳子，目睹舟子們——出身勇悍的馬當族獵人世家的舵手、領航員和老嚮導——鼓起餘勇，使出全身僅剩的一絲力氣，作最後的衝刺，幫助船上搭載的一對來路不明、關係奇特的異國姑姪，趕在月圓之前，完成歷時十天的大河之旅最後的一段航程。

*　*　*

兩顆灰色死鯊魚眼珠，一眨不眨，凝視船頭正前方的水道。夕陽下只見這一雙瞳子睜得金亮亮，光芒四射。

——來了來了！阿瓦士！注意！

光頭領航員，弓著背脊翹著屁股趴伏在船頭，猛然噘起嘴唇，發出一聲呼哨。

前方，雪崩也似渾白渾白一條流水，轟然而下。

——嘀、嗒、嘟！衝啊。

昂著一顆花白鍋蓋頭，挺著細小腰桿子，佇立獨木舟中央游目四顧的老嚮導，倏地，伸出一條刺青手臂，直直指住那白滾滾迎面撲來的一渦巨浪，嘟著嘴，使勁一鼓腮幫，厲聲向大夥發出衝刺的指令。

船尾，掌舵的小夥子騰出一隻手，不慌不忙，拂了拂他那顆沾滿水珠、依舊尖翹如常的飛機頭，順手摘掉鼻梁上的墨鏡，乜起兩隻烏溜大眼眸，嫵媚地瞅了舟中端坐的紅髮雀斑女子兩、三眼，手一翻，砰地，關掉那兀自空窿價響的舷外馬達。

船上三名舟子，加上那個一整天無所事事，眼睜睜，滿臉豔羨地看別人操舟在激流中搏鬥，心中早就躍躍欲試的黑髮杏眼少年，老少四個人，持槳各就各位，分成兩組坐在船舷兩側待命。「嘀嗒嘟！」老嚮導一聲令下，有如觸電般，大夥霍地坐直身子，高高撅起臀子，一齊掄起槳，咬著牙扯起嗓門一條聲吶喊，卯足全力朝向瀑流中間浪花堆中，一條幽黑隧道似的狹窄水道，只顧屏著氣閉著眼，頭也不回直直划去。一等獨木舟攻上瀑流第一道階梯，大夥還沒來得及喘息，就立刻丟下手中的槳，撲通撲通翻身跳入水裡。霎時，吆喝聲綻響河中。乍聽，就像那名聞遐邇、以伊班壯丁為主力的沙勞越叢林野戰部隊，在英國軍官率領下，行軍於古晉城中，意氣風發地喊出的答數聲。粗糲、嘹喨的口令，應和著滿街巷橐橐橐迸響的皮靴聲，此落彼起：

——梭啊圖！

——杜哇！

——提卡——巴嗒！

——一、二、三——推啊。

夕陽下河流中，汗潸潸赤條條四枚人影，邊吆喝邊推舟，驀一看好似一群落水的山羊，發狂似地，蹦蹬著腿，踩著河床上一顆顆滾圓的鵝卵石，濺濺潑潑不住跳躍啼叫。大夥齊心協力，與最後一道激流奮戰個把鐘頭，終於，在天黑之前，硬是將一艘十二米伊班長舟，一鼓作氣地，推上那七級階梯瀑布的頂端。

大河之旅的最後、最險峻的一段航程，平安完成嘍。

笑瞇瞇，紅髮女子一逕端坐長舟中央橫板上，好似乘轎一般，讓四個漢子高高扛在肩頭，跋涉在河流中，一路晃盪前進，來到旅途終點。

落日紅通通照射石頭山。那天火焚城一般莊嚴、壯烈的光景，灼燒黑髮少年的眼簾。完成任務的船，盪漾在山腰草木蓊鬱處一泓黑水潭中，靜靜劃開水波，兀自緩緩前進。向晚，天頂熊熊燃燒的一毬毬彩雲，隨著夜幕的降臨逐漸熄滅，沉黯，終於溶入了那滿天聚攏起的蒼茫暮靄中。轉眼間，婆羅洲中央高原上，偌大的天地，一古腦兒沉陷進了石頭山周遭方圓千里、一片幽黑的原始森林內。少年站在水潭中，凝起雙眼，直視大河盡頭矗立的山。峇都帝坂。山巔反射出的最後一道霞光——那沿著巉巖嶙峋的山壁，花雨般淅瀝而下的蕊蕊落紅——靜悄悄灑在少年頭頂上，化成一條巨大的、瀰漫著濃濃橄欖油香的粉紅紗籠，將他整個人，密密匝匝地、有如母親懷抱般地，從頭到腳包裹起來。好久，少年的身子浸沐在這一團無比溫暖祥和的光芒裡，如醉如癡渾然忘我。忽然心中一動，少年扭頭望去：那十天前陪伴他從大河口出發，搭乘鐵殼船和獨木舟，穿過千里蠻荒，一路相依為命，歷盡艱辛溯河而上，終於趕在陰曆七月十五月圓之前，實現諾言，帶領他來到這座山的異國女子——克莉絲汀娜・馬利亞・房龍——這會兒依舊帶著滿臉笑容，落日下，頂著一頭火燒也似的棕紅髮鬈，霞光裡，綻亮著她那兩隻古銅色腮幫上，一顆顆，好幾十顆，被赤道的烈日曝曬成茶褐色的雀斑，高高昂起胸脯，坐在「布龍・布圖號」長舟中央，在三名舟子哼嗨唉喲涉水推送之下，繼續朝向石頭山行進。望著瞅著，眼眶不覺紅了。恍惚間，少年以為他看到了在古晉城宗教祭典上，顛啊搖的，只管端坐神輿中，被一群光著膀子裸著屁股、汗流浹背氣喘吁吁的男子，高高地抬起來，在震天價響的鞭炮聲中，滿城飛灑的花雨下，起轎，開始繞境出巡的觀音菩薩、媽祖娘娘或聖母馬利亞。

月圓前夕　登由・拉鹿祕境

回到小兒國

十天。陽曆某年，陰曆壬寅年七月初三日，大河探險隊一行三十人浩浩蕩蕩從坤甸港啟航，烈日下，沿著卡布雅斯河溯流直上，七月十三日傍晚，歷經種種波折和離散、全隊碩果僅存的兩名成員，克莉絲汀娜・房龍和永，一對異國姑姪，平安抵達航程終點峇都帝坂山。對十五歲、生平初次離家出遠門的少年永而言，十天何其滄桑。

三個任怨任勞、忠心耿耿的馬當族舟子，完成了姑姪倆有緣在浪・阿爾卡迪亞桃源村結識的好朋友——肯雅族長老、偉大的帕兮喇咿遠行家、浪漫的粉紅梳妝台守護者，彭古魯・伊波——交託給他們的任務，用一艘伊班長舟，從朝山入口處的普勞・普勞村，冒著一場赤道暴雨後驟起的山洪，一路蜿蜒溯河，花了四個晝夜，把兩位客人送到婆羅洲的心臟，海拔兩千公尺的中央分水嶺。交卸任務之前，三人合力在峇都帝坂山腰的登山基地營，一口黑水潭旁，用就地取得的最好建材，為房龍小姐精心搭蓋一幢挺寬敞、舒適、安全無虞的樹屋（舵手約瑟夫口中的叢林小別墅），然後就分頭消失在樹林裡，三枚魅影似的，先後隱沒入那濃濃一團開始降臨婆羅洲大地，無聲無息，一古腦兒，籠罩住我們眼前這座光禿禿、赤裸裸石頭山的紫色夜霧中。

我，少年永，佇立在樹屋下目送這群好旅伴、好導師一個接一個離我而去：

嚮導加隆・英干老人，靦覥地從行囊裡取出他用獨門配方煉製的藥劑，小心翼翼，將他耳脖頂端那一頭經過河水洗禮、變成一簇雪白的鍋蓋髮，從髮腳到腦勺，重新塗抹成一團漆黑，隨即換上一條簇新鮮紅纏腰布，鼓鼓地，包裹住他胯間兩粒鵝蛋大的卵子，一臉肅然，向房龍小姐弓身道別，喜孜孜率先離開。年輕的舵手，油頭粉面、上過教會學堂識講英文的約瑟夫，使出老大一番功夫調理他的飛機頭，只見他哭喪著臉，蹲在水潭邊，拿著一罐凡士林抹抹梳梳，總算勉強滿意了，這才換上他那套在忙碌緊湊的航程中，每夜必抽空洗滌、晾乾的歐風休閒服。裝扮停當，他小子勾過一隻眼來，向房龍小姐拋送兩個秋波，也一頭鑽進了潭畔林子裡，倏忽不見影蹤。我們的領航員篷篷，依舊聳著他那株粗短脖子上一顆光溜滾圓、青筋暴露的檳榔頭，乜斜著一雙灰暗呆滯、三不五時驀地一睜、兇光驟然四射的死鯊魚眼珠，一逕悶聲不響，滿懷心事，只顧埋頭幹自己的不知啥活兒。忙完，他才回頭向房龍小姐稟告：他必須連夜趕回浪・巴望達哈血湖村，尋找他的兩個失蹤的妹妹，「順便辦一件要緊事」。完事後，他會立刻兼程趕回峇都帝坂山基地營，與嚮導和舵手會合，在月圓後一兩天，接我們姑姪倆下山。

抱著滿肚子疑團，我揮別了篷篷，眼睜睜看著他爬上停泊在黑水潭中的「布龍・布圖號」。轟然一聲，他啟動船尾的引擎，頭也不回，鼓起兩膀子緊繃繃五彩斑斕的一排花樣刺青，以十分圓熟的手法，陡地調轉船頭，在夜色掩護下一溜煙也似，駕長舟，獨自朝向山下的村莊，鼓足馬力迸迸濺濺揚長而去了。

水湄霎時只剩下我一個人。

可憐克絲婷，這一整天，她笑咪咪地端坐在一艘空敞無篷的獨木舟上，活像個水上觀音菩薩，在一群壯漢哼嗨唉喲哄抬下，一路溯河巡行，不住顛簸搖盪在激流中，早已被折騰得全身骨頭都要散掉了，這當口，草草吃過晚餐，洗把臉漱個口就鑽進樹屋中安歇去了。畢竟是——說來殘忍——三十八歲的女人嘍。

七點鐘，赤道線上的一丸子紅日頭，在大河口懸吊了老半天，晃晃盪盪，猛一沉，才終於完全消失在我們的視線外。月亮將升未升。

我獨自托腮坐在樹屋梯口，仰望天河。

天河無恙。依舊像一條銀光燦爛一瀉萬里的瀑布急流，嘩喇喇水花飛濺，搭載著一窩子，億萬千個，光著屁股打著赤腳戲水的小頑童，在妳頭頂上奔騰而過，熱鬧無比，從赤道東北方直到大南方，跨越婆羅洲夏夜大半個漆黑浩瀚的天空。

丫頭，妳瞧！那滿天星靨靨閃耀下的一座石頭山，赤條條地，就聳立在妳眼前。這便是我們一路乘船追尋的目標。

七月初九暴雨後，連著好幾天豔陽高照，天氣大好，在三名舟子卯足全力咬緊牙根趕路下，我們終能在七月十三日，月圓前兩天，抵達卡布雅斯河源頭。明天一整日，我們將待在山腰基地營，養足精神和體力，後天一大早便展開徒步登頂的路程——就只我們兩個人，我和姑媽克絲婷。

嚮導加隆老人早就交待好：峇都帝坂山，從山腰直到山巔，一路淨是大石頭。但是，滿山一座座迷宮樣的石陣中，卻有一條清晰可辨、蜿蜒通往峰頂的小徑。那是世世代代前仆後繼，抱著各種目的冒死攀登聖山的人，用一雙雙長滿水泡的腳丫，在布龍神當初開天闢地時，不知何故，遺留在婆羅洲心臟的這塊巨石上，硬生生，一個足印接一個足印地，歷經不知幾劫、幾代，合力踩出來的一條路。我們姑姪倆只要依循前人的足跡，埋頭直走，心無旁騖，蒙天上的父辛格朗・布龍/耶和華垂憐，必可在日落之前平安登上山頂。

這樣的終局，不正是這一路上我心中殷殷地、甚至處心積慮地期盼著的嗎？七月十五，月圓之日，攀登大河源頭的山。極目所見淨是石頭的山路上，彳亍而行，只有一女一男一前一後緊緊相隨的兩個人。克絲婷和永——相認於海角坤甸，結伴進入叢林祕境，從事這趟出生入死奇特旅程的異國姑姪——天地之大，這下子也就只有彼此可以互相倚靠了，真正的、毫無選擇餘地的，相依為命了。這種感覺挺好。登山前夕，我獨自坐在基地營一幢樹屋的梯口，雙手托著腮幫，仰起臉龐，邊眺望頭頂上星河下這座光禿禿草木不生、乍看平淡無奇的石頭山，邊豎起耳朵，傾聽著樹屋中克絲婷那一陣接一陣，均勻地、沉沉地不斷綻響，從小小的門洞口傳出來的鼾息聲，心中只覺得一片寧靜澄明。

不知怎的，就想起了馬利亞・安孃・安達嗨。

那個豆蔻年華肯雅族少女。長屋婦女們口中的「伊布・納比・依薩」——每回在長屋迴廊上迎面相遇，人們必須一躬身，舉起右手掌，向她行崇高額手禮的「小聖母」。

丫頭記得嗎？七月七日七夕凌晨，少年永帶領姑媽逃出紅色城市新唐，路過一處名為「浪・阿爾卡迪亞」、風景清幽直可媲美武陵洞天的村莊時，在綠水塘畔，中午豔陽下初次遇見小聖母，往後在朝山的路途中，又有過數面之緣。

馬利亞，蓬頭垢面一身邋遢，總是獨自個，抱著她的芭比娃娃新娘，打赤腳，遊魂似的躑躅行走在大河畔。細條條一把腰肢，俏生生繫著一襲花色小紗籠。紗籠口，一顆花苞樣，綻露出一粒小小肚臍眼。十二歲的身子瘦骨伶仃，鼓鼓地，揣著顆柚子似的挺著個突兀隆起的肚腹。二十五週的身孕。西班牙老神父峇爸・皮德羅播的種。人說她懷的是天父的兒子，那第二度降臨人間的救世主納比・依薩（白種人口中的耶穌基督）。她就是聖嬰的「伊布」——聖母：大河兩岸婦人們虔誠頂禮膜拜，可孩兒們一見就猛吐口水、呸呸呸競相詛咒不休的「伊布・納比・依薩」。

在那個來自分水嶺另一邊的少年、永的心目中，她只是個美麗、溫柔，不知怎的跟他一見如故、好像前世親人的肯雅族少女，馬利亞・安孃・安達嗨。每次不期而遇，旅途中驀然相逢，不論是在日正當中的村口綠水塘，或是在淒迷月色籠罩下的河畔樹林，她總是凝起兩隻眼睛——那宛如兩顆寒星，孤寂地，閃爍在破曉前婆羅洲漆黑天空中的一對眼瞳子——仰起她那瘦尖尖、充滿焦慮神色的咖啡色小臉龐，定定瞅住少年永。兩片蒼冷的嘴唇，好久只管顫動著，彷彿想告訴他什麼祕密，卻終究沒說出口。

滿眼睛的話。

好久，只是眨啊眨地望著他。

一把及腰的小黑髮，披散在她脖子下肩膀後，時不時，被驟起的河風撩起來，一朵飛蓬也似飄蕩在日頭下、月光中。

最後一次見到小聖母，是在七月初九正午，變天的時刻。

那當口，天頂一輪豔陽高掛。少年永和姑媽克絲婷攜著行李，並肩佇立在普勞・普勞村碼頭棧橋上，等船。突然天地一黯，峇都帝坂山巔雷霆大作。漫天電光飛竄閃爍下，馬利亞・安孃抱著她的娃娃新娘，夢遊似地悠悠晃晃沿著河畔小徑一路走來，抬眼看看天色，呆了呆，駐足棧橋下，跂起雙腳昂起脖子，回頭朝向橋上望兩眼，好似乍見親人，眼一燦，喜孜孜伸出一隻手朝他招起來：

——永，古晉來的小客人，終於又見到你！請你下橋來，讓我跟你講句話……我心裡有個重要的祕密，得偷偷告訴你一個人喔……下橋來，到我身邊陪我走一段路……永，從分水嶺另一邊來的客人，求求你下來聽我講句悄悄話……

那聲聲召喚和央求，好像某種咒語，綿綿不絕飄忽風中，隨著河上那畢畢剝剝爆炒栗子般、開始降落的豆大雨珠，不住傳送到棧橋上來。

永拔腿，就要冒著大雨跑下階梯，奔到棧橋下河畔小徑上來，卻被他姑媽從背後伸出兩條胳臂，死命攔腰一把抱住。

最後，馬利亞・安孃轉過身子獨自走了。一步一回頭。依舊是滿眼睛的話語，望著永，想說出口卻始終沒說出來。

——唉。

只聽得沉沉一聲嘆息。她走了，一手提著紗籠襬子一手摟住芭比新娘，邁出兩隻光腳丫，使勁一甩腰下濕湫湫沾滿雨點的長髮梢，沿著河畔小徑，自顧自走下去了。她仰起臉龐迎著風雨，朝向大河盡頭一簇白色鬼影般，悄沒聲，漂浮在漫天雨霧中的石頭山，沉甸甸地挺著她肚臍下那個圓鼓鼓、日漸脹大的肚子。轉眼間，她整個形影全都隱沒入晌午時分，遮天蔽地，嘩喇嘩喇越下越大，直欲吞噬整條大河的赤道暴雨中。

普勞・普勞村碼頭一別，往後，直到今天，七月十三日我們姑姪乘舟抵達峇都帝坂，就再也不曾見到她了。可是，這一路上，綿延數百公里，蜿蜒貫穿婆羅洲心臟叢林，上溯中央分水嶺，直達大河源頭的荒涼航道中，我心裡老覺得馬利亞・安孃──懷胎的「伊布・納比・依薩」──穿著她那條不知多少天沒洗滌、下襬沾滿黃泥巴的小紗籠，打赤腳，光著兩隻細瘦的膀子，摟住她那個飽經風吹日曬，面容越發憔悴，一頭蓬鬆的紅髮日愈枯萎的芭比娃娃新娘，亦步亦趨，如影隨形，只管跟住我們這艘溯流而上的「布龍・布圖號」長舟，沿著大河畔，一路追隨──引領──我和克絲婷來到航程的終點峇都帝坂。

但她一直沒露臉，儘管我心裡知道（有時，甚至真真切切感受到）她就藏身在左近──近得讓我聽得見她的鼻息，聞嗅得到，哦，她胸口散發出的一股青澀的、微微刺鼻的汗腥氣和乳酸味──悄悄觀察我，嘴唇不住一翕一張，默默地急切地召喚我：

──古晉來的小客人，永，請你下船來，我心裡有個重要的祕密要告訴你……

祕密。她到底想向我透露什麼訊息呢？那份急切和焦慮。那種近乎死纏活賴、牛皮糖一樣的黏勁兒……

而今登山前夕，獨坐山腰基地營中，托著腮凝著眼，瞭望山下那一片黯沉沉樹影婆娑的婆羅洲曠野，和那銀光閃閃，點點鷺鷥飛翔，好似一條遺落在叢林中的巨大項鍊，蜿蜒穿梭星河下、夜霧裡的卡布雅斯河。寧靜的夜。空寂無聲的河流。望著，心裡惦念著，我腦海中就浮現起馬利亞・安孃穿著一襲小花紗籠，飄飄蕩蕩，孤單單躑躅行走在大河畔的纖細身影。心頭陡的一酸，眼眶一紅，我禁不住就流下兩行眼淚來。

心裡好想、好想再見一次這個素昧平生，僅僅在這趟少年暑假之旅中，偶然地有過數面之緣、匆匆交談過幾句話的肯雅族少女。面對面。眼睛看著眼睛。就像兩個孩提時分離，幾年後忽然相見的小兄妹，或是某種最、最親的人。

懸念。丫頭，那是很奇妙、很甜美動人但有時也是非常糟糕、非常難熬的一種狀況和感覺：有件事或有個人，老是掛在你心頭，讓你時時刻刻，一個勁地發癡似的，只管在心裡想著惦著。你那顆心就像一枚上緊發條的鐘擺，滴答滴答無休無止，永遠晃盪在半虛空中，上不著天也下不著地。你心無旁騖，鎮日裡一心一意牽掛著那個如今不知流落何方，別來不知是否平安，是否無恙的人……懸念。

這會兒，天剛落黑，我托腮坐在山腰一口黑水潭旁一間樹屋的木梯口，呆呆地，諦聽著屋裡姑媽的鼾聲，眺望著星空下的一條白色大河，心裡只是一個勁地、癡癡地思念馬利亞・安孃和她的洋娃娃。

就在這當口，我聽見樹叢中傳出沉沉一聲嘆息。

——唉。

瞧，馬利亞抱著洋娃娃，一臉沉靜，打著赤腳，不就站在水潭對岸一灘皎潔的星光裡，凝著眼望著我？腰間鼓鼓地繫著小小一條花紗籠，髒兮兮飄蕩在河風中。

我蹦地跳起身來，從梯口跑下樹屋，在水潭邊站住。兩個人，隔著浩瀚天河下那亮晶晶一泓黑水，眼看眼對望著。她那兩隻烏黑眼眸，點漆般眨啊眨，不住閃爍在滿山谷盪漾的星光和水光中。

眼圈一紅，我強忍住那又要奪眶而出的淚水，捲起上衣提起褲腳，步入潭中，蹦蹦濺濺地涉水走向潭心，佇立在及胸的水裡，昂起脖子凝起眼睛，藉著滿天星光細細打量這個別來——但願——無恙的小聖母。

她依舊披著一頭及腰黑髮絲。她那張原本銅棕色，如今經歷長途跋涉，風塵僕僕，被婆羅洲夏季毒日頭曝曬成一團黧黑的小瓜子臉龐，這會兒，在星河映照下，霎時變得水白！她依舊穿著一件小紅衫，下身繫一條花色小紗籠，鼓鼓地，袒露出那坐落在肚腹中央，挺青嫩的、一粒花苞似的肚臍眼。那污泥斑斑的紗籠襬子只管拖曳在地，不時被山風撩起，綻露出她那兩隻長滿水泡、這幾天不知趕了多少路的腳丫。

她整個人，她的髮式和穿扮、她的兩隻漆黑眼瞳、她懷裡仰臥著的芭比娃娃新娘，還有她那一臉沉靜、安詳的神色，跟我在浪・阿爾卡迪亞村綠水塘畔初見她時，簡直一模一樣。豆蔻年華。愛美、愛收集金髮娃娃的十二歲婆羅洲長屋少女。她那銅棕色的身子，依舊是那樣的窈窕纖細，瘦骨伶仃，只是——只是她肚臍眼兒下凸隆起的那一團肉瘤，才幾天沒見，就變得越發腫大，更加的渾圓光潤了。而她臉上的風霜似乎也增添了不少。

——苦了妳了！馬利亞‧安孃。

——沒什麼。不打緊。

——妳抱著妳的芭比娃娃，從妳的家，浪‧阿爾卡迪亞長屋出發，花了五天時間，獨自沿著大河一路走到這裡……

——我……心裡有話要跟你講。

——妳跟我說過，妳有個重要的祕密要告訴我。

——古晉來的小客人，莫站在水中，請你渡到這邊岸上來，我把這個祕密偷偷講給你一個人聽，不讓你姑媽聽見。

我毫不遲疑立刻脫掉上衣，摺好了，頂在腦勺上，冒著山中那冷湓湓教人直打牙戰的寒氣，半涉水行走，半游泳，渡過那最深處達到我下巴的黑水潭，來到了馬利亞‧安孃身邊。這下，我和她就真的面對面、眼睛看著眼睛，站在一塊了。我聽到了她的呼吸，聞到了她身上如雨後的蓬草，蓊鬱地幽幽地散發出的一股汗酸。我那顆牽牽掛掛，好似一枚鐘擺懸吊在半空中、晃盪多日的心，登時安定下來。馬利亞嘆口氣，把一隻手伸進她上身那件小紅衫的袖口，綷綷半晌，抽出那條皺成一團、掖在她胳肢窩裡的白手帕，遞到我手中，叫我趕緊把身體擦乾，重新穿上衣服。星光下，只見她兩隻清澈無塵的黑眼瞳子，彷彿點上燭火般，熠亮熠亮。馬利亞直看著我把自己打理停當了，這才放心地點點頭，柔聲說：

——永，今晚我要帶你去一個地方。

——妳現在住的地方嗎？妳千里迢迢，冒著大太陽和一場熱帶暴雨，趕了好幾天的路，就是要回到這個地方嗎？

——別問。到時就知道了。你只要跟著我走就是，永。

——好！我跟妳走，馬利亞・安孃。

我用力點頭。悄悄回首，望了望水潭對面我姑媽克絲婷住的那間樹屋。黯沉沉，悄沒聲。一盞煤油風燈搖盪閃爍在屋簷下。馬利亞早已邁出腳步。猛一掉頭，我拔腳追上了馬利亞，不再回頭，鐵了心，尾隨這個孤零零抱著洋娃娃，打赤腳踽踽行走，風中甩著一肩蓬飛的髮絲，搖曳著腰間一條髒兮兮小花紗籠的肯雅族少女，一步一步探索著，朝向潭畔林中那幽闇深邃、有如洞天地府的山坳子走去。

在那滿山谷迴盪的風聲和水聲中，兩個人，一個在前一個在後，頂著天上一條隨著夜深愈加燦爛喧嘩的銀河，只顧低著頭，踩著茅草叢生的小徑，默默行走了許久。

石頭山就聳立在我們身旁。光溜溜的石壁反射著月光。我停下腳步昂起脖子，踮著兩隻腳呆呆眺望山巔。山頂礌礌巉岩，銀河下白磣磣陰森森，驀一看，好像我五歲上幼兒園時，在一冊歐洲童話繪本中，看到的那座妖靈般不住蠱祟我，害我整整一學期不敢睡覺，甚至不敢闔眼打盹的城堡：壯麗、死寂，聳立雲霄中，用上萬根巨大的白骨打造而成，隱藏著無數祕密和冤魂的白色城堡。

——唉。

馬利亞在前頭走著走著，忽然又嘆口氣。

——這座山，就是你和你姑媽準備攀登的山嗎？

——後天。七月十五，月圓時。

——你知道這座山叫什麼名字嗎？

——峇都帝坂。

——你知道那是什麼意思嗎？

——峇都，石頭。峇都帝坂就是大石頭。

——那是大神辛格朗‧布龍當年開天闢地時，特地留下的一塊石頭，以見證祂的存在。

——妳知道山上有什麼……東西嗎？

——我不知道。但部落中的老人說，山上什麼東西都沒有，就只有石頭。一顆顆光溜溜的、有大有小的各式各樣的石頭。

——有人上去過嗎？

——有啊。但是，上去的人都沒有回來。

——為什麼他們要留在山上呢？不是說山上只有石頭嗎？

——不知道。就是不想回來。

——我的好朋友納爾遜・西菲利斯・畢嗨，他也這樣講過喔。

——這個納爾遜，他是誰？他是好人嗎？

——旅途中認識的一個達雅克族青年。我跟他見過幾次面，說真的，我弄不清楚他到底是好人還是壞人。

——你很誠實。唉。

馬利亞沉默半晌又嘆息一聲。她走在前頭，一肩小黑髮飀飀飄曳。纖細的身子踽踽行走在山壁旁小徑上。頭頂，山巔上銀河中，宛如一大群午夜戲水的頑童，星星們兀自競相蹦濺閃爍。她挺著肚子，一路走一路自言自語似的跟我說話，久久，不曾回過頭來，只顧摟住芭比娃娃新娘，邁著兩隻紅腫起泡的光腳丫子，往山坳裡直走。

——永，你知道，我們肯雅族有個古老的傳說嗎？

——馬利亞・安孃，妳說的是哪一個傳說？

——峇都帝坂山腳有五個大湖……

——知道！我和我姑媽在浪・阿爾卡迪亞村作客時，長老彭古魯・伊波給我們講過。

——好。你現在講給我聽。

我駐足山徑上，透過樹木枝椏，望著山腳一穹窿星光下，點點鷺鷥飛翔的叢林和一條銀鍊似的河流，思索片刻，努力回想那天傍晚的情景：一盞暈黃煤油燈下，長屋大堂中，白頭蒼蒼滿面風霜的老獵頭勇士、傳奇的「帕兮喇咿」遠行家，盤足坐在筵蓆上，一邊啜飲純度三十八巴仙的阿辣革酒，一邊用黑炭條在地板上畫地圖，滿臉嚴肅，向兩位遠道而來的客人，荷蘭的普安・克莉絲汀娜和她的支那姪兒，永，講述一則與開天闢地同時誕生，流傳到今天，族人們仍然深信不疑的傳說。

——峇都帝坂山腳有五個大湖，供往生者的魂靈居住：善終者，死後前往位於平原中央的湖泊「阿波拉甘」定居，過著和生前同樣衣食不缺、無災無病的生活……為部族征戰陣亡者，一縷英魂飄向聖山西邊的「巴望達哈」，血水之湖，那兒有眾多年輕貌美、死於難產的婦女，任由他挑選為妻……溺水死亡者，靈魂被遣送到極南之地，進入冥河下方的地底湖「巴里瑪迭伊」，終日守望在河中，等待路過的長舟翻覆，以便接收船上的財貨和婦女……夭折的嬰靈自成一族，聚居在聖山東方的「登由拉鹿」湖畔，過著無憂無慮、有如樂園般的日子，因為這些尚未出生或年紀還小的孩子，根本不識人生的愁苦……死於自殺的人，最為族人所不齒，因此下場也最悽慘，永世被囚禁於聖山北邊終年荒冷的「巴望・瑪迭伊木翁」，自戕者之湖，每天以野果、生河龜肉和未去糠皮的西谷米充饑……

馬利亞終於轉過頭來，星河下只見她一臉笑靨。

——可以啦。永，我問你，峇都帝坂山下往生者居住的這五個湖，你心裡最思慕、最想探訪的是哪一個？

——巴望達哈。血湖。難產的婦女們死後魂歸之處。她們的魂靈化為一隻隻白色的、純淨的、自由自在飛翔天地間的鷺鷥。

——嗯。你為什麼特別鍾愛這個地方？

——因為我曾認識一個年輕的、苦命的民答那峨女人……

——我知道！她名叫英瑪・阿依曼。

——哦，馬利亞，原來妳一路跟隨阿依曼，而她一路跟隨我和克絲婷搭乘的船。

——所以，那天晚上我也來到浪・巴望達哈血湖村。在那兒，我遇見你的母親——莫害怕！我遇見的是你母親因為思念你，從分水嶺另一邊的古晉城，飄越過來，見你一面的生魂

——那時，我還看見你的姑媽克絲婷小姐……

——我現在終於明白了！馬利亞・安孃，謝謝妳。

那晚，在午夜時分白簇簇成群鷺鷥飛舞的浪・巴望達哈甘榜，血湖中，我與阿依曼赤身露體，面對面，共浴在一條瀰漫橄欖油香的粉紅紗籠內。心神恍惚間，猛抬頭一看。天頂一瓢明月下，只見湖畔水湄上站著三個女人，一前一中一後，排成一個奇詭而美麗的縱隊：披著藍睡袍的克絲婷、抱著洋娃娃的小聖母馬利亞・安孃，和我那才十天沒見，一下子頭髮又增添好多白絲的親娘。三張溫柔、美麗而憔悴的臉龐，浸沐在滿村子溶溶月色中，齊齊朝向

湖心，怔怔瞅著我。那好久好久悄沒聲、佇立在湖濱一灘搖曳椰影中的三枚身影，宛如一幀姊妹合照，永恆、靜止，倒影般映漾在椰林背後，甘榜村莊上空，那一條星光燦爛子夜時分熱鬧無比的銀河中……

——唉。

馬利亞的一聲沉沉嘆息，把我的魂從白鷺鷥湖中一條粉紅紗籠內，召喚了回來。

——你的第一個願望已經達成啦。血水之湖，你去過了。你心裡第二個想探訪的湖，是哪一個呢？

——登由拉鹿。

——登由・拉鹿。小兒之國。聖山腳下綠水湖畔，胎死腹中的嬰兒和早夭的孩子們居住的地方。那裡沒有大人，半個都沒有。

——那不正是妳獨自一人，打赤腳頂著大太陽走了好多天的路，一心想去的地方嗎？馬利亞・安孃。那是妳和妳肚子裡那個孩子真正的、最後的家。

——是的，永。我想在那兒把我的孩子，平平安安地生下來。

臉飛紅，馬利亞那兩隻蒼冷、憔悴的腮幫，驀地綻開出了一朵春花似的笑靨來。天地豁然一亮。

月升。

那車輪般大的一顆、後天七月十五即將圓滿的月亮，二更時分，姍姍地從石頭山背後探出了臉龐。十二歲的馬利亞，瘦骨伶仃滿臉風霜，穿著一條邋遢小紗籠，驕傲地挺著二十六週的身孕，背著光，孤單單佇立在婆羅洲山野一條荒涼小徑上。高掛山巔的月亮，明燦燦地，直往她的後腦勺子照射下來。她那張削瘦清麗的小瓜子臉，浮現在一圈渾白的光暈之中，霎時，五官模糊成一團，只看得清楚兩隻漆黑眼瞳子，不住眨啊眨，還有，她脖子後那黑色小瀑布般，直直地，往她腰肢上披瀉下來的一把沾著斑斑風塵的髮絲。

——登由・拉鹿。一個全都是小孩子、沒有半個大人的國度。我要把我肚子裡的娃娃，貝比・納比・依薩，天父的兒子，帶到那兒去好好生下來……

夢囈似地呢呢喃喃，馬利亞仰起臉龐望著永，不住訴說。忽然，臉色又是一紅。她低頭看看自己的肚腩，伸手猛一扯，拉下紗籠，露出肚臍眼兒來，隨即伸出右手一把攫住我的左手腕，拉到她身邊，將我的手心按在她肚皮上，覆蓋住那柚子般大的一顆圓鼓鼓，突兀地、刺眼地隆腫起的棕色肉瘤。

——感覺到了嗎？他的心臟在跳動呢。貝比・納比・依薩。他快出生了！

挺奇異神祕的一股血流，熱烘烘，噗突噗突不住跳動，從馬利亞冰涼的肚臍孔中傳送出來，直滲入我的手掌心，沿著我的胳臂滔滔奔流而上，灌注入我的胸腔。雙腿陡的一軟，撲通，我在馬利亞紗籠襬子底下那兩顆小巧、赤裸的腳踝子前，跪下了，抖簌簌地伸出雙手，一輪又一輪，只管不停地摩挲起孤苦伶仃的小聖母馬利亞・安孃的肚腹來。

兩顆滾燙的淚珠，滴落在我的手背上。

我仰起臉來，望著月光下馬利亞那張水白的小臉子，心一絞痛，使勁咬了咬牙：

——好！我陪伴妳去登由・拉鹿湖。

——就你和我？永和馬利亞・安孃？

——是的，就只有我們兩個人：永和小安孃。還有妳肚子裡的孩子。

可是就在這當口，我聽到山風傳送來克絲婷的呼喚聲：

——永，你在哪裡？姑媽在找你……別丟下克絲婷獨自一人在峇都帝坂山呀……你不可以自己一個人，不聲不響就這樣的說走就走了……我害怕呀……永，永，你這個古怪的孩子到底躲到哪裡去了？姑媽四處找你啊……

聲聲淒涼，帶著一股深沉的莫名的恐懼，剃刀般，割破山坳裡幢幢樹影，從黑夜中傳出，伴隨那滿山搖響的木葉聲和四下嗚吟的流水聲，陰魂不散似地，不斷追躡過來，一句一句刺入我的耳鼓。

一盞煤油風燈浮現在樹林中。黃橙橙的一團光芒，閃閃忽忽，一步一步逐漸逼臨。

——永，永！我們兩個說好要一起攀登峇都帝坂山！你不可以先跟別人走……你不可以拋棄帶你一路走來的克絲婷，你的姑媽，不，你前世的母親……

馬利亞豎耳聽了聽，臉一沉，兩隻眼瞳子颼地一冷，扭頭，伸手拉起紗籠襬子，一古腦兒掖到腰眼上，左手攫住我的衣袖右手摟住洋娃娃，拔起雙腳，甩起髮梢，拖著我沿著山壁下那條茅草叢生的小徑，一溜煙，朝向山坳深處直奔進去了。

我回頭望。

那盞燈，伴著克絲婷的呼喚，逐漸隱沒在樹林中，一拐彎就完全看不見了。

也不知奔跑了多久，我只覺得眼前的一片光影，倏亮，倏滅，走馬燈也似地不停交替流轉，一路上，耳畔只聽得木葉蕭蕭，風聲峭急。山谷中四處綻響的流水聲，嘩喇喇轟隆隆，在這將近午夜時分，雪融般越發譟鬧嘹喨起來。奔跑中猛一抬頭。月亮早已升到中天上。一篷子清光，白燦燦好像一大桶雪水，直直對準山徑上兩個手拉手，慌慌急急，鬼趕似地不停奔跑的少年男女，陡地，當頭澆潑下來。

夜深了。克絲婷悽楚的呼喚聲，好似一隻斷線的紙鳶，飄飄盪盪遠去了。

馬利亞煞住腳步，汗湫湫，站在月光下一片浩瀚蕭瑟的茅草原中央。她鬆開我的手，舉起一隻手掌來，邊拍心口，邊喘氣。

——快到嘍。

——登由・拉鹿湖就要到了？

馬利亞使勁點了個頭，抬起下巴睜大眼睛，定定瞅住我。月亮直直照射她的臉龐。汗水淋漓。那水白白兩隻腮幫上，春花樣綻開了兩朵嬌豔的紅霞。點漆般的一雙瞳子，映著月光，狡黠地不住眨啊眨，好似兩個潑水嬉鬧的小頑童。就這樣，我和俏生生濕漉漉披著一肩烏黑髮梢的馬利亞・安孃，面對面，眼睛看著眼睛，站在中天碩大的一輪皎白、豐腴、即將圓滿的月亮底下，像兩個午夜偷偷溜出門，結伴嬉戲追逐在曠野中的男女，憋著嘴忍著笑，一邊拍著心窩一邊不住咻咻喘氣。

骨碌。骨碌。馬利亞懷裡的洋娃娃忽然轉動起兩粒眼珠。

我用力揉揉眼皮，把頭伸到馬利亞胸前，湊上眼睛，細細端詳這個忠心耿耿，無怨無悔地，陪伴小聖母一路走到大河源頭的芭比新娘：髒兮兮沾著黃泥巴，一襲雪白縐紗蕾絲長裙、一頭蓬捲的紅髮、一張鮮明的東西方混血臉孔。月光下笑吟吟，她只管睜著兩隻茶褐色吊梢眼眸，睨著我。這副神色和裝扮，就像古晉城巴剎夜市中，那一縱隊一縱隊浩浩蕩蕩排列在地攤上，在華人攤主吆喝下，競相綻開笑靨，齊齊拋送媚眼，招徠一團又一團日本觀光客的仿冒美國芭比。出自甘榜婦女的巧手，一個只要沙幣十五塊錢（約日幣一千圓）的娃娃新娘。慘白的攤燈下，一張張稚氣而冶豔的臉孔：過度立體的五官，過度鮮紅的嘴唇，甜美的笑靨中帶著一股陰森肅殺的妖氣。

兩粒眼珠子骨碌，骨碌。

本能地，我縮起肩膀倒退兩步，悄悄打個冷哆嗦。

剁啄！馬利亞噘起嘴唇，在芭比娃娃新娘雪白的額頭上，使勁地親吻一下，隨即仰起臉來睨望著我，笑咪咪地咧開了她嘴裡兩排皎潔的小白牙：

——她的名字叫克莉絲汀妮妮・安孃・安達嗨。基督的女兒、肯雅族的小公主。我要帶她去登由・拉鹿湖，跟我們兩個人和我肚子裡的孩子，永遠住在一起，平平安安快快樂樂過日子。一家子四口人，多好呢。唉。

馬利亞抬頭望著月亮又幽幽嘆出一口氣。

我咬著牙，打個寒噤，悄悄轉過身子拔起腳跟，打算一溜風逃回黑水潭畔的樹屋。可是偏偏就在這節骨眼上，冤魂般，克絲婷的呼喚鍥而不舍，風中一聲聲，穿透滿山谷海潮也似洶湧搖曳的茅草，淒涼地，焦急地，在一盞忽亮忽滅的煤油風燈帶領下，又一路追蹤而來：永，快回來！姑媽在找你呀……別拋下克絲婷一個人在峇都帝坂山……我們兩個說好，一起登山一起回來，要死也要死在一塊啊，永永永……

天頂的月亮白皎皎的一瓢，當頭潑照下來，灑在馬利亞瘦伶伶的小身子上。

臉一揚，馬利亞挑起眉梢睜起眼睛，回頭朝向呼喚聲來處，望一眼。月光下她臉上的神色，一下子變得冰樣殭冷。

——走吧！古晉來的小客人，我們去登由・拉鹿湖。

她伸出一隻蒼白的手爪，鉗子一般牢牢箍住我的手腕，不由分說，就牽著我的手，抱著她的肯雅小公主，一頭闖入雜樹叢中茅草窩裡黑魆魆一條荒煙小徑，朝向山坳口，直直奔去。

跑啊跑啊。耳畔只聽得蟲聲唧唧，眼前但見幢幢樹影搖盪，乍看好似成群山魈鬼魅午夜嘯聚，婆娑起舞。半人高的茅草窩裡，點點燐光閃爍，四下散置著一攤攤風化的白骨。那一顆顆髑髏頭齇笑嘻嘻，齜著嘴洞中白磣磣兩排大白牙，看來比婆羅洲人的頭顱粗大、堅硬。馬利亞說，那是私入祕境硬闖禁地，結果被囚困在山坳中，那綠色流沙般茫茫無際、一片浩瀚的茅草原裡，望著太陽，活活渴死的白人探險家們的遺骸。我回頭望去。克絲婷手裡那盞風燈，明明滅滅，暈黃的一圈兒，伴著她那啜泣般一聲哽噎一聲的呼喚，兀自飄盪在林子裡，尾隨我和馬利亞不捨……

——我們到家啦。

馬利亞陡地停下腳步，回頭睄我一眼，笑了。她那隻牢牢握住我的手腕子、牽著我一路奔跑的手，猛一緊，豎起小指尖，悄悄摳了摳我的手掌心。臉一紅，她將我的手拉到她身上，羞答答，讓我摸摸她那包裹在腰間一襲花紗籠內、柚子般滾圓的肚腹。她睨眼瞅著我。星河下的一雙幽黑瞳子，眨啊眨地閃爍著兩朵晶瑩的淚花。

——永，瞧，那兒就是我們三個人的家。登由・拉鹿湖。我們肯雅族古老傳說中，峇都帝坂聖山下神祕快樂的小兒國。

林中小路盡頭，山坳口，天地豁然一片開朗。

月下，只見一汪湖水清碧。

猛然遭受電殛似地，我整個人被眼前這幅景象震懾住了：一群孩童，不，好大一窩子成百上千個孩童，三、四歲到八、九歲，大多擁有棕色皮膚，男男女女全都裸著身子，光著小屁股，精赤條條，嘯聚在這午夜時分一穹窿墨藍天空下，好似滿湖嬉戲的小水妖，蹦蹦濺濺喊喊喳喳，鼓譟著，互相追逐打鬧潑水，以各種各樣天真爛漫的方式和動作，率性地，無拘無束地，戲耍在婆羅洲心臟深山裡，一座天池也似，盪漾在明月下，夢境般，閃爍著蕊蕊星光和波光的原始礁湖中。

——來！我帶你到村子裡看看。

馬利亞牽起我的手，帶領那目眩神迷如醉如癡、宛如身在夢遊中的我——在旅途終點，與荷蘭姑媽失散了的支那少年永——藉著天頂投射下的月光，小心翼翼地，踩著山坳口一道生滿青苔的石梯子，沿著峽谷中一條溪流，往湖畔村莊走下去。

村中月色皎皎，篷、篷、篷不斷傳出舂米聲。

恍惚間，永彷彿又回到了旅途中經過的浪・阿爾卡迪亞桃源村，這會兒，正走過長屋大門前，小河上那一口天然的大水塘。瞧：

綠汪汪一泓塘水，簇亮簇亮，飛濺在河畔一篷濃蔭下。河中橫臥著一棵大栗樹。這株渾身長滿老癬瘤、三人差可合抱的古樹，被不知幾世前的一場大洪水給沖倒，連根拔起，如今孤零零擱淺在水湄，可兀自生機勃勃，樹頂一叢枝葉依舊亭亭如蓋，每年一到陽曆八月，婆羅洲夏季來臨，就會冒出一樹花冠似的嫩白新芽來。彷彿天工造物，它那粗大筆挺的軀幹從河岸突起，直直伸向河心，攔腰一把截斷河水。樹身橫亙在三十米寬的河面上，構成一道天然的攔水壩，年深日久，就在壩上方蓄出了一座深可及肩的游泳池。對天生愛水，打學會爬行起，便日日與水為伍的肯雅兒童來說，樹身上那四下怒張，如同一叢鹿角般，長出的五六十根光滑結實的枝椏，就是全世界最高級最天然、彈性和蹦力十足的跳水板。夏日炎炎，子夜時分一輪明月下，這整株河中大樹，上上下下爬滿成群光著小屁股，兜啊晃，炫寶似地爭相搖盪著肚臍眼兒下那光溜溜，小泥鰍似的，一隻隻棕色小陽具的頑童。從河岸望去，乍一看，這幅光景簡直就像成百頭婆羅洲野生獮猴，不知被哪位神仙施法，一古腦兒剝光毛皮，渾身精赤條條，四下亂蹦亂跳，公然在聖山腳下大鬧天池！

年紀稍大、水性特好的娃兒（其中一半是女生呢）自成一隊，正準備進行一場別開生面的跳水比賽。十五名選手，男女混合編組，個個披著頭髮裸著身子，一排集合在河畔老樹根下，抖擻著四肢暖身。忽地，只聽得一聲清亮的唿哨，帶頭大哥（不過是個年紀約莫十歲，頂著一顆瘌痢頭，吸嗦著兩行黃鼻涕，顧盼睥睨，一臉痞子相的男孩）一聲令下，娃兒們齊齊拔起腿來，躥上樹身，沿著筆直的樹榦一路奔向塘中央，猛然煞住腳步，四下迸散，爭相攀登樹腰那幾十根毛竹般粗、朝向河面伸展的枝椏，直爬到頂端，駐足，挺腰，昂聳起他／她們那在月光灑照下，一條一條烏鰍鰍亮晶晶，十分結實好看的小身子，陡地縱身，以最自然最優雅的海豚躍水姿勢，飛騰上天，在頭頂那銀光點點的一穹窿星空中，畫出一道又一道完美、迷人的弧形，撲通撲通，倒栽蔥似地紛紛墜落入綠水塘中，霎時間全都隱沒不見了。好久好久，一顆接一顆地，河面上四處冒出了濕漉漉的小頭顱來，男男女女總共十五顆頭，半顆也沒缺少。帶頭大哥撮起嘴唇，發出一聲唿哨，宣布九歲組跳水比賽圓滿成功。接下來有請八歲組選手，總共十八名各就各位。賽畢的娃兒們爬上河岸，挺起腰桿子，凸起肚腹上那紅噗噗一粒小肚臍眼兒，鼓著腮幫，噴吐出一泡水，隨即搖頭甩髮，摔掉滿頭滴答滴答一蕊蕊燦亮的水珠，瞇眼格格直笑。

小河口，大湖上，那一窩子戲水的男娃和女娃們，光著一條條身子，濺濺蹦蹦地，只顧追奔逐北四下打起水仗，在這午夜已過、將近四更時分，兀自嬉鬧在那一條倒映在峇都帝坂山下的登由・拉鹿湖，隨著夜深，星光越發燦爛的婆羅洲天河中。

水月一瓢，斜掛天際。

馬利亞和永並肩佇立小河邊。兩個人都看得癡了。

——唉。

悠悠一聲嘆息。馬利亞伸出骨嶙嶙一條胳臂，踮起雙腳來，挺著渾圓的肚子，指著湖畔鬖鬖椰林中，小小甘榜裡，那一幢幢掩映在月光下、好似積木般小巧繽紛的高腳屋：

——那兒就是我們的家。我們冒著酷暑天，沿著大河在叢林裡趕了好多天的路，才回到的家。永遠的家喔！我們兩人帶著我肚子裡的娃娃，在村中蓋一間高腳屋，從此，我們一家三口廝守在一起，在登由・拉鹿湖畔平平安安地過日子。你說好不好呢？永。

——好！馬利亞・安孃。

——可是，你必須先死掉，變成一條幽魂，像我一樣。像湖中那些無憂無慮、快快樂樂玩水的孩子們一樣——唉。

又一聲沉沉的嘆息。馬利亞將一隻手伸到腰後，插入紗籠內，窸窸窣窣摸索半天，掏出了那用黃籐條繫在腰上的一把阿納克小山刀，面對著我，跂起雙腳，抖簌簌地舉起手臂來。刀身反射著月光，白雪雪猛一燦亮。眼睛一花，我在馬利亞那雙長滿水泡的光腳丫子前，直挺挺跪下來，朝向刀尖昂起脖子。馬利亞垂下了頭，滿眼悲憫，瞅著我那張浸沐在月光中的臉龐，凝視好半晌，一咬牙，使勁甩掉她腮幫上汗湫湫、濕答答兩綹散亂髮絲，手一伸，就將刀尖直直抵住了我的咽喉：

——你真的願意死嗎？永。

——馬利亞，我願意和妳在一起。

小河畔，石梯頂端黑沉沉的山坳口，木葉娑娑，風中只見暈黃暈黃一盞煤油燈，兀自飄盪搖曳，四下裡覓覓尋尋。

——永，回來喲！姑媽在找你呀……莫忘了你和克絲婷訂下的生死約……永，你是個早產兒，你媽媽只懷你八個月就把你生下來了……不打緊……你前世的母親克莉絲汀娜・房龍，就幫你今生的母親一個忙，用她自己的肚子再懷你一個月，帶你登上大河源頭那座神祕的石頭山，讓你再誕生一次，變成一個足月的、身心健健康康的男孩子……永，難道就在登山前夕，你忘記了我們兩人之間的約定嗎？

我一動不動，只顧直條條跪在地上一灘皎白的月光中，仰起臉龐挺起胸膛，面對馬利亞手裡的一把尖刀，緊緊閉上眼睛。驀地，心中一陣酸楚，我覺得自己的眼眶熱烘烘地，迸出了兩團盈滿的淚水來。

好久好久，也不知究竟過了多久，克絲婷那淒涼的、風裡四處飄蕩尋覓的呼喚聲中，我終於聽見馬利亞・安孃認命似地，哽噎著，幽幽嘆息出了一聲來：

——唉，你去吧！跟你姑媽走。我知道你心裡捨不得離開克絲婷。你放心不下她。但我也知道早晚有一天，等你完成了你必須完成的人生旅程，你會回到登由・拉鹿湖。這裡是你的家。現在你去吧！保重！你姑媽又再呼喚你了。我會帶著我即將出生的孩子，在湖畔村中蓋一間高腳屋住下來，天天等你回家——無論多久。

眼睛一眩，月光下，我看見一蓬血花紅灩灩在我臉前綻放開來。

少年永終於找到他的家。好累，可心裡好安詳。

月圓　峇都帝坂

石頭山上的母親

丫頭，我回到家了。

我十五歲那年暑假的大河故事，跟妳講到「小兒國」這一章節，也接近尾聲了。只剩幾件事必須交待一下。

頭一樁最要緊的事，也是朱鴒妳，以及有緣聽到、讀到或聽別人轉述這個故事的所有人，心中最關切和期盼的：克絲婷和永，這一對相認於海角坤甸城，趁著夏季大好時光，豔陽天，結伴從事一趟婆羅洲大河之旅的異國姑姪，在那年的陰曆七月十五，月圓之日，是否一起登上大河盡頭的峇都帝坂山，如同他們兩人當初約定的？

放心。姑姪倆一起登山，而且雙雙平安歸來。

七月十四日，在山腰基地營休憩一天。天黑前，早早上床安歇就寢，養精蓄銳以便明早出發登山。一宿無事。七月十五日，早晨六點離開黑水潭畔的樹屋。克絲婷和永攜帶兩天份的口糧和水，依照嚮導加隆・英干老人的指示，循著那滿山亂石陣中一條長蛇樣，蜿蜒蟠蜷，由不知幾世幾代前仆後繼、冒死闖上聖山的人，用一雙雙淌血的腳合力踩踏出來的路，攀登這座光禿禿，赤裸裸，悄沒聲聳立在婆羅洲中央高原上的石頭山。這一路上山，我緊緊尾隨在克絲婷身後。每每一抬頭，伸手擦拭汗濛濛的眼睛，我就看見她的兩隻臀子，滾圓、緊繃，包裹在一條卡其長褲裡，燦爛陽光下一晃一聳，博浪鼓般只管在我臉前搖盪不停，如幻如夢。除此之外，偌大的天地中一片空寂，進入我眼簾的，便只有那一山靜靜反射著陽光、白花花光溜溜的岩壁了。一整天，萬里晴空下，姑姪倆頂著腦勺上一顆車輪大的白日頭，弓著身，淌著汗，在那孤零零盤旋天際的一隻婆羅門鳶亦步亦趨，炯炯俯視之下，默默地機械地邁著腳，面對眼前那望也望不盡的一礅礅灰色巉岩，一步一步，苦行僧般，踩著腳下那彷彿永遠踩不完的石頭、石頭、石頭……只顧埋頭垂目朝向峇都帝坂山巔行進。一路無話。好久好久，只聽見山徑上兩條隨著太陽的上升和下沉，由長變短、復由短變長的人影子，滴漏般，規律地沉悶地不住綻響在石頭上的跫、跫、跫腳步聲。太陽終於西斜。瘀血般猩紅的一丸子，暮靄中載浮載沉，鬼魅也似，漂盪在大河下游，西方地平線上那莽莽蒼蒼的叢林上空，一嫋嫋，成群舞妓似的，紛紛從長屋和甘榜升起的炊煙中。克絲婷終於回頭，看我一眼，笑了。落日下那汗溱溱的一張銅棕色臉龐，綻亮著點點赭紅雀斑，驀地，嬌滴滴泛現出兩朵紅霞來。好美麗！

蒙天上的父辛格朗・布龍／耶和華垂憐，這一路登山，中途沒出任何岔錯，沒迷失在亂石陣中，我們這一對奇特的朝山客、孤苦伶仃的姑姪倆，一個三十八歲荷蘭女子帶著一個十五歲中國少年，彳亍行走在空山中，才得以趕在日落天黑前，在神鳥目送下平安登上巔頂。

剮——引領我們一路登上峇都帝坂的婆羅門鳶，陡地扯起嗓門，梟叫一聲，在山巔盤繞兩圈，撲打著牠那一雙黑魆魆、箭鏃般修長翹尖的翅膀，濺潑著霞光，掉頭飛走了。

果真如這十天來，大河航程中我們一路上遇到的耆老們所言，聖山上空盪盪，什麼東西都沒有，只有一大灘石頭——萬千顆恐龍蛋似的殭硬、單調的石頭，遍布山頂那半個足球場般大的一座平台。此外，就只有一片死寂中，那成百具散置在亂石窩裡，或坐或臥，一逕睜著兩隻空洞的眼塘子，靜靜凝望天空，歷經漫長的歲月早已風化了的人形骷髏。莫非，他們就是我們的朋友納爾遜・西菲利斯・畢嗨說的，那世世代代懷著不同的目的，冒險登上峇都帝坂山的人，不知為了什麼緣故，寧死也不願下山，孤零零留在山頂，活活餓死、渴死後所遺留的一副一副白森森的骨骸？

太陽墜入大河口，茫茫夜色驟然降臨婆羅洲大地。

姑姪倆，克絲婷和永，並肩坐在石頭山巔髑髏堆中一張石板凳上，默不作聲，怔怔凝起眼睛，望著腳下一片暗沉的原野上，那無邊暮靄中，一條細瘦如黃麻繩，無聲無息地蛇行穿梭於叢林沼澤之間的河流，久久，只顧各自出起神來，邊啜著行軍壺裡溫熱的水，邊想自己的心事。

——唉。

——克絲婷？

——永，這就是我們花了十天的時間，搭乘鐵殼船和長舟，追著那高掛山巔、日漸圓滿的月亮，航行一千公里，還在途中遭遇一場大洪水的河流嗎？

——好安靜喲。整條卡布雅斯河、整座婆羅洲雨林、整個世界好像突然死掉了。妳聽！山頂上連一陣風聲都沒有呢。

克絲婷放下水壺，扶膝端坐山巔一窩枯骨中，挑起嘴角，掛上一抹神祕的微笑，歪起臉龐豎起一隻耳朵仔細諦聽，若有所思，看她這副神色，彷彿試圖捕捉那瀰天蓋地無邊無際的寂靜中，遊絲般，縹緲地傳出的一股信息。

叢林梢頭，明月乍現，驀然灑下了一天地朗朗月光來。

霎時，我目睹了一幅奇特、瑰麗絕倫的景觀：

肯雅古老傳說中的峇都帝坂山下五大湖，海市蜃樓般，忽然顯現在原野中，走馬燈似地，悄沒聲一個接一個，次第綻露在天際一輪圓月下。首先進入我的眼簾、讓我眼睛一眩的是聖山西北邊，卡布雅斯河畔，西天一灘殘霞映照之下，椰林中亮晶晶一汪血水。從峇都帝坂山頭眺望，湖上只見那成群成簇，濺潑著波光，紅灩灩地伸展著一雙雙雪白的翅膀，雰雰霏霏，漫天飄舞的片片雪花般，自由自在飛翔盤旋的上千，不，上萬隻婆羅洲野生鷺鷥！朝山航程中，七月初十那奇妙的夜晚，我和克絲婷進入這座與世隔絕，風景優美，四處搖曳著一襲襲花紗籠，空氣中，挺怡人地，瀰漫著濃郁的橄欖油髮香和體香的甘榜村莊，借住一宿，經歷過一個讓我終生刻骨銘心的夜晚。在我心目中，這是聖山五大湖中最美麗、最是令人心疼的一個湖。浪・巴望達哈，血水之湖，難產的婦女往生之地，苦命的民答那峨女子英瑪・阿依曼的最後歸宿。

接著，我看見聖山北方荒原上，蕭蕭瑟瑟一窩衰敗的茅草叢裡，幽幽然，綻現一座白水湖，陰冷冷孤零零，閃爍在一灘蒼白的月光中。湖上一片死寂。那是巴望・瑪迭伊木翁——肯雅族人避之若凶的不祥之地，自戕者之湖。從聖山頂上望去只見湖心沸沸揚揚，一篷紫霧蒸騰，果然充滿鬱結怨毒之氣。我趕緊掉頭望向南方。那兒有一條河。

喔！月光河。

我小時在地理課本上讀到，心中驚豔，神往已久的婆羅洲六大河之一，那從中央分水嶺南麓發源，林木蒼蒼，穿過東加里曼丹沃野，注入馬卡薩海峽，充滿浪漫淒美色彩的瑪哈干河，這會兒，陰曆七月十五月圓之夜，皎皎然展現在我眼睛前，腳底下。晶瑩如玉的河水，倒映著山巔一穹窿萬里碧空中，那橫跨天頂喧嘩燦爛的一條銀河，流經峇都帝坂山腳。水聲潺潺，月光下的瑪哈干河好似一條慵懶的大白蟒蛇，身上馱載著億萬個，一窩子頑童般亂蹦亂跳的星星，悠悠朝向東南方的平原，徜徉而去，隱沒在天際，一頭鑽入森林盡頭那月色迷濛、煙嵐繚繞處好一個蒼翠大湖。巴里・瑪迭伊——冥湖。肯雅人世代口耳相傳，聖山周遭最神祕美麗，可也最危險難測，連那最大膽好奇、百無禁忌的白人探險家，也相約切莫涉足的禁地。

我佇立崖上讚賞良久，才依依不捨將視線轉向前方。我們腳底下，平原正中央，坐落著五大湖中最宏偉繁華的一個。碧波千頃，椰林環繞，掩映著湖畔聳立的一幢幢亭台樓閣，蕾蕾花燈紛陳，湖心一瓢水月盪漾，湖中絃歌依稀可聞，從山頂眺望，恍如一座驀然出現在赤道叢林中的海上仙山、蓬萊都城。浪・阿波拉甘——善終者之湖，肯雅傳說中最令往生者嚮往、魂靈爭相奔赴的地方。但我對它沒多大興趣，只應景地觀賞一回，便轉頭望向別處。

我急著在尋找一個特別的地方。

我的湖。

一輪又一輪，無休無止地，我那兩隻十天來日日曝露在赤道豔陽下，火灼般，綴滿殷紅血絲的眼睛，只顧焦躁地掃視、搜索圓月照耀下明亮如白晝的曠野，試圖在那成百個眨亮眨亮，好似一大把灑落的珍珠，四下散布在叢林中，不知居住者來歷和身分的小湖泊之間，尋覓它的所在。

我終於找到它了。一泓綠水，隱匿在卡布雅斯河源頭一條小支流上，山坳中，蔥蔥蘢蘢一篷濃蔭裡。從聖山頂俯瞰，月光下依稀可見成千個孩童，宛如一群小水妖，白皎皎裸著身子，男娃女娃一窩兒四下追逐潑水，蹦蹦濺濺，深夜，嬉戲在峇都帝坂山中一座天池也似的原始礁湖裡，好不逍遙快樂！

登由・拉鹿湖。夭折的孩子們往生之地。

心一酸，眼眶驀地一紅，我禁不住撲簌簌流下了兩行熱淚來。

抱著憔悴的芭比娃娃新娘，披著一頭枯黑的長髮絲，趿躂趿躂，拖曳著一條沾滿黃泥巴的紗籠襬子，打赤腳，頂著毒日頭，在大河岸孤獨飄泊多日的肯雅少女——馬利亞・安孃・安達嗨——帶著她肚裡的孩子終於回到家。想來，她已經落腳湖畔村中，選個視野開闊的好地點，搭蓋一間小小的高腳屋了吧？這當口，她是否站在新屋前，孤單單，像個小妻子、小母親般驕傲地，把一隻手扠在腰間，高高挺起她那隨著懷孕週數的增加（如今已二十六週了喔），變得越發渾圓沉重的肚腹，面向山下的平原，倚門盼望，等待「永」的魂，從外面那個醜陋兇險的世界，遊罷歸來？他是否會實現他的諾言，回到她身旁，從此一家子三口，廝守在一起平平安安過日子——如同前天晚上，在登由・拉鹿村口綠水塘邊分手時，他們倆對著天上的月娘，信誓旦旦所約定的？

——永，你在想她？那個名字叫「馬利亞」的美麗肯雅長屋女孩。

克絲婷悄悄轉過頭來，意味深長地看我一眼，柔聲問道。

姑姪倆肩並肩，身子緊挨著身子，坐在峇都帝坂山巔白磣磣一灘零落的骸骨堆中，冷冰冰的一條石板凳上，望著腳下山谷裡，密林深處，那盪漾著一湖月光和星光，湖畔椰林搖曳，村中高腳屋影幢幢，夢境般如真如幻可望而不可及的登由・拉鹿甘榜。

——我放心不下讓馬利亞一個女孩，帶著一個面貌怪異、來歷不明的私生子住在那裡，無依無靠！克絲婷。

克絲婷默不作聲。

猛一哽噎，我終於放聲哭出來。

克絲婷呆了呆，一動不動坐在石凳上，風塵僕僕，月光下揚起她那張銅棕雀斑臉龐，汗蓬蓬瘋婆子樣，披散著一肩被赤道太陽曝曬成火紅的髮鬃，眺望山下叢林盡頭，千里之外，卡布雅斯河注入坤甸灣處，那煙波浩渺夜色迷茫的大河口。目光睒睒，好久，她自管呆呆想起自己的心事來，任由我哭泣。

月亮悄悄爬上天頂。曠野上的五個大湖，以及那星星點點、一把撒開的珍珠般四下散布叢林中的眾多小湖，剎那間，全都被揭去了面紗，赤裸裸綻露在中天一輪皓月下，霎時變得愈加明亮熱鬧起來。克絲婷探出身子，俯瞰石崖下這幅綺麗萬端、生機勃勃的景象，忽然瘖瘂著嗓門，沉沉嘆出了一口氣。

——唉。明天早晨太陽一出來，這一切都會消失。

——就像沙漠中的海市蜃樓？

——也許，就像一朵朵彩色泡沫吧。

——哪個是真？哪個是幻？明天早晨我們在陽光下看到的世界，以及居住在那個世界裡的人，難道是真的嗎？克絲婷姑姑。

——請你別逼問我，永。我不知道！

——說不定，這會兒，陰曆壬寅年七月十五日，月圓之夜，坐在婆羅洲聖山峇都帝坂山頂、肩並肩、觀賞山下美麗風景的兩個男女，克絲婷和永，一對奇特的異國姑姪，才是一團浪漫的彩色的泡泡呢。

我回頭斜睨克絲婷一眼，看見她一臉悵惘、惱怒的模樣，忍不住噗哧一聲破涕為笑。克絲婷不理我，掉頭望向大河口，怔怔地繼續想她的不知什麼心事。

就在這當口，我又看到了七月十二日那晚，旅途中，寄泊在卡布雅斯河上游一處不知名的驛站，子夜時分，我獨自坐在樹屋門口，望著星河想心事時，驟然目睹的一幅奇異景觀：明月當空，河上出現一群無人駕駛、無人乘坐的伊班長舟，一艘牽引一艘，魚貫穿梭過婆羅洲心臟地帶的原野，朝向大河源頭的石頭山，靜悄悄逆水而上。

——克絲婷，看！

——空舟。

——妳知道那是什麼嗎?

——伊班傳說中,月圓之夜,成群結隊沿著婆羅洲的母親河卡布雅斯河,一路溯流而上的長舟,運載一船一船亡靈返回原鄉。

克絲婷從石板凳上站起來,走到崖邊,抓起肩上的髮鬈子,一把撩到頸後,舉起一隻手遮到眉眼上,跂起雙腳昂起胸脯,朝向聖山下大河中頂著月光默默行進的船隊,凝眼瞭望起來。我跟著跳起身,跑到克絲婷身旁,伸手猛一扯她的衣袖:

——妳親眼看到傳說中的溯河空舟了?

——永,我看見了。

月亮直直照射下,長舟上果然空無一人,連個持篙操舟的艄公都沒有。

——克絲婷,難道這也是月光下一團浪漫、美麗的泡影嗎?就像峇都帝坂山下的五個大湖?就像登由·拉鹿小兒國?就像那孤身帶著孩子,頂著大太陽,打赤腳,沿著荒涼的大河畔一路走回家的馬利亞·安孃和英瑪·阿依曼?

克絲婷沒答腔。月光下一雙眼瞳睜得好藍,好藍,久久只顧盯住山下的大河,但不知怎麼,眼角卻悄悄地綻亮起兩朵晶瑩的淚花。

曠野上,河道中,一縱隊伊班長舟頂著中天一輪明月,颼,颼,飛魚般盪著它們那一條條修長優美的身子,兀自無聲地、輕盈盈地朝向石頭山航行。只一頓飯工夫,領頭的船便抵達了山麓。我和克絲婷握著手並肩佇立崖邊，伸出脖子，踮著腳，望著腳底下這一支出現在午夜，首尾相啣，宛如長長的一串銀魚，井然有序地溯河而上的船隊。一艘牽引一艘，沐浴著月光，長舟次第進入我們的眼簾。成百艘用整株婆羅洲圓木鑿成，風塵僕僕飽經風吹日曬的無篷船舶，月下，大多空盪盪無人搭乘，但妳若揉揉眼睛，凝眸細細望去，妳就會發現船隊中有四、五艘超大型長舟——那雕蛇畫鳥金碧輝煌，長二十米、寬一米六，用一整棵龍腦香古木打造，平常可搭載二十名乘客的肯雅龍舟——船上十條橫板上，鬼魅似地影影綽綽，挨挨擠擠坐著滿船人。月色裡，依稀可見一簇人頭，男女老幼一家子般，全都抬起下巴，揚起他們那滿布風霜的銅棕色腮幫，不聲不響，眺望頭頂上這座石頭山，一臉安素，只管幽幽地，閃爍著他們那幾十雙黑亮清澈的眼瞳子……

——克絲婷。

——嗯。永。

——妳記得納爾遜・西菲利斯・畢嗨？

——那個幽靈般出沒不定、謎樣的達雅克族青年。他怎麼啦？

——他可沒哄騙我們喔。

——哦？他哄騙我們什麼啦？

——上回，在甘榜伊丹渡口河灘營火會上，畢嗨告訴探險隊中的男生們，前陣子，他獨自在婆羅洲行腳時，一個月圓之夜，曾經在卡布雅斯河上游，目擊數百艘空舟逆水行駛，一縱隊，迎著峇都帝坂山巔初升的一輪月亮，航向河源頭！月光下，驟然遇見，那副陣仗就像成群結隊從大海出發，進入河口，千里迢迢，一路游回原鄉產卵繁衍子孫的鮭魚。場面非常盛大感人！但是，船上卻看不見半個人影，河上靜悄悄地聽不到任何聲音……

——返鄉產卵的鮭魚！哦！返鄉、產卵。

克絲婷望著山腳下，滿河月光中，那浩浩蕩蕩午夜結伴溯流歸鄉的長舟隊，忽然哽噎起來，眼眶一紅，眼角終於迸出了一顆淚珠。

——克絲婷，妳思念家鄉了？

我挨到她身旁，伸手悄悄扯了扯她的衣袖。她沒回頭看我，兀自跂著雙腳，仰起水白白一張臉龐，怔怔地眺望卡布雅斯河下游，叢林盡頭，西方海平線上，那暗沉沉蒼茫茫籠罩在一團迷濛月色中的大河口。

新婚那天夜晚
我和我的愛相擁床上
海軍拉伕隊來到床前呼喝：
起床，起床，小夥子

跟隨我們搭乘戰艦前往
荷蘭那低、低的地
面對你的敵人——

一條粗壯的男聲，悲愴蒼涼，驀地裡，從山下溯河而上的船隊中不知哪一艘長舟上，綻響起來，乘著滿山灑照的月光，嘹喨地直傳到山巔。

克絲婷站在崖頂上，挺直著身子豎起兩隻耳朵，呆呆諦聽。

我蹲到崖邊，跂著腳伸出頸脖，凝眼俯瞰，往這支浩大的午夜返鄉團中，四下搜尋那唱歌的人。這時船隊已抵達峇都帝坂山腳，稍一停頓，整理隊形，排列成長長一個首尾相啣，間隔三、四碼的縱隊，迎著頂頭一條轟隆轟隆奔流而下的河水，沿著狹窄的河谷，蜿蜒上山。從山頂俯瞰，圓月下滿河星光蹦濺閃爍中，只見一艘長舟牽引著一艘，艟艟艨艨無聲無息，朝向石頭山魚貫溯流而上。有的船空無一人。有的船，艙板上坐著三兩個孤獨的人影，似是半路上船的散客。有的船沉甸甸，艙板上四下堆放著各式各樣的家當，月光中一整船影影簇簇，滿滿搭載著扶老攜幼的一家子……

雄渾的一條嗓子，震盪著滿山月光。一聲聲詠嘆，不斷從水氣迷濛的河谷深處，亂石激流中，那蕭蕭蔌蔌渾白一片、迎風喧嘩搖舞的蘆花叢裡，某一艘船上，孤零零蒼涼涼地傳了出來：

可荷蘭是個寒冷的國度
雖然遍地是金錢
多得像春天開放的鬱金香
但我還沒來得及攢夠錢
我的愛就已從我身邊被偷走——

克絲婷彷彿聽得癡了。一動不動，她矗立崖頭，只顧歪著脖子往崖外探出一隻耳朵，嘴角高高挑起，掛著一鉤謎樣微笑，迎著山風，邊伸手拂弄她那滿頭滿臉繚舞的髮絲，邊凝神聆聽、捉摸那一聲聲，呼喚失去的情人似地，綻響自山下死蔭幽谷裡的歌聲。我站在她身畔，悄悄回頭，端詳她高高揚起的側臉。月光白皎皎，一把潑灑在她那飽經風吹日曬，好似一朵枯焦的花蕊，散布著點點茶褐色雀斑的腮幫上。她那張銅棕色的臉龐，剎那變得雪樣蒼白。不知怎麼，我感覺到背脊上突然冒出一片涼汗，悄悄一咬牙，打個哆嗦，轉頭望向崖下歌聲來處。

山腰河谷，水霧瀰漫。這一支午夜逆水行舟、冒險搶灘的返鄉隊伍，忽然，彷彿化成一團泡影，滿眼飛濺的浪花中，倏地消散在峽谷內那條長長的、階梯瀑布式的急流裡。過了好久好久，海市蜃樓般，我才看見腳底下河道上浮現出一群身影，赤條條烏鰍鰍，一窩水鬼樣不住跳躥，個個齜著牙，愣睜著一瞳一瞳血絲，悶聲不響，打赤腳頂著激流奮力涉水推舟。但是，眨眼間，這乍然迸現在月光下空山中的一簇人影和一隊長舟，砰地，就被迎面撲來的一渦河水，整個的吞沒了，再度隱沒入那條怪石滾滾水聲隆隆，人頭漂盪，幽闇迷濛如鬼窟的山澗裡。

歌聲穿透滿山谷水花和水聲，召魂般，兀自飄送到崖頂上來。

女兒啊，妳為何
鎮日愁眉深鎖，衣帶漸寬
多少王孫公子達官貴人
爭相拜倒妳石榴裙下

喝醉酒似地，克絲婷聽得兩眼都發直了。月光下那水白白一張臉子上，嬌滴滴，驀然綻現出兩朵紅霞。諦聽半天，她幽幽嘆出一口氣來，轉過身子邁出腳步，夢遊般一步徜徉一步，晃晃悠悠走回到石板凳前，一屁股坐下，又嘆息兩聲，伸手撩撥著肩胛上那一蓬迎風翻飛的赤髮鬈，絞起眉心，瞇攏起兩隻海藍眼眸，把一雙手交疊安放在膝蓋上，挺著腰桿歪起脖子，臉上似笑非笑，做夢似地，又自管怔怔傾聽山下船隊中傳出的歌聲。

我獨個兒站在崖邊，回頭瞅著她。

——克絲婷。

——噯，永。

——妳想家了。荷蘭那低低的地。

——我家裡沒有人了。永，我現在就只有你一個親人了。

——可是，妳心裡還是想回家。

——一個失掉子宮的三十八歲女人，克莉絲汀娜・馬利亞・房龍，回荷蘭老家做什麼？

她瞅著我咧嘴一笑，月光下綻露出好皎潔的兩排牙齒，可她臉上那朵笑靨，比哭泣還要讓我驚悸、心酸，於是我走到她面前，挨著她的身子在石板凳上坐下來，一轉身，伸出兩條胳臂環抱住她的腰桿，像個孩子，把頭深深埋進她的胸窩裡，用自己的臉頰，使勁地溫柔地，摩挲她肚腹中那個空洞洞、乾扁扁，二戰期間在特種集中營被一群獸兵輪番蹂躪、徹底摧殘的子宮。克莉絲汀娜・馬利亞・房龍。一個失去子宮因而不敢回家的女人。已死亡的荷蘭殖民帝國，無情地遺棄在赤道叢林的倖存者。豪奢的坤甸房龍莊園最後的、唯一的繼承人。我——支那少年永——在這趟奇特的航程中一路相依為命、生死與共的異國姑媽。七月十五，月圓，姑姪倆廝守在旅途的終點，伊班聖山峇都帝坂的巔頂，等待日出。我把頭埋藏在她的懷抱中，盡情地、戀戀不捨地，享受下山前兩人相處的這一段無比珍貴美好的時光。剎那間，一股血流熱烘烘，噗噗跳動，從克絲婷腰間那宛如一顆花苞般圓潤、豐沃的肚臍孔中，汩汩流淌出來，滲入我的臉頰，穿透我的咽喉，沿著我的呼吸道直注入我的胸腔，充盈我整個身體。

好一道活水源，從她的體內源源注入我的體內……

久久，我和克絲婷就這樣依偎著，一動不動，靜靜坐在山巔石頭堆中，骷髏窩裡，大神辛格朗・布龍當初開天闢地時遺留的一條石板凳上。姑姪倆，邊想著各自的心事，邊豎起耳朵，聆聽山腳下河谷裡船隊中那召魂般，一聲悽厲一聲，穿透滿山風聲水聲，兀自不斷傳出的悲涼歌聲：

我的手腕不再戴手鐲
我的頭髮不再碰梳子
壁爐的火光和窗檯的燭光
都不能消融我內心深沉的絕望
至死、至死、至死

我都不會再穿嫁衣裳
自從荷蘭那低、低、低的地
將我和我的愛分離……

聽著聽著，歌聲縹緲在山中，逐漸遠去，終至完全聽不見，霎時，天地間彷彿又回歸到太古之時宇宙初開的光景，變得一片寧謐安詳。萬籟俱寂。山上，深更時分天寒露重。眼皮猛一墜，我屈起四肢蜷縮起身子，將自己整個人一古腦兒塞進克絲婷懷抱中，把臉貼在她胸口上，像個疲睏已極的娃兒，沉沉睡著了。這一覺也不知究竟睡了多久，忽然感到一股髮香撲鼻而來。挑開眼皮偷偷一看，只見一個女人披散著兩肩髮絲，垂著頭，噘起兩片嘴唇，月光下只管俯著身子，把她那張皎白臉龐直湊到我左耳上，呵！猛一吹，往我耳洞中暖暖地、濕濕地吐出一口氣來：

——天快亮嘍，永，起床！

——媽，妳一夜沒睡？

——你剛叫我什麼？你叫我「媽」？

——哦，克絲婷！我剛做了個夢。夢中我回到了古晉家裡。醒來時，我還以為我母親像往常一樣叫我起床上學哩。

——那好啊。我不是答應做你一個月的母親嗎？永，你記得吧？

——記得。永遠都記得。

——我許諾用我的肚子懷你一個月，再讓你出生，成為一個足月的、身心健健康康的男孩。我帶領你從事這趟暑假大河之旅，永，為的就是這個目的呀。

——妳還許諾，倘若在這趟兇險的旅程中，由於某種緣故，我不幸死掉了……

——不打緊。姑媽就用她的肚子，把你重新生出來！

——前天晚上在登由・拉鹿湖，我已經死過一次。

——我知道這件事。莫擔心。我，克莉絲汀娜・馬利亞・房龍，在你完成大河之旅，平平安安回到古晉之前，會用我那子宮已經殘破的肚子，再把你生出來，永。

——喔！天都快亮了。謝謝妳信守承諾，帶我登上峇都帝坂山，在山頂上陪伴我度過我一生中最美好、最奇妙的一夜，克絲婷。

我睜開眼睛，把我的頭從克絲婷懷抱中掙脫出來，跳起身，跑到山崖邊，朝向峇都帝坂山下的婆羅洲母親河，卡布雅斯，舉起雙臂長長伸個大懶腰，揉揉眼皮，遊目四顧，藉著四更時分的月光，瀏覽五大湖區破曉前的曠野景色。

一輪斜月下，只見那由成百艘伊班長舟所組成的一支又一支船隊，滿滿地，載著龐大的午夜返鄉團，兀自航行在河中，連綿不絕。從山頂瞭望，長長的首尾相啣的船隊，宛如一條天然的、用成百株婆羅洲圓木串綴而成的鎖鍊，亮閃閃，盪漾著月光，從下游河道轉彎處，莽莽叢林中鑽出來，蜿蜒行駛，穿梭過我腳下這片水泊密布、圓月照耀下明亮如白晝的原野，朝向上游，卡布雅斯河盡頭、大河源頭光禿禿的一座石頭山，浩浩蕩蕩進發。一路上，舟中闃無人聲，只見人影幢幢人頭晃漾。曉風吹拂河岸蘆葦。一簇一簇皓白如雪。月下滿眼蘆花，迎向峇都帝坂山巔天空中，那條浩瀚燦爛，好似億萬個伊班兒童光著屁股戲水般，凌晨依舊喧鬧不休的銀河，蕭蕭蔌蔌澎澎湃湃，只顧狂舞不停。鷺鷥點點，水白水白一群幽靈似的無聲無息，飄蕩在遍野月光中。船隊穿過了曠野，隱沒在山麓林子裡。隊中的百艘長舟就地解散，各自返鄉，分頭駛入環繞聖山的五大湖，以及那無數隻眼瞳般，眨亮眨亮閃爍著月光，如同大神辛格朗・布龍隨手撒出的一大把珍珠，四下散布於森林的小湖泊中。倏忽，全都消失得無蹤無影。這支船隊才抵達航程終點，瞧，緊跟著，另一群長舟就出現在石頭山下，匆匆趕在月落、日出之前，靜悄悄從下游河灣中結伴駛出來，頂著破曉前殘餘的月光，一縱隊魚貫溯流而上。

這一整晚，月夜裡艨艨艟艟，悄沒聲，婆羅洲心臟大動脈卡布雅斯河上的交通，只見舟楫川流，忙碌不停。

我眺望了好久才回過頭來，看見克絲婷，獨個兒，靜靜坐在山巔萬里無雲一穹窿星空下，石頭堆中白骨窩裡，天神當初遺留的石板凳上。兩隻眼眸子直勾勾海藍藍，睨瞅住我。

嘴角高高挑起，依舊掛著一彎謎樣的微笑。月光白皎皎灑落在她身上，霎時間她整個人——她那滿肩膀飛颺，十五天前在坤甸碼頭一見就令我目眩神迷，而今，歷經千里航程，亂蓬蓬沾滿塵沙的火紅髮毬子，和她那張風霜臉膛上，鼻梁兩側，俏亮地綴著的十來顆赤褐小雀斑，還有她那高䠷美好的身子——全都浸溶在月色中，宛如一尊白衣女菩薩，瞬間顯相般，渾身上下散發出一簇純淨的、雪白的光芒來。

中了蠱似地，我踮著腳佇立山崖邊，仰起臉，望著端坐在一輪圓月下的克絲婷，一時間發起了愣。她挺著腰桿昂起胸脯，瞅住我，靦然一笑，眼瞳中閃漾著兩蓬子奇異的光彩。忽然，眼神沉黯，她哽噎了好久，終於說出了一番讓我終生刻骨銘心的話來：

——天就要亮了！太陽一出來，我們就必須下山，然後搭船循著卡布雅斯河順流而下，一路回坤甸。你十五歲的暑假大河之旅，就算完成了。整個航程，就像今晚的月亮一樣圓滿。永，我心裡很高興，能夠平平安安帶你登上峇都帝坂山，度過美好的一夜，然後平平安安帶你下山，返回文明世界。回到坤甸後，你先在房龍農莊休息一陣子，放鬆身心，陪伴我，無憂無慮度過一段快樂的時光。你在坤甸的假期，原定一個月。所以，八月二十九日，也就是陰曆七月三十日，你們中國人關鬼門那一天，你就得啟程回古晉。從此你不再是少年了。你必須以一個從卡布雅斯河出生入死歸來，脫胎換骨的嶄新的「永」，開始你往後一生漫長的人生之旅……用你們中國人的說法：我們之間，緣盡於此。也許，今生今世我們兩人再也沒有機會見面了。也許，下山後回到房龍農莊，和你共度半個月，在坤甸碼頭把你送上開往古晉的輪船——我就死了。人生再也沒有讓我留戀的東西。來，我的孩子！趁著這短暫的相聚時光，讓克絲婷實現她的諾言，像親生的母親那樣，用她的肚子孕育你，用她的胞衣包裹你，用她的羊水滋養你。哪怕只有匆匆的一個小時。永，過來！到我身邊來。趕在太陽從地平線上升起、我們啟程下山之前，讓我達成我一生最後的一個願望：用我的身體，重新把你生出來。

淚盈盈，克絲婷坐在石板凳上，伸手解開上衣鈕釦，朝我敞開了胸脯，曙光中綻露出她那一雙皎白圓滿的乳房來。

像個在屋外走失、倉皇無助之際驀然看見母親的小孩，我呆了呆，哇的一聲哭出來，邁出雙腳直直走到克絲婷面前，光著身子，赤裸裸地毫不猶豫地，投奔向她的懷抱，進入她那坦蕩蕩展現在山頂天光下、子宮早已殘破了的身體內……

（全書完）

二〇一〇年四月五日
完稿於淡水觀音山下

附錄一 李永平小說寫作年表

《婆羅洲之子》（古晉：婆羅洲文化局，一九六八）。
《拉子婦》（台北：華新，一九七六）。
《吉陵春秋》（台北：洪範，一九八六）。
《海東青：台北的一則寓言》（台北：聯合文學，一九九二）。
《朱鴒漫遊仙境》（台北：聯合文學，一九九八）。
《雨雪霏霏：婆羅洲童年記事》（台北：天下遠見，二〇〇二）。
《迌迌：李永平自選集一九六八—二〇〇二》（台北：麥田，二〇〇三）。
《大河盡頭（上卷）：溯流》（台北：麥田，二〇〇七）。
《大河盡頭（下卷）：山》（台北：麥田，二〇一〇）。

附錄二

李永平小說評論／訪談索引（依年份次序排列）

黃比月，〈淺評〈拉子婦〉〉，《書評書目》四二期（一九七六年十月），頁五五—六〇。

顏元叔，〈評拉子婦〉，收入李永平，《拉子婦》（台北：華新，一九七六），頁一六七—六九。

丘彥明，〈天涯傳喜訊——李永平訪問記〉，《聯合報・聯合副刊》，一九七九年九月十七日。

朱炎，〈我讀〈日頭雨〉〉，《聯合報・聯合副刊》，一九七九年九月十八日。

李瑞騰，〈重讀拉子婦〉，《幼獅文藝》五一卷四期（一九八〇年四月），頁一三二—四〇。

張系國，〈《聯副卅年文學大系先讀錄》第六印——我讀〈日頭雨〉〉，《聯合報・聯合副刊》，一九八一年九月十一日。

劉紹銘，〈山在虛無飄渺間——初讀李永平的小說〉，《聯合報・聯合副刊》，一九八四年一月十一—十二日。

劉紹銘，〈山在虛無飄渺間——初讀李永平的小說〉，收入陳幸蕙編，《七十三年文學批評選》（台北：爾雅，一九八五），頁二六三—七六。

余光中，〈觀音蓮——讀李永平的小說〉，《中國時報・人間副刊》，一九八六年三月二十六日。

余光中，〈十二瓣的觀音蓮——我讀《吉陵春秋》〉，收入李永平，《吉陵春秋》（台北：洪範，一九八六），頁一—九。

淡江大學西洋語文研究所研究生，〈孽與救贖——評李永平的《吉陵春秋》〉，《自立晚報》，一九八六年五月二十九日。

龍應台，〈一個中國小鎮的塑像——評李永平《吉陵春秋》〉，《當代》二期（一九八六年六月），頁一六六—一七三。

王德威，〈小規模的奇蹟〉，《聯合文學》二卷一〇期（一九八六年八月），頁二二九。

封德屏，〈李永平答編者五問〉，《文訊》二九期（一九八七年四月），頁一二四—一二七。

蘇其康，〈李永平的抒情世界〉，《文訊》二九期（一九八七年四月），頁一二八—一三五。

曹淑娟，〈墮落的桃花源——論《吉陵春秋》的倫理秩序和神話意涵〉，《文訊》二九期（一九八七年四月），頁一三六—一五一。

諸葛，〈李永平象徵手法寫台北〉，《聯合報・聯合副刊》，一九八八年三月十日。

小佩，〈寫在《海東青》之前——給永平〉，《聯合報・聯合副刊》，一九八九年八月一—二日。

王德威，〈原鄉神話的追逐者——沈從文、宋澤萊、莫言、李永平〉，收入陳炳良編，《中國現代文學新貌》（台北：臺灣學生，一九九〇），頁一—二六。

王德威，〈小規模的奇蹟——評李永平的《吉陵春秋》〉，《閱讀當代小說：台灣・大陸・香港・海外》（台北：遠流，一九九一），頁四六—四八。

張夢瑞，〈埋首四年・寫就《海東青》・李永平・以詩的文字撰寫小說〉，《民生報・讀書》，一九九二年一月十日。

林英，〈李永平．寓言小說．寓諷喻於象徵．寄象徵於寫實．在輕薄短小年代．寫得厚重又扎實．台灣心事盡在《海東青》〉，《民生報．文化新聞》，一九九二年二月十九日。

朱恩伶，〈小說家重量出發．李永平《海東青》四年五十萬字．世紀末文學風景的里程碑〉，《中國時報．這些人&那些人》，一九九二年三月十三日。

王德威，〈《海東青》評介〉，《中國時報．開卷周報》，一九九二年三月十三日。

劉紹銘，〈抱著字典讀小說〉，《聯合報．聯合副刊》，一九九二年三月二十日。

劉紹銘，〈抱著字典讀小說〉，《未能忘情》（台北：三民，一九九二），頁二三九—四八。

邱妙津，〈李永平：我得把自己五花大綁之後才來寫政治〉，《新新聞週刊》二六六期（一九九二年四月十二日），頁六六。

王德威，〈大學教授的幼齒學——讀《海東青》第十一章〉，《聯合報．聯合副刊》，一九九二年六月十一日。

張誦聖，〈《海東青》——中國現代主義小說的新里程碑〉，《聯合報．聯合副刊》，一九九二年六月十三日。

朱恩伶、張娟芬，〈李永平結束隱居回台教書〉，《中國時報．開卷周報》，一九九二年十月二日。

楊棄，〈黨國與猥褻——評李永平《海東青》（上卷）〉，《島嶼邊緣》二卷一期（一九九二年十月），頁一四一—四三。

張誦聖，〈嘲蔑中產品味的現代主義美學——評李永平《海東青》〉，《聯合報．讀書人周報》，一九九三年一月七日。

鍾玲，〈我去過李永平的吉陵〉，《聯合報・聯合副刊》，一九九三年一月十七日。

王德威，〈大有可為的台灣政治小說——東方白、張大春、林燿德、楊照、李永平〉，《小說中國：晚清到當代的中文小說》（台北：麥田，一九九三），頁九五—一〇二。

王德威，〈原鄉神話的追逐者——沈從文、宋澤萊、莫言、李永平〉，《小說中國：晚清到當代的中文小說》（台北：麥田，一九九三），頁二四九—七七。

林建國，〈異形〉，《中外文學》二二卷三期（一九九三年八月），頁七二—九一。

石新民，〈日頭雨〉，《台港小說鑑賞辭典》（北京：中央民族學院，一九九四），頁六〇九—一一。

朱雙一，〈吉陵與海東：墮落世界的合影——李永平論〉，《聯合文學》一一卷五期（一九九五年三月），頁一五六—六一。

黃錦樹，〈在遺忘的國度——讀李永平《海東青》（上卷）〉，《馬華文學：內在中國、語言與文學史》（吉隆坡：華社資料中心，一九九六），頁一六二—八六。

余光中，〈十二瓣的觀音蓮——我讀《吉陵春秋》〉，《井然有序：余光中序文集》（台北：九歌，一九九六），頁三一一—三一九。

黃錦樹，〈流離的婆羅洲之子和他的母親、父親——論李永平的「文字修行」〉，《馬華文學與中國性》（台北：元尊文化，一九九八），頁二九九—三五〇。

賴素鈴，〈朱鴒漫遊仙境，李永平顛覆童話〉，《民生報・文化新聞》，一九九八年六月二十五日。

賴素鈴，〈顛覆童話——訪李永平談《朱鴒漫遊仙境》〉，《聯合文學》一四卷一〇期（一九九八年八月），頁一二六—二七。
陳雅玲，〈文學奇兵逐鹿「新中原」〉，《光華》二三卷七期（一九九八年七月），頁一〇〇—一〇七。
陳雅玲，〈台北的「異鄉人」——速寫李永平〉，《光華》二三卷七期（一九九八年七月），頁一〇八—一一。
李奭學，〈再見所多瑪〉，《聯合報・讀書人周報》，一九九八年八月三日。
陳維信，〈尋找朱鴒——訪小說家李永平〉，《聯合報・讀書人周報》，一九九八年八月三日。
林建國，〈有關婆羅洲森林的兩種說法〉，《中外文學》二七卷六期（一九九八年十一月），頁一〇七—三三。
Carlos Rojas, "Paternities and Expatriatisms: Li Yong-ping's Zhu Ling manyou xianjing and the Politics of Rupture, " *Tamkang Review* 29.2 (Winter 1998) : 21-44.
鍾玲，〈我去過李永平的吉陵〉，《日月同行》（台北：九歌，二〇〇〇），頁一九—二九。
羅鵬（Carlos Rojas），〈祖國與母性——李永平《海東青》之地形魅影〉，收入周英雄、劉紀蕙編，《書寫台灣：文學史、後殖民與後現代》（台北：麥田，二〇〇〇），頁三六一—七二。
高嘉謙，〈誰的南洋？誰的中國？——論李永平《拉子婦》的女性與歷史意識〉，《中外文學》二九卷四期（二〇〇〇年九月），頁一三九—五四。
林建國，〈境外現代主義——李永平和蔡明亮的個案〉，「新世紀華文文學發展國際學術研討會」宣讀論文，元智大學中國語文學系主辦，中壢：元智大學，二〇〇一年五月十八—十九日。
張誦聖，〈嘲蔑中產品味的現代主義美學——評李永平《海東青》〉，《文學場域的變遷：當代台灣小說論》（台北：聯合文學，二〇〇一），頁一九三—九五。
王德威，〈莎樂美迢迢——評李永平《海東青》〉，《眾聲喧嘩以後：點評當代中文小說》（台北：麥田，二〇〇一），頁九五—九九。
王德威，〈大學教授的幼齒學——評《海東青》第十一章〉，《眾聲喧嘩以後：點評當代中文小說》（台北：麥田，二〇〇一），頁一〇〇—一〇三。
王德威，〈來自熱帶的行旅者〉，《眾聲喧嘩以後：點評當代中文小說》（台北：麥田，二〇〇一），頁三八一—八七。
張錦忠，〈漫遊——朱鴒在仙境，李永平在台北〉，「離散美學與現代性：李永平和蔡明亮的個案」微型研討會宣讀論文，國立交通大學語言與文化研究所暨新興文化研究中心主辦，新竹：國立交通大學，二〇〇一年十一月三十日。
黃錦樹，〈少女、象徵契約與卑賤物——論李永平的「海東春秋」〉，「離散美學與現代性：李永平和蔡明亮的個案」微型研討會宣讀論文，國立交通大學語言與文化研究所暨新興文化研究中心主辦，新竹：國立交通大學，二〇〇一年十一月三十日。
張誦聖，〈現代主義美學作品的案例——《吉陵春秋》〉，「離散美學與現代性：李永平和蔡明亮的個案」微型研討會宣讀論文，國立交通大學語言與文化研究所暨新興文化研究中心主辦，新竹：國立交通大學，二〇〇一年十一月三十日。
林建國，〈蓋一座房子〉，「離散美學與現代性：李永平和蔡明亮的個案」微型研討會宣讀論文，國立交通大學語言與文化研究所暨新興文化研究中心主辦，新竹：國立交通大學，二〇〇一年十一月三十日。

黃美儀，〈黎紫書與李永平文字花園中的後殖民景觀〉，《人文雜誌》一四期（二〇〇二年三月），頁七九—八九。

張錦忠，〈在那陌生的城市——漫遊李永平的鬼域仙境〉，《中外文學》三〇卷一〇期（二〇〇二年三月），頁一二—二三。

黃錦樹，〈漫遊者、象徵契約與卑賤物——論李永平的「海東春秋」〉，《中外文學》三〇卷一〇期（二〇〇二年三月），頁二四—四一。

林建國，〈蓋一座房子〉，《中外文學》三〇卷一〇期（二〇〇二年三月），頁四二—七四。

齊邦媛口述，潘煊訪問整理，〈《雨雪霏霏》與馬華文學圖像〉，收入李永平，《雨雪霏霏：婆羅洲童年記事》（台北：天下遠見，二〇〇二），頁I—X。

齊邦媛，〈雨林與馬華文學圖像〉（上）（下），《聯合報・聯合副刊》，二〇〇二年九月二十九—三十日。

李令儀，〈雨雪霏霏・李永平童年懺情錄〉，《聯合報・文化》，二〇〇二年十月八日。

李維菁，〈李永平雨雪霏霏・自我精神分析〉，《中國時報》，二〇〇二年十月八日。

賴素鈴，〈雨雪霏霏・新長篇・李永平・探原鄉・真誠看人性〉，《民生報・文化新聞》，二〇〇二年十月八日。

陳瓊如，〈李永平——從一個島到另一個島〉，《誠品好讀》二七期（二〇〇二年十一月），頁七〇—七一。

張錦忠，〈在那熟悉的熱帶雨林〉，《聯合報・讀書人周報》，二〇〇二年十一月十日。

林建國，〈芒草與悲憫〉，《中國時報・開卷周報》，二〇〇二年十一月二十四日。

儲筱薇，〈靈肉原罪，寬慰滌清〉，《經濟日報・知識書城》，二〇〇二年十一月二十四日。

林開忠，〈砂華文學中的「異族」再現——以李永平的《拉子婦》為例〉，「重寫馬華文學史學術研討會」宣讀論文，國立暨南國際大學東南亞研究中心主辦，埔里：國立暨南國際大學，二〇〇二年十二月二十日——二十一日。

黃錦樹，〈漫遊者、象徵契約與卑賤物——論李永平的「海東春秋」〉，《謊言或真理的技藝：當代中文小說論集》（台北：麥田，二〇〇三），頁五九—七九。

黃美儀，〈李永平小說中的時空美學〉，「第三屆全國研究生文學符號學研討會」宣讀論文，南華大學文學研究所主辦，嘉義：南華大學，二〇〇三年四月二十日。

王德威，〈原鄉想像，浪子文學〉，收入李永平，《迌迌：李永平自選集1968-2002》（台北：麥田，二〇〇三），頁一一—二四。

陳瓊如，〈李永平——從一個島到另一個島〉，收入李永平，《迌迌：李永平自選集1968-2002》（台北：麥田，二〇〇三），頁三九九—四〇五。

王德威，〈原鄉想像，浪子文學〉，《自由時報・自由副刊》，二〇〇三年八月三日。

孫梓評，〈真誠等於力量——訪問李永平先生〉，《文訊》二一八期（二〇〇三年十二月一日），頁九四—九七。

林開忠，〈「異族」的再現？——從李永平的《婆羅洲之子》與《拉子婦》談起〉，收入張錦忠主編，《重寫馬華文學史論文集》（南投：國立暨南國際大學東南亞研究中心，二〇〇四），頁九一—一一四。

黃錦樹，〈漫遊者、象徵契約與卑賤物——論李永平的「海東春秋」〉，收入陳大為、鍾怡雯、胡金倫主編，《赤道回聲：馬華文學讀本II》（台北：萬卷樓，二〇〇四），頁四〇八—二四。

林建國，〈有關婆羅洲森林的兩種說法〉，收入陳大為、鍾怡雯、胡金倫主編，《赤道回聲：馬華文學讀本II》（台北：萬卷樓，二〇〇四），頁四五八—八〇。

李奭學，〈再見所多瑪——評李永平著《朱鴒漫遊仙境》〉，《書話台灣：一九九一—二〇〇三文學印象》（台北：九歌，二〇〇四），頁七七—八〇。

齊邦媛，〈雨林與馬華文學圖像〉，《一生中的一天》（台北：爾雅，二〇〇四），頁二二三—三四。

鄭琇方，〈李永平〈拉子婦〉〉，收入楊松年、簡文志編，《離心的辯證：世華小說評析》（台北：唐山，二〇〇四），頁一三一—三七。

黃美儀，〈漫遊與女性的探索——李永平小說主題研究〉（台北：國立政治大學中國文學系碩士論文，二〇〇四）。

鄭琇方，〈溫柔與暴烈——論李永平小說中的恐怖意識〉（宜蘭：佛光人文社會學院文學系碩士論文，二〇〇六）。

詹閔旭，〈罪／醉城——論李永平的《海東青》〉，「二〇〇六青年文學會議：台灣作家的地理書寫與文學體驗」宣讀論文，國家台灣文學館籌備處、文訊雜誌社主辦，台北：國家圖書館，二〇〇六年十二月十六—十七日。

詹閔旭，〈罪／醉城——論李永平的《海東青》〉，收入王鈺婷等著，《二〇〇六青年文學會議論文集：台灣作家的地理書寫與文學體驗》（台南：國家台灣文學館籌備處，二〇〇七），頁三九五—四一二。
朱炎，〈我讀永平的〈日頭雨〉〉，《酒入愁腸總成淚》（台北：九歌，二〇〇七），頁五三—六四。
鄭琇方，〈怵：一個賤斥的過程——論李永平小說中的主體形構〉，收入林明昌、周煌華主編，《視野的互涉：世界華文文學論文集》（台北：唐山，二〇〇七），頁一一八—四〇。
陳姿伶，〈世界華文現代性——重讀馬華文學《吉陵春秋》與《我思念的長眠中的南國公主》〉，「第三十一屆全國比較文學會議」宣讀論文，中華民國比較文學學會主辦，輔仁大學比較文學研究所承辦，台北縣新莊市：輔仁大學，二〇〇七年五月十九日。
陳虹霖，〈由自選集《迌迌》綜觀李永平書寫之特色〉，《問學集》一四期（二〇〇七年六月），頁五七—六四。
鍾宗憲，〈李永平小說〈七蓬飛颺的髮絲〉的台北印象〉，「第一屆學院作家學術研討會」宣讀論文，國立台北教育大學語文與創作學系主辦，國立台北教育大學人文藝術學院、教務處學術合作研發組協辦，台北：國立台北教育大學，二〇〇七年九月二十九日。
王德威，〈原鄉想像，浪子文學——李永平的小說〉，《後遺民寫作》（台北：麥田，二〇〇七），頁二四五—五九。
詹閔旭，〈魔燈台灣——李永平小說中現代化與民族敘事的聯袂〉，「第四屆花蓮文學研討會」宣讀論文，花蓮縣文化局主辦，花蓮：花蓮縣文化局，二〇〇七年十一月十七—十八日。

詹閔旭，"In and Out of Space: Politics of Local-driven Identity in Li Yung Ping's Fictions"，「離散與亞洲小說研討會」（"Clloquium on Diaspora and Asian Fiction"）宣讀論文，國立中山大學離散／現代性研究室主辦，高雄：國立中山大學，二〇〇八年一月十四日。

林家綺，〈華文文學中的離散主題——六七〇年代「台灣留學生文學」研究——以白先勇、張系國、李永平為例〉（新竹：國立清華大學台灣文學研究所碩士論文，二〇〇八）。

詹閔旭，〈大河的旅程——李永平談小說〉，《印刻文學生活誌》四卷一〇期（二〇〇八年六月），頁一七五—八三。

劉梓潔，〈李永平《大河盡頭》給你好看〉，《中國時報．開卷周報》，二〇〇八年七月十三日。

張錦忠，〈南洋少年的奇幻之旅〉，《中國時報．開卷周報》，二〇〇八年七月十三日。

王德威，〈大河的盡頭，就是源頭〉，收入李永平《大河盡頭（上卷：溯流）》（台北：麥田，二〇〇八），頁七—一六。

王德威，〈婆羅洲的「魔山」〉，收入李永平《大河盡頭（下卷：山）》（台北：麥田，二〇一〇），頁五—一四。

國家圖書館出版品預行編目資料

大河盡頭（下卷）：山／李永平作. -- 初版. --
臺北市：麥田出版, 家庭傳媒城邦分公司發行, 2010.08
面；　公分. --（李永平作品集；2）
ISBN 978-986-173-648-8（平裝）
857.7　　　　99008791

李永平作品集　2

大河盡頭（下卷：山）

作　　者　李永平
責任編輯　林秀梅　莊文松

副總編輯　林秀梅
編輯總監　劉麗真
總 經 理　陳逸瑛
發 行 人　涂玉雲
出　　版　麥田出版
104台北市民生東路二段141號5樓
電話：（02）25007696　傳真：（02）25001966；25001967
E-mail：bwps.service@cite.com.tw
發　　行　英屬蓋曼群島商家庭傳媒股份有限公司城邦分公司
104台北市民生東路二段141號2樓
書虫客服服務專線：02-25007718・02-25007719
24小時傳真服務：02-25001990・02-25001991
服務時間：週一至週五09:30-12:00・13:30-17:00
郵撥帳號：19863813　戶名：書虫股份有限公司
讀者服務信箱E-mail：service@readingclub.com.tw
歡迎光臨城邦讀書花園　網址：www.cite.com.tw
香港發行所　城邦（香港）出版集團有限公司
香港灣仔駱克道193號東超商業中心1樓
電話：(852) 25086231　傳真：(852) 25789337
E-mail：hkcite@biznetvigator.com
馬新發行所　城邦（馬新）出版集團【Cite(M)Sdn. Bhd.(458372U)】
11, Jalan 30D/146, Desa Tasik,
Sungai Besi, 57000 Kuala Lumpur, Malaysia.
電話：(603) 90563833　傳真：(603) 90562833
設　　計　蔡南昇
排　　版　紫翎電腦排版工作室
印　　刷　前進彩藝有限公司
初版一刷　2010年9月7日
定　　價　460元
I S B N　978-986-173-648-8